国家社科基金
GUOJIA SHEKE JIJIN HOUQI ZIZHU XIANGMU
后期资助项目

中国少数民族
史诗研究的反思与建构

Reflection on and Construction of
the Study of Epics of
Ethnic Minority Groups in China

冯文开　著

社会科学文献出版社
SOCIAL SCIENCES ACADEMIC PRESS (CHINA)

国家社科基金后期资助项目
出版说明

后期资助项目是国家社科基金设立的一类重要项目，旨在鼓励广大社科研究者潜心治学，支持基础研究多出优秀成果。它是经过严格评审，从接近完成的科研成果中遴选立项的。为扩大后期资助项目的影响，更好地推动学术发展，促进成果转化，全国哲学社会科学工作办公室按照"统一设计、统一标识、统一版式、形成系列"的总体要求，组织出版国家社科基金后期资助项目成果。

全国哲学社会科学工作办公室

目　录

引　言

中国少数民族史诗的蕴藏量宏富，除了《格萨（斯）尔》《江格尔》《玛纳斯》外，在中国北方阿尔泰语系的蒙古语族人民、突厥语族人民以及满－通古斯语族人民中，至今还流传着数百部英雄史诗，在彝、苗、壮、傣、纳西、哈尼、瑶等诸多南方民族中也流传着创世史诗、迁徙史诗和英雄史诗。中国学界对史诗的认识和了解始于 20 世纪初期中国学人对域外史诗的介绍与评述，汉族学人对中国少数民族史诗的介绍与研究始于任乃强的《"藏三国"的初步介绍》。至今，中国史诗研究已经有了百余年的历史，由稚嫩走向成熟，经历各种不同的学术实践，呈现出逐步深化和细化的发展态势，已然成为中国民间文学学科中相对独立的分支。

一　中国史诗研究历史概述

中国学人对史诗的认识可追溯到 19 世纪中后期，当时主要局限于荷马史诗及其他域外史诗。20 世纪 30～40 年代，中国学人开始搜集和研究中国少数民族史诗，但是对中国少数民族史诗展开真正学术意义上的搜集、记录、整理、翻译、出版及研究始于 20 世纪 50～60 年代。当时，中国少数民族史诗的研究性论著非常少，多是搜集者在搜集整理少数民族史诗过程中对少数民族史诗的感受和体认，以介绍为主。自 1978 年起，中国少数民族史诗研究得以全面恢复和发展，青年学者不断涌现，研究成果层出不穷，至今保持着良好的发展势头。回顾与反思中国少数民族史诗研究的历史，它可以细分为 20 世纪 50 年代以前、20 世纪 50～70 年代、20 世纪 80 年代以后三个阶段，各个阶段都有其特点。

（一）20 世纪 50 年代以前

1837 年，《东西洋考每月统记传》丁酉正月号的《诗》将荷马史诗较早介绍给中国学人,高度评价荷马和荷马史诗:"盖欧罗巴民讲异话,其诗书异类。诸诗之魁为希腊国和马之诗词,并大英米里屯之诗。希腊诗翁推论列国围征服城也,细讲性情之正曲,哀乐之原由,所以人事浃下天道,和马可谓诗中之魁。"① 19 世纪后期,艾约瑟、林乐知、丁韪良、高葆真、谢卫楼、蔡尔康和李思伦等许多在华传教士开始有意识地将荷马史诗引介到中国,其中以艾约瑟尤为突出,他曾在《希腊为西国文学之祖》《希腊诗人略说》《和马传》《西学略述》等论著中以专文或专节的形式较为系统地介绍荷马和荷马史诗。② 虽然其目的主要在于完成"中华归主"的神圣使命,但是他们对荷马史诗在中国的传播的确起到了一定的作用。

较早介绍荷马史诗的中国学人是郭嵩焘,他在光绪五年(1879)二月的日记中写道:"希腊言性理及诗尤多著名者。耶苏前一千四百余年,有奥非吴、木西吴、希西吴诸诗人,著作尚存。奥非吴有一诗论地动,其时已有此论。耶苏前九百零七年有胡麦卢(至今西人皆称曰河满)有二诗。一曰以利亚地,论特罗亚窃示八打王后相攻战事。一曰胡底什,论玉立什攻特罗亚回,迷路二十年所历诸险异事。"③ 但是,对荷马史诗介绍的主体逐渐由在华传教士转向中国学人还是 20 世纪初期的事情。至 20 世纪初期,中国学人才开始自觉地、有意识地译介和传播域外史诗,当然印度史诗在中国的传播则要早得多,至少在公元 3 世纪中国人便知晓《罗摩衍那》,对这部史诗的内容有了粗略的了解。④

20 世纪 50 年代以前,周作人、郑振铎、茅盾、傅东华、高歌、徐迟等都曾不同程度地专门介绍荷马史诗。周作人的《欧洲文学史》详细介绍与评述了荷马史诗,叙述了欧洲史诗所经历的各个阶段,勾勒出史诗发展与社会变迁的关系,以荷马史诗为范例评价《罗兰之歌》《贝奥武甫》《熙德之歌》《尼伯龙根之歌》等诸多其他欧洲史诗的高下。⑤ 郑振铎在《文学大纲》的"荷马""中世纪的欧洲文学"等章节中介绍了

①　爱汉者等编《东西洋考每月统记传》,黄时鉴整理,中华书局,1997,第 195 页。
②　冯文开:《中国史诗学史论(1840－2010)》,中国社会科学出版社,2016,第 32～37 页。
③　郭嵩焘:《郭嵩焘日记》(卷三),湖南人民出版社,1982,第 802 页。
④　《罗摩衍那》在中国的传播情况可参见季羡林的《比较文学与民间文学·〈罗摩衍那〉在中国》,北京大学出版社,1991。
⑤　周作人:《欧洲文学史》,河北教育出版社,2002。

《伊利亚特》《奥德赛》《贝奥武甫》《熙德之歌》《尼伯龙根之歌》等欧洲史诗。① 茅盾在《世界文学名著杂谈》里描述了荷马史诗的内容、题材、技巧等。② 1929 年，傅东华使用韵文体将英译本的《奥德赛》汉译出来，将它交由商务印书馆出版。1930 年，谢六逸使用散文体将英译本的《伊利亚特》译述出来，译本的题名为《伊利亚特的故事》，由开明书店出版。1947 年，徐迟根据希腊文的荷马史诗，使用无韵新诗体译出了《伊利亚特》，译本的题名为《依利阿德选译》，由群益出版社出版。

　　印度史诗在 20 世纪初期也得到了不同程度的介绍与评述。1907 年，鲁迅在《摩罗诗力说》中赞誉《摩诃婆罗多》和《罗摩衍那》"亦至美妙"。③ 1907 年，苏曼殊在《文学因缘自序》中说："印度为哲学文物源渊，俯视希腊，诚后进耳。其《摩诃婆罗多》（Mahabrata）、《罗摩衍那》（Ramayana）二章，衲谓中土名著，虽《孔雀东南飞》《北征》《南山》诸什，亦逊彼闳美。"④ 1911 年，他在《答玛德利庄湘处士论佛教书》中说道："《摩诃婆罗多》与《罗摩延》二书，为长篇叙事诗，虽颉马亦不足望其项背。考二诗之作，在吾震旦商时，此土向无译本，惟《华严经》偶述其名称，谓出马鸣菩萨手。文固旷劫难逢，衲意奘公当日以其无关正教，因弗之译。"⑤ 1913 年，他在《燕子龛随笔》中说："印度 Mahabrata，Ramayana 两篇，闳丽渊雅，为长篇叙事诗，欧洲治文学者视为鸿宝，犹 Iliad，Odyssey 二篇之于希腊也。此土向无译述，唯《华严疏钞》中有云：《婆罗多书》《罗摩延书》是其名称。二诗于欧土早有译本，《婆罗多书》以梵土哆君所译最当。"⑥ 1921 年 3 月，滕若渠在《东方杂志》第 18 卷第 5 号上发表的《梵文学》中对《罗摩衍那》做了一定的介绍。1924 年，郑振铎在《小说月报》第 15 卷第 5 号上发表了《文学大纲》的第六章《印度的史诗》⑦，对《罗摩衍那》和《摩诃婆罗多》的内容做了较为详尽的描述，而且将两者放在一起进行了比

---

① 郑振铎：《郑振铎全集》（第十卷），花山文艺出版社，1998。
② 茅盾：《世界文学名著杂谈》，百花文艺出版社，1980，第 20～23 页。
③ 鲁迅：《鲁迅全集·摩罗诗力说》（第一卷），人民文学出版社，1973，第 56 页。
④ 苏曼殊：《曼殊大师全集》，文公直编，上海教育书店，1946，第 106 页。
⑤ 苏曼殊：《曼殊大师全集》，文公直编，上海教育书店，1946，第 136 页。
⑥ 苏曼殊：《曼殊大师全集》，文公直编，上海教育书店，1946，第 262 页。
⑦ 郑振铎：《郑振铎全集》（第十卷），花山文艺出版社，1998。

较，指出它们的异同。1927 年，许地山在《小说月报》第 17 卷号外《中国文学研究》上发表了《梵剧体例及其在汉剧上底点点滴滴》，指出《大毗婆娑论》中关于《罗摩衍那》的重要记载。[①] 这为当时研究《罗摩衍那》与中国文学的关系提供了新的材料。他还推测南宋的影戏掺和了表演罗摩与悉多故事的《都昙伽陀》风尚。现在看来，这些论述仍然不失其重要的学术价值。

20 世纪 50 年代以前，中国学人对域外史诗以介绍为主，涉及史诗的作者、情节内容、所处的地位等。他们对域外史诗的评述较少，多为只言片语，但这些简要的片语含有不少创见。[②] 20 世纪 50 年代以前，中国史诗学术史上一个值得注意的学术现象是中国文学"史诗问题"的建构，其发端于王国维。他提出了中国文学没有史诗的观点，鲁迅、胡适、郑振铎、郭绍虞、朱光潜、钱锺书等许多中国学人随后加入了这个话题的讨论，他们赞同王国维的论断，并且对中国文学没有史诗的原因给出了各自的解答。闻一多、陆侃如、茅盾、钟敬文等不少中国学人持有不同的观点，倾向赞同中国文学有史诗的观点。其实，他们对中国文学有无史诗问题的探讨归根到底是以回答"如何接受西方史诗""如何对待中国传统文学"和"如何建构中国文学史"等问题为终极旨向。但是，中国文学"史诗问题"的探讨始终没有形成集群形态，没有非常热烈过，不过也没有中止，一直承续到当下。[③] 当时中国学人对中国文学"史诗问题"的探讨都称不上纯粹的史诗研究，一方面他们不过结合自己的学识修养就史诗这一文学样式谈论自己的观点和见解，况且这一时期的中国学人还没有建立史诗学的自觉意识。另一方面，他们对史诗的观点和见解反映了这一时期史诗在中国的接受和重构。他们没有就史诗论史诗，而是把史诗放在整个中国文化的背景下揭示中国当时的学术问题。

还有一个值得注意的学术现象是《罗摩衍那》中的哈奴曼与《西游记》中孙悟空关系的探讨。较早提出这个话题的是鲁迅，他持"本土

---

① 郁龙余编《中印文学关系源流》，湖南文艺出版社，1987。

② 冯文开：《中国史诗学史论（1840 – 2010）》，中国社会科学出版社，2016，第 108 ~ 133 页。

③ 20 世纪 50 年代后期，饶宗颐、张松如等学者也讨论这个话题。可参见林岗《二十世纪汉语"史诗问题"探论》，《中国社会科学》2007 年第 1 期。

说"，认为孙悟空的形象来自无支祁，或说吸收了无支祁的神通。1923
年，胡适在《〈西游记〉考证》中对猴王孙悟空的来历提出"外来说"，
认为《罗摩衍那》中的"哈奴曼是猴行者的根本"。[①] 鲁迅在 1924 年 7
月重申自己的观点，但是没有断然对胡适的观点做出正确与否的学术判
断。1930 年，陈寅恪的《〈西游记〉玄奘弟子故事之演变》[②] 指出了
《罗摩衍那》，乃至印度文学与《西游记》有着密切的关系。由于陈氏的
加入，"外来说"近似成为定论，20 世纪 50 年代前再没有什么很激烈的
争论。20 世纪 50 年代后，吴晓铃重提"本土说"，而以季羡林为代表的
一批学者持"外来说"。因为，"本土说"依据汉译佛典上有关《罗摩衍
那》及其故事的文字记载证明孙悟空并非来自哈奴曼，而对孙悟空形象
的发展演变过程始终没有论述清楚，而且一直忽视了口头传播可能是
《罗摩衍那》及其故事进入中国的一条渠道，甚至比文字传播来得更为
重要。因此，持"本土说"的人数并不是很多，而且其论证也没有"外
来说"那样严谨仔细，所得出的结论大多是推断性的主观臆测，说服力
远远不如"外来说"，加之"外来说"代表人物季羡林在学术界的影响，
20 世纪 90 年代，"本土说"已经成为历史的陈迹，而"外来说"则以复
杂而多相的形态在继续发展。

　　20 世纪 50 年代以前，中国学人对史诗的认识、见解、讨论是 20 世
纪中国史诗学一个不可或缺的组成部分。虽然它在整个中国史诗学的格
局中不是那么显眼，但是就影响力和学术价值而言，它是编织 20 世纪中
国史诗学地图的一根重要纬线。

　　国内对中国少数民族史诗的讨论最早或许可以追溯到青海高僧松
巴·益喜幻觉尔（1704～1788），他曾于 1779 年与六世班禅白丹依喜
（1737～1780）以信件方式讨论过《格萨尔》有关的问题。[③] 20 世纪
30～40 年代，中国学人开始有意识地关注且研究中国少数民族史诗。任
乃强是最早将藏族《格萨尔》汉译并推介给国内学界的汉族学人，他在
1934 年出版的《西康图经》里使用汉文将自己在上瞻聆听的"蛮三国"

---

① 胡适：《胡适文集·〈西游记〉考证》（第三卷），欧阳哲生编，北京大学出版社，
　1998，第 514 页。
② 陈寅恪：《金明馆丛稿二编》，生活·读书·新知三联书店，2001。
③ 赵秉理主编《格萨尔学集成》（第一卷），甘肃民族出版社，1990，第 289 页。

中的一节翻译出来。① 1944 年，任乃强在《边政公论》第四卷第 4、5、6 期上发表了《"藏三国"的初步介绍》，1945 年在《康导月刊》第六卷第 9、10 期上发表了《关于"藏三国"》，1947 年在《康藏研究月刊》第 12 期刊发了《关于格萨到中国的事》。这些文章阐述了《格萨尔》的文类属性、《格萨尔》的艺术价值与特色、《格萨尔》的传承与部本结构等，简明扼要地解释了《格萨尔》与《三国演义》、格萨尔与关羽混同的原因。最为重要的是他提出的格萨尔为唃厮罗的观点对 20 世纪 50 年代以来中国史诗学界的格萨尔其人研究产生了巨大的学术反响。

另外，1941 年，韩儒林的《关羽在西藏》批评了格萨尔外借说，指出人们对汉藏文化交流的误解导致了格萨尔与关羽的混同。② 1944 年，陈宗祥将大卫·尼尔的《超人岭格萨尔王传》译成汉文，在《康导月刊》第六卷第 9、10 期上发表。1945 年，李安宅在《康导月刊》第六卷第 5、6 期上发表《介绍两位藏事专家》，介绍大卫·尼尔和孟喇嘛庸顿的身世以及当年他们搜集整理《格萨尔》的活动。于道泉的《达赖喇嘛于根敦主巴以前之转生》③、马长寿的《钵教源流》④、李安宅的《喇嘛教中的噶举巴》⑤ 等以只言片语的形式谈及与《格萨尔》相关的内容。

20 世纪 30～40 年代，吴泽霖、陈国钧等民族学家对贵州境内的苗夷民族展开田野调查，涉及苗族史诗的诸多方面。1938 年，吴泽霖的《苗族中祖先来历的传说》对杨汉先汉译的《洪水滔天歌》以及自己在贵州苗族地区搜集的洪水神话、兄妹结婚神话进行比较分析，指出它们是人类遇灾后民族复兴的神话，属于诺亚式的神话范畴。⑥ 陈国钧的《生苗的人祖神话》记录和描述在下江苗族地区搜集到的三则人祖神话，探讨了它们所蕴藏的人类同源、图腾、兄妹乱伦、语言起源等问题。⑦ 吴泽霖和陈国钧都在国外接受过较为系统的社会学、民族学的学科训练，运

① 任乃强：《西康图经·民俗篇》，新亚细亚学会，1934，第 190～193 页。
② 韩儒林：《韩儒林文集》，江苏古籍出版社，1985，第 665～667 页。
③ 于道泉：《达赖喇嘛于根敦主巴以前之转生》，《国立北平图书馆馆刊》第 4 卷第 5 期，1930 年 9～10 月。
④ 马长寿：《钵教源流》，《民族学研究集刊》1943 年第 3 卷。
⑤ 李安宅：《喇嘛教中的噶举巴》，《美国东方学会会刊》1949 年第 69 卷第 2 期。
⑥ 吴泽霖、陈国钧等：《贵州苗夷社会研究》，民族出版社，2004。
⑦ 吴泽霖、陈国钧等：《贵州苗夷社会研究》，民族出版社，2004。

用的资料都是在田野调查中获得的第一手材料，对《苗族古歌》的神话
分析至今仍然具有很高的参考价值。彝族史诗《阿细的先基》也得到了
许多中国学人的关注。1944 年，光未然将搜集整理的《阿细的先鸡》交
由北门出版社出版，在其序和跋里详细地介绍了这首史诗的内容、艺术
特色及其流传的社会文化背景等。袁家骅的《阿细民歌及其语言》以自
己搜集的《阿细的先基》为基础，整理了阿细民歌的语法特点，注意到
同一歌手在不同时间或不同场合演唱阿细民歌时可以自由修改和变换其
句法，其内容和辞句也不十分固定。[①]

　　20 世纪 30~40 年代，中国学人对国内的一些少数民族史诗进行了初
步的搜集、整理、介绍与研究，但是他们并非专注于中国少数民族史诗
研究，仅是从各自不同的思想观念和学术兴趣出发涉及中国少数民族史
诗，或从民族与边疆史地的角度、或从民族现实状况的角度、或从民族
语言的角度谈及中国少数民族史诗。这决定了他们不可能对中国少数民
族史诗做出精深的研究。但是，他们对中国少数民族史诗研究的开拓之
功是不可抹杀的。当然，他们对史诗的概念与内涵还是比较模糊，如未
能从理论上厘清《格萨尔》等一些少数民族史诗究竟属于何种文学样
式。而且，他们的研究未能引起当时更多的中国学人去关注和认识中国
少数民族史诗，否则困扰当时学界的中国文学"史诗问题"便会得到了
解答。

（二）20 世纪 50~60 年代

　　20 世纪 50~60 年代，中国学人对中国少数民族史诗展开较为全面的
搜集、记录、整理、翻译、出版以及初步的研究。中国少数民族史诗不
断地发掘和整理纠正了黑格尔做出的中国没有史诗的论断，证明了至今
还有数以百计的史诗在中国诸多族群里口头传唱着。纵贯中国南北民族
地区的民族史诗的存在使得 20 世纪 50 年代中国文学的"史诗问题"转
换成汉文学的"史诗问题"。20 世纪 50~60 年代，中国学人主要集中于
中国少数民族史诗的搜集整理，而这一批从事搜集整理中国少数民族史
诗的中国学人也顺理成章地成为第一批中国少数民族史诗研究者，撰写

[①]　袁家骅：《袁家骅文选》，北京大学出版社，2010，第 35~60 页。

了一些学术论文及相关的调研报告。

1959 年，徐国琼的《藏族史诗〈格萨尔王传〉》对《格萨尔》的内容与艺术特色、来源、产生年代、部数等进行了描述。① 这篇论文是 20世纪 50 年代以来国内学界第一篇有关《格萨尔》的学术论文，确立了《格萨尔》的史诗属性和民间创作的特性。1960 年，中国科学院内蒙古分院语言文学研究所集体撰写的《蒙族史诗〈格斯尔传〉简论》对《格斯尔》的思想内容、艺术成就等进行了分析。② 这两篇学术论文代表了当时《格萨（斯）尔》研究的学术水平，它们提及的蒙藏《格萨（斯）尔》的关系、《格萨尔》产生年代等一些话题是后来很长一段时间内《格萨尔》研究的热点。还需要提及的是黄静涛于 1962 年撰写的《〈格萨尔〉序言》，它较为全面地分析和评价了《格萨尔》的思想性与艺术性，指出有计划地整理出版《格萨尔》的重要意义。③

这一时期，中国学人对《江格尔》《玛纳斯》《苗族古歌》等诸多史诗进行了一些初步的研究。多济的《〈江格尔传〉简介》④、特·诺尔布的《与〈江格尔传〉有关的一些作品》⑤、琶格巴扎布的《对〈江格尔〉中一些词汇的注释》⑥ 都对《江格尔》做了初步的讨论。1961 年，梁一儒的《读英雄史诗〈智勇的王子希热图〉》描述了《智勇的王子希热图》的主题内容、表现手法和艺术特色。⑦ 1965 年，刘锡诚的《想象力的翅膀——读蒙古族史诗〈智勇的王子喜热图〉札记》对《智勇的王子喜热图》的时代、人物、事件等诸多问题进行了探讨。⑧ 1966 年，梁一儒的《重读英雄史诗〈智勇的王子喜热图〉——批判地继承民间文学遗产杂

① 徐国琼：《藏族史诗〈格萨尔王传〉》，《文学评论》1959 年第 6 期。

② 中国科学院内蒙古分院语言文学研究所集体撰写《蒙族史诗〈格斯尔传〉简论》，《文学评论》1960 年第 6 期。

③ 黄静涛：《〈格萨尔〉序言》，《格萨尔学集成》（第二卷），甘肃民族出版社，1990，第736～747 页。

④ 多济：《〈江格尔传〉简介》，《民间文学》1963 年第 4 期。

⑤ 特·诺尔布：《与〈江格尔传〉有关的一些作品》，《花的原野》1963 年第 4 期。

⑥ 琶格巴扎布：《对〈江格尔〉中一些词汇的注释》，《内蒙古大学学报》1965 年第 1 期。

⑦ 梁一儒：《读英雄史诗〈智勇的王子希热图〉》，《民间文学》1961 年 12 期。

⑧ 刘锡诚：《想象力的翅膀——读蒙古族史诗〈智勇的王子喜热图〉札记》，《民间文学》1965 年第 6 期。

感》在产生时代、艺术形象等方面提出了与刘锡诚不同的观点。①

1956 年，马学良、邰昌厚、今旦一起撰写的《关于苗族古歌》首次阐述了《苗族古歌》的历史文化蕴涵，指出这首史诗具有的艺术价值、认识价值、社会文化价值等。② 1959 年，云南省民族民间文学楚雄调查队撰写的《论彝族史诗〈梅葛〉》第一次较为全面地描述了《梅葛》的内容、艺术特点以及流传和演变的情况。③ 1962 年，刘俊发、太白等合作撰写的《柯尔克孜族民间英雄史诗〈玛纳斯〉》简要介绍了《玛纳斯》的基本内容，分析了《玛纳斯》的人民性、思想性以及艺术风格。④ 1962 年，胡振华的《英雄史诗〈玛纳斯〉》对《玛纳斯》做了简要的描述。⑤

20 世纪 50～60 年代，以马克思主义美学和文艺观为批评方法，中国学人介绍了《格萨（斯）尔》《江格尔》《玛纳斯》等一些民族史诗的基本面貌，充分肯定了史诗的人民性和艺术价值。同时，他们指出这些史诗中的糟粕、不足以及局限性，徐国琼的《藏族史诗〈格萨尔王传〉》、刘俊发、太白等的《柯尔克孜族民间英雄史诗〈玛纳斯〉》等无不如此，而这在黄静涛的《〈格萨尔〉序言》里表现得特别突出。运用马克思主义文艺理论挖掘中国少数民族史诗的人民性让《格萨（斯）尔》《江格尔》《玛纳斯》等许多少数民族史诗在当时得到中国学界的重视，其地位得以确立，在一定程度上助推学界纠正那种轻视民间文学的偏见。刘魁立在《民间文学研究四十年》里对"文革"前十七年的民间文学研究特点的总结可以说明这一点：

> 历史地看，"文革"前十七年的民间文学研究较好地解决了一个问题，即我们用大量的材料，充分说明了劳动人民不仅是社会物质财富的创造者，也是社会精神财富的创造者，民间文学不仅有鲜明的思想性、丰富的社会文化内涵，同时也深刻表现了劳动人民的

---

① 梁一儒：《重读英雄史诗〈智勇的王子喜热图〉——批判地继承民间文学遗产杂感》，《民间文学》1966 年第 2 期。
② 马学良、邰昌厚、今旦：《关于苗族古歌》，《民间文学》1956 年第 8 期。
③ 云南省民族民间文学楚雄调查队：《论彝族史诗〈梅葛〉》，《文学评论》1959 年第 6 期。
④ 刘俊发、太白等：《柯尔克孜族民间英雄史诗〈玛纳斯〉》，《文学评论》1962 年第 2 期。
⑤ 胡振华：《英雄史诗〈玛纳斯〉》，《民间文学》1962 年第 5 期。

才智和艺术造诣，从而历史性地扭转了一种认为民间文学不登大雅之堂的轻视民间文学的错误思想。①

但是，不可否认，这一时期的中国少数民族史诗研究还未深入开展。

"文革"时期，中国少数民族史诗的搜集、整理、研究等工作都停顿下来了。1978年以后，中国少数民族史诗的搜集整理和研究工作进入一个新时期，搜集整理工作得到恢复和推进，研究呈现了新局面，许多厚重的原创性著作与论文相继问世。

（三）20 世纪 80 年代后

1. 1980 ~ 1990 年，中国少数民族史诗研究的恢复发展期

这一时期，《格萨（斯）尔》研究以及其他少数民族史诗的研究进入了恢复和发展期。对《格萨（斯）尔》总体性的评介及其思想内容、艺术成就的分析是《格萨（斯）尔》研究的重要内容，如王沂暖的《藏族史诗〈格萨尔王传〉》②、潜明兹的《〈格萨尔王传〉的宗教幻想与艺术真实》③ 等。对格萨（斯）尔其人的研究也是这一时期的研究重点，如开斗山和丹珠昂奔的《试论格萨尔其人》④、吴均的《岭·格萨尔论》⑤ 等。中国学人还集中探讨了《格萨（斯）尔》的产生年代与时代背景，如黄文焕的《关于〈格萨尔〉历史内涵问题的若干探讨》⑥、徐国琼的《论岭·格萨尔的生年及〈格萨尔〉史诗产生的时代》⑦ 等。另一个研究重点是蒙藏《格萨（斯）尔》关系的研究，如徐国琼的《论〈格萨尔〉与〈格斯尔〉"同源分流"的关系》⑧、齐木道吉的《蒙文〈岭格

---

① 刘魁立：《民间文学研究四十年》，载钟敬文主编《中国民间文艺学四十年》，敦煌文艺出版社，1991，第129页。
② 王沂暖：《藏族史诗〈格萨尔王传〉》，《中央民族学院学报》1981年第3期。
③ 潜明兹：《〈格萨尔王传〉的宗教幻想与艺术真实》，《文学遗产》1983年第1期。
④ 开斗山、丹珠昂奔：《试论格萨尔其人》，《西藏研究》1982年第3期。
⑤ 吴均：《岭·格萨尔论》，《民族文学研究》1984年第1期。
⑥ 黄文焕：《关于〈格萨尔〉历史内涵问题的若干探讨》，《西藏研究》1981年00期。
⑦ 徐国琼：《论岭·格萨尔的生年及〈格萨尔〉史诗产生的时代》，《西藏民族学院学报（社会科学版）》1986年第3期。
⑧ 徐国琼：《论〈格萨尔〉与〈格斯尔〉"同源分流"的关系》，《青海社会科学》1986年第3期。

斯尔〉及其藏文原文考》① 等。此外，版本、说唱艺人、民族特色、与宗教的关系等与《格萨（斯）尔》相关的内容也得到一定的探讨。②

1982 年 8 月，新疆《江格尔》学术讨论会在乌鲁木齐召开，对《江格尔》的产生年代、流传地域、主题思想、艺术特点等方面进行了讨论。1988 年 8 月，第一届《江格尔》国际学术讨论会在乌鲁木齐召开，与会学人从文学、历史、哲学等多学科角度对《江格尔》展开了热烈的讨论。随之，这一时期的《江格尔》研究逐渐活跃起来，其研究重点之一是主题情节和人物形象的研究，如仁钦道尔吉的《评〈江格尔〉里的洪古尔形象》③、宝音和西格的《谈史诗〈江格尔〉中的〈洪格尔娶亲〉》④ 等。

另一个研究重点是《江格尔》产生与形成的研究，如阿尔丁夫的《〈江格尔〉产生和基本形成的时代初探——兼谈〈江格尔〉创作权归属问题》⑤、格日勒扎布的《〈江格尔〉产生的前提与历史文化基因》⑥ 等。同时，《江格尔》的美学思想、出版情况、民族特色等得到一定程度的研究。⑦

20 世纪 80 年代，中国学人对《玛纳斯》的人物形象、艺术特色、产生年代等进行了初步的研究，如张宏超的《〈玛纳斯〉产生的时代与玛纳斯形象》⑧、郎樱的《〈玛纳斯〉的悲剧美》⑨ 等。20 世纪 80 年代，南方少数民族史诗的研究重点是对一些南方少数民族史诗的评介以及对其思想内容、艺术特色、人物形象的阐述，如周作秋的《论壮族的创世

---

① 齐木道吉：《蒙文〈岭格斯尔〉及其藏文原文考》，《民族文学研究》1987 年第 4 期。
② 相关的研究概况可参见王兴先《〈格萨尔〉论要》（增订本），甘肃民族出版社，2002；李连荣《中国〈格萨尔〉史诗学的形成与发展（1959－1996）》，中国社会科学院研究生院博士学位论文，2000。
③ 仁钦道尔吉：《评〈江格尔〉里的洪古尔形象》，《文学评论》1978 年第 2 期。
④ 宝音和西格：《谈史诗〈江格尔〉中的〈洪格尔娶亲〉》，《内蒙古社会科学》1985 年第 4 期。
⑤ 阿尔丁夫：《〈江格尔〉产生和基本形成的时代初探——兼谈〈江格尔〉创作权归属问题》，《内蒙古师范大学学报（哲学社会科学版）》1986 年第 1 期。
⑥ 格日勒扎布：《〈江格尔〉产生的前提与历史文化基因》，《民族文学研究》1990 年第 2 期。
⑦ 扎格尔：《〈江格尔〉史诗研究》，内蒙古教育出版社，1993。
⑧ 张宏超：《〈玛纳斯〉产生的时代与玛纳斯形象》，《民族文学研究》1986 年第 3 期。
⑨ 郎樱：《〈玛纳斯〉的悲剧美》，《民族文学研究》1990 年第 3 期。

史诗《布洛陀》》①、昊渺的《苗族古歌简论》②、陆桂生的《瑶族史诗
〈密洛陀〉初探》③ 等。

以上是 20 世纪 80 年代中国少数民族史诗研究的概况，这一时期的
中国少数民族史诗研究者以从事中国少数民族史诗搜集整理为主，他们
侧重从文学和历史的角度研究中国少数民族史诗，主要涉及思想内容、
艺术特色、人物形象、产生年代等，他们的研究成果为此后中国少数民
族史诗的研究奠定了一定的学术基础。

应该着重提及的是，这一时期中国学人拓宽了国际学界的史诗概念，
提出"创世史诗"的史诗类型。钟敬文主编的《民间文学概论》将史诗
划分为创世史诗和英雄史诗，纳西族的《创世纪》、彝族的《梅葛》、苗
族的《苗族古歌》等属于创世史诗，《格萨尔》《江格尔》《玛纳斯》等
属于英雄史诗。④ 创世史诗以及 20 世纪 90 年代提出的迁徙史诗的概念无
疑拓展了当时认为史诗即英雄史诗的观念，推动中国学人重新认识史诗
概念的内涵，丰富了世界史诗的宝库。

另一个值得提到的学术现象是，20 世纪 80 年代中国少数民族史诗
研究与国际史诗学界的交流得到了加强。1983～1984 年，中国社会科学
院少数民族文学研究所编译了史诗资料研究专辑《民族文学译丛》第一集
（1983）和第二集（1984），有选择性地收入了瓦·海西希（W. Heissig）、
策·达木丁苏荣、石泰安（R. A. Stein）、鲍顿（C. R. Bawden）、劳仁兹
（L. Lorincz）、尼·波佩（N. Poppe）、涅克留多夫（S. J. Nekljudov）、亚
瑟·哈托（A. T. Hatto）等一批国际知名学者的论著，给当时中国少数民
族史诗研究提供了新视角，给中国学人了解国际史诗研究的理论与方法
以及国外学者研究中国史诗取得的成果提供了可贵的资料，也为 20 世纪
80 年代中国少数民族史诗研究的推进提供了参考和借鉴。

这一时期与国际史诗学界交流较为频繁的中国学人是仁钦道尔吉，
他曾赴波恩大学参加第三届、第四届、第五届蒙古史诗国际学术讨论会，

---

① 周作秋：《论壮族的创世史诗〈布洛陀〉》，《广西师范大学学报（哲学社会科学版）》
　　1984 年第 4 期。

② 昊渺：《苗族古歌简论》，《民族文学研究》1987 年第 1 期。

③ 陆桂生：《瑶族史诗〈密洛陀〉初探》，《民族文学研究》1984 年第 4 期。

④ 钟敬文主编《民间文学概论》，上海文艺出版社，1980，第 286～294 页。

并宣读了论文。其间，他与海西希、尼·波佩、涅克留多夫、李福清等建立了良好的学术友谊，展开了长期的学术交流与合作。他较为系统地阐述了母题类型研究的方法和学术旨趣，介绍了海西希、尼·波佩等国际学者在这一研究领域内取得的学术成果，创造性地提出了"英雄史诗母题系列"概念，《蒙古英雄史诗情节结构的发展》是他的学术力作。①其他中国学人也对蒙古英雄史诗进行母题分析，如特古斯巴雅尔的《论〈格斯尔〉中的 Bak 食物母题》②、胡日勒沙的《蒙古〈格斯尔传〉中的杀敌与复活母题》③ 等。

2. 1990～2000 年，中国少数民族史诗研究的成熟期

20 世纪 90 年代，《格萨（斯）尔》研究及其他少数民族史诗研究保持着良好的发展态势。1991 年以后，根据史诗传统的传承、流布和传播的历史与现状，中国学界将《格萨尔》改称为《格萨（斯）尔》。④ 这一时期，拉萨、锡林郭勒、兰州、西宁等地区先后举办《格萨（斯）尔》国际学术讨论会，有力地推动了《格萨（斯）尔》研究的开展，20世纪 80 年代《格萨（斯）尔》研究中一些尚未被注意和深入研究的话题得到了进一步的研究，如《格萨（斯）尔》与宗教关系的研究。吴均的《〈格萨尔〉"抑佛扬本"论者之根据分析》⑤、包金峰的《〈格斯尔传〉与萨满教文化》⑥ 等初步讨论了《格萨（斯）尔》的宗教问题。1991 年，《格萨（斯）尔》的宗教研究成为第二届《格萨（斯）尔》国际学术讨论会的主题，而后中国学人对《格萨（斯）尔》所蕴含的宗教信仰文化展开了较为系统的研究和总结，如杨恩洪的《〈格萨尔〉说唱

---

① 仁钦道尔吉：《蒙古英雄史诗情节结构的发展》，《民族文学研究》1989 年第 5 期。
② 特古斯巴雅尔：《论〈格斯尔〉中的 Bak 食物母题》，《内蒙古大学学报（蒙古文）》1986 年第 4 期。
③ 胡日勒沙：《蒙古〈格斯尔传〉中的杀敌与复活母题》，《内蒙古师范大学学报（蒙古文）》1987 年第 2 期
④ 转引自中国民族文学网（http://iel.cass.cn）。同一部史诗，藏族称《格萨尔》，蒙古族称《格斯尔》，后来统称为《格萨（斯）尔》。
⑤ 吴均：《〈格萨尔〉"抑佛扬本"论者之根据分析》，《中国藏学》1990 年第 4 期。
⑥ 包金峰：《〈格斯尔传〉与萨满教文化》，《内蒙古师范大学学报（蒙古文）》1987 年第 3 期。

形式与苯教》、① 呼斯勒的《蒙文北京版〈格斯尔传〉中的佛教文学题材》② 等，它们涉及《格萨（斯）尔》的原始文化、苯教③文化、佛教文化等。

20世纪80年代，《格萨（斯）尔》说唱艺人得到一定的关注，斯钦孟和的《琶杰传》④、降边嘉措的《杰出的民间艺术家——浅谈〈格萨尔〉说唱艺人》⑤、杨恩洪的《〈格萨尔〉艺人论析》⑥ 等对《格萨（斯）尔》的说唱艺人做了初步的探讨。20世纪90年代，中国学人对《格萨（斯）尔》的说唱艺人进行了专题研究，杨恩洪的《民间诗神——格萨尔艺人研究》是《格萨（斯）尔》说唱艺人研究重要的学术著作。⑦ 对《格萨（斯）尔》说唱音乐、绘画、雕刻、戏剧等民间艺术的研究也是20世纪90年代《格萨（斯）尔》研究的重点，如扎西达杰的《〈格萨尔〉的音乐性——史诗文字对其音乐的表述之研究》。⑧ 一些在20世纪80年代讨论的学术话题在这一时期继续为中国学人讨论，但是它们大都是20世纪80年代讨论的余绪，见解和观点未超越前人，如人物形象、艺术特色、产生年代、蒙藏《格萨（斯）尔》关系的研究等，其间蒙藏《格萨（斯）尔》关系的话题已经在20世纪80年代便基本厘清或者近于解决了。

这一时期的《江格尔》研究侧重文化学的研究，如宝音和西格的《〈江格尔〉中的佛教文学因素》⑨、扎格尔的《黑色——史诗〈江格尔〉

---

① 杨恩洪：《〈格萨尔〉说唱形式与苯教》，《西藏研究》1991年第3期。

② 呼斯勒：《蒙文北京版〈格斯尔传〉中的佛教文学题材》，《民族文学研究》1996年第1期。

③ 苯教与本教是一回事，译成汉语时"苯""本"通用，还有人译为"钵"。

④ 斯钦孟和：《琶杰传》，《格萨尔研究集刊》（第一集），中国民间文艺出版社，1985。

⑤ 降边嘉措：《杰出的民间艺术家——浅谈〈格萨尔〉说唱艺人》，《西藏研究》1984年第4期。

⑥ 杨恩洪：《〈格萨尔〉艺人论析》，《民族文学研究》1988年第4期。

⑦ 杨恩洪：《民间诗神——格萨尔艺人研究》，中国藏学出版社，1995。

⑧ 扎西达杰：《〈格萨尔〉的音乐性——史诗文字对其音乐的表述之研究》，《中国藏学》1993年第2期。再如扎西达杰《藏蒙〈格萨尔〉音乐艺术之比较》，《中国藏学》1996年第3期。扎西东珠在《〈格萨尔〉与民间艺术关系研究述评》[《西藏民族学院学报（哲学社会科学版）》2003年第2期]与《〈格萨尔〉与民间艺术关系研究述评》（续）[《西藏民族学院学报（哲学社会科学版）》2003年第3期]对《格萨尔》与民间艺术关系的研究进行了总结。

⑨ 宝音和西格：《〈江格尔〉中的佛教文学因素》，《民族文学研究》1992年第1期。

中力量的象征》①、萨仁格日勒的《〈江格尔〉中的女性与"光"文化浅析》② 等。同时，中小型蒙古英雄史诗得到一定的研究，如斯钦巴图的《蒙古英雄史诗抢马母题的产生与发展》③、陈岗龙的《鄂尔多斯史诗和喀尔喀、巴尔虎史诗的共性》④ 等。

进入 20 世纪 90 年代，《玛纳斯》研究呈现出一种发展的态势。1990年 12 月，首届全国《玛纳斯》研讨会在乌鲁木齐召开，涉及史诗的产生时间、主题思想、内容、艺术特色、说唱艺人等话题。1994 年 9 月，首届《玛纳斯》国际学术讨论会在乌鲁木齐召开，提交的学术论文涉及的学术话题基本与首届全国《玛纳斯》研讨会相同，但是理论深度在整体上要强于首届全国《玛纳斯》研讨会。这次国际学术讨论会对《玛纳斯》文化内涵的讨论是 20 世纪 90 年代《玛纳斯》研究的一个趋势，一些中国学人已经在这方面做出了积极的努力，如郎樱的《玛纳斯形象的古老文化内涵——英雄嗜血、好色、酣睡、死而复生母题研究》⑤、阿散拜·玛提利和忠录的《柯尔克孜族英雄史诗〈玛纳斯〉中的巫术和占卜》⑥ 等。这一时期的南方少数民族史诗研究也渐次展开，侧重于探究其历史文化内涵，如杨正伟的《论苗族古歌繁荣的文化渊源》⑦、陆桂生的《瑶族史诗〈密洛陀〉的创世特点》⑧ 等。

显然，20 世纪 90 年代，中国学人已从历史学、文学、民族学、宗教学、美学、文化人类学等多学科角度研究中国少数民族史诗，涉及中国少数民族史诗的历史、文学、语言、艺术、宗教等多个层面，研究成果突出，既有诸多重要的史诗学术论文，又有一批重要的中国少数民族

① 扎格尔：《黑色——史诗〈江格尔〉中力量的象征》，《民族文学研究》1997 年第 1 期。
② 萨仁格日勒：《〈江格尔〉中的女性与"光"文化浅析》，《民族文学研究》1996 年第 3 期。
③ 斯钦巴图：《蒙古英雄史诗抢马母题的产生与发展》，《民族文学研究》1996 年第 3 期。
④ 陈岗龙：《鄂尔多斯史诗和喀尔喀、巴尔虎史诗的共性》，《民族文学研究》1999 年第 2 期。
⑤ 郎樱：《玛纳斯形象的古老文化内涵——英雄嗜血、好色、酣睡、死而复生母题研究》，《民族文学研究》1993 年第 2 期。
⑥ 阿散拜·玛提利、忠录：《柯尔克孜族英雄史诗〈玛纳斯〉中的巫术和占卜》，《西北民族研究》1991 年第 2 期。
⑦ 杨正伟：《论苗族古歌繁荣的文化渊源》，《民族文学研究》1990 年第 1 期。
⑧ 陆桂生：《瑶族史诗〈密洛陀〉的创世特点》，《广西大学学报（哲学社会科学版）》1993 年第 4 期。

史诗研究专著。

降边嘉措的《〈格萨尔〉论》对《格萨尔》的思想内容、艺术特色、人物形象、产生年代、流传与演变、说唱艺人、民间信仰等进行了概括性的阐述。① 杨恩洪《民间诗神——格萨尔艺人研究》介绍与分析了《格萨尔》说唱艺人的社会地位与贡献、艺人说唱的形式、艺人的分布与类型、托梦神授及其与藏族传统文化的关系等，撰写了 22 位具有代表性的藏族、蒙古族、土族说唱艺人的评传，给此后的说唱艺人研究提供了宝贵的资料。② 赵秉理主编的《格萨尔学集成》较为全面地展示了 20 世纪 50 年代以来国内《格萨（斯）尔》研究取得的成果、主要文件、工作信息、动态以及国外部分论著等。③ 它是《格萨（斯）尔》研究文献资料汇编，对促进《格萨（斯）尔》研究的发展具有重要学术意义。

巴·布林贝赫的《蒙古英雄史诗的诗学》④ 灵活地运用了文艺学、文化人类学、宗教学、民俗学等多学科的理论与方法对蒙古英雄史诗的宇宙模式、黑白形象体系、骏马形象、人与自然的神秘关系、文化变迁与史诗变异、意象诗律风格等展开立体的综合研究，深刻地揭示了蒙古英雄史诗的历史文化内涵和美学特征。仁钦道尔吉的《〈江格尔〉论》系统地论述了《江格尔》的演唱活动、听众的作用以及江格尔奇的职能与地位等，对《江格尔》的文化渊源、社会原型、形成年代、形成条件、人物形象、情节结构等进行了分析和探讨。⑤ 该著作一出版，便引起学术界的广泛反响，得到国内同行的高度赞誉，季羡林评价它标志着《江格尔》研究的一个崭新水平。⑥ 乌力吉的《蒙藏〈格萨（斯）尔〉的关系》对蒙藏《格萨（斯）尔》进行了详尽的对勘与比较，指出它们相同或相似的章节是蒙藏人民长期文化交流的产物，而那些不同于藏族《格萨尔》的章节则是蒙古族《格斯尔》按照本民族文化发展方式创作

---

① 降边嘉措：《〈格萨尔〉论》，内蒙古大学出版社，1999。

② 杨恩洪：《民间诗神——格萨尔艺人研究》，中国藏学出版社，1995。

③ 赵秉理主编《格萨尔学集成》（第 1－5 卷），甘肃民族出版社，1990～1998。

④ 巴·布林贝赫：《蒙古英雄史诗的诗学》，内蒙古教育出版社，1997。

⑤ 仁钦道尔吉：《〈江格尔〉论》内蒙古大学出版社，1999。

⑥ 仁钦道尔吉：《〈江格尔〉论》，内蒙古大学出版社，1999，季羡林为本书所写的意见，见内封第 6 页。

的属于它自己独特的部分。① 扎格尔的《〈江格尔〉史诗研究》，梳理了
《江格尔》搜集、整理、出版、翻译、研究的历史，探讨了《江格尔》
的情节结构、思想内容、艺术特色、文化结构等问题，着力分析了《江
格尔》的艺术形象。② 斯钦巴图的《〈江格尔〉与蒙古族宗教文化》对
《江格尔》与宗教关系作了较为系统的研究，涉及《江格尔》演唱活动
中的宗教民俗、《江格尔》与萨满教的关系、佛教对《江格尔》的影
响等。③

　　郎樱的《〈玛纳斯〉论》④ 论述了《玛纳斯》的形成、流传、发展
以及歌手与听众在史诗传承与发展中的地位与作用，讨论了《玛纳斯》
的人物形象体系、美学特征、宗教文化、叙事结构、叙事方法以及《玛
纳斯》与柯尔克孜族其他民间文学样式的关系等，总结了《玛纳斯》与
其他世界各类史诗的异同。该著作是国内《玛纳斯》研究领域的标志性
著作，提出的许多观点对中国史诗学界产生了较为深远的影响。曼拜
特·吐尔地的《〈玛纳斯〉的多种异文及其说唱艺术》，介绍了国内外70
多个玛纳斯奇的生平及其演唱的《玛纳斯》，阐述了《玛纳斯》的历史
文化内涵以及说唱艺术。⑤ 刘亚虎的《南方史诗论》论述了南方彝、苗、
壮、傣等30多个民族的原始性史诗、英雄史诗、迁徙史诗的各种传播形
态、源流、文本、类型、形象、艺术特点、文化根基等。⑥

　　这些中国少数民族史诗研究专著的问世标志着20世纪90年代中国
少数民族史诗研究已经进入了一个繁荣发展期，逐步走向成熟。需要着
重指出的是，1999年，内蒙古大学出版社出版了《中国史诗研究》丛
书，包括《〈格萨尔〉论》《〈江格尔〉论》《〈玛纳斯〉论》《南方史
诗论》《〈江格尔〉与蒙古族宗教文化》等。这套丛书对中国少数民族史

---

①　乌力吉：《蒙藏〈格萨（斯）尔〉的关系》，民族出版社，1991。

②　扎格尔：《〈江格尔〉史诗研究》，内蒙古教育出版社，1993。

③　斯钦巴图：《〈江格尔〉与蒙古族宗教文化》，内蒙古大学出版社，1999。另外，却日
勒扎布的《蒙古〈格斯尔〉研究》（内蒙古教育出版社，1992）、格日勒的《十三章本
〈江格尔〉的审美意识》（内蒙古教育出版社，1994）、贾木查的《史诗〈江格尔〉探
渊》（新疆人民出版社，1996）、金峰的《〈江格尔〉黄四国》（内蒙古文化出版社，
1996）等一些专著也就蒙古英雄史诗的某些问题做了深入的探讨，提出了新的见解。

④　郎樱：《〈玛纳斯〉论》，内蒙古大学出版社，1999。

⑤　曼拜特·吐尔地：《〈玛纳斯〉的多种异文及其说唱艺术》，新疆人民出版社，1997。

⑥　刘亚虎：《南方史诗论》，内蒙古大学出版社，1999。

诗的总体面貌展开了较为全面的论述，不仅涉及中国北方三大英雄史诗《格萨（斯）尔》《江格尔》《玛纳斯》，还涉及诸多南方少数民族史诗以及许多其他的蒙古－突厥史诗。它们对中国少数民族史诗的重要文本以及重要的史诗歌手也进行了较为系统的阐述，对许多较为重要的史诗理论问题展开了深入的探讨，提出了许多新的见解，反映了 20 世纪 80 ~ 90 年代中国少数民族史诗研究的成就和水平。①

3. 2000 年至今，中国少数民族史诗研究的转型期

20 世纪 80 ~ 90 年代，中国少数民族史诗研究以书面范式为主，将史诗作为书面文学作品进行研究，巴·布林贝赫、仁钦道尔吉、郎樱、杨恩洪、乌力吉、扎格尔等一批学者的研究潜力井喷式地爆发出来了，中国少数民族史诗被确立为民间文学的一种样式，在民俗学视野下考察史诗的书面研究范式成为共识。20 世纪 90 年代后期，朝戈金、尹虎彬、巴莫曲布嫫等一批青年学者开始对把史诗作为一般文学作品来研究产生的偏颇进行了理论反思，力图改变中国史诗学界长期以来那种对史诗进行一般文学和社会历史阐述的学术路数，对国际学术界晚近的理论成就和方法格外注意，萌生了引进国际民俗学理论，特别是"口头程式理论"来补正中国史诗学建设的念头，分别译出《口头诗学：帕里－洛德理论》《故事的歌手》《荷马诸问题》②，以及诸多与口头传统研究相关的学术论文。这些译著与译文使中国学界对口头诗学有了较为系统深入的理解，推动着中国少数民族史诗研究范式的转型。在对口头诗学的引介、吸纳和本土化过程中，朝戈金首次将它引入中国少数民族史诗研究，撰写了《口传史诗诗学：冉皮勒〈江格尔〉程式句法研究》。③ 该著作是运用口头诗学研究本民族文学的一个成功范例，它突破了 20 世纪 80 ~ 90 年代中国少数民族史诗研究格局，开辟了中国少数民族史诗研究的新领域，给国内今后史诗研究提供了一种理论启示。立足蒙古英雄史诗传统

---

① 仁钦道尔吉、郎樱：《〈江格尔〉论·前言》，内蒙古大学出版社，1999，第 3 ~ 5 页。

② 〔美〕约翰·迈尔斯·弗里：《口头诗学：帕里—洛德理论》，朝戈金译，社会科学文献出版社，2000；〔美〕阿尔伯特·贝茨·洛德：《故事的歌手》，尹虎彬译，中华书局，2004；〔匈〕格雷戈里·纳吉（Gregory Nagy）：《荷马诸问题》，巴莫曲布嫫译，广西师范大学出版社，2008。

③ 朝戈金：《口传史诗诗学：冉皮勒〈江格尔〉程式句法研究》，广西人民出版社，2000。

的诗学特质，朝戈金创用了一种适合蒙古英雄史诗研究的实证性的、具可操作性的分析模型，这在学术研究方法上给中国史诗学界乃至中国的民间文学和民俗学界带来了范式性的变革。此后，中国少数民族史诗研究逐渐由书面范式转向口头范式，朝戈金、尹虎彬、巴莫曲布嫫、陈岗龙、斯钦巴图、塔亚等成为以口头诗学为参照框架进行史诗研究的代表性学者，一批与之相关的研究成果相继问世。

　　尹虎彬的《古代经典与口头传统》对口头诗学的基本概念、研究方法、学科形成的过程等诸多方面进行了较为全面的阐述。[①] 巴莫曲布嫫《史诗传统的田野研究：以诺苏彝族史诗"勒俄"为个案》[②] 提出了"格式化"和"五个在场"的学术观点，对书面研究范式的弊端和如何对之补救进行了学理性的思考，对田野和文本的关系进行了深度的阐释。陈岗龙的《蟒古思故事论》探讨了蟒古思故事与喀尔喀－巴尔虎史诗、佛教护法神信仰、《格斯尔》等诸多方面的关系，揭示了蟒古思故事的起源、发展和演变的过程及其规律。[③] 斯钦巴图的《蒙古史诗：从程式到隐喻》以国内外卫拉特蒙古地区的《那仁汗克布恩》史诗六个文本为分析样例，探讨了蒙古史诗文本构成上的程式化运作过程，揭示蒙古史诗母题蕴藏着的深层文化意义。[④] 阿地里·居玛吐尔地的《〈玛纳斯〉史诗歌手研究》阐述了玛纳斯奇学艺的途径和规律，对玛纳斯奇的身份和集体特征、史诗演唱的民俗约束和禁忌等进行了综合分析。[⑤]

　　不过，2000 年以来，一些并非以口头诗学为参照框架的中国少数民族史诗研究成果也不断涌现。仁钦道尔吉的《蒙古英雄史诗源流》是 21 世纪初最重要的史诗研究成果之一，由绪论、总论、起源论、发展论、文本论构成，对国内蒙古族中小型史诗及其具有代表性的 113 种史诗文本进行了分析，着重探讨了蒙古英雄史诗形成发展的规律。[⑥] 萨仁格日勒的《蒙古史诗生成论》阐述了蒙古史诗的存在方式及其接受和再生功

① 尹虎彬：《古代经典与口头传统》，中国社会科学出版社，2002。
② 巴莫曲布嫫：《史诗传统的田野研究：以诺苏彝族史诗"勒俄"为个案》，北京师范大学博士学位论文，2003。
③ 陈岗龙：《蟒古思故事论》，北京师范大学出版社，2003。
④ 斯钦巴图：《蒙古史诗：从程式到隐喻》，民族出版社，2006。
⑤ 阿地里·居玛吐尔地：《〈玛纳斯〉史诗歌手研究》，民族出版社，2006。
⑥ 仁钦道尔吉：《蒙古英雄史诗源流》，内蒙古大学出版社，2001。

能，在实际的和信息的两种时空中总结蒙古史诗的生成规律，阐明史诗是文化信息综合体及其活形态的存在。① 乌日古木勒的《蒙古－突厥史诗人生仪礼原型》对蒙古—突厥史诗求子、英雄特异诞生、英雄接受考验和英雄再生四组母题的人生仪礼民俗模式的原型进行了详尽的探讨，进一步阐释了蒙古—突厥史诗的特征及其起源问题。② 黄中祥的《哈萨克英雄史诗与草原文化》系统地阐述了哈萨克英雄史诗的形成、说唱艺人、类型、传承特点、宗教特征、文化特征等。③ 且布尔加甫的《卡尔梅克〈江格尔〉校注本》④ 和《汗哈冉贵——卫拉特英雄史诗文本及校注》⑤ 具有较高的学术价值，为中国学界的蒙古英雄史诗研究提供了可靠的科学资料。

简而言之，2000 年以来，中国少数民族史诗研究队伍不断壮大，与国际学界的交流和对话日渐频繁，研究不断地向广度和深度拓展，许多学术分量厚重的研究成果相继问世，为以后中国少数民族史诗研究的进一步发展提供了坚实的学术基础。

二 研究现状、研究意义及研究方法

中国史诗研究已经有了一个多世纪的历史，取得了令人瞩目的研究成果。与此相应，中国学人开始在 20 世纪 80 年代起回顾与反思中国少数民族史诗研究成果，迄今为止出现了一些高质量的与中国少数民族史诗研究相关的学术史论文，其有如下特点。

（1）对某一时期中国少数民族史诗研究历史的梳理与反思。朝戈金的《从荷马到冉皮勒：反思国际史诗学术的范式转换》对中国少数民族史诗研究历程进行了精要的概述，对其间问世的研究成果进行了精当的评述，总结了 21 世纪初期中国少数民族史诗研究格局的新变化与学术转向，指出中国史诗研究逐渐由西方理论的"消费者"转变成本土理论的

---

① 萨仁格日勒：《蒙古史诗生成论》，中央民族大学出版社，2001。
② 乌日古木勒：《蒙古－突厥史诗人生仪礼原型》，民族出版社，2006。
③ 黄中祥：《哈萨克英雄史诗与草原文化》，中央编译出版社，2007。
④ 且布尔加甫：《卡尔梅克〈江格尔〉校注本》，民族出版社，2002。
⑤ 且布尔加甫：《汗哈冉贵——卫拉特英雄史诗文本及校注》，民族出版社，2006。

"生产者"，反思了 21 世纪初中国史诗研究存在的诸多问题。① 尹虎彬的《中国少数民族史诗研究三十年》回顾了新时期以来中国少数民族史诗研究取得的成果，对口头传统视域下的中国史诗研究进行了学术总结。②

（2）对中国少数民族史诗研究成果的述评。钟敬文在为《口传史诗诗学：冉皮勒〈江格尔〉程式句法研究》撰写的序言中高度肯定了朝戈金《口传史诗诗学：冉皮勒〈江格尔〉程式句法研究》的学术价值，并对中国史诗研究的理论建设和理论转型提出了他的思考和见解。③ 梁庭望的《鲜花与沃土——评〈民间诗神——格萨尔艺人研究〉》高度评价了杨恩洪的田野调查及其对说唱艺人说唱场景的描述，指出《民间诗神——格萨尔艺人研究》不仅能够让人们理解《格萨尔》，而且能够让人们深刻理解藏族的历史文化、民族风情、民族心理素质，进而理解这个民族的深层心理结构。④ 尹虎彬的《当代大师与活着的经典——〈玛纳斯史诗歌手研究〉述评》，分析了《〈玛纳斯〉史诗歌手研究》在《玛纳斯》史诗歌手的特征、萨满文化在史诗歌手身上的体现、口头史诗演唱空间，以及语境对于史诗文本的影响等方面做出的学术贡献，指出《〈玛纳斯〉史诗歌手研究》是阿地里·居玛吐尔地多年跟踪调查史诗歌手之后的学术探索和研究总结，显示了阿地里·居玛吐尔地民俗学的基本立场。⑤ 乌日古木勒的《主题研究和母题研究的结合——对斯钦巴图〈蒙古史诗：从程式到隐喻〉研究方法的思考》指出，《蒙古史诗：从程式到隐喻》的学术价值在于对与本课题相关的学术史做出了较为准确的梳理和评述，对前人的研究方法和理论的借鉴与运用体现了斯钦巴

---

① 朝戈金：《从荷马到冉皮勒：反思国际史诗学术的范式转换》，《中国社会科学院文学研究所学刊》，中国社会科学出版社，2008。

② 尹虎彬：《中国少数民族史诗研究三十年》，《中国社会科学院研究生院学报》2009 年第 3 期。

③ 钟敬文：《口传史诗诗学：冉皮勒〈江格尔〉程式句法研究·序》，广西人民出版社，2000，第 8 页。

④ 梁庭望：《鲜花与沃土——评〈民间诗神——格萨尔艺人研究〉》，《民族文学研究》1998 年第 2 期。

⑤ 尹虎彬：《当代大师与活着的经典——〈玛纳斯史诗歌手研究〉述评》，《民族文学研究》2007 年第 2 期。

图善于独立思考的学术能力和探索精神。①

（3）对中国少数民族史诗研究成果的总结与反思，其中以对《格萨（斯）尔》《江格尔》《玛纳斯》"三大史诗"的研究成果的反思最为突出。李连荣的《中国〈格萨尔〉史诗学的形成与发展（1959－1996）》梳理了1959~1996年间中国学人的《格萨尔》研究成果，对中国学界《格萨尔》研究呈现的某些规律进行了理论总结。②陈岗龙的《蒙古英雄史诗搜集整理的学术史观照》从宏观的学术史角度对蒙古英雄史诗搜集整理出来的文本进行了学术检讨与反思。③斯钦巴图的《新时期蒙古史诗研究回顾与展望》对20世纪80年代以来蒙古英雄史诗的搜集成果和研究成果进行了述评，指出其存在的问题。④仁钦道尔吉的《〈江格尔〉史诗研究概况》⑤、扎格尔的《中国〈江格尔〉版本传承及研究状况述评》⑥等对《江格尔》研究做出了相应的综合评述。阿地里·居玛吐尔地的《口头传统与英雄史诗·〈玛纳斯〉国内外研究综述》评价了20世纪60~90年代国内外《玛纳斯》研究成果的学术价值与学术意义。⑦

国外学者仅在一些论著中提及中国少数民族史诗研究成果，多停留在介绍与概述的层面上，不够深入，如石泰安的《西藏史诗和说唱艺人》⑧、涅克留多夫的《蒙古人民的英雄史诗》等大都如此。⑨

20世纪50年代以来，中国少数民族史诗研究的成果非常丰富，而且许多研究成果具有较高的学术水平，中国少数民族史诗研究已经逐渐

---

① 乌日古木勒：《主题研究和母题研究的结合——对斯钦巴图〈蒙古史诗：从程式到隐喻〉研究方法的思考》，《民族文学研究》2008年第4期。

② 李连荣：《中国〈格萨尔〉史诗学的形成与发展（1959－1996）》，中国社会科学院研究生院博士学位论文，2000。

③ 陈岗龙：《蒙古英雄史诗搜集整理的学术史观照》，《西北民族研究》2011年第3期。

④ 斯钦巴图：《新时期蒙古史诗研究回顾与展望》，《内蒙古师范大学学报（哲学社会科学版）》2009年第1期。

⑤ 仁钦道尔吉：《〈江格尔〉史诗研究概况》，《民族文学研究》1986年第3期。

⑥ 扎格尔：《中国〈江格尔〉版本传承及研究状况述评》，《内蒙古师范大学学报（哲学社会科学版）》1994年第1期。

⑦ 阿地里·居玛吐尔地：《口头传统与英雄史诗·〈玛纳斯〉国内外研究综述》，中央民族大学出版社，2009。

⑧ 石泰安：《西藏史诗和说唱艺人》，耿昇译，中国藏学出版社，2005。

⑨ 〔苏〕涅克留多夫：《蒙古人民的英雄史诗》，徐昌汉、高文风、张积智译，内蒙古大学出版社，1991。

成为一门相对独立的学科。因此，就学科的发展和推进而言，20世纪50年代以来的中国少数民族史诗研究的历史理应得到探寻与审视。在当下中国少数民族史诗研究蓬勃发展的形势下，清理、归纳和反思20世纪50年代以来中国少数民族史诗研究的历史具有十分重要的意义。

首先，对中国少数民族史诗研究的学术传统、历史经验和发展历程的总结与反思，能够推动中国少数民族史诗研究的进步，为今后中国少数民族史诗研究提供有益的启示。"辨章学术，考镜源流"，考察中国少数民族史诗研究的发展脉络，阐述中国少数民族史诗研究的对象、概念、范畴等，进而探索未来研究的新方向与新趋势，这无疑有助于中国学人对中国少数民族史诗研究历史的系统掌握与理解。

其次，有效地促进中国史诗学的学科建设与发展，推动中国少数民族史诗研究与国际史诗学展开对话与交流。要完善中国史诗学理论，要更好地建设中国史诗学学科体系，更需要对已有中国少数民族史诗研究成果加以系统的总结和检讨。20世纪50年代以来，许多中国学人撰写了不少见解独特、影响力持久且得到普遍认同的学术著作，对他们的田野作业、研究范式、学术理路等诸多研究方面的反思能够有助于建立中国史诗学的学术自觉，更好地与国际史诗学界展开积极有效的学术对话。

最后，对今后中国少数民族史诗的抢救和保护，乃至祖国56个民族的文化发展具有借鉴意义。中国少数民族史诗是中华多民族文学的重要组成部分，也是世界文学的重要组成部分。它既是中华多民族文学多样性的体现，也是世界文学多样性的体现。中国少数民族史诗数量庞大，它们中间的许多民族史诗仍然流传在民众的口耳之间。它们是极其宝贵的文化财富，对于中华文化，乃至人类文化的发展有着重要的价值。随着全球化与现代化进程的加快，中国少数民族史诗日益面临着人亡歌息的危机状况，对其抢救与保护已经成为刻不容缓的迫切任务。如何抢救与保护中国少数民族史诗已经成为政府、学者、民众等共同面对的时代课题，对其搜集与研究历史的总结与反思能够让人们充分地认识中国少数民族史诗的丰富性与多样性，有助于中国学人进一步挖掘与整理中国少数民族史诗这一丰富的文化资源，为其抢救与保护提供理论支撑。

本书的研究对象是20世纪50年代以来中国少数民族史诗研究，其研究内容是对20世纪50年代以来中国少数民族史诗的研究成果进行较为全面系统的清理、归纳与反思，把握中国少数民族史诗研究历史的全貌，为今后中国少数民族史诗研究和学科建设提供有益借鉴，同时探讨中国少数民族史诗研究继续发展的多种可能，建构中国少数民族史诗研究的学术传统。本研究主要采用文献研究法，按照一定内在逻辑将 20 世纪 50 年代以来中国少数民族史诗搜集与研究成果整理归类，对其进行分析与总结。

　　本研究的创新之处首先在于改变按照时间线索撰写研究史的常见做法，以中国少数民族史诗研究的主要研究领域为线索梳理与评述中国少数民族史诗研究成果及其研究发展的脉络，阐述中国少数民族史诗研究不同时期的研究对象、学术旨趣、学术理路、研究范式以及其间的继承与创新关系等。其次，突破对新时期中国少数民族史诗搜集与研究成果单纯介绍与陈述的局限，在多学科视野的背景下对其客观地分析与评价，检讨其间的得失，形成多学科视野中的中国少数民族史诗理论建设与批评实践的学术方向。

第一章　对作为一种文类的史诗的认识

中国少数民族史诗蕴藏丰富，但是"史诗"的概念却是随着国内外学人对西方史诗的介绍而进入国内的。"史诗"一词源自古希腊语 epos，原意是"说话""故事"，后来逐渐演化成专指那些描绘神和英雄们活动和业绩的叙事诗。这种韵文体的叙事文学样式古老而源远流长，是一个民族在特定历史阶段创作出来的崇高叙事，在人类文化史上占据着重要位置。每一部宏伟的民族史诗是一个民族的圣经，是一个民族在特定历史时期创造的高不可及的艺术范本。东西文化传统涌现了许多民族史诗，如《吉尔伽美什》《摩诃婆罗多》《罗摩衍那》《伊利亚特》《奥德赛》《卡勒瓦拉》《格萨（斯）尔》《江格尔》《玛纳斯》《苗族古歌》《布洛陀》等。它们中的任何一部民族史诗都是一个民族的象征与丰碑，是"一种民族精神标本的展览馆"①。

第一节　史诗的界定

史诗的形成是一个漫长的过程，不同民族具有不同的发展过程，因而不同民族的史诗传统发展过程也不尽相同。面对着千差万别的世界各地史诗传统，20 世纪中后期的国际史诗研究者都认为不应该以荷马史诗为范例评价其他文化传统中的史诗，而应该摒弃偏见，以一种不同于亚里士多德的眼光看待史诗，进一步阐述史诗的英雄主义精神。正是因为史诗的多样性，国际史诗学界普遍认为史诗界定工作的取样范围不能局限于印欧文化传统，而应更多地参照世界上其他地区的史诗传统。这无疑增加了界定史诗的难度，是放宽还是限定对史诗这一文类的界定成为国际史诗研究者面临的难题。要回答这个问题，考察古希腊诗学对史诗的论述便成为题中应有之义。

---

① 〔德〕黑格尔：《美学》（第三卷）（下册），朱光潜译，商务印书馆，1997，第 108 页。

亚里士多德首次将史诗作为一种文类进行较为科学的论述，不过他更多的旨趣在于以阐述作诗的技艺为宗旨，他在《诗学》的开篇便开宗明义地交代了自己要阐述的对象："关于诗艺本身和诗的类型，每种类型的潜力，应如何组织情节才能写出优秀的诗作，诗的组成部分的数量和性质，这些，以及属于同一范畴的其他问题，都是我们要在此处探讨的。"[①] 亚里士多德从摹仿采用的媒介、对象和方式等方面将史诗与悲剧区别开来[②]，肯定史诗在对同时发生的事件的艺术处理和对不合理情理的事件的艺术处理上要胜于悲剧，又指出史诗不具有怜悯和恐惧的审美功效以及其他快感的功能[③]，在整体上比悲剧差，悲剧才是"诗"发展的最终形式等。

亚里士多德指出史诗应该呈现为内在联系的完整的有机统一体，他说道：

　　　　史诗诗人也应编制戏剧化的情节，即着意于一个完整划一、有起始、中段和结尾的行动。这样，它就能像一个完整的动物个体一样，给人一种应该由它引发的快感。史诗不应像历史那样编排事件。历史必须记载的不是一个行动，而是发生在某一时期内的、涉及一个或一些人的所有事件——尽管一件事情和其它事情之间只有偶然的关联。[④]

亚里士多德指出荷马在处理情节结构上做得出类拔萃，注重故事的整一性，删掉了许多跟故事没有因果关联的枝枝蔓蔓的情节。当然，亚里士多德重点阐述的对象还是悲剧，他推崇荷马和荷马史诗是因为荷马史诗接近悲剧，他评述史诗的情节结构、人物形象、格律、措辞以及篇幅等诸多方面都是以悲剧为参照框架，并不是为了阐述史诗的本质。但是，他对史诗创作的分析和总结以及将荷马史诗提高到一个特别重要的位置对后世史诗研究产生了长久而深远的影响。换句话说，自公元前4

① 〔古希腊〕亚里士多德：《诗学》，陈中梅译，商务印书馆，2005，第27页。
② 〔古希腊〕亚里士多德：《诗学》，陈中梅译，商务印书馆，2005，第27～43页。
③ 〔古希腊〕亚里士多德：《诗学》，陈中梅译，商务印书馆，2005，第191页。
④ 〔古希腊〕亚里士多德：《诗学》，陈中梅译，商务印书馆，2005，第163页。

世纪以来，许多史诗研究者都自觉或不自觉地接受了亚里士多德对史诗的选择及其诗学观点，将荷马史诗确立为不可企及的范例，从而忽视了古希腊其他许多六步格的史诗集群。

继亚里士多德之后，黑格尔把诗学的形式、法则和本质纳入美学的研究范畴，对史诗进行了较为系统的阐述。在沃尔夫（Friedrich August Wolf）的影响下，奥古斯特·施莱格尔（August Wilhelm Schlegel）、弗利德里希·施莱格尔（Friedrich von Schlegel）、弗利德里希·谢林（Friedrich Wilhelm Joseph von Schelling）等许多国际学人都接受了荷马史诗是编辑者将原初口头诗歌汇集整合而成的观点，但是黑格尔坚持荷马个人完成了荷马史诗的创作，否定荷马史诗源自民间的口头传统，也否定荷马史诗在传唱过程中经过了数代史诗歌手的增添和删减："尽管史诗须客观地实事求是地描述一个有内在理由的，按照本身的必然规律来实现的世界，尽管诗人自己的观念方式还接近这个世界并且还能使自己和这个世界等同起来，描述这个世界艺术作品却还是他个人的一部自由创作。"① 他一再强调只有个人才能创作出这样一部首尾连贯的荷马史诗，才能创作出这样一部客观地描述事关民族命运大事的作品。他发现贯穿于荷马史诗的是诗人个人的精神和灵魂，而其原因在于荷马史诗是荷马个人的创作，荷马在以客观的态度叙述特洛伊战争的同时，充分享有个人创作自由的权利。

黑格尔一再为荷马史诗的整一性辩解："荷马史诗的结构在本质上固然比较松散，不像戏剧体诗那样紧凑，其中各部分不免显得彼此独立，乃至还有一些题外的穿插和异文；但是它们毕竟各自形成一个有内在联系的整体，而这样的整体只能出于一个人的手笔。如果说荷马史诗缺乏整一性，只是由一些用同一个语调的史诗片段拼凑成的，这种看法是粗陋的，不符合艺术性质的。"② 在他看来，荷马史诗的艺术性在于整一性，是一个完整的艺术整体，有着自身必然的起点、中心和结尾，并非可以无休止地延续下去。也就是说，史诗能够吸纳和包容许多与基本情节相关的次要情节，它们看起来相对独立，但都围绕着史诗的基本情节

---

① 〔德〕黑格尔：《美学》（第三卷）（下册），朱光潜译，商务印书馆，1997，第111页。

② 〔德〕黑格尔：《美学》（第三卷）（下册），朱光潜译，商务印书馆，1997，第114～115页。

构成一个有机的整体，在结构上有着内在的关联。

与亚里士多德相较，黑格尔将史诗作为诗的一种艺术门类分列出来，从哲学－美学的高度对史诗的产生、内容、形式以及与抒情诗和戏剧体诗的异同进行了较为精湛的分析，揭示了史诗的某些美学品质，深化了人们对史诗的认识。黑格尔虽然论及古罗马史诗、中古欧洲史诗以及东方史诗，但还是以荷马史诗为范例，将史诗视为描述英雄业绩的宏大叙事，拘囿于英雄史诗的类型，遮蔽了世界各地史诗传统的多样性。从18～19世纪之交浪漫民族主义运动时期口头史诗的重新发现，至20世纪30年代米尔曼·帕里（Milman Parry）和阿尔伯特·洛德（Albert B. Lord）对塞尔维亚－克罗地亚口头史诗的创作与演唱做出的田野实证研究，国际史诗学界仍然将荷马史诗作为一种范例和参照框架对史诗展开各种理论探讨，积累了深厚的学术传统。

20世纪中后期，国际史诗学界对史诗的认识和研究进入了新的历史阶段，大量活形态的口头史诗在世界各地陆续被发现和研究，口头史诗的多样性愈来愈成为国际学人的共识，他们开始对以荷马史诗为范例的古典诗学的史诗观念和研究范式进行反思和批判。长期在非洲从事史诗田野作业的威廉·约翰逊（John Williams Johnson）对以荷马史诗为范例衡量世界各地史诗传统的做法提出质疑，主张应该从史诗所属的具体传统考察和评价史诗：

> 我认为希腊史诗的模式是一种僵化的传统，不再在行动中能观察得到，它不能继续支配我们学术思想。希腊传统只是为数众多的传统之一。在非洲和其他地区，活形态史诗传统仍然可以在自然语境中观察到。我们应当把工作放在那些史诗仍然被朗诵和浇灌的地区。田野工作有助于史诗的文本化，能解释史诗的传统法则和演唱。[1]

20世纪后期以来，许多权威的工具书和学养深厚的国际学人都曾对

---

[1]　Lauri Honko, *Textualising the Siri Epic*, Helsinki: Academia Scientiarum Fennica, 1998, p. 20.

史诗作出过界定。《新普林斯顿诗歌与诗学百科全书》（*The New Princeton Encyclopedia of Poetry and Poetics*）是国际学界影响深远的诗学工具书，它的"史诗"词条有云："一部史诗是一首长篇叙事诗，描述一个或多个英雄，描述与历史相关的事件，例如战争或者征服，或者描述英雄的冒险活动，或者描述作为传统信仰核心的其他神奇功业。史诗往往在一个社会的口头文化传统里形成，与该文化的历史、文化和宗教传统相伴随。史诗的主人公往往是一个英雄，有时是一个半神半人的英雄，他们通常从事艰难的事业，并卷入神祇与人间的争端中。但是，史诗描述的事件经常影响着一个民族的日常生活，改变这个民族的历史进程，乃至命运。在叙事体制上，史诗通常篇幅宏大，描述详尽无遗，史诗中的片段都是按照一定的逻辑顺序组合在一起，使用的语言也是崇高的。史诗经常是从'事件的中间'开始叙事，使用了一系列诗学技巧，往往以召请一个缪斯或者其他具有神性的人物的降临开篇，大量使用程式化的人物和明喻，对英雄的'详表'、对武器与装备以及祭品和仪式的描述等多使用程式化的描述手段。经常重复出现的叙事包括英雄之间的战斗，而在战斗发生之前英雄双方都要有一番自我吹嘘，还包括娱乐或比赛以及难以置信的冒险，而冒险活动有时伴有超自然的力量或使用计谋。史诗不仅包含叙事诗的创作技巧，而且包含抒情诗和戏剧诗的技巧。史诗包容了颂词和挽歌，而且在它们的基础上有所扩展。"[1]

结合对非洲曼丁哥人（Mande）史诗的田野作业，威廉·约翰逊（John Williams Johnson）提出史诗应该具有八个条件：（1）诗性的（韵文的）；（2）叙事的；（3）英雄的；（4）传说的；（5）宏大的（有一定长度）；（6）多种文类的特点和语境化的；（7）多功能的；（8）传统内的传播。[2] 根据对达罗毗荼人的（Dravidian）史诗传统的长期观察，布兰达·贝卡（Brenda Beck）指出一部史诗是一个超级故事（super story）："兄弟故事的五个特点清楚地表明，它在类型归属性上具有很高的地位，它是由职业的民间艺人来讲述，它有极长的篇幅，比任何流传于该地区

---

[1]　*The New Princeton Encyclopedia of Poetry and Poetics*, ed. Alex Preminger and T. V. F. Brogan, Princeton University Press, 1993, pp. 361 - 362.

[2]　Lauri Honko, *Textualising the Siri Epic*, Helsinki: Academia Scientiarum Fennica, 1998, p. 27.

的所有故事，包括其中最长的故事还要长得多；它的英雄是一些神圣人物，在当地庙宇受到供奉；它连接着更广阔的神话和文明传统；它的讲述者和受众都认为他们的史诗描绘了真实的历史事件。所有这些特征都表明，这种讲述比一般的故事和传说重要得多。"① 劳里·杭柯（Lauri Honko）认为史诗作为一个文类应该从世界性的、区域的、地方的三个层面进行建构。1990 年，他前往印度对活形态的《斯里史诗》（the Siri Epic）进行田野调查，并于 1998 年出版了专著《斯里史诗的文本化》（Textualising the Siri Epic）。在这部具有很高学术价值的著作中，劳里·杭柯从演唱、受众、社会功能、社区认同等诸多维度把史诗界定为：

> 宏大叙事的范例，它起源于职业歌手的表演，是一个超级故事，在长度上，表达的力量和内容的意义远超过其它叙事。它的功能是一个群体或社区在接受史诗时获得认同。②

但是，史诗是一种复杂的文类，它的复杂性与多样性决定了在界定与探讨它的普遍特征时应该谨慎。把上文描述的这些较为权威的史诗界定放在世界范围内的口头史诗传统里检验，便会发现这些界定中概括出的史诗核心要素并非那么具有普适性，一些核心要素可能需要修正。

韵文体是否为世界各地史诗共同具有的要素需要进一步考究。毫无疑义，世界各地的史诗大多是韵文体，如《荷马史诗》使用六音步长短格，《罗摩衍那》和《摩诃婆罗多》使用通俗简易的"输洛伽"诗体。不过有一些例外。藏族《格萨尔》韵散相间，说白使用散文体，铺叙故事，推动故事情节的发展，表唱则使用韵文体，描述英雄、战马、女子的形象与心理活动以及战争的场面等。当然，韵文体不是史诗区别于其他诗歌类型的标识性的要素，如除了《荷马史诗》外，赫西俄德使用六步格创作了《工作与时日》，恩培多克勒（Empedoklēs）使用六步格创作了《论自然》（Peri phuseōs）和《净化》（Katharmoi）。俄罗斯宗教诗虽

---

① Brenda E. F. Beck, *The Three Twins: The Telling of a South Indian Folk Epic*, Bloomington: Indiana University Press, 1982, p. 196.

② Lauri Honko, *Textualising the Siri Epic*, Helsinki, Academia Scientiarum Fennica, 1998, p. 28.

然具有俄罗斯英雄史诗的韵律，但是它们的主题不是激发人们去斗争而是宣扬屈服与顺从。俄罗斯歌谣的韵律也与俄罗斯英雄史诗相同，但是它们的主题比史诗更狭小，缺乏积极斗争的要素。①

篇幅巨大也值得探究，在塞尔维亚－克罗地亚地区，基督教史诗的演唱长度很少能超过 250 行，但是国际史诗学界都认可它们是史诗。② 俄罗斯史诗比利尼（Bylini）也是如此，它不仅形式短小，而且叙事简洁，不同于巨型篇幅的史诗那样宽泛而详尽地讲述故事。③ 蒙古英雄史诗传统有着许多中小型史诗，苏·朝依苏伦演唱的《那仁汗克布恩》有 3190 个诗行，而其演唱的《嘎拉珠哈尔呼和勒》仅有 2280 个诗行。④ 布兰达·贝卡、威廉·约翰逊、劳里·杭柯等学人在界定史诗时都提出史诗是长篇叙事诗的观点，但对于史诗篇幅的最低标准，即多少个诗行的叙事诗才能称得上史诗，他们各执一词。⑤ 程式化描述、明喻、夸张等传统技巧常见于史诗演唱中，但它们是其他诗歌样式和叙事文学常见的一般特征。布仁巴雅尔在说唱胡仁乌力格尔《隋唐演义》中的罗艺去校场时，使用了程式化的语言描述了罗艺武装自己的过程：

saguju baigsan oron eče öndeljen bosču
从座位上站起来
sula mangnug debel arunši ban orhiju
简便的蟒袍扔在身后
surgagul in hobčasu beyen degen jasaju
整理衣服
meiliang jenjü subud erdeni huyag

---

① 〔俄〕普罗普（Vladimir Propp）：《英雄史诗的一般定义》，李连荣译，《民族文学研究》2000 年第 2 期。

② Lauri Honko, *Textualising the Siri Epic*, Helsinki: Academia Scientiarum Fennica, 1998, p. 36.

③ Lauri Honko, *Textualising the Siri Epic*, Helsinki, Academia Scientiarum Fennica, 1998, p. 36.

④ 仁钦道尔吉：《蒙古英雄史诗源流》，内蒙古大学出版社，2001，第 10 页。

⑤ 朝戈金：《"多长算是长"：论史诗的长度问题》，《中央民族大学学报（哲学社会科学版）》2015 年第 5 期。

美亮珍珠盔甲

gadara tala du ni gilbaju

闪在外面

garaha garaha ban datagad abugsan

环环相扣的

gang huan lian jia huyaggadara yien jasaju

钢环连甲穿在外面

gadagur tala tabün baras hoyar luu tai mönggön huyag i bolbeyen degen huyaglaju

五虎二龙银甲穿在外面

gučin jirgugan goha arban naima bar salgaju

三十六个环分成了十八环

sübegen nü yien doogurhoyar tala bar gohadamančin tere

从两边扣在腋下

sara nu hagas adali gegen toli

半月似的明镜

sugu nu hin doora eče gilib galab sačuraju

从腋下发出闪烁的光

öndör huyag un ogosor öljei janghgiya janggidju

长的盔甲绳结系成吉祥结

öljei janggiya in üjügür suitus uud ni bagugad

吉祥结尖上飘带向下招展

sunugad unugsan ogosor sampan gada janggidju

伸出的盔甲绳结系成纽襻

sampan gada üjügür eče suitus dorogši ban talbigad

纽襻尖上飘带向下招展

yisün mese in yonghor dumdagur ban dataju

九尺腰带系在中间

huyag in büse hoina emunetei gurba oriyan abču guduradala ban dataju

甲绳前后绕三圈系紧

hündelen ogosor emunetei ni janggidju

绳子系在前面

ebüdeg in üye dü dürbeljin paisa janggidju hayaju

膝盖系上四方形的牌子

arban naiman sačug ölmei yin urugu dorogši ban talbiju

十八个缨子落在脚踝

baras un tologai boluud un ula tai

虎头钢底

baildugan nu gutul ölmei degen yisgülüged abču

战靴穿在脚上

baras un hormoibči i dorogši ban talbiju

放下虎皮的裙裾

haizi jiangya yier terigün yien oriyaju

亥子姜牙戴在头上

hoyar ulagan suitus mören nu degere ni nuguragad

红色

hoyar luu tai tugulga terigün degere ničimeglejü

双龙冠装饰在头顶

tugulga nu ogosor dogdolju baigadčinggaju

盔绳拉住系紧

tugulga in tabün dalgaba duhu in dagagad ergijü

盔上的五只旗子随头转动

tö görig subud emune tala du ni duwalagad

圆形明珠在前面闪耀

šira alta in sarbači ni bolbel emune tala du ni gilbaljaju tere

黄金卡子在前面闪烁

hoos luu in jirug tugulga yin dagan ergijü

双龙画随盔帽转动

aru degere ni bol adhugalji i jiruglaju

后面画着捏制的花样

gegen üngge tai rung qiu ni basa

明亮的绒球

tugulga nu sunumal degere tala du čečereged

在盔帽上颤动

sain ere in temdeg ayagančinegen ying šiong juang

好汉标记的碗大的好汉装

baragun tala du mirajagsan ajai

在西面招展

altan toli aru in gool du ban elgüjü

金镜挂在背后

toli nu ogosor luo jia si ber janggiyalaman

罗甲丝系住镜子

altan luunu jirug toli nu dotora gibaju

金龙画在镜中闪烁

araga nu dotora aru tabün dalbaga hadhugsan ajai

齿牙中插着五个旗子

hürel erdeni toli hömöhei degere ni elgüjü

铜镜挂在下唇

hoyar tala in ogosur i bolbel söbegen du abučiju gohodaju

两面的绳子扣在腰间

huo luu in jirug toli nu dotora gilbaju

火龙的图案在镜中闪烁

nidün i tagaju odon bümbüge duwalagad

眼睛中星星闪耀

sahal in hini üjügür usun tusul bagugad

须尾滴着水滴

ama nu hini degere gal un bider dataju

嘴里闪着火纹

araga šidü eče ni altan goha gi bagulgaju

齿牙放下金钩

arban naiman sačug ayolihai urugu bagugad

十八个缨子放在胸口

yuanšuai jalaraju

元帅走过去

er lüng tegri jalaraju bagulai du adali

二龙天请下来一般

ordon nu gajar eče jalaraju garhu du

从宫殿中走出去

jaba bologad numu

弓和箭

jigün baragun du agsagad abču

佩戴在左右

jarlig un üsüg tai dalbga gi bol

印有军令的旗帜

aru in degere daičilaman

背在后背

jarlig un seleme sübegen degen suiraju

令箭挎在腰间

tegün nu beye jalaraju garču

他走出去

baragun gar baildugan jebseg

右手将兵器

mönggön čagan jida gi bol gar tagan sigürejü

银白色的枪抓在手中

šihir čagan hülüg un du emegel hajagar ičimeglejü tere

为银白色的乘骑整理马鞍

sün šiao guan hötöljü irehü yin üye dü

仆人为他牵过来时

jigün gar jilogo šigüreged abču

左手拾起缰绳

šab hemen hülüg un dur mordaju

矫健上马

yan wu ting un jüg dobtologad ireju.

冲向演武厅①

当然，这是胡仁乌力格尔对蒙古英雄史诗叙事技艺的借鉴。布仁巴雅尔
在塑造《三国演义》中张飞的形象时，使用了明喻的手法，唱道：

Jang fei gedeg yi ni üjeqülei

说起张飞

Gang šan agula sanji tai bol

钢山要是有杯子耳朵的话

Gar yiar yian abugad qajičiqamar

就能甩出去的一样

Gang-a mören saba tai bol

河水要是能装进水桶的话

Mörü deger-e ben damnagad yabučiqamar

像是能够抬走一样

Galjigu baras yi šigüreged jabdubal

要是能够抓到猛虎

Gaqčaqan sabagad alačiqamar

像是能够摔死一样

Gal luu yi adqugad jabtul-a gebel

要是能够抓住火龙

Tasu tatagad orqimar einqü baidal üjegdel-e.

像是能够撕破丢掉一般

Barag-a qaraqu nidün eche ni

看人的眼

Gegen oči yi mandugad,

闪着光

baqan yadagulig šig tanigad üjebel

① 布仁巴雅尔：胡仁乌力格尔《隋唐演义》，内蒙古大学文学与新闻传播学院翻译整理，
2013，第34页，录音为第6小时的39分7秒至42分13秒。

稍微瘦弱的敌人看了之后

ayugad qagas ni ügüčigen-e.

吓得半条命没有了①

布仁巴雅尔不仅将张飞的力量形象地呈现出来，而且张飞业已成了按照蒙古族审美情趣塑造出来的英雄。他还经常使用夸张的手法描述英雄在与对手打斗中呈现的力量。在宇文成都追杀伍云召过程中，布仁巴雅尔增添了对宇文成都力量的描述：

Yu ven čeng dü ürügesün gar jebseg yier

宇文成都单手的兵器

Degesü yi degegši ben etebel

扬起绳子

Qori gučin qümün qoyin-a eče önqürejü

二三十人向后滚倒

Butaraju unagad

松散摔下

Üčüqenčü basa qoriglaju deyilqi ügei.

丝毫也阻拦不了

Tümen jib sačulaju qarbubaču

即使万箭齐发

Yu venčeng dü nü bey-e deger-e qalagad ügei.

都无法伤到宇文成都②

这种夸张显示了蒙古族对英雄力量的欣赏。胡仁乌力格尔对程式化描述、明喻和夸张等传统技巧的使用表明了这些传统技巧不是史诗区别于其他诗歌样式的标志性特征，应该属于史诗演唱的伴生现象。

---

① 布仁巴雅尔：胡仁乌力格尔《三国演义》，呼伦贝尔播音站 1984 年 8 月录音，内蒙古大学文学与新闻传播学院整理本第 38 页，录音为第 1 小时的 44 分钟。

② 布仁巴雅尔：胡仁乌力格尔《隋唐演义》，内蒙古大学文学与新闻传播学院整理本，2013，第 93 页，录音为第 15 小时的 49 分 40 秒至 49 分 59 秒。

　　世界各地史诗的发现使得学人们对史诗英雄的界定突破了荷马史诗的范例，拓宽了英雄的概念，让战争英雄、创世英雄以及其他类型的文化英雄都囊括进来了，对史诗内容的描述突破了英雄史诗的藩篱，强调史诗描述的内容是重大事件。《布洛陀》描述了布洛陀开天辟地、创造万物、安排秩序、排忧解难等诸多重大活动，把布洛陀塑造成壮族的创世神、祖先神、智慧神等。印度的《斯里史诗》的主人公不是王侯将相，也没有像《荷马史诗》那样描述轰轰烈烈的战争，女性的价值和家庭问题占据着这部史诗的重要位置。史诗的演唱者未必都是职业歌手。《伊利亚特》《摩诃婆罗多》《格萨尔》等许多史诗演唱传统都有专门的职业化歌手，但是一些活形态的史诗传统的传承并非如此。在塞尔维亚－克罗地亚史诗演唱传统里，歌手与普通民众在职业上没有什么特殊之处，大部分歌手都是半职业化的，并不以演唱为生。例如，歌手阿里亚·菲尤利亚宁（Alija Fjuljanin）是一个农夫；苏莱曼·福日季奇（Sulejman Fortić）是一个咖啡馆里的员工；德马伊尔·佐基奇（Đemail Zogić）是一个咖啡馆的业主。《勒俄特依》的演唱是由毕摩兼职完成的，许多演唱蒙古英雄史诗的歌手也不是专门以演唱史诗为职业。史诗的语境还包括歌手与受众的互动、乐器伴奏、道具、仪式等。但是可以说史诗在语境这个层面上共同具有的核心要素是它由职业或半职业的歌手演唱，是一种复合性的超级文类，在其漫长的形成和发展过程中吸收了神话、故事、赞词、谚语等许多其他文类。荷马把古希腊口头传统中的神话、挽歌等诸多民间知识以复杂的形式糅合在一起，在演唱中创编了《伊利亚特》和《奥德赛》，而且荷马史诗与当时许多使用六步格创作的诗歌之间都有紧密的联系。荷马史诗的许多游吟诗人都把他们的传承谱系上溯到荷马和荷马史诗，他们掌握的知识和曲目不仅仅只有荷马史诗，还有赫西俄德的诗歌以及其他早期诗人的诗歌。在形成与发展过程中，《玛纳斯》将柯尔克孜族的神话《四十个姑娘》、英雄传说《阿勒普玛纳什》、古老史诗《艾尔托什吐克》中的一些人物或情节吸收入其中。《格萨尔》吸纳了藏族的神话、传说、故事、民间叙事诗、对歌、口头论辩、谚语、谜语歌、轮唱、舌战等许多相对独立的口头文学样式，从而形成一个巨大的史诗传统。

　　史诗的功能与史诗的内容和形式一样重要，应该将史诗作为一种扩大化的人类典范和道德符码进行界定。劳里·杭柯将史诗作为民族认同的资源，认为史诗在特定社区内发挥着认同功能。劳里·杭柯没有回避史诗宏大这个特性，指出宏大和崇高是史诗在文学中占据着重要位置的原因。史诗的宏大和崇高，部分来源于它的文化语境和它的独特功能。因为它被认为与一些超越文本的东西相联系，例如集团的认同、群体的价值观、主人公的行为模式、历史和神话的象征结构等。所以史诗在局外人听来是重复的、烦闷的，但是对于一个特定的群体而言，歌手演唱史诗可以获得伟大，受众可以从史诗中的人物和事件找到认同。当然，除了与特定社区或族群认同的联系之外，史诗还有着娱乐、教化、仪式等诸多社会功能，这与史诗蕴藏的多种多样的文化内容有着密切关联，这是威廉·约翰逊将"多功能的"作为界定史诗一个必要条件的原因所在。因此，史诗在功能层面上必须具有的核心要素是史诗具有丰富的文化包容性，是特定社区或族群的叙事范例，具有多重社会功能。①

朝戈金对布兰达·贝卡、威廉·约翰逊、劳里·杭柯等晚近国际史诗学人和一些权威工具书给出的界定史诗的诸多不同尺度和标准进行了学理性的检讨与反思，指出一些核心的尺度是史诗必须持有的基本维度：其一，在形式上，史诗以韵文体为常见形式，篇幅巨大（不必规定诗行数量，但须有故事的完整性）；其二，在内容上，史诗的主角为英雄甚或是神祇，故事内容为重大事件，往往涉及一个民族乃至全人类的命运；其三，在功能上，史诗构成特定社区的范例，具有广泛的文化包容性，并具有多重社会功能；其四，在语境上，史诗的形成历史悠久，往往在无文字社会中得到发展，在形成和发展中与其他文类形成交错互渗关系。② 显然，朝戈金的史诗界定具有广泛的包容性与极强的开放性，尽可能地考虑到了史诗的多样性。因为，任何试图把某一种史诗界定全球化都是徒劳的，不应该把某一种史诗界定强加在世界各地的任何一种史诗传统之上。史诗的发展是多线性的，对史诗的界定反映了人类对史诗的认识过程，而这个过程是一个漫长的发展过程，其间不同的文化与社会语境必然对史诗的认识呈现不同的话语。

① 下文对史诗的功能有专节详述。
② 参见朝戈金在国家社科基金项目"口传史诗文本研究"中对史诗界定的思考。

　　荷马史诗的崇高宏大让史诗在西方文学传统里受到高度重视，为史诗在西方文学的格局中赢得了一个显赫的位置。不过，荷马史诗现在是仅以手稿本形式存留下来的口头诗歌，已经脱离了口头诗歌的生态，不再传唱于民众的口耳之间。需要再次肯定的是，史诗能够与其他类型的诗歌区别开来的重要标准是史诗使用了崇高而严肃的语言，呈现人物的方式不同于其他类型的诗歌。首先，一首诗若要称得上史诗，宏大叙事和崇高风格是缺一不可的。就崇高风格而言，其他类型的诗歌是远远缺乏的。以《孔雀东南飞》为例，不谈其篇幅结构，梁启超曾批评它虽"号称古今第一长篇诗，诗虽奇绝，亦只儿女子语，于世运无影响也。"[①]事实上，就史诗而言，崇高的风格远比叙事结构要紧得多，其他类型的诗歌可以具有史诗这样那样的艺术风格，但唯独史诗的崇高风格却是其他类型的诗歌所不具备的。其次，20 世纪 30 年代以前，学人们对荷马史诗的过度关注遮蔽了其他类型的史诗，而且这种狭隘的史诗观念阉割了文化多样性的思想，错误地认为世界上其他一些地区没有史诗，而实际上只能说它们没有荷马史诗之类的史诗。20 世纪中后期，学人对世界各地的史诗传统有了新的发现，认识到了史诗传统的多样性，开始对西方古典诗学的史诗观念进行反思批判，认为将史诗限定在英雄史诗的类型上是狭隘的，不能把一种模式凌驾在史诗多样性之上，而以往那种以荷马史诗为范例的史诗观念和研究范式逐渐成为历史。与此同时，学人们开始在跨文化语境下从世界性的、区域的和地方的传统话语等不同层面重新界定史诗，具有民俗学学科背景的史诗学者在这方面表现得尤为突出，对史诗的界定给出了诸多不同的尺度和标准。但是，史诗是一个复杂的文类，在不同的传统之间其内容、形式、语境、功能的表现形式不尽相同，这决定了史诗的界定是一个永远在不断发展的学术实践，也决定了史诗研究不能紧盯着史诗的一般概念不放，而应该寻求多学科的理论与方法有效地阐释多样的和具体的史诗传统。不过，国际学人对史诗的界定乐此不疲地探讨切实地推动了史诗学理论的进展，也推进了国际史诗学学科的建设，这是史诗界定的学术价值与学术意义所在。

---

　　① 　梁启超：《饮冰室诗话》，人民文学出版社，1959，第 4 页。

第二节　史诗的类型

史诗类型的论述始于亚里士多德，他参照悲剧类型的划分将英雄史诗相应地分为简单史诗、复杂史诗、性格史诗和苦难史诗四种类型，将《伊利亚特》划入简单型史诗的范畴，指出它含有苦难史诗的成分，将《奥德赛》划入复杂型史诗的范畴，指出它含有性格史诗的成分。随后，黑格尔将欧洲史诗和印度史诗纳入讨论范畴，将其列为正式史诗。他单列出雏形史诗的范畴，将箴铭、道德格言、教科诗、神谱、宇宙谱等划入其中，指出它们与正式史诗的不同之处在于它们描述的事件没有形成一个中心，没有得到整一的描述和刻画，神灵的力量没有生活化和人格化。① 他还单列出史诗变种的范畴，将田园诗、传奇故事、小说归入其中，认为它们与史诗的相同之处在于它们都具有客观性相的形式。②

黑格尔重点论述的史诗类型是正式史诗，将正式史诗分成象征型、古典型和浪漫型三个发展阶段及其相应的史诗类型。象征型史诗是正式史诗发展的第一阶段，《罗摩衍那》《摩诃婆罗多》等一些东方史诗可以列入这个范畴。但是，以荷马史诗为范例，黑格尔认为《罗摩衍那》《摩诃婆罗多》以及属于这一范畴的希伯来、阿拉伯和波斯的史诗都不是真正的史诗，批评《罗摩衍那》和《摩诃婆罗多》的"各部分的整一性是松散的，无数互不相干的故事，神的传说，节欲苦行及其功效的说教，对一些哲学教条和流派的永无休止的诠释，以及许多其它内容都杂糅在一起，看不出部分对部分以及部分对整体的联系"③。古典型史诗是正式史诗发展的第二阶段，荷马史诗是其典范。黑格尔指出荷马史诗首次把人们带到真正史诗的艺术世界，认为荷马史诗是真正的史诗，代表着史诗的顶峰。④

浪漫型史诗是正式史诗发展的第三个阶段，是基督教的各民族的半

---

① 〔德〕黑格尔：《美学》（第三卷）（下册），朱光潜译，商务印书馆，1997，第102～107页。
② 〔德〕黑格尔：《美学》（第三卷）（下册），朱光潜译，商务印书馆，1997，第165～168页。
③ 〔德〕黑格尔：《美学》（第三卷）（下册），朱光潜译，商务印书馆，1997，第171页。
④ 〔德〕黑格尔：《美学》（第三卷）（下册），朱光潜译，商务印书馆，1997，第174页。

史诗半传奇故事式诗歌的丰富发展，如《熙德之歌》《罗兰之歌》《尼伯龙根之歌》等。塞缪尔·约翰逊（Samuel Johnson）、威廉·肖（William Shaw）等都否定莪相是《莪相的诗》的作者，指出《莪相的诗》是莪相诗歌的搜集者麦克菲森（James Macpherson）伪造出来的作品。黑格尔对麦克菲森加工整理莪相的诗歌持肯定的态度，坚持《莪相的诗》是诗人莪相的作品，同时又批评《莪相的诗》情节和人物不够鲜明生动。[①] 他贬低《尼伯龙根之歌》，认为其塑造的人物性格不丰满，缺乏鲜明性。他高度赞赏《熙德之歌》，认为其题材富有史诗意味和造形艺术的色彩，其主题高尚纯洁，其展现的图景丰富而高贵，其艺术价值可与古代最优秀的作品相媲美。[②] 黑格尔确立史诗先象征型、次古典型、再浪漫型的演化进程，而且在哲学-美学的经验基础上把这一顺序加以法则化。这种公式化体系和顺序是规范诗学的体现，是黑格尔依据古典文学范本推导出史诗形成、发展与演变的内在规律。其实，象征型、古典型、浪漫型的史诗在演化过程中必然有着千丝万缕的影响和渗透，甚至它们可能有着共同的起源，而非黑格尔提出的线性发展模式，复合型史诗的存在也是可能的。

黑格尔也提及原始史诗和后世人工造作史诗，以荷马史诗为原始史诗的范例，批评《埃涅阿斯纪》《被解放的耶路撒冷》《失乐园》等后世人工造作史诗不如原始史诗那样自然朴素，原始史诗的诗人观照世界和生活的方式与所描述的世界和生活一直和谐，而后世人工造作史诗的诗人观照世界和生活的方式与所描述的世界和生活脱节，创作风格显得不自然，含有矫揉造作的意味。但是，他对《神曲》格外推崇，指出它是中世纪宗教诗中最伟大的史诗。[③] 黑格尔在更多时候没有将口头史诗与书面史诗区分开来，后来国际学人逐渐将口头史诗与书面史诗分离开来，将口头史诗称作"原初的"史诗，如《伊利亚特》《奥德赛》《摩诃婆罗多》《贝奥武甫》等，将书面史诗称作"次生的"史诗，如《埃涅阿斯纪》《失乐园》等。当然，"次生的"史诗也并非总是出现在"原初

---

① 〔德〕黑格尔：《美学》（第三卷）（下册），朱光潜译，商务印书馆，1997，第176 ~ 177 页。

② 〔德〕黑格尔：《美学》（第三卷）（下册），朱光潜译，商务印书馆，1997，第178 页。

③ 〔德〕黑格尔：《美学》（第三卷）（下册），朱光潜译，商务印书馆，1997，第179 页。

的"史诗之后，在远东的史诗传统和中东的史诗传统里书面的故事先产生，而后才出现该故事口头传承的扩展形态。①

依据口头传统向书面传统演化的规律，A. T. 哈托（A. T. Hatto）将史诗划分为口头的、次于口头的（Sub-oral）、后于口头的（Post-oral）三种类型，吉尔吉斯斯坦人、蒙古人、乌戈尔人、奥塞梯人、塞尔维亚－克罗地亚人的史诗属于口头史诗，荷马史诗属于次于口头的史诗，古法兰西、中世纪西班牙和德国的史诗属于后于口头的（Post-oral）史诗。口头的史诗指那些以口头的方式创作、演唱和流布的诗歌传统，它们能够与书面文学传统并存，而书面文学传统又对它们产生了强大的冲击。次于口头的史诗专门指称荷马史诗。哈托认为荷马史诗创作的时间距离希腊字母的引入非常近，虽然荷马史诗属于口头传统毋庸置疑，但是荷马史诗确实从书写的稳定性中获益。后于口头的史诗指欧洲的中世纪史诗，它们都是在羊皮纸上创作和传播，都是在公众场合演唱，保留了大量早期口头演唱的风格特征。② 不过，哈托承认这种分类可能会有部分重叠，而且这些类型需要一些扩充。对《摩诃婆罗多》和《罗摩衍那》属于哪一种类型，哈托模棱两可，甚至认为应该另找术语和类型称呼它们。

20 世纪后期国际学界逐渐解构了口头与书写的二元对立模式，与之相应，国际史诗学界逐渐抛弃了"原初的"和"次生的"史诗的划分方法，逐渐接受了劳里·杭柯划分史诗类型的方法。③ 他以创作、演唱、接受为界定维度将史诗分为三种类型：一是民间口传史诗，它的创作、演唱和接受存在于同一过程中，如《伊利亚特》《罗摩衍那》《贝奥武甫》《罗兰之歌》《熙德之歌》《尼伯龙根之歌》以及中国北方三大英雄史诗等。二是文人书面史诗，它是个体诗人以民间口传史诗为样式书面创作出来的宏大叙事，它的材料来自口头传统，但是诗人能够自由地决定自己所要创作的史诗的形式和结构，自由地使用掌握着的传统文化知

① Jackson, M. Guida, *Traditional Epics*: *A Literary Companion*, Oxford University Press, 1994, p. ix. 朝戈金、冯文开：《史诗认同功能论析》，《民俗研究》2012 年第 5 期。

② A. T. Hatto（General Editor），*Traditions of Heroic and Epic Poetry*, Modern Humanities Research Association, 1980, Volume 1, p. 11.

③ Lauri Honko, *Textualising the Siri Epic*, Helsinki, Academia Scientiarum Fennica, 1998, p. 37.

识。公认的文人书面史诗有维吉尔的《埃涅阿斯纪》、塔索的《被解放的耶路撒冷》、但丁的《神曲》、弥尔顿的《失乐园》等。三是"准书面"史诗，或说"以传统为取向"的史诗，最好的范例是芬兰的民族史诗《卡勒瓦拉》。它是编纂者在搜集和熟练掌握本民族充足的口头传统资源的基础上，按照有机的逻辑顺序对其进行编纂，创作出具有国家主义和民族主义的"以传统为取向"的史诗。

中国学人对史诗类型的研究做出了重要贡献，主要表现在对中国少数民族史诗类型的探讨上。20 世纪 50 年代以来，随着中国少数民族史诗不断得到挖掘和发现，中国学人开始有意识地摆脱域外史诗理论的框架，根据中国少数民族史诗的自身特点和文化传统提出了新的史诗类型。钟敬文主编的《民间文学概论》将中国少数民族史诗划分为创世史诗和英雄史诗，指出创世史诗描述天地日月的形成、人类的产生、家畜和各种农作物的来源①，英雄史诗则描述民族之间频繁的战争以及与之相联系的民族大迁徙等。② 潜明兹赞同钟敬文的分类方法，从基本情节构成和形象思维特点两个方面对创世史诗和英雄史诗的各自特征进行了较为详尽的区分和阐释。③ 20 世纪 90 年代以后，中国学人普遍认为应该将迁徙史诗从英雄史诗的类型中独立出来，钟敬文对此持肯定态度。④

2010 年，朝戈金、尹虎彬和巴莫曲布嫫合作撰写的《中国史诗传统：文化的多样性与民族精神的"博物馆"（代序）》描述了中国少数民族史诗的多样性，科学地界定了创世史诗和迁徙史诗的概念和范畴。⑤沿袭以往学人的观点，朝戈金、尹虎彬和巴莫曲布嫫根据史诗传承和流布的地域、民族地理区域和经济文化类型的异同将中国少数民族史诗分为南北两大史诗传统，北方民族以长篇英雄史诗见长，南方民族以中小

① 钟敬文主编《民间文学概论》，上海文艺出版社，1980，第 286 ~ 288 页。
② 钟敬文主编《民间文学概论》，上海文艺出版社，1980，第 290 页。
③ 潜明兹：《史诗探幽》，中国民间文艺出版社，1986，第 27 ~ 44 页。笔者认为，"创世史诗"还可以进一步探讨，如怎样界定它与神话的关系，它是划入神话的范畴还是划入史诗的范畴，等等。
④ 钟敬文、巴莫曲布嫫：《南方史诗传统与中国史诗学建设——钟敬文先生访谈录（节选）》，《民族艺术》2002 年第 4 期。
⑤ 朝戈金、尹虎彬、巴莫曲布嫫：《中国史诗传统：文化的多样性与民族精神的"博物馆"（代序）》，《国际博物馆》全球中文版，译林出版社，2010 年第 1 期。

型的创世史诗和迁徙史诗为主。北方民族生活在东起黑龙江漠北、西至天山西麓、南抵青藏高原的广袤地区，他们操持的语言分别属于阿尔泰语系范畴下的蒙古、突厥、满－通古斯三个语族以及汉藏语系范畴下的藏语语族。"北方英雄史诗带"以"三大英雄史诗群"尤为突出。[①]

《格萨尔》是目前世界上最长的一部英雄史诗，是关于英雄格萨尔一生业绩的神圣而宏大的叙事，描述了格萨尔投身下界、赛马称王、降伏妖魔、抑强扶弱、安置三界以及完成人间使命返回天国的英雄故事。在漫长的流布和演化过程中，《格萨尔》消化了藏族古老的神话、传说、故事、歌谣、谚语等诸多其他口头文学样式，形成了规模宏大的史诗样式，约于11世纪基本定型。11世纪以后，《格萨尔》以口传和抄本及刻本的形式传承，但是以说唱艺人的口头传播为主。《格萨尔》传播的地域非常广阔，除了在藏族和蒙古族聚居地区广为传唱之外，《格萨尔》还在土族、裕固族、纳西族、普米族、白族等聚居地区流传。此外，《格萨尔》还以口头或书面的形式流传于不丹、尼泊尔、锡金、印度、巴基斯坦、蒙古、俄罗斯等国家的不同地区。

《江格尔》描述了以江格尔为首的六千又十二位勇士与凶残的敌人进行英勇而不屈不挠斗争的故事，塑造了江格尔、洪古尔、阿拉坦策吉、古恩拜、萨布尔、萨纳拉、明彦等英雄群像。《江格尔》的每个诗章都有一批共同的英雄人物形象，但情节相对独立，互不连贯，它们是整个《江格尔》史诗传统的有机部分，共同构成了《江格尔》史诗集群。国内学界已经习惯于将这种结构的史诗称作"并列复合型英雄史诗"[②]。在这种叙事结构中，江格尔并非每个诗章的核心人物。许多诗章的核心人物是江格尔手下的某位英雄，如洪古尔、阿拉坦策吉、古恩拜、萨布尔、萨纳拉、明彦等。虽然在许多诗章中江格尔不是核心人物，但是作为宝木巴汗国的灵魂人物，他会出现在每个诗章中，将各个诗章平行地链接在一起。

《玛纳斯》描述了英雄玛纳斯及其子孙们抗击外来侵略者的英雄业绩，展现了柯尔克孜族人民尚武善战、抵御外侮、保家卫民、不畏强暴

---

① 朝戈金、尹虎彬、巴莫曲布嫫：《中国史诗传统：文化的多样性与民族精神的"博物馆"（代序）》，《国际博物馆》全球中文版，译林出版社，2010年第1期。

② 仁钦道尔吉：《〈江格尔〉论》，内蒙古大学出版社，1999。

的英雄主义精神，涉及古代柯尔克孜族的政治、经济、文化、军事、宗教、历史、哲学以及社会生活的各个方面。《玛纳斯》的主人公并非玛纳斯一人，而是玛纳斯及其7代子孙，其由《玛纳斯》《赛麦台依》《赛依铁克》《凯耐尼木》《赛依特》《阿斯勒巴恰与别克巴恰》《索木碧莱克》《奇格台》8部构成，主要流传于新疆柯尔克孜族地区，以及吉尔吉斯斯坦、阿富汗、哈萨克斯坦等国家的柯尔克孜人聚居地区。目前，我国保存的《玛纳斯》最为完整，演唱《玛纳斯》的玛纳斯奇最多，数量超过120位。当今世界上最为优秀的玛纳斯奇居素普·玛玛依生活在新疆阿合奇县，是世界上唯一能够完整演唱八部《玛纳斯》史诗的玛纳斯奇，曾被誉为"当代的荷马"。

除了"三大英雄史诗群"外，"北方英雄史诗带"还有许多源远流长、风格规模各异的英雄史诗。突厥语族英雄史诗群有柯尔克孜族的《艾尔托西图克》《库尔曼别克》《阔交加什》等，维吾尔族的《乌古斯可汗传》《先祖阔尔库特书》《艾米尔古尔乌古里》等，哈萨克族的《阿勒帕米斯》《阔布兰德》《阿尔卡勒克》等，乌孜别克族的《阿勒帕米西》《呙尔奥格里》等。蒙古语族英雄史诗群有《汗哈冉贵》《阿拉坦嘎鲁》《英雄锡林嘎拉珠》《阿拉坦沙盖》等。① 满－通古斯语族英雄史诗有赫哲族的《满都莫日根》《安徒莫日根》《希尔达日莫日根》等，鄂伦春族的《英雄格帕欠》，达斡尔族的《阿勒坦嘎乐布尔特》《绰凯莫日根》等，满族的《乌布西奔妈妈》《恩切布库》等。

南方少数民族史诗蕴藏丰富，羌、彝、纳西、普米、白、哈尼、傣、基诺、拉祜、佤、布朗、景颇、德昂、阿昌、傈僳、怒、独龙、苗、侗、布依、仡佬、水、土家、壮、仫佬、瑶、毛南、京、畲、高山、黎等30多个少数民族大都拥有以口头形态流传的史诗，其中有的还被记录在本民族或本支系的各种经籍和唱本里。朝戈金、尹虎彬和巴莫曲布嫫将南方少数民族史诗称为"南方民族史诗群"，它的史诗类型比"北方英雄

---

① 仁钦道尔吉曾按照基本情节结构类型将蒙古英雄史诗划分为"单篇型史诗""串联复合型史诗""并列复合型史诗"三种类型，将国内蒙古英雄史诗划分为巴尔虎、卫拉特、科尔沁－扎鲁特三个传承圈，可参见仁钦道尔吉的《〈江格尔〉论》（内蒙古大学出版社，1999）和《蒙古英雄史诗源流》（内蒙古大学出版社，2001），下文对此有详述，此处不赘述。

史诗带"更为丰富，既有英雄史诗，又有创世史诗与迁徙史诗，其中创世史诗与迁徙史诗是由"南方民族史诗群"生发出来的学术概念。朝戈金、尹虎彬和巴莫曲布嫫指出创世史诗是以创世神话为基本内容，以天地万物、人类社会文化的起源及发展为叙述程式的韵文体叙事①，彝族的《梅葛》、傈僳族的《创世纪》、纳西族的《崇般图》、白族的《创世纪》、阿昌族的《遮帕麻与遮米麻》、景颇族的《勒包斋娃》、独龙族的《创世纪》、佤族的《司岗里》、傣族的《巴塔麻嘎捧尚罗》、布朗族的《创世纪》、怒族的《创世歌》、土家族的《摆手歌》、布依族的《赛胡细妹造人烟》、哈尼族的《十二奴局》、拉祜族的《牡帕密帕》、拉祜族的苦聪人的《创世歌》、畲族的《盘瓠歌》、毛南族的《创世歌》、黎族的《追念祖先歌》、普米族的《帕米查哩》、德昂族的《达古达楞格莱标》、基诺族的《大鼓和葫芦》、怒族的《创世歌》、壮族的《布洛陀》、侗族的《侗族祖先哪里来》、苗族的《洪水滔天歌》、瑶族的《密洛陀》等是创世史诗的代表作，它们一同构筑了具有南方民族地域文化特色的"创世史诗群"②。

对迁徙史诗，朝戈金、尹虎彬和巴莫曲布嫫将它界定为"大多以本民族在历史上的迁徙事件为内容，展示族群或支系在漫长而艰难的迁徙道路上的社会生活和文化命运，塑造迁徙过程中发挥重大作用的民族英雄、部落首领等人物形象及描绘各民族迁徙业绩的壮阔画卷"的韵文体叙事③，哈尼族的《哈尼阿培聪坡坡》、拉祜族的《根古》、苗族的《溯河西迁》、瑶族的《寻根歌》、侗族的《天府侗迁徙歌》等是其代表作，它们构成的"迁徙史诗群"在"南方民族史诗群"里占有重要的位置。英雄史诗也是"南方民族史诗群"的重要史诗类型，如傣族的《兰嘎西贺》、壮族的《莫一大王》、侗族的《萨岁之歌》、纳西族的《黑白之战》、彝族的《铜鼓王》等。

当然，中国少数民族史诗并非按照先创世史诗、次迁徙史诗、再英

---

① 朝戈金、尹虎彬、巴莫曲布嫫：《中国史诗传统：文化的多样性与民族精神的"博物馆"（代序）》，《国际博物馆》全球中文版，译林出版社，2010 年第 1 期，第 11 页。

② 朝戈金、尹虎彬、巴莫曲布嫫：《中国史诗传统：文化的多样性与民族精神的"博物馆"（代序）》，《国际博物馆》全球中文版，译林出版社，2010 年第 1 期，第 12 页。

③ 朝戈金、尹虎彬、巴莫曲布嫫：《中国史诗传统：文化的多样性与民族精神的"博物馆"（代序）》，《国际博物馆》全球中文版，译林出版社，2010 年第 1 期，第 12 页。

雄史诗的线性秩序演化的，史诗类型的发展是动态的，非线性的，具有多种发展的可能，其中一些史诗兼具创世史诗、迁徙史诗和英雄史诗的特征。朝戈金指出《亚鲁王》呈现混融性叙事特征，是一种"复合型史诗（跨亚文类）"：

> 《亚鲁王》具有在中国境内流布的创世史诗、迁徙史诗和英雄史诗三个亚类型的特征，其中"创世纪"部分用大量篇幅讲述宇宙起源、日月星辰形成等内容，其后又生动叙述了亚鲁王为避免兄弟之间手足相残而率众远走他乡的筚路蓝缕，其间伴随着艰苦卓绝的战争杀伐，故而兼具迁徙史诗和英雄史诗的叙事特征。①

中国少数民族史诗呈现的南北格局与自然地理、人文生态环境密切相关。北方少数民族史诗传唱在辽阔的草原高原地带，其气候寒冷干燥，交通便利。南方少数民族史诗传唱在高低悬殊、崎岖不平的山地，其气候温暖湿润，交通不便。地理环境的差异导致了南北少数民族在生活方式、审美情趣上的差异。北方少数民族以游牧为生，随水草放牧，居无定所，性格豪放爽朗、勇猛剽悍，崇尚力量和勇气，具有尚武精神，精于骑射。南方少数民族以农耕为生，安土重迁，性格温和。为了争夺水草、牧场、畜群等，北方少数民族之间常有金戈铁马、纵横驰骋的大规模战争。在征战中，那些英勇善战、保护和壮大本氏族或本部落的英雄成为歌咏赞颂的对象，与之相应的英雄史诗应运而生。南方少数民族致力于耕种，建设家园，表现为适应与改造生态环境，以求生存和繁衍。这直接导致了南方少数民族史诗多为创世史诗，反映人类与自然的斗争和农业生产活动实践。南方一些少数民族在历史上曾经有着大规模的迁徙，于是他们以史诗记录和歌咏先民的迁徙活动。拉祜族的迁徙史诗《根古》真实地描述了拉祜族的迁徙路线，所涉及的地名与今天的地名及地理环境大致相合。苗族迁徙史诗《沿河西迁》描述了苗族的一个分支由湖南资水而上，经柳江和清水江，至黔东南一带的迁徙历程。当然，

---

① 朝戈金：《〈亚鲁王〉："复合型史诗"的鲜活案例》，《中国社会科学报》2012年3月23日第283期。

还有一些南方少数民族曾有过频繁的部落兼并战争，这为南方少数民族英雄史诗的产生提供了素材。南方少数民族英雄史诗主要存在于壮傣语族和藏缅语族的相关族群里，大致有雏形期英雄歌与成熟期英雄史诗两种类型。① 显然，中国南北少数民族的地域和文化差异使得"北方英雄史诗带"与"南方民族史诗群"显示出不同的特点。

还需要提及的是，南方少数民族史诗常在仪式上演唱，是祭祀仪式的重要组成部分。纳西族在祭祀天鬼仪式上，要由祭司东巴演唱《创世纪》。瑶族在祭祀密洛陀时，除了要摆上祭品和点香烧纸外，师公要敲打铜鼓和跳舞向着祭台演唱《密洛陀》。在生产时，一些南方少数民族也要举行相应的仪式，演唱史诗是其中一个重要内容。云南大姚的彝族在开荒种地、进山打猎、放牧牛羊时要举行仪式，仪式上祭师要相应演唱《梅葛》中的"农事""狩猎"和"畜牧"部分。云南西盟等地的佤族在春季播种前要举行砍人头祭鬼的仪式，祭祀木依吉，其间要演唱史诗《司岗里》，它是以咒语的形式被念诵出来的。在人生仪礼上，一些南方少数民族要演唱史诗。广西巴马的壮族在接亲时要演唱《布洛陀》中的"造婚姻""造风俗""造仪礼"等部分内容，而且是男方接亲的人在女方家演唱。楚雄彝族在送灵仪式上，祭司毕摩要演唱《查姆》。也就是说，南方少数民族史诗的演唱大多是整个仪式活动的一个组成部分，仪式功能非常强。相反，仪式则是北方少数民族史诗演唱的一个组成部分，《格萨（斯）尔》《江格尔》等都是在演唱前举行仪式，以保证史诗演唱的神圣性。这是中国少数民族南北史诗文化生态的差异。当然，随着岁月的流逝，北方少数民族史诗和南方少数民族史诗的仪式性、神圣性正在逐渐减弱，其世俗性、娱乐性正在逐渐增强。

在对国内少数民族史诗的某一特定史诗传统的史诗类型研究上，国内外学人对蒙古英雄史诗的类型研究相对充分。涅克留多夫（S. J. Nekljudov）通过对不同时代、不同内容、不同类型的蒙古英雄史诗的分析和归纳，推断蒙古英雄史诗共同体的核心地带是南西伯利亚森林的阿尔泰地区，同时结合蒙古民族的历史经济制度的发展将蒙古英雄史诗划分为狩

---

① 朝戈金、尹虎彬、巴莫曲布嫫：《中国史诗传统：文化的多样性与民族精神的"博物馆"（代序）》，《国际博物馆》全球中文版，译林出版社，2010年第1期，第13页。

猎史诗（西布里亚特的史诗）、卫拉特史诗、游牧史诗（蒙古、卡尔梅克的史诗）三种史诗类型。① 在考察英雄史诗题材构成的基础上，他总结出蒙古英雄史诗经历了森林人的氏族部落史诗走向了歌颂草原游牧民族理想王国的战争史诗集群这样一个形成和发展过程，指出这个流变过程的特点是史诗情节缺少变化，叙事中心仍然是勇士的求婚、勇士同恶魔或异族的战斗。② 海西希（Walther Heissig）将蒙古史诗划分成六种类型：（1）求婚史诗（The courting epic），英雄在求婚的过程中要展现自己的力量、勇气、自信以及通过种种考验；（2）失而复得的史诗（The epic of recovery of lost possessions），英雄必须通过战斗解救被恶魔趁自己不在场时掠走的妻子、双亲、民众、羊群等；（3）神话史诗（Mythicized epic），英雄具有神性的出身，为了世界的和平与秩序而战斗；（4）权力联盟型的史诗（The power-delegating epic），在圣明君主的周围有一批英雄，君主赋予他们与威胁自己部落的敌人和侵略者战斗的权力；（5）仪式史诗（Composite ritualized epic），英雄的行为与宗教的母题结合在一起，演唱这种史诗的目的在于祛除那些带来自然灾害、瘟疫以及战争的恶魔；（6）以书本为导向的史诗（The book-based epic，Bensen üliger），将汉文小说的母题以一种新的形式融入史诗歌手的演唱里，呈现的形式是半散半韵。③

一般而言，国内外学人都将蒙古英雄史诗归纳为布里亚特体系史诗、卫拉特体系史诗和巴尔虎－喀尔喀体系史诗三大系统以及俄罗斯的布里亚特、卡尔梅克和蒙古国的喀尔喀、西蒙古卫拉特、呼伦贝尔市巴尔虎地区、扎鲁特－科尔沁地区及新疆的卫拉特地区七个分布中心。仁钦道尔吉对它们的特征进行了描述，侧重分析了中国境内蒙古英雄史诗的部族特征和地域特征。根据母题系列的内容、数量和组合方式的不同，他把蒙古英雄史诗分为单篇型史诗、串连复合型史诗和并列复合型史诗三

---

① 〔苏〕涅克留多夫：《蒙古人民的英雄史诗》，徐昌汉、高文风、张积智译，内蒙古大学出版社，1991，第89页。

② 〔苏〕涅克留多夫：《蒙古人民的英雄史诗》，徐昌汉、高文风、张积智译，内蒙古大学出版社，1991，第105页。

③ Walther Heissig: *The Present State of the Mongolian Epic and Some Topics for Future Research*, Oral Tradition 11/1, 1996. pp. 89 - 90.

大类型以及与之相应的三个发展阶段，阐述了它们的特点。[①] 巴·布林贝赫将蒙古英雄史诗放在整个蒙古文学流变的过程中进行动态观照，兼及农业文化和佛教文学对蒙古英雄史诗的影响，提出蒙古英雄史诗的发展经历了"原始史诗""发达史诗"和"变异史诗"三个阶段的论断。在对这三个阶段的科学阐述中，他对"变异史诗"的美学特征和异文化对其影响的阐述尤为独到，考察它对蒙古英雄史诗的基本精神和基本母题的继承和保留以及对农耕文化和藏传佛教文学的接受。[②] 仁钦道尔吉、巴·布林贝赫等对蒙古英雄史诗类型的阐述展现了中国学人对蒙古英雄史诗形成和发展规律的探讨具有的独特视野和原创性，对今后蒙古英雄史诗，乃至中国少数民族史诗的类型研究起到重要的推动作用。

还需要指出的是，中国学人对中国少数民族史诗类型的探讨丰富和拓展了国际史诗的宝库，加深了国际学界对史诗多样性的认识，必然会推进国际史诗类型学的研究。同时，随着中国少数民族史诗的整体研究和个案研究的深入，中国史诗类型学的研究将得到进一步的拓展。

第三节　史诗的功能

一部民族史诗一旦形成，便会对一个特定民族的社会、文化、生活产生多重作用，包括娱乐、教育、仪式、认同等社会功能。如果只关注史诗的结构特征，忽视史诗的功能，那么根本无法将它与其他口头文学样式区别开来，也无法在本质上理解作为特定社会或族群叙事范例和传统资源的史诗。

史诗在形成和发展过程中凝聚着特定族群的神灵观念、图腾信仰、祖先崇拜、英雄崇拜以及其他宗教信仰要素，逐渐演化成神圣而崇高的叙事，而歌手演唱史诗的活动也成为一种神圣的仪式，具有强烈的宗教功能。西藏昌都类乌齐县圆光艺人卡察扎巴·阿旺嘉措在说唱《格萨尔》前要布置道场，然后念诵经文，直到铜镜里显像，才开始说唱史

---

① 仁钦道尔吉：《〈江格尔〉论》，内蒙古大学出版社，1999，第 127～138 页。
② 苏尤格：《著名诗人巴·布林贝赫及他的诗学理论》，《内蒙古民族大学学报（社会科学版）》2008 年第 6 期，第 26 页。

诗。① 一些《格萨尔》说唱艺人在说唱时使用帽子招请神灵降临，希图得到他们的庇佑，他们的帽子具有萨满的神力，联结着史诗中的英雄，是史诗中格萨尔王和其他英雄的标识，能够将史诗英雄和说唱艺人结合在一起。② 新疆卫拉特人请江格尔奇来家演唱史诗时经常在蒙古包外拴一匹白马或白羊，作为祭品。有时，江格尔奇到民众家里演唱史诗时，民众会在江格尔奇演唱史诗前完成点香、点灯、煨桑等一系列祭祀性的仪式，或将盛满牛奶的碗放在蒙古包顶上，或将空碗扣在蒙古包顶上，有些地方还会在蒙古包周围撒上炉灰，甚至向空中鸣枪驱鬼。蟒古思故事的说唱艺人齐宝德在说唱故事之前，都要将供奉吉祥天女班丹拉姆女神的佛龛的挡板卸下，给女神上香，每次说唱大约要上三次香。③《布洛陀》的演唱是布洛陀祭祀活动的一个组成部分，田阳县敢壮山祭祀活动包括开堂、开祭、致祭词、进献祭品、演唱《布洛陀》、进香等一系列程序。在主持祭天活动的过程中，纳西族的祭司东巴要完成立神石和神木、点香、牲祭等一系列仪式，而每一个仪式的每一个程式都要演唱《祭天古歌》中相应的部分。阿昌族的巫师"活袍"在祭祀祖先和举行丧葬仪礼时演唱《遮帕麻与遮米麻》，而且在演唱前要先点燃长明灯，在肃穆的气氛中虔诚地向遮帕麻与遮米麻祈祷，然后开始演唱这部史诗。

　　史诗的宗教功能决定了史诗的演唱有着这样那样的规矩和禁忌。一些典籍记载，《格萨尔》的说唱艺人仅能在春季和夏季说唱《格萨尔》，否则会引起风暴和雪暴，《格斯尔》的说唱艺人只能在夜间和冬季或在昴星团明显时说唱《格斯尔》。④ 西藏史诗说唱艺人不能到神山狩猎，到圣湖游泳嬉戏，否则会遭遇厄运，失去说唱《格萨尔》的本领。据说青海省玉树州杂多县的多丁忘记了许多有关格萨尔的故事，失去说唱《格萨尔》的技能，其原因是他猎杀动物过多，神灵激怒，将他的说唱本领

---

① 杨恩洪：《民间诗神——格萨尔艺人研究》，中国藏学出版社，1995，第277页。
② 说唱艺人的帽子具有丰富的象征意义，石泰安详尽描述这一服装道具的形状、特征及其装饰物，而且对它们做出了较为符合西藏史诗传统的象征性解释。
③ 齐宝德在家里说唱蟒古思故事，上香是必不可少的。但是在他人家里说唱，他不会勉强别人要这么做。参见陈岗龙《蟒古思故事论》，北京师范大学出版社，2003，第98～105页。
④ 石泰安：《西藏史诗和说唱艺人》，耿昇译，中国藏学出版社，2005，第352页。

收回去了。① 一些蒙古族说唱艺人认为要使《格斯尔》具有巫术魔法功能，便必须准确完整地说唱《格斯尔》，据说一位说唱艺人如果准确无误地说唱格斯尔的故事，那么天神会送给他一匹白马。②

不同社区或族群的人生仪礼、节日庆典、民间信仰和宗教仪式等民俗生活对史诗演唱的要求各不相同。对于藏族民众来说，在人生仪礼和传统节庆上，如果没有《格萨尔》说唱，那就会大为逊色。在什么场合说唱什么内容也是大有讲究的，如在新生儿降生的时候，吟唱格萨尔从天国降生人间的段落；赛马节上吟唱格萨尔赛马称王的段落；丧礼上则吟唱格萨尔功德圆满、重升天界的段落。阿昌族的宗教祭祀活动常要念诵创世史诗《遮帕麻和遮咪麻》，并且必须根据不同的祭祀对象念诵不同的段落。身为阿昌族祭司"活袍"的曹明宽在举行祈神、驱鬼、祭寨、祭谷魂等民俗活动时，唱诵降妖除魔的段落；在百姓起房盖屋、娶亲嫁女的仪式中，唱诵史诗的创世段落。在黔东南苗族祭祀祖先、酬神谢祖、庆贺丰年等隆重的仪式上，德高望重的长老、祭司或歌手通常演唱《苗族古歌》。在"达努节"上，瑶民都要宴飨歌舞，一起演唱《密洛陀》为其始祖神祝寿，表示恪守祖规的虔诚之心。在"卡雀哇"节的祭天鬼仪式上，独龙族要演唱《创世纪》。

史诗演唱经常与民间信仰、宗教文化以及祭祀仪式相关联，而且这种情形依然活跃在各种不同的史诗演唱传统里，使得史诗演唱具有宗教功能及其相应的禁忌。但是，这种功能已经逐渐呈现减弱的趋势，史诗演唱逐渐由神圣性转向世俗化，娱乐功能逐渐增强。

文化娱乐与休闲消遣是史诗的重要社会功能，与之相关的事例在不同族群的史诗演唱传统里不胜枚举。荷马史诗中那些向裴奈罗佩求婚的王公贵族让菲弥俄斯演唱诗歌，活跃宴饮的气氛。③《贝奥武甫》中吟游诗人演唱英雄的业绩给贝奥武甫与赫罗斯加助兴。④ 说唱艺人桑珠曾为拉加里的嘉波说唱《格萨尔》，还应贵族赤钦的邀请演唱了《阿达拉

---

① 央吉卓玛：《〈格萨尔王传〉史诗歌手展演的仪式及信仰》，《青海社会科学》2011 年第 2 期。

② 石泰安：《西藏史诗和说唱艺人》，耿昇译，中国藏学出版社，2005，第 353 页。

③ 〔古希腊〕荷马：《奥德赛》，王焕生译，人民文学出版社，2000，第 8 页。

④ 《贝奥武甫》，陈才宇译，译林出版社，1999，第 36 页。

姆》。① 当然，史诗歌手的演唱活动不会完全限制在王公贵族的府第，他的受众不会仅仅是王公贵族与喇嘛活佛。即使豢养的宫廷史诗歌手也断不会将自己的演唱范围限定在上层社会，虽然这样的场合会给史诗歌手演练和提高演唱技艺提供一个非常良好的艺术环境。对于一个史诗歌手而言，不管是在王公贵族的家里，还是在贫苦民众的家里，演唱史诗都是他们的职责，都是他们展示才华和带给人们欢愉的地方。甚至可以说，绝大多数史诗歌手都是活跃在民间，与普遍民众生活在一起，他们的演唱给民众单调而贫乏的生活带来了欢乐。塞尔维亚－克罗地亚的新帕扎尔（Novi Pazar）的咖啡馆经常聘请一些有名气的史诗歌手，将他们演唱史诗的活动作为一种娱乐节目来取悦和招揽顾客。德马伊尔·佐基奇（Đemail Zogić）是一个咖啡馆的业主，曾经雇用歌手萨利赫·乌戈利亚宁（Salih Ugljanin）和苏莱曼·马基奇（Sulejman Makić）在自己的店里唱歌，付给他们薪酬，顾客赏给他们的小钱也一并交与他们。如果雇用的歌手在受雇期间生病，德马伊尔·佐基奇便会临时客串歌手的角色，给顾客们演唱史诗，以保证店铺的生意不受影响。②

当人们在紧张劳作时，史诗歌手可以演唱史诗来消除他们的疲劳，增添他们的快乐，让他们得到娱乐和休息。当印度南部卡那塔克（Karnataka）西南地区的土鲁（Tulu）妇女下地拔秧和插秧时，一个女性歌手经常演唱《斯里史诗》以缓解劳作的苦辛，提高妇女们劳作的效率和劳作热情。歌手古帕拉·奈卡（Gopala Naika）曾经给在田地里劳作的妇女们演唱过《斯里史诗》，这些妇女排成一条线，手拔着秧苗，以拔秧发出的溅拔声呼应史诗演唱的节奏。③

史诗的娱乐功能不仅体现在日常生活里，而且体现在节日庆典中。公元前6世纪，雅典执政者裴西斯特拉托斯（Peisistratos）指派俄诺马克里托斯（Onomacritos）整理和校勘出《伊利亚特》和《奥德赛》规范本，将吟诵荷马史诗作为泛雅典娜节日庆典的比赛节目，规定诗人必须

---

① 杨恩洪：《民间诗神——格萨尔艺人研究》，中国藏学出版社，1995，第216页。

② 〔美〕阿尔伯特·贝茨·洛德：《故事的歌手》，尹虎彬译，中华书局，2004，第20～21页。

③ Lauri Honko, *Textualising the Siri Epic*, Helsinki, Academia Scientiarum Fennica, 1998, p. 77.

按照规范本呈现的创作顺序吟诵荷马史诗。随后，一个以吟诵荷马史诗为业的职业群体开始出现，他们时常出现在各种各样的庆典和祭祀活动中，参加吟诵荷马史诗比赛，获得奖酬。以美姑为中心的义诺彝区盛行的"克智"论辩活动存在于民间的婚丧嫁娶场合，既有竞技的成分，也有娱乐的成分，还有仪式的成分。①

史诗歌手演唱史诗娱乐受众的同时，自己也得到了物质上的奖酬。不论在普通百姓的家里，还是在汗王贵族的府邸里演唱史诗，江格尔奇都经常受到热情的招待。1941 年，江格尔奇阿乃·尼开为通晓蒙古语的汉人张生财演唱了几天《江格尔》，张生财以一块茶砖、一件衣服和一块衬衫布相赠。② 在巴桑嘎·穆克宾演唱《江格尔》后，受众送给他一件短棉袄，赏给他 3 个卢布。③ 索县热都乡的人们经常聚在一起，凑来一些肉、酥油、茶等，邀请说唱艺人玉梅说唱《格萨尔》。④ 歌手时常得到受众的精神鼓励。如果现场的受众不停用掌声和喊叫声鼓励，玛纳斯奇满别特阿勒·阿拉曼唱起来便更有劲。⑤ 如果受众不时发出惊讶、兴奋和称赞的欢呼声，那么江格尔奇便会激情四溢，尽情发挥着自己的演唱才华。⑥

史诗是一个族群的历史记忆与神圣叙事。"如果把各民族史诗都结集在一起，那就成了一部世界史，而且是一部把生命力，成就和勋绩都表现得最优美，自由和明确的世界史"⑦。一部史诗能够让人们记住祖先曾经拥有的光辉与荣耀，知晓自己族群形成与发展的历史进程，坚信他们将来高贵的命运。因此，史诗在久远而漫长的口头传唱过程对传统中的受众起着历史教育的作用。史诗既体现一个民族的历史和文化的传承，又承载着这个民族的精神和理想。史诗的英雄是一个民族已发展出来的思想和行为方式的范例，一个民族性格中分散在许多人身上的光辉品质

---

① 巴莫曲布嫫：《克智与勒俄：口头论辩中的史诗演述》（上、中、下），《民间文化论坛》2005 年第 1、2、3 期。

② 仁钦道尔吉：《〈江格尔〉论》，内蒙古大学出版社，1999，第 16 页。

③ 仁钦道尔吉：《〈江格尔〉论》，内蒙古大学出版社，1999，第 22 页。

④ 杨恩洪：《民间诗神——格萨尔艺人研究》，中国藏学出版社，1995，第 164 页。

⑤ 阿地里·居玛吐尔地：《〈玛纳斯〉史诗歌手研究》，民族出版社，2006，第 80 页。

⑥ 仁钦道尔吉：《〈江格尔〉论》，内蒙古大学出版社，1999，第 19～20 页。

⑦ 〔德〕黑格尔：《美学》（第三卷）（下册），朱光潜译，商务印书馆，1997，第 122 页。

都集中在他身上，显示出人性美的完整个体。① 史诗呈现的民族精神特质、制度、习俗、信仰对一个民族的社会实践与民俗生活发挥着重要的道德教育功能。

鲍勒对史诗英雄的精神特质作出精辟的概括：

> 英雄是男人的最高目标，他超越了人类的脆弱而获得了一种自我满足，是一种男性心态。他拒绝承认任何事情是困难的。即使失败，只要他尽他所能去做了，他也获得内心的满足。②

《江格尔》里英雄们持有的崇高价值观深深地影响蒙古族民族道德的培养，江格尔奇鄂利扬·奥夫拉、巴桑嘎·穆克宾等人曾经到苏联红军部队中演唱《江格尔》，鼓舞战士们的士气和斗志。③《玛纳斯》里英雄们的思想品德和价值观念潜移默化地影响着柯尔克孜人，郎樱对此描述道："《玛纳斯》通过英雄人物形象的塑造，通过感性化、感情化的审美意境，使听众在史诗的接受过程中受到潜移默化的影响，使史诗的思想价值转变为教育价值。史诗中英雄们强烈的英雄主义气概和高尚的情操，以及他们对于真善美不懈地追求精神，对于人民群众具有教育与鼓舞的作用。"④

戈登·英尼斯（Gordon Innes）曾记录了冈比亚人巴卡里·西迪贝（Bakari Sidibe）对《松迪亚塔》（*Sunjata*）的评述："虽然松迪亚塔毫无疑问地比我们更强大、更勇敢，但是他也像我们一样是一个人。他的品质我们也具有，虽然它简化成一种形式。松迪亚塔告诉我们一个男人能做什么，展示一个男人的潜力。即使我们不能渴求做出与松迪亚塔一样的大事，但是我们感到，我们的精神因了解像松迪亚塔那样的人展示的精神而得到升华。在战争前夕，一个歌手（griot）将对国王和他的追随者们演唱《松迪亚塔》。这个故事能唤起参与战争的受众超越自我，当

---

① 〔德〕黑格尔：《美学》（第三卷）（下册），朱光潜译，商务印书馆，1997，第136～138页。

② 转引自 Lauri Honko, *Textualising the Siri Epic*, Helsinki, Academia Scientiarum Fennica, 1998, p. 21。

③ 仁钦道尔吉：《〈江格尔〉论》，内蒙古大学出版社，1999，第17～23页。

④ 郎樱：《〈玛纳斯〉论》，内蒙古大学出版社，1999，第196页。

然不必鼓励他们去超越松迪亚塔，而是让他们感到他们有能力获得他们以前只敢想象的伟大事情。通过让他们记起松迪亚塔的事迹提高他们对自己能力的估价。"①《松迪亚塔》不仅能给其民众以强烈的自豪感，而且可以让他们审视自己的生活，规范他们的行为，告诉他们应当承担的责任和义务，应当争取的荣誉。尼日利亚南部伊卓族人每隔几年便将其所有民众召集起来举办演唱部族史诗《奥兹迪》的活动，模拟史诗中祖先和英雄的生活，学习他们的优秀品德，接受民族精神的洗礼和再教育。②刚果东部尼昂加人生活的社区经常演唱《姆温都史诗》，一方面满足民众的娱乐需求，一方面教育民众宽容与互依互助，增强社区的凝聚力。③

谈及史诗，必然要谈及史诗的宏大和崇高。这源于史诗具有的认同功能，具有的强大内聚力，能够将特定群体乃至民族凝聚和团结起来。在特定群体乃至民族的文化中，史诗往往是其文化的认同符号。所以，一个非传统中的受众聆听史诗，他可能会感到史诗听来枯燥、烦闷、语词多重复等，但是属于史诗传统中的受众则对歌手演唱的史诗兴趣盎然，他们对史诗中的英雄及其行为和业绩产生认同，将它们视为辨识自我、依托自我的神圣而宏大的叙事。歌手和受众对史诗的认同是史诗存在的一个重要条件，没有歌手和受众的认同与支持，一首口头诗歌是不能被视为史诗的。因此，劳里·杭柯将认同功能作为界定史诗的重要维度，④在他看来，群体认同是"是一套凝聚人们的价值观、符号象征和感情的纽带，通过持续不断的对话协商，为我们在天地间创建一个空间（同时将'我们'与'他们'区别开来）"⑤。史诗传统中的歌手和受众正是通过史诗中的英雄和事件找到个人身份的自我认同。

特定族群，乃至民族的史诗、神话、传说、民间故事、咒语、颂词

①　Lauri Honko：*Textualising the Siri Epic*，Academia Scientiarum Fennica，Helsinki，1998. p. 21.

②　详细论述可参见李永彩《松迪亚塔·译序》，译林出版社，2003。

③　李永彩：《松迪亚塔·译序》，译林出版社，2003。

④　Lauri Honko，*Textualising the Siri Epic*，Helsinki，Academia Scientiarum Fennica，1998，p. 28.

⑤　Lauri Honko：*Epic and Identity*：*National*，*Regional*，*Communal*，*Individual*，Oral Tradition 11/1（1996），p. 21.

等诸多口头文学样式构成口头文学生态，而史诗与这个族群，乃至民族的认同关系让史诗与这个口头文学生态中的其他文学样式区别开来①，使史诗在内容、形式、功能等方面远远胜过了同一口头文学生态中的其他叙事文类。也就是说，史诗呈现内涵的丰富性，对特定族群乃至民族产生的影响力，表述呈现的力度都是其他叙事文类不可比拟的。史诗囊括了开天辟地、自然万物的生成、人类的起源等诸多神话，回答了世界本原问题，描述了特定族群或民族形成的历史，歌颂了特定族群或民族中的英雄，进而呈现了特定族群或民族的认同，这也是史诗具有神圣性和崇高性的原因所在。

20世纪中后期，国际学人陆续在亚洲、非洲等各个地区挖掘和发现了不同于荷马史诗的史诗传统，打破了以西方古典诗学的史诗观念衡量世界各地史诗传统的做法，史诗的多样性成为国际史诗学界的共识。与史诗传统的多样性相对应，史诗的认同功能也具有多样性，具有多个层面上的认同，既有个人的某种认同，也有小群体的某种认同，还有民族的某种认同。

在印度南部卡那塔克（Karnataka）西南地区的土鲁（Tulu），《斯里史诗》是一部重要的史诗，描述了斯里成为女神的故事。土鲁妇女将它作为个人自我认同的资源，她们赞颂斯里的坚韧勇敢、自尊自立，仿效斯里的行为模式。在土鲁，村民们每年都要为斯里举行祭祀仪式，要选出一个妇女作为斯里在世俗世界的代表。一旦某个妇女被选上，它便会得到女神斯里的佑护，与女神斯里在一起了，进而获得了一个新的身份，而村民也会衷心地支持她，从而提高了她在土鲁社区和其个人家庭中的地位。② 在藏族史诗《格萨尔》的说唱传统中，神授艺人的个人身份认同的途径是他们声称自己的说唱能力是神灵授予的。扎巴、桑珠、玉梅等说唱《格萨尔》的神授艺人都告诉民众他们的说唱技艺是无师自通的，是神灵在梦中传授给他们的，这将他们与圆光艺人、吟诵艺人、闻知艺人、掘藏艺人、藏宝艺人等其他类型的《格萨尔》说唱艺人区别开来。神授艺人获得自我认同的另一种途径是活佛给他们开启说唱的"智

---

①　转引自 Lauri Honko：*Epic and Identity*：*National*，*Regional*，*Communal*，*Individual*，Oral Tradition 11/1（1996），p. 22。

②　Lauri Honko：*Textualising the Siri Epic*，Helsinki：Academia Scientiarum Fennica，1998.

门"，并将具有象征意义的帽子赠送给他们。一旦获得活佛的加持和赠送的帽子，说唱艺人的身份不但自己得到了认同，而且民众对他们也产生了认同。在藏民眼中，神授艺人应该受到尊重，他们的说唱技艺要比其他类型的说唱艺人高超，是能够将《格萨尔》精彩地说唱出来的人。这也使得神授艺人的说唱具有了神圣性，同时其地位也得到了提升。

史诗承载着由某个群体构成的区域认同。《斯里史诗》不仅是个人认同的象征资源，也维系着土鲁社区的自我认同。因为，《斯里史诗》是区域性的史诗，主要流传于操持德拉维甸语（Dravidian language）的土鲁地区，土鲁地区的民众通过演唱《斯里史诗》及其他祭祀斯里的仪式活动祈祷来年吉祥平安，表达社区的精神和思想情感。《巴布吉史诗》（Epic of Pābūjī）是流传于印度西部拉贾斯坦邦（Rajasthan）的地方性史诗，歌颂了拉贾斯坦邦的英雄婆米雅（bhomiyā）成为神祇的故事。在祭祀仪式上，灵媒婆巴（bhopā）召请英雄婆米雅的魂灵："通过这一灵媒，神庙（那里以早已死去的'婆米雅'为标志）变得活跃起来，魂灵开始解决当地人的难题。由 bhomiyā（婆米雅）这一附身灵媒所拥有的控制力及其有效性和真实性，将人们从一个广大区域中吸引而来，因而神庙可以成为一种重要的仪式场所，在那里英雄的故事得以传颂。"[1] 婆米雅的仪式将拉贾斯坦邦的民众团结在一起，不但迎合了他们对英雄崇拜的情感需求，也加强了他们对本社区的认同。换句话说，《巴布吉史诗》成为宗教性认同和区域性认同的象征性符号。

当然，也不排除区域性或地方性的史诗演进为多区域共享的史诗，乃至演进为民族史诗的可能，其间它在内容和形式上会出现相应的变化。斯图亚特·布莱克本（Stuart Blackburn）对区域性史诗跨越本区域流播到其他多个区域时呈现的变化有过简明扼要的描述：

> 一个故事的传播，通过吸引当地小群体之外的新赞助人，此时，它便超越了本地的中心，而这一小群体原来崇拜死去的英雄；如此一来，死亡母题（而非神格化）的优势便削弱了。条件成熟之后，

---

① 转引自〔匈〕格雷戈里·纳吉（Gregory Nagy）《荷马诸问题》，巴莫曲布嫫译，广西师范大学出版社，2008，第65页。

在这两个相继被连接起来的更大的地域范围内，新的要素就被添加到了各自的叙事之中：在亚区域层面上出现了一种超自然的神灵降生，在区域层面上则产生了一种泛印度形象的认同。这一发展的总体影响是，将神的存在纳入优先考虑，以此来遮蔽英雄/神的常人化身；当英雄/神被认同为泛印度的形象时，一个过程便完成了。①

《摩诃婆罗多》与《罗摩衍那》都经历从区域性史诗演进为超区域性史诗的过程，其中区域性的要素逐渐减少，全印度人民所能接受的叙事惯例愈来愈多，"与传统中受众的日常生活日渐疏远，进而演化成全印度人民的认同符号"②。《格萨尔》也是在长期的形成与发展过程中成为超区域的史诗，成为藏族民族认同的象征，"并进而在其他族群中流布，呈现复杂的文本形态和故事情节的较大变异"③。但是，并非所有的史诗都会由区域史诗演进为超区域史诗，乃至民族史诗，因为不同史诗传统的演进过程是不同的，并非呈现单向度的，而是呈现多向度的。例如，蒙古族的科尔沁史诗现在仍然停留在"支系史诗"上，而且在将来很长时间内也未必能演进升格为蒙古族的全民族史诗。④

欧洲浪漫民族主义推动了芬兰民族主义的觉醒，激励了埃利亚斯·伦洛特（Elias Lönnrot）决心辑录和创编属于芬兰民族的史诗《卡勒瓦拉》。埃利亚斯·伦洛特的《卡勒瓦拉》一出版，便得到芬兰人民的推崇，"迅速成为芬兰人民民族认同和文化认同的象征"⑤。埃利亚斯·伦洛特的《卡勒瓦拉》在芬兰的成功在一定程度上激发了欧洲其他民族的文化精英编纂属于自己本民族史诗的雄心。在搜集大量爱沙尼亚的口头诗歌、民间传说以及民间故事的基础上，弗里德里克·克列茨瓦尔德（Friedrich R. Kreutzwald，1803~1882）编撰出爱沙尼亚民族史诗《卡列维波埃格》（*Kalevipoeg*）。1911 年，阿开拉耶·乌玛卡塔姆（Akkiraaju Umaa-

---

① 转引自〔匈〕格雷戈里·纳吉（Gregory Nagy）《荷马诸问题》，巴莫曲布嫫译，广西师范大学出版社，2008，第 67 页。

② 朝戈金、冯文开：《史诗认同功能论析》，《民俗研究》2012 年第 5 期，第 10 页。

③ 朝戈金、冯文开：《史诗认同功能论析》，《民俗研究》2012 年第 5 期，第 10 页。

④ 朝戈金、冯文开：《史诗认同功能论析》，《民俗研究》2012 年第 5 期，第 11 页。

⑤ 朝戈金、冯文开：《史诗认同功能论析》，《民俗研究》2012 年第 5 期，第 11 页。

kaantam）编纂的泰卢固人（Telugu）民族史诗《盘那度史诗》（*Palnāt ivi-
racaritra*）出版，随即成了泰卢固人民族精神的一面旗帜，在泰卢固人中赢
得了高度的认同。罗格海尔（*Gene H.* Roghair）对《盘那度史诗》的认
同功能评价道："对寻找身份认同和社区生活模式的操持泰卢固语的人们
而言，这部史诗（《盘那度史诗》）非常重要，因为泰卢固人的生活方式
经常为外来统治者所支配，吸收外来的模式规范他们的行为。"①

劳里·杭柯将《卡勒瓦拉》《盘那度史诗》《卡列维波埃格》划入
"以传统为导向的"民族史诗，抽绎出这一范畴的民族史诗形成必须具
备的条件：

　　1. 在某个特定历史时期有一个才智非凡的文人能够意识到自己
民族需要一部民族史诗，而且这部民族史诗应当符合全球通行的史
诗范例。2. 拥有充足的源自远古的诗歌材料。3. 文学精英接受创作
出来的民族史诗，并对它做出各自的解读。4. 民族史诗的整个编纂
过程意味着口头传统从一种情境转换到另一种完全不同的情境。②

总而言之，"不同的史诗在不同的演述传统里产生的认同辐射的范畴
各不相同，凝聚力大小不一，认同范围也表现为个人的、社区或区域的
乃至民族国家的认同等诸多形态"③。"史诗存在的意义，在这里就不仅
是艺术地讲述一个关于英雄的故事，而是通过宏大的叙事，全面承载一
个民族的精神风貌和情感立场。它不仅教化民众，而且强化他们内部的
联系——共同的先祖意识、归属感和历史连续感。史诗的操演实践，就
是将千百年间传承下来的叙事，与特定时空中的当下日常生活实践联系
起来。生活在当下的民众，在反复与被神圣化和艺术化的历史建立对接
和对话过程中，获得自我认同"④。

---

① 转引自 Lauri Honko：*Textualising the Siri Epic*, Helsinki：Academia Scientiarum Fennica,
　　1998, p. 41。
② Lauri Honko：*Textualising the Siri Epic*, Helsinki：Academia Scientiarum Fennica, 1998,
　　p. 41.
③ 朝戈金、冯文开：《史诗认同功能论析》，《民俗研究》2012 年第 5 期，第 12 页。
④ 朝戈金、冯文开：《史诗认同功能论析》，《民俗研究》2012 年第 5 期，第 12 页。

小　结

　　史诗作为一种文类，是一个漫长发展演变的结果，各种史诗传统的发展很不相同。正是因为史诗的发展在不同的族群或民族中走的是不尽相同的路径，所以任何族群或民族的史诗是不尽相同的。故而当我们想到史诗时，我们便会觉得史诗是如此的不同。人类文化在不同的时代和不同的地方具有各种不同的表现形式，文化的多样性让我们更清晰地看到史诗传统并非是单一的，每个族群和民族的史诗都有自己鲜明的文化特征。

　　谈及史诗不可避免地就要想到宏大叙事，进而就会把史诗的这个特性与篇幅的长短相联系。事实上，长度并非史诗一个可靠的公分母，它充分体现了史诗传统的多样性。以塞尔维亚－克罗地亚史诗传统为例，它有基督教和穆斯林两种史诗传统，它们的歌手"用同一种语言吟诵，遵循同样的格律限制，他们使用相同的程式化的主题材料。他们之间的区别，则是英雄或反面人物的民族自我意识，以及歌的长度"①。基督教史诗主要由信仰基督教的塞尔维亚人演唱，长度上不超过三百行，大多演唱半历史性的人物、事件和主题。与之相比，穆斯林史诗形式上更接近荷马史诗，比基督教史诗要长得多、详尽得多，长度能达到成千上万行。两者在篇幅上的不同在于它们演唱语域的差异以及种族、文化和宗教的不同。对史诗长度进行明确规定的话题一直持续着，学人们一直追问着"史诗篇幅的最低限度是多少个诗行"，但答案莫衷一是。亚里士多德认为史诗以等于一次看完的几部悲剧的长度的总和为宜，如果以公元前 5 世纪希腊悲剧的长度为基准，三部悲剧的总行数应当在四千至五千行。② 哈托（A. T. Hatto）认为几千行的口头诗歌只能算是民歌（lay），只有上万行的才能称为史诗。③ 爱德华·海默斯（Edward R. Haymas）认为口头史诗篇幅的限度不低于 200～300 个诗行。④ 劳里·杭柯指出爱

---

① 〔美〕阿尔伯特·贝茨·洛德：《故事的歌手》，尹虎彬译，中华书局，2004，再版序言第 9 页。

② 〔古希腊〕亚里士多德：《诗学》，陈中梅译，商务印书馆，2005，第 168～172 页。

③ Lauri Honko, *Textualising the Siri Epic*, Helsinki：Academia Scientiarum Fennica, 1998, p. 36.

④ Lauri Honko, *Textualising the Siri Epic*, Helsinki：Academia Scientiarum Fennica, 1998, p. 36.

德华·海默斯的这个标准太低，因为由一个情节构成的叙事诗和民歌也能够达到这个标准。同时，他指出哈托的标准太高，在塞尔维亚－克罗地亚史诗传统里许多口头史诗都没有达到一万诗行，蒙古族的不少中小型史诗也没有达到上万行这个标准。因此，劳里·杭柯认为史诗长度的最低限度应该是一千诗行。① 其实，这些学人给出的史诗长度标准只能适用于某些史诗演唱传统，因为不同史诗演唱传统在其所处的口头诗歌生态系统里会具有不同的史诗长度标准。因此，长度不是一首口头诗歌能被称为史诗的决定性要素，但它却体现了史诗的灵活性和生命力。不管史诗长度的标准如何，它的长度至少应该保证能够描述一个完整的故事。再者，长度是史诗的一个重要维度，应该在不同史诗传统中对其订出一个相应的较为合理的标准。

不同史诗传统具有着不同的叙事结构和叙事模式。就世界各地史诗传统中常见的回归歌而言，它的叙事要素依次有离去、劫难、回归、报仇、婚礼，它每一次出现并非都具备这五个要素，或省略了报仇这一要素，或省略了婚礼这一要素，但是这些要素逻辑排列顺序则是不变的。在哈萨克族英雄史诗《阿勒帕米斯》里，英雄阿勒帕米斯与古丽巴尔成婚后，外出欲与阿利夏格尔可汗决斗。他不幸被妖婆所害，被扔进深不见底的山洞。后来阿利夏格尔可汗的公主救出了阿勒帕米斯，自此英雄踏上了回归的征程。回到部落，他杀死向他妻子求婚的吾里坦及其他敌人。《阿勒帕米斯》完全依照英雄离去——劫难——回归——报仇——婚礼的顺序完成对英雄故事的叙述。但是《奥德赛》则与此不同，按照古希腊史诗传统叙事法则，它是从奥德修斯回伊萨卡开始讲述的。奥德修斯离开伊萨卡参加特洛伊战争，将妻子和儿子留在家中，被女神卡鲁普索囚禁以及历经劫难，这些故事情节都是荷马通过倒叙的叙事手法呈现出来的。《奥德赛》呈现的回归歌表面看来似乎脱离了回归歌常见的叙事模式，但这是荷马的一种叙事策略。实际上，如果撇开描述奥德修斯对往昔回忆的第九卷和第十二卷，就会发现《奥德赛》的结构也是线性发展的：奥德修斯被召唤去参加特洛伊战争，战后被女神卡鲁普索囚禁，释放后来到阿尔基努斯统治的领地（这里回忆在路上遭受到的各种

---

① Lauri Honko, *Textualising the Siri Epic*, Helsinki：Academia Scientiarum Fennica, 1998, p. 36.

充满敌意的神或妖或巨人或自然力量的攻击和威胁），回到伊萨卡，杀死了他的对手，与家人相认团聚。《奥德赛》中阿伽门农的回归则是回归歌的一种变体。阿伽门农离开迈锡尼，统率着希腊联军，攻打特洛伊，经历了数次劫难，回到迈锡尼，却被自己的妻子克鲁泰奈丝特拉伙同她的情夫埃吉斯托斯谋杀了，而后阿伽门农的儿子俄瑞斯忒斯又杀掉了克鲁泰奈丝特拉和埃吉斯托斯。可见，回归歌的故事范型并非仅有一种呈现方式。《奥德赛》从故事的中间开始讲述，而《阿勒帕米斯》的故事是按照时间发展讲述故事。这告诉我们应该重新审视那些认为史诗故事没有时间顺序的概念和必须从中间开始的陈庸之言，必须按照不同传统的自身术语来阅读史诗呈现的故事范型。

在许多族群中，史诗的演唱传统总是因不同的文化传统和语境而呈现出不同的演唱形式，其演唱形态多种多样。换句话说，在不同的史诗传统里，史诗演唱的内容、规模以及演唱的限制和禁忌自然会有差异。况且，同一传统中的同一首史诗的演唱也呈现多样性。劳里·杭柯录制古帕拉·奈卡演唱《库梯切纳耶史诗》（*Kooti Cennaya*）大约花了 15 个小时，共计 7000 行。而古帕拉·奈卡在印度无线广播上 20 分钟就演唱完了这首史诗。当劳里·杭柯要求歌手以同一方式再次向他演唱这首史诗时，他大约用了 27 分钟将它唱完。对这种差别，歌手是这样解释的："这次我可能用了更多的声音（voice）"。① 声音是指歌手在史诗演唱中使用的创作技巧。有更多的声音意味篇章（texture）更细致。演唱同一首史诗，耗费的时间不同，但在古帕拉·奈卡眼中，他两次都把这首史诗演唱出来了。也就是说，虽然古帕拉·奈卡两次演唱对史诗的细节把握不一致，但是他两次呈现的故事脉络一致，因此他认为他两次都按要求演唱了整部史诗。古帕拉·奈卡在不同语境里演唱《斯里史诗》也会呈现不同的表现形式。有时，古帕拉·奈卡独唱，晃动身躯，跳起舞蹈，飞舞着手中的花束，载歌载舞。在仪式中演唱《斯里史诗》时，古帕拉·奈卡有一个由 80 个妇女组成的团体，她们的年龄、地位、演唱技巧等各不相同。她们与古帕拉·奈卡互动，一起演唱，扮演着史诗里的女性角色。一般而言，《斯里史诗》的演唱语境有神圣和世俗两种场域。

① Lauri Honko, *Textualising the Siri Epic*, Helsinki：Academia Scientiarum Fennica, 1998, p. 30.

在仪式上，古帕拉·奈卡的演唱是为所有参与仪式的人服务，他既要受到受众的制约，也要受到仪式活动的限制，演唱的意义不在于美学和结构，而在于实用，要通过神秘的力量让参与仪式活动的民众获得精神上的新生，把神圣的力量带到人间。在这种语境中，演唱的史诗不会很冗长，古帕拉·奈卡是有选择性的演唱。劳里·杭柯为了能完整地记录这部篇幅非常长的《斯里史诗》，特意安排让古帕拉·奈卡自由演唱，并安排好了合适的受众，为古帕拉·奈卡营造演唱《斯里史诗》的自然语境。这样，古帕拉·奈卡非常完美地把《斯里史诗》完整地演唱出来。

史诗作为一种口头传统文类、生活方式以及民族文化的象征，必然随着文化的不同而呈现出特有的类型。文化的多样性决定了世界上各地史诗传统的多样性，决定了它的内容、形式、功能的多样性。史诗是一个跨文化的文学样式，世界各地的史诗传统分处在地方性、区域性、世界性三个层面，呈现不同的形态特征。因此，对史诗的界定、类型和功能的探讨要充分认识到史诗的复杂性和多样性。

第二章　史诗的搜集与文本观念

　　史诗的搜集是史诗研究的必要环节，而史诗文本的制作则是史诗研究的前提，因为史诗研究者经常要以已经文本化的史诗为对象展开研究。因此，史诗的搜集与文本制作便成为史诗研究中一个不可或缺的学术实践，史诗搜集的原则与方法以及如何将演唱的史诗文本化则成为 20 世纪 50 年代以来中国史诗学一直讨论的热门话题，而较为详细地描绘和评述 20 世纪 50 年代以来国内史诗搜集与文本制作的历史便显得尤为重要。

第一节　对中国少数民族史诗搜集历史的反思

　　1950 年，中国民间文艺研究会成立，将搜集和整理民间文学作为自身的宗旨："在搜集，整理和研究中国民间的文学、艺术，增进对人民的文学艺术遗产的尊重和了解，并吸取和发扬它的优秀部分，批判和抛弃它的落后部分，使有助于新民主主义文化的建设。"[1] 自此，中国学人开始对全国的民间文学展开搜集，中国少数民族史诗作为中国民间文学的重要组成部分，也被纳入了搜集的范畴。1956 年，老舍作为中国民间文艺研究会副理事长在中国作家协会第二次理事会扩大会议上作了《关于兄弟民族文学工作的报告》，高度评价《格萨（斯）尔》是"优美的富有神奇性的人民文学著作，应当列入世界文化宝库"，提出《格萨（斯）尔》和《江格尔》"两大史诗"的说法，对民族文学的搜集、整理和翻译等提出了应该遵循的原则、方法以及其他应该注意的相关事项。[2] 1958 年，中国民间文艺研究会制订了编选"中国歌谣丛书"和"中国民间故事丛书"的计划，由中共中央宣传部下发给各省、市、区党委宣传部，其中划入民间故事范畴的史诗有《格萨（斯）尔》《苗族古歌》《梅

---

　　① 中国民间文艺研究会编《民间文艺集刊》（第一期），1950，第 104 页。
　　② 赵秉理主编《格萨尔学集成》（第一卷），甘肃民族出版社，1990，第 3~6 页。

葛》，内蒙古自治区、青海、贵州和云南分别负责《格斯尔》《格萨尔》《苗族古歌》《梅葛》的定稿及写序工作。[①] 由此，中国学人开始对国内少数民族史诗展开有目的、有计划地搜集《格萨（斯）尔》《江格尔》《玛纳斯》《苗族古歌》《阿细的先基》《梅葛》等诸多史诗，对它们的搜集、整理以及出版等工作有了一定的进展。

往前追溯，国内《格萨（斯）尔》搜集要推到 1953 年。这一年，说唱艺人华甲在青海省贵德县下排城发现了琅克加保存的《格萨尔王传》（贵德分章本），于 1957 年与王沂暖一起将贵德分章本《格萨尔王传》译成汉文。1958 年他们将译文在《青海湖》杂志上连续刊发出来，于 1981 年由甘肃人民出版社出版。它拉开了新中国成立后中国学人搜集《格萨（斯）尔》的序幕，对中国学界产生了一定的影响。1958 年 2 月，中共中央宣传部指示全国相关地区要推进《格萨（斯）尔》的搜集，青海、内蒙古、甘肃、四川、北京等地区的中国学人以极大的热情投入到这项工作中，以青海地区的成就最为突出。至 20 世纪 60 年代，青海地区已经搜集《格萨尔》有 19 部 74 个异文本[②]，由藏文汉译过来的《格萨尔》有 29 部 53 个异文本。[③] 内蒙古自治区的《格斯尔》搜集工作也取得较好的成绩，如录制琶杰近 80 个小时的《格斯尔》演唱。《格萨（斯）尔》的出版也有了一定的进展，如藏文版的《霍岭大战》（上）、蒙文版的《十方圣主格斯尔可汗传》（上、下）等相继出版。

20 世纪 50 ~ 60 年代，中国学人对蒙古族的其他英雄史诗也展开了相应的搜集，又以对《江格尔》的搜集用力较多。1950 年，边垣编写的《洪古尔》由上海商务印书馆出版，又于 1958 年由作家出版社再版。1958 年，内蒙古人民出版社出版了 13 部《江格尔》，它们由莫尔根巴特尔和铁木耳杜希合作将其原来的托忒蒙古文转写成回鹘式蒙古文。1963 年，多济、奥其合作汉译了《江格尔》的一章，发表在《民间文学》第 4 期上。1964 年，13 部《江格尔》以托忒蒙古文在新疆人民出版社出版。

① 赵秉理主编《格萨尔学集成》（第一卷），甘肃民族出版社，1990，第 6 ~ 8 页。
② 李连荣：《中国〈格萨尔〉史诗学的形成与发展（1959 – 1996）》，中国社会科学院研究生院博士学位论文，2000。
③ 李连荣：《中国〈格萨尔〉史诗学的形成与发展（1959 – 1996）》，中国社会科学院研究生院博士学位论文，2000。

　　蒙古族中小型英雄史诗开始进入了中国学人的搜集视野。1956年，民间文学集《英雄古那干》收入《扎嘎尔布尔图汗》《三岁的古纳罕乌兰巴托尔》以及《汗特古斯的儿子喜热图莫尔根汗》，它们是由甘珠尔扎布记录的史诗。① 1960年，内蒙古人民出版社出版了《英雄史诗集》，它是由内蒙古的蒙古语言文学研究所编选，收入《镇压蟒古思的故事》《巴图乌力吉巴托尔》《忠毕力格图巴托尔》等5部小型蒙古族英雄史诗，它们由黑勒、乌力吉德力格尔、道荣尕等人记录。随后几年，内蒙古的蒙古语言文学研究所编印了内部资料《蒙古族文学资料汇编》，其中第三卷和第四卷分别为专辑《英雄史诗》（一）和《英雄史诗》（二）。《英雄史诗》（一）收入《阿拉坦舒胡尔图汗》《阿拉坦嘎鲁巴胡》《巴彦宝力德老人的三个儿子》等12部小型史诗；《英雄史诗》（二）收入《杰出的好汉阿日亚夫》《阿斯尔查干海青巴托尔》以及《道喜巴拉图巴托尔》，它们由毛依罕、孟和巴图、策尔格玛、好尔劳、罕达、巴扎尔、巴拉吉尼玛等演唱，由道荣尕、额尔敦陶克陶、特·乌尔根等人记录整理。② 1962年6~8月，仁钦道尔吉和祁连休在陈巴尔虎和新巴尔虎右旗搜集了11部史诗24种异文。③

　　1955~1957年，中国科学院少数民族语言调查组和中央民族学院的工作组先后两次深入柯尔克孜族地区进行语言调查，搜集了《玛纳斯》的许多片段。1961年，《玛纳斯》第二部《赛麦台依》中的"赛麦台依与阿依曲莱克"一章由中国作家协会新疆分会民间文学组和中央民族学院柯尔克孜语实习组合作翻译，在《天山》杂志的第1、2期上刊发出来了。1961年春，新疆《玛纳斯》工作组成立，集合了中国科学院新疆分院的语言文学研究所、中央民族学院等诸多单位的学人。至1961年底，他们对克孜勒苏柯尔克孜自治州的史诗进行了较为全面的搜集，记录了《玛纳斯》的各种变体，约有25万行。1961年，新疆文联将居素普·玛玛依第一次演唱的《玛纳斯》口头文本译成汉文，作为内部资料使用。1961年12月14、15日的汉文版《新疆日报》发表了居素普·玛玛依演唱的片段《阔阔托依的祭奠》。1962年，新疆《玛纳斯》工作组搜集翻

①　仁钦道尔吉：《蒙古英雄史诗源流》，内蒙古大学出版社，2001，第16页。
②　仁钦道尔吉：《蒙古英雄史诗源流》，内蒙古大学出版社，2001，第17页。
③　仁钦道尔吉：《蒙古英雄史诗源流》，内蒙古大学出版社，2001，第17~18页。

译整理了居素普·玛玛依演唱的《凯耐尼木》中的一节，刊发在《民间文学》第 5 期上。

20 世纪 50～60 年代，中国学人开始搜集南方少数民族史诗。《阿细的先基》是中国彝族支系阿细人的创世史诗，以固定的"先基"调歌唱了天地万物的起源、人类的衣食住行以及阿细人独特的爱情婚姻生活和风俗习惯，主要流传于云南弥勒县西山一带。1958 年 9 月，云南省民族民间文学红河调查队成立，它由中国作家协会昆明分会的学人和昆明师范学院的学生组成，其中王广篙、晏鸿鸣、张德鸿、张中华对弥勒县西山一区和二区的《阿细的先基》作了较为全面系统的调查搜集，记录了潘正兴、潘自力、童占文等二十多位歌手演唱的《阿细的先基》。以潘正兴演唱的材料为主，综合其他歌手的演唱材料，云南省民族民间文学红河调查队整理翻译了《阿细的先基》，于 1959 年将它交给云南人民出版社出版。《梅葛》是具有"根谱"性质的彝族创世史诗，以"梅葛"调演唱了创世、造物、婚恋、丧葬等内容，主要流传于云南省楚雄彝族自治州姚安、大姚、盐丰等县的彝族聚居地。1957 年，徐嘉瑞组织部分中国学人对姚安县马游乡的《梅葛》进行了全面的搜集。1958 年，云南省民族民间文学楚雄调查队成立，它由中国作家协会昆明分会的学人和昆明师范学院的学生组成，搜集到了四份《梅葛》的原始材料（一份是徐嘉瑞原先搜集整理的），记录了郭天元、字发生、李申呼颇、李福玉颇四位歌手演唱的《梅葛》。1959 年 9 月，云南人民出版社出版了由云南省民族民间文学楚雄调查队搜集整理翻译的《梅葛》。1962 年 10 月，《云南民族文学资料》第七集由中国作家协会昆明分会民间文学工作部编印，收入了彝族史诗《查姆》。

《苗族古歌》是苗族古代先民口头创作出来的长篇史诗，由《金银歌》《古枫歌》《蝴蝶歌》《洪水滔天歌》《溯河西迁》组成，描述了宇宙诞生、人类起源、开天辟地、洪水滔天、民族迁徙、耕耘畜牧、衣食住行、婚丧嫁娶等许多内容，展现了一幅古代苗族人民生活的瑰丽画卷。[1] 1952 年，中国学人开始对黔东清水江一带的《苗族古歌》进行调

---

[1] 马学良：《苗族史诗·古代苗族人民生活的瑰丽画卷（代序）》，中国民间文艺出版社，1983，第 1 页。

查和搜集，不过当时搜集的主要目的是调查苗语和搜集语言材料，马学良等学人邀请歌手演唱了《苗族古歌》的某些片段。① 1955 年，仰星将在贵州清水江一带搜集到的《蝴蝶歌》整理出来，发表在《民间文学》当年第 8 期上。1958 年，中国作家协会贵州分会内部编印了《民间文学资料·黔东南苗族古歌（一）》（第四集），包括了《开天辟地》《铸撑天柱》《造日月》《种树》《砍枫木树》《十二个蛋》《兄妹开亲》等十三首古歌。1960 年，贵州民间文学工作组调查搜集了流传在贵州威宁县、云南东北部一带苗族聚居区的《洪水滔天歌》，将杨芝、马学明等歌手演唱的《洪水滔天歌》整理出来，刊发在《民间文学》当年第 10 期上。

《布伯》是壮族文学史上一首优秀的长诗，描述了布伯与雷王的斗争、洪水滔天以及兄妹成婚的故事。20 世纪 50 年代，中国学人开始搜集《布伯》，包括当时在民间口头流传的《布伯》及其手抄本。1959 年，根据来宾县师公黄永和等歌手的唱本，莎红、蓝鸿恩、剑熏、覃惠、李晋翻译整理出了《布伯》，发表在《民间文学》当年第 8 期上。1959 年 9 月，广西人民出版社将这个译文出版。

《密洛陀》是瑶族的创世古歌，描述女神密洛陀开天辟地、创造人类的神圣业绩，主要流传于广西巴马、都安、南丹等地的瑶族聚居区。1962 年，瑶族民间文学调查组成立，主要由广西壮族自治区民间文学研究会的学人组成。他们对《密洛陀》进行了全面的调查、发掘和搜集，记录了蓝海祥等歌手演唱的《密洛陀》。1962 年 11 月，莎红对蓝海祥唱译的《密洛陀》进行整理，但是因材料不足，只是搭好了《密洛陀》的一个故事架子。1964 年 3 月，莎红在安州搜集到了六份《密洛陀》资料。以蓝海祥唱译的《密洛陀》为基础，以后来搜集到的材料为辅，莎红于 1964 年 5 月整理出了《密洛陀》，于 1965 年将它刊发在《民间文学》第 1 期上。

白族的《创世纪》描述了开天辟地、日月形成以及人类起源的故事，以白族民间创造的"打歌"体为演唱和传承方式。它多在两个以上的歌手之间展开，以一问一答为主，间或以上下句为辅助，是融诗、歌、

---

① 马学良：《苗族史诗·古代苗族人民生活的瑰丽画卷（代序）》，中国民间文艺出版社，1983。

舞于一体的说唱艺术形式，主要流传于洱源县高寒山区。20 世纪 50 年代后期，陶阳、杨亮才等到高寒山区七乡神前村搜集记录白族的《创世纪》。1958 年，他们将李康德、王晋臣等口述的《创世纪》整理出来，发表在《民间文学》当年第 1 期上。

纳西族的《创世纪》描述了开天辟地、洪水滔天、天上烽火、迁徙人间的故事。1956 年，和志武的《纳西族的民歌》发表在《民间文学》第 4 期上，简要地介绍了纳西族《创世纪》的内容。1958 年 9 月，云南民族民间文学丽江调查队成立，搜集了丽江地区口头流传的纳西族《创世纪》的材料十余件。1958 年 12 月，云南民族民间文学宁蒗工作小组成立，搜集了纳西族"打巴"（东巴）口述的《创世纪》材料五件，于 1960 年将他们合作完成的成果《创世纪》交由云南人民出版社出版。

上述粗略罗列的成果足以说明 20 世纪 50～60 年代中国少数民族史诗的搜集、记录、整理和出版已经取得了较为可喜的成绩，在中国学界引起了一定的反响。因此，反思这一时期中国少数民族史诗搜集的得失，使中国少数民族史诗的搜集和研究在今后获得更大的发展，便成为题中应有之义。

作为中国民间文学的一个重要组成部分，20 世纪 50～60 年代中国少数民族史诗的搜集自然受到了当时民间文学搜集、整理、翻译和出版的原则和方法的影响。1950 年，中国民间文艺研究会提出科学的记录方法，强调忠实的记录，具体如下："（1）应记明资料来源，地点，流传时期，及流传情况等。（2）如系口头传授的唱词或故事等，应记明唱讲者的姓名、籍贯、经历、唱讲的环境等。（3）某一作品应尽量搜集完整；仅有片断者，应加以声明。（4）切勿删改，要保持原样。（5）资料中的方言土语及地方性的风俗习惯等，须加以注释。"[1] 这些规定是谨严和科学的，基本符合民间文学搜集的学术规范，但是在搜集的学术实践过程中，它们往往与实践发生偏离，搜集者经常根据各自不同的具体情况对它们做出相应的调整。这与 20 世纪 50～60 年代的意识形态、学科意识和工作方法等诸多因素有着直接的关联，它直接导致了许多搜集者在记录、整理与出版史诗过程中不关注史诗歌手的相关情况以及演唱语

---

[1]　中国民间文艺研究会编《民间文艺集刊》（第一期），1950，第 105 页。

境等，还导致许多搜集者对中国少数民族史诗做出增添、删除、改动等诸多不科学、不规范的学术行为。

这一时期中国民间文学界首先从思想性的角度评判民间文学作品的高低，人民性是其重要的标准，学人对民间文学的搜集和整理普遍按照取其精华、弃其糟粕的原则展开工作。莎红、蓝鸿恩等学人在整理《布伯》的过程中按照表现壮族人民勇于向自然灾难作斗争的主题对搜集的《布伯》材料进行加工整理，突出那些倾向良好的、富有人民性的内容，删掉那些对神崇敬恭维的词语以及含有封建糟粕的东西。围绕表现布伯不畏艰难、热爱自由、吃苦耐劳、富有反抗精神的性格，整理者对搜集的材料进行了取舍，删除了那些有损于刻画布伯形象的东西。同时，他们将雷公作为恶的形象来整理有关描述雷公的诗行，将原诗中雷公留下两颗牙齿送给伏依兄妹改为雷公撞落了两个门牙，被伏依兄妹拾得，以突出雷公的狼狈相。[①] 再如，云南省民族民间文学丽江调查队在整理纳西族《创世纪》时，将宣扬东巴"消灾禳祸"威力的诗行删掉了[②]，云南省民族民间文学红河调查队对《阿细的先基》进行了精华与糟粕的鉴别，将祭神拜佛等一些混杂着迷信色彩的内容删掉了。[③] 其次，歌手演唱的史诗中会出现许多重复的诗行和内容，当时中国学人普遍认为它们是不必要的重复，有损于史诗的艺术性，在整理过程中将它们剔除出去了。在整理流传在贵州清水江一带苗族地区的古歌《蝴蝶歌》时，仰星删除了他认为不必要的重复的诗行，使诗歌前后衔接更为紧凑。[④] 云南省民族民间文学红河调查队认为重复的诗行妨碍突出作品的主线，延缓了情节的发展和推进，因此在整理过程中对许多重复的诗行进行了删节。[⑤] 再次，对同一首史诗展开多次搜集记录，然后将这些材料进行综合整理，汇编出整理者认为完整的一首史诗，如云南省民族民间文学丽

---

① 蓝鸿恩、莎红：《关于〈布伯〉的整理》，《民间文学》1959 年 8 月号，第 83～87 页。

② 云南省民族民间文学丽江调查队搜集整理翻译《创世纪》，云南人民出版社，1978，第 96～97 页。

③ 云南省民族民间文学红河调查队搜集整理翻译《阿细的先基》，云南人民出版社，1978，第 228 页。

④ 仰星整理《蝴蝶歌》，《民间文学》1955 年第 8 月号，第 42 页。

⑤ 云南省民族民间文学红河调查队搜集整理翻译《阿细的先基》，云南人民出版社，1978，第 228 页。

江调查队搜集整理的纳西族《创世纪》。有时，一些中国学人以某一次搜集记录的史诗演唱材料为底本，综合与这一首史诗相关的其他材料，整理出一首史诗，如云南省民族民间文学红河调查队搜集整理的《阿细的先基》。在整理和出版史诗过程中，一些中国学人甚至对史诗的故事情节做出修改，如莎红和蓝鸿恩在整理《布伯》时改动了《布伯》的故事情节。① 这些学术行为使得整理和出版的中国少数民族史诗的研究价值和学术价值大打折扣。

但是，这一时期的一些中国学人对中国少数民族史诗进行了较为科学的搜集、记录与整理。1945 年夏，袁家骅参加云南路南县政府编修县志的工作，担任了其中的语言调查工作。他找到了演唱《阿细的先基》的著名歌手毕荣亮。毕荣亮演唱时，袁家骅现场使用国际音标将演唱的内容记录下来，整个演唱过程耗时半个月。袁家骅提出要在歌手现场演唱时将歌手演唱的内容逐字逐句用国际音标记录下来，认为事后依靠记忆来记录和整理是不科学的，记录和整理出来的东西必然会与演唱的实际情况有很大的出入，并对光未然凭记忆记录口头诗歌做法的科学性提出了质疑："光未然先生写定的汉译，给我们介绍了这部长诗的内容，但是他凭歌者的解释，对于'原文'难以兼顾，所以译文在润饰上有卓越的功绩，而于原文的真相和细节也许不能完全传达。歌词并不太固定，歌者所凭的是记忆和兴会，所以光译和我的记录并不能完全符合，更不可能句句符合。"② 1953 年，袁家骅在分析阿细彝语的音位系统的基础上设计了一套符合阿细彝语的拉丁字母拼写方案，对搜集的《阿细的先基》作了全面的整理，使用记音的方式将演唱的内容逐字逐行誊写，对每个字附以汉义，并对每个诗行进行汉译。20 世纪 50 年代，马学良到黔东清水江地区搜集《苗族古歌》，认为口头诗歌的演唱特性和艺术形式决定了在演唱现场记录演唱中的口头诗歌是最佳的选择："记录故事可以一字一句地记，而诗歌最好是从歌唱中记录。因为诗歌有的是传统的古歌，有的却是即兴的诗歌。诗歌句式短，格律性强，而且比较定型，

---

① 忆策整理《关于〈布伯〉的搜集整理问题》，《民间文学》1959 年第 11 期，第 99 页。
② 袁家骅：《阿细民歌及其语言》，科学出版社，1953，第 4 页。

变异性小。若要记下诗歌的全貌，必须从现场对歌中记录。"① 依据苗语音系的特点和规律，马学良创制了与其相应的拉丁字母记音符号，较为忠实和完整地记录了演唱中的《苗族古歌》。② 这些语言学家对中国少数民族史诗的搜集、记录与整理给往后的中国少数民族史诗的搜集、记录和整理提供了重要的学术参考，对当下中国少数民族史诗的文本化仍然具有重要的借鉴意义，足可为当下中国少数民族史诗的文本化提供鲜活的范例。

这一时期还有一些中国学人认识到民间文学异文的学术价值。刘魁立说道：

> 一篇作品的每一种异文都会给我们提供许多可贵的材料。我们记录的异文越多，我们就越容易抓住作品的真精神。……只有根据准确记录的各种异文，才可能看出作品的演变过程和演变原因，看出时代留下的痕迹。只有通过各种异文的比较，我们才能掌握民间作品的地方特点，观察出传统作品是如何适应每一个新的社会条件和民俗条件的，确定每个作品的传播道路，认识民间文学作品的创作方法和艺术特点，正确估价讲述者或演唱者个人在人民创作中的作用。③

一些少数民族史诗搜集者曾着力于史诗异文的搜集和记录，如仁钦道尔吉和祁连休于 1962 年 6～8 月间在陈巴尔虎和新巴尔虎右旗搜集了11 部史诗的 24 种异文④，再如《格萨尔》搜集者在青海地区搜集《格萨尔》19 部 74 个异文本，⑤ 由藏文汉译过来的《格萨尔》有 29 部 53 个异文本。⑥ 对异文的搜集和记录体现了这一时期的中国学人对少数民族史

---

① 马学良：《苗族史诗·古代苗族人民生活的瑰丽画卷（代序）》，中国民间文艺出版社，1983，第 10 页。
② 马学良：《苗族史诗·古代苗族人民生活的瑰丽画卷（代序）》，中国民间文艺出版社，1983，第 9～10 页。
③ 刘魁立：《刘魁立民俗学论集》，上海文艺出版社，1998，第 160～161 页。
④ 仁钦道尔吉：《蒙古英雄史诗源流》，内蒙古大学出版社，2001，第 17～18 页。
⑤ 李连荣：《中国〈格萨尔〉史诗学的形成与发展（1959－1996）》，中国社会科学院研究生院博士学位论文，2000。
⑥ 李连荣：《中国〈格萨尔〉史诗学的形成与发展（1959－1996）》，中国社会科学院研究生院博士学位论文，2000。

诗创作、演唱和流布的认识已经有学术自觉了。

不可否认，20世纪50～60年代的中国少数民族史诗搜集、记录、整理、出版等取得了许多成绩，但是在诸多工作环节上存在着不少问题，钟敬文曾说："建国后，我们这方面的工作，是有成绩的。但是，不可讳言，它也存在着明显的缺点或不足之处。在搜集、整理方面，我们有较大的成就，特别是发现和刊行了许多兄弟民族的民族史诗。这是世界文学史上的一宗新收获。但是，在记录、整理的忠实性方面，始终存在着一些问题。"[①] 也就是说，这一时期中国学人对中国少数民族史诗搜集、记录、整理的学术实践值得我们借鉴和总结，他们对民间文学的记录、搜集、整理原则的讨论至今仍然具有现实的指导意义。

"文革"期间，中国少数民族史诗的搜集工作停滞了。但是，20世纪50～60年代中国少数民族史诗的搜集成绩是不可忽视的，它是20世纪80年代以来中国少数民族史诗搜集工作继续开展的基础，20世纪80～90年代中国少数民族史诗搜集的中坚力量大部分是20世纪50～60年代从事中国少数民族史诗搜集的中国学人。"文革"结束后，中国少数民族史诗的搜集工作得到了恢复和重视，中国少数民族史诗的搜集与整理迎来了新的契机，呈现良好的发展势头，取得了许多可喜成绩。

1978年11月，中共青海省委宣传部为《格萨尔》平反，恢复名誉。1979年8月，中国社会科学院少数民族文学研究所筹备组与中国民间文艺研究会联合向上级有关部门呈送了《关于抢救藏族史诗〈格萨尔〉的报告》，呼吁对《格萨尔》展开抢救、搜集、整理、翻译和出版。党和国家领导人以及中国社会科学院、国家民族事务委员会、中共中央宣传部等有关部委非常重视这个报告，给予支持和批准。随后，全国《格萨（斯）尔》工作会议多次召开，制订相应的切实可行的《格萨（斯）尔》搜集、记录、整理、翻译、出版工作计划。与此同时，青、藏、川、甘、滇、内蒙古、新疆等地区都成立了《格萨（斯）尔》工作领导小组及其办事机构，全国《格萨（斯）尔》工作领导小组专门负责组织和指导全国各地的《格萨（斯）尔》搜集工作。这些学术活动不仅标志着《格萨（斯）尔》全国性的统一搜集工作已经展开，而且切实推进了

———————————

① 　钟敬文：《钟敬文民间文学论集》（上），上海文艺出版社，1982，第406页。

《格萨（斯）尔》的搜集工作。

　　截至 20 世纪 90 年代中期，西藏、青海、四川、甘肃、云南等省区共搜集到了《格萨尔》手抄本、木刻本 289 部，录音 5000 多个小时。迄今为止，国内出版藏文《格萨尔》105 部，主要由西藏人民出版社、青海民族出版社、甘肃民族出版社、四川民族出版社出版。① 2011 年，由《丹玛青稞宗》《辛丹内讧》《大食财宝宗》《卡切玉宗》《象雄珍珠宗》《歇日珊瑚宗》《雪山水晶宗》《阿达拉姆》等组成的《格萨尔王传》汉译本系列丛书由高等教育出版社出版。需要着重指出的是《格萨尔精选本》丛书的出版，它由《英雄诞生》《赛马称王》《魔岭大战》《霍岭大战》等 40 卷组成。② 这些丛书具有较高的学术价值，对《格萨尔》的传承、保护有着重要的实践意义，对《格萨尔》的研究也有推动作用。

　　中国学人在内蒙古、青海、甘肃、新疆、辽宁、吉林、黑龙江等地展开《格斯尔》调查搜集工作，出版了许多不同版本的《格斯尔》③，编辑了许多《格斯尔》内部资料。④《格斯尔全书》具有较高文献价值和学术水准，涉及《格斯尔》的诸多版本和文学、历史、宗教等诸多学科。⑤

　　中国学人对《江格尔》的正式搜集始于 1978 年，《江格尔》的出版

---

① 详细情况可参阅李连荣《格萨尔学刍议》（中国藏学出版社，2008），赵秉理主编《格萨尔学集成》（第一卷）（甘肃民族出版社，1990）。

② 《格萨尔精选本》，民族出版社，2002～2013。

③ 内蒙古人民出版社出版了《阿拜·格斯尔》（1982）、《格斯尔可汗传》（1985）、《格斯尔的故事》（1985）、《宝格德格斯尔可汗传》（2000）、《圣主格斯尔可汗》（2003）、《格斯尔全书》（第二、四卷，2003－2005）等；新疆人民出版社出版了托忒文资料本《伊犁卫拉特格斯尔》（1988）、《塔城卫拉特格斯尔》（1989）、《新疆卫拉特格斯尔》（1989）等；民族出版社出版了《琶杰格斯尔传》（1989）、《格斯尔全书》（第一卷，2002）等；内蒙古科学技术出版社出版了《赡部洲雄狮王传》（1988）；内蒙古文化出版社出版了《卫拉特格斯尔传》（1984）、《诺木其哈敦格斯尔传》（1988）等；内蒙古教育出版社出版了《布里亚特格斯尔传》（1989）；内蒙古少儿出版社出版了《乌素图召格斯尔传》（1989）等。

④ 内蒙古自治区《格斯尔》办公室编印的《布里亚特格斯尔》（一、二、三、四）、《巴林格斯尔传》（一、二、三）、《青海格斯尔传》、《新疆格斯尔传》、《卫拉特格斯尔传》、《乌兰察布〈格斯尔传〉》等。

⑤ 《格斯尔全书》，先后由民族出版社和内蒙古人民出版社出版，2002～2008。

不断得到加强，不同版本的《江格尔》相继涌现。① 托·巴德玛与宝音和西格在 1978 年到新疆天山南北的蒙古族聚居地搜集记录了 15 部《江格尔》，于 1980 年以托忒蒙古文整理出来，交由新疆人民教育出版社出版。随后，又于 1982 年将它们以回鹘式蒙古文整理出来，交由内蒙古人民出版社出版。1980 年，《江格尔》工作小组在新疆成立，他们对巴音郭楞、博尔塔拉、塔城等许多蒙古族聚居地的《江格尔》进行了调查，录制了约 180 个小时的演唱，内有 157 部长诗和异文。

　　中国学人对蒙古族中小型史诗展开了较为全面的搜集整理。许多地方性的蒙古英雄史诗专集出版，如《肃北蒙古族英雄史诗》《卫拉特蒙古史诗选》等。② 还有一首一首的蒙古英雄史诗的单行本出版，如《那仁汗克布恩》《祖乐阿拉达尔汗传》等。③ 也有一首一首蒙古英雄史诗的不同异文汇编出版，如《蒙古英雄史诗锡林嘎拉珠巴图尔——比较研究与文本汇编》《汗哈冉贵——卫拉特英雄史诗文本及校注》等。④《民间文学》《哲里木文艺》《汗腾格里》等刊发了许多蒙古族中小型史诗，以《汗腾格里》的贡献较大。21 世纪初蒙古英雄史诗搜集整理出版史上应该提及的一个浩大工程是仁钦道尔吉、朝戈金、旦布尔加甫、斯钦巴图

---

①　如托忒蒙古文资料本《江格尔（一、二）》（中国民间文艺研究会新疆维吾尔自治区分会内部编印）、托忒蒙古文资料本《江格尔（三、四、五）》（新疆人民出版社，1985）、托忒蒙古文资料本《江格尔（六、七、八、九）》（中国民间文艺研究会新疆维吾尔自治区分会和新疆维吾尔自治区民族古籍办公室内部合作编印，中国民间文艺出版社）、托忒蒙古文资料本《江格尔（十、十一、十二）》（中国民间文艺研究会新疆维吾尔自治区分会和新疆维吾尔自治区民族古籍办公室内部合作编印，新疆人民出版社，1993－1996）、托忒蒙古文文学读本《江格尔（一）》（新疆人民出版社，1985）、托忒蒙古文文学读本《江格尔（二）》（新疆人民出版社，1987）、回鹘式蒙古文《江格尔（一）》（内蒙古人民出版社，1988）、回鹘式蒙古文《史诗〈江格尔〉》（内蒙古教育出版社，1991）、回鹘式蒙古文《江格尔（三）》（内蒙古科技出版社，1996）、《江格尔手抄本》（内蒙古科学技术出版社，1996）等，汉译本有色道尔吉的《江格尔》（人民文学出版社，1983）、霍尔查的《江格尔》（新疆人民出版社，1988）、黑勒和丁师浩的《江格尔》（新疆人民出版社，1993）等。

②　斯·窦步青搜集整理《肃北蒙古族英雄史诗》，民族出版社，1998。格日勒玛等整理《卫拉特蒙古史诗选》，民族出版社，1987。

③　托·巴德玛、道尔巴整理《那仁汗克布恩》，新疆人民出版社，1981；阿·太白整理《祖乐阿拉达尔罕传》，新疆人民出版社，1980。

④　陈岗龙：《蒙古英雄史诗锡林嘎拉珠巴图尔—比较研究与文本汇编》，内蒙古人民出版社，2001。旦布尔加甫搜集整理《汗哈冉贵——卫拉特英雄史诗文本及校注》，民族出版社，2006。

等主编的《蒙古英雄史诗大系》（四卷），它们由民族出版社在 2007～2009 年间陆续出版，对中国史诗学资料的建设具有重要贡献，是蒙古英雄史诗研究的宝贵文献。

1978 年，《玛纳斯》工作组恢复，将艾什玛特演唱的《玛纳斯》第二部和居素普·玛玛依演唱的《玛纳斯》第一部作为内部资料编印出来了。1982 年，新疆《玛纳斯》工作领导小组成立，专门负责组织和领导《玛纳斯》的搜集工作。1982～1985 年，新疆民间文艺家协会将居素普·玛玛依演唱的《玛纳斯》第一、二、三、四、五部作为内部资料编印出来，一共 9 册。1991 年，居素普·玛玛依演唱的《玛纳斯》第一部由刘发俊、朱玛拉依、尚锡静翻译整理，交由新疆人民出版社出版。1985～1995 年，居素普·玛玛依的唱本 8 部 18 册用柯尔克孜文由新疆人民出版社出版，它推动了《玛纳斯》在海内外的传播。另一件值得期待的大事是将《玛纳斯》八部完整地翻译成汉文，2009 年新疆人民出版社已经出版了阿地里·居玛吐尔地汉译的《玛纳斯》第一部，其余汉译的七部也将陆续出版。可以肯定，《玛纳斯》八部汉译本的完整出版必然会促进多民族文化交流，扩大国内《玛纳斯》研究在国际史诗学界的影响力。

"文革"结束后，南方少数民族史诗重新得到中国学人的搜集、整理和出版。1978 年，许多在 20 世纪 50～60 年代已经出版的南方少数民族史诗得以再版，如纳西族的《创世纪》、彝族的《梅葛》和《阿细的先基》、瑶族的《密洛陀》等。一些新的搜集成果相继问世。1988 年，蓝怀昌、蓝京书、蒙通训搜集记录了学桑布郎、仙布瑶、蒙东元、蒙王开、蒙金贵等歌手演唱的《密洛陀》，将它翻译和整理出来，交由中国民间文艺出版社出版。1999 年，蒙冠雄、蒙海清、蒙松毅对在广西红水河流域一带的都安、巴马、大化等 24 个县市搜集记录的《密洛陀》进行翻译、注解、整理，交由广西民族出版社出版。2002 年，张声震主编的《密洛陀古歌》由广西民族出版社出版。这个版本是较为完整和科学的整理本，是抢救与保护《密洛陀》的重要举措。

《布洛陀》是壮族先民在特定的自然环境、社会条件、生产方式和生活实践中为了生存和发展的需要而创作出来的史诗。它的形成和发展经历了漫长的历史时期，描述了壮族始祖开天地、定万物、取火、造万物、造牛、造屋等故事。1982 年，覃建才搜集整理的《保洛陀》被选入农冠品与曹廷伟编纂的《壮族民间故事选》。① 1982 年，周朝珍口述、何承文整理的《布碌陀》收入广西民间文学研究会汇编的《广西民间文学丛刊》第 5 期。② 1986 年，广西成立少数民族古籍整理出版规划领导办公室，负责对《麽经布洛陀》展开有组织、有计划的抢救性搜集整理工作。1991 年，张声震主编的《布洛陀经诗译注》由广西人民出版社出版，随后他又主编了《壮族麽经布洛陀影印译注》，于 2004 年由广西民族出版社出版。这两部整理本的出版为《布洛陀》的研究提供了珍贵的文献资料，是向国内外学界传播布洛陀文化的重要举措。

《勒俄特依》描述了彝族始祖开天辟地、创造万物、射日月等丰功伟绩，是诺苏彝族的创世史诗。1960 年，四川人民出版社出版了四川省民间文艺研究会编辑的《大凉山彝族民间长诗选》，内中收入了冯元蔚、俄施觉哈、方赫等学人翻译整理的《勒俄特依》。③ 1981 年，冯元蔚对《勒俄特依》展开了进一步的整理，将它交由四川民族出版社出版。1986 年，冯元蔚将《勒俄特依》整理汉译出来，交由四川民族出版社出版。1981 年，郭思九、陶学良对彝族创世史诗《查姆》展开进一步的整理，将它交由云南人民出版社出版。④

自 20 世纪 50 年代起，马学良、邰昌厚、潘昌荣、今旦一直从事《苗族古歌》的搜集、整理、翻译工作，他们搜集的许多材料在"文革"期间散佚了，邰昌厚、潘昌荣先后逝世，于是这项科研工作主要由马学良和今旦在"文革"后完成。1983 年，马学良和今旦完成了对《苗族史诗》的译注，将它交由中国民间文艺出版社出版。这是一个较为科学规范的《苗族史诗》整理本。1997 年，潘定智、杨培德、张寒梅编选的《苗族古歌》由贵州人民出版社出版，它体现了新时期《苗族古歌》搜集整理翻译的学术水准。

以上简要罗列的成果表明 20 世纪 80 年代以来中国学人在中国少数民族史诗的搜集整理出版上已经取得了显著的实绩，为中国少数民族史

---

①　农冠品、曹廷伟编《壮族民间故事选》（第一集），广西人民出版社，1982。

②　周朝珍口述、何承文整理《布碌陀》，《广西民间文学丛刊》1982 年第 5 期。

③　四川省民间文艺研究会编《大凉山彝族民间长诗选》，四川人民出版社，1960。

④　郭思九、陶学良整理《查姆》，云南人民出版社，1981。

诗研究打下了扎实的基础，为其发展提供了重要的学术资料，其间的搜集原则与方法值得进一步总结和反思。

20 世纪 80 年代初期，中国学界基本围绕着"全面搜集""忠实记录"和"慎重整理"的原则与方法对中国少数民族史诗展开搜集、记录、整理和出版工作。钟敬文主编的《民间文学概论》对这些原则与方法进行了较为全面和详尽的阐述。关于搜集，学人们主张要尽量搜集全面，包括口头和书面的、传统的和新创作的、正面的和反面的、歌颂性的和暴露性的、同一个民间文学作品的各种异文、某一民族或地区的各种民间文学样式等。① 关于记录，学人们反对重点记录，强调忠实记录，即要忠实地记录原作的思想内容和艺术形式。就具体操作而言，记录一位歌手的说唱，不增添自己的任何补充，不删削歌手所说唱的任何内容与词句；不但记录这位歌手对一首口头诗歌的说唱，而且记录其他歌手对这首口头诗歌的说唱，还要记录这位歌手下一次对这首口头诗歌的说唱。他们主张要详细地记录与演唱相关的语境信息："对于作品的流传地区，搜集的时间、地点，讲唱人的姓名、年龄、籍贯、民族、身份、文化程度等，都应当一一注明。一切与所搜集的作品有关的人物、事件、风俗、制度、讲唱时的群众反映等材料，也要尽量搜罗，写成单项材料或附记。"② 关于整理，学人们提出单独整理、综合整理和删除糟粕的整理三种方法，要做到整理过程中不改变原作的主题思想、基本情节和结构、体裁以及艺术特点和语言风格等。③ 对整理出来的作品用于学术研究还是作为一般普及读物，钟敬文提出应该有不同的整理态度、原则和方法：

> 作为多种人文科学研究材料的故事、传说的记录，必须是按照民众的口头讲述忠实地记录下来，并且不加任何改变地提供出去（当然，它也必须经过一定的科学方法的整理过程）。即使原讲述中有形式残缺或含有显然错误的内容等，也不要随便加以删除或改动。最好把对它判断和弃取之权留给它的各种研究者。这种资料，虽在

---

① 钟敬文主编《民间文学概论》，上海文艺出版社，1980，第 151 页。
② 钟敬文主编《民间文学概论》，上海文艺出版社，1980，第 158 页。
③ 钟敬文主编《民间文学概论》，上海文艺出版社，1980，第 162 页。

性质上十分宝贵，但是，一般作为普通读物大量印行，是不大适宜的。……这种读物，特别是给青少年看的，如果我们觉得有必要，对于所采取的作品，除了上面所说整理的作法外，也可以更作些适当的改写工作。就是对某些原始资料，参考同型故事的记录，在表现上给以一定的改变，或丰富其情节，加强其主题。①

20 世纪 80 年代中期，田野作业成为中国民间文学和民俗学研究的热门话题，学人们围绕田野作业在民间文学和民俗学中的学科地位和学科意义展开讨论。1985 年 5 月，"田野作业与研究方法"的座谈会在江苏南通召开，由《民间文学论坛》主办，学术话题涉及田野作业的科学性、准备工作、操作技巧等诸多问题。不过，20 世纪 90 年代中期以前，田野作业的理论与方法在中国民间文学和民俗学领域还较为模糊，其与民俗调查和搜集整理的区别尚未得到学理性的阐述。② 20 世纪 90 年代中期以后，民间文学与民俗学领域的中国学人对田野作业的认识逐渐成熟，田野作业的实践也逐渐科学规范，一批具有较高学术价值的田野作业研究专著相继出现，江帆的《民俗学田野作业研究》和董晓萍的《田野民俗志》便是其中重要的两部学术力作。江帆的《民俗学田野作业研究》较为系统地论述了田野作业的形式、准备工作以及技术操作等，结合具体的案例对专项调查、普查、抽样调查、专题调查等诸多调查形式进行了界定和分析。③《田野民俗志》将田野作业作为人文社会科学的理论和方法，对田野作业的过程模式、田野关系、田野叙述、田野报告的写作与表述策略、调查方法、整理资料等诸多与田野作业相关的内容进行了系统的阐述。④ 田野作业的学理性反思在学界逐步展开，这种讨论在 21 世纪初最为热烈，具有代表性的是吕微、陈建宪、刘宗迪、施爱东等在

---

① 钟敬文：《关于故事记录整理的忠实性问题——写在〈民间故事、传说记录、整理参考材料〉的前面》，载《钟敬文文集·民间文艺学卷》，安徽教育出版社，2002，第 144~146 页。

② 毛巧晖：《20 世纪下半叶中国民间文艺学思想史论》，上海文化出版社，2010，第 139 页。

③ 江帆：《民俗学田野作业研究》，山东大学出版社，1995。

④ 董晓萍：《田野民俗志》，北京师范大学出版社，2006。

2005～2006 年围绕田野和文本关系展开的论争。① 自此，田野作业走到了民间文学与民俗学研究的前沿位置，中国学人从认识论和方法论上对它开展了深入的研究和反思，推进了田野作业理论的探讨和阐发。这些在很大程度上丰富和开阔了史诗搜集整理的学术视野，直接推动了史诗搜集整理的深入。

　　需要着重指出的是，20 世纪 90 年代中期以后，口头诗学、表演理论（Performance Theory）和民族志诗学（Ethnopoetics）传入中国学界，它们对中国少数民族史诗的搜集整理提供了学理上的支撑和切实规范的指导，对民间文学的搜集整理产生了重要的学术影响。中国学人开始重视史诗演唱文本与语境之间的关系，纠正既往将不同歌手演唱的同名史诗整理为一首史诗的不科学做法，不再将同一位歌手在不同时间和不同空间中演唱的同名史诗整理为一首史诗，强调歌手对史诗每次演唱都是一首特定的史诗，都是独一无二的，认识到史诗的演唱没有权威本，意识到歌手每一次史诗演唱具有的诗学价值。同时，它们也让中国学人对田野作业中观察什么、如何观察、记录什么、如何记录、如何呈现等诸多面向进行学术检讨与反思，深刻地认识到由演唱的史诗转换成的誊写本与其相对应的现场演唱存在着的巨大距离。朝戈金曾明确地指出："表演本身包含着许多文字以外的因素。有经验的歌手就会充分地利用这种与听众面对面地交流所带来的便利，他的眼神、表情、手势、身体动作、嗓音变化、乐器技巧等，都会帮助他传达某些含义。这些却不能体现在文本之中。通过文本阅读来欣赏史诗的人，也无从去体会那些话语以外的信息。"② 但是，要将口头史诗演唱中的所有要素记录下来是难以完成的任务，它激发学人们使用各种方法尽力使记录下来的史诗演唱文本能够较为真切地再现演唱的史诗以及整个演唱事件，促使学人们对中国少数民族史诗的搜集、记录、整理和出版等工作展开多方位的检讨与反思，

---

① 参见刘宗迪、施爱东、吕微、陈建宪《两种文化：田野是"实验场"还是"我们的生活本身"》，《民间文化论坛》2005 年第 6 期；吕微、刘宗迪、施爱东《两种文化：田野是"实验场"还是"我们的生活本身"》（续），《民间文化论坛》2006 年第 1 期；刘宗迪、吕微、施爱东、任双霞、祝秀丽《两种文化：田野是"实验场"还是"我们的生活本身"》（续二），《民间文化论坛》2006 年第 2 期。

② 朝戈金：《口传史诗诗学：冉皮勒〈江格尔〉程式句法研究》，广西人民出版社，2000，第 236 页。

让这些工作更加科学化、规范化、合理化。

总之，20 世纪 50～60 年代，中国少数民族史诗的搜集、记录、整理与出版迎来新的历史时期，中国少数民族史诗陆续被挖掘出来了，20 世纪 50 年代以前困扰中国学人的中国没有史诗的问题随之被解决了。从 20 世纪 80 年代至当下，中国学人对中国少数民族史诗的搜集整理的广度与深度都胜于以往，许多学术价值较高的与中国少数民族史诗搜集整理有关的成果陆续出版，中国少数民族史诗的搜集、记录、整理、翻译和出版也愈来愈走向科学化，其学理性的探讨和理论建设愈来愈走向深化。还需要提出的是，中国少数民族史诗是人类文化的宝贵遗产，对其展开搜集、记录、翻译、整理和出版对保护、传承和弘扬中华多民族文化具有重要的学术价值和现实意义。

第二节　对史诗文本观念与文本类型的考察

在口头史诗的文本观念演进过程中，与之相关的文本理论形态不一，但它们都肯定"文本"这一客观存在物是口头史诗研究的前提和出发点。20 世纪后半期出现的口头诗学直接引致口头史诗的文本观念由语言文字编织物的文本观念转向以演述为中心的文本观念，其间各种不同的口头史诗文本观念渗透到口头史诗研究的诸多方面，产生这样那样的影响，乃至直接影响着口头史诗研究的理论建构。

口头史诗的文本观念与民俗学的文本观念一脉相承，要弄清口头史诗的文本观念得从民俗学的文本观念谈起。较早的民俗学文本观念是美国人类学家弗朗兹·博厄斯（Franz Boas）率先提倡的民族语言学的文本观念，鲁思·邦泽尔（Ruth Bunzel）、鲁思·本尼迪克特（Ruth Benedict）、J. O. 多西（J. O. Dorsey）、S. R. 里格斯（S. R. Riggs）等许多学者继其踵，使用民族语言学的方法记录口头史诗的演唱。这种类型的文本注重将演唱的口头史诗逐字逐句地准确誊录下来，目的是记录正在消逝的口头史诗，将它们作为语言研究的样例，以及作为其相应的社会、文化与历史研究的重要资料来源。但是在民族语言学理论观照下制作出来的文本忽视演唱的场域，没有记录演唱者的任何信息，也没有记录任何非语言的演唱要素，完全从演唱语境中剥离出来，是纯粹使用语言建构的文本。

19 世纪后期，民俗学者提出"异文"的观念，它不仅从根本上改变文学理论界持有的文本观念，而且直接引致历史－地理学派的出现。伊丽莎白·芬尼（Elizabeth C. Fine）将历史－地理学派的文本观念归结为"文学的文本模型"①。这一学派主张将某一故事的异文尽可能搜集和网罗起来，然后找出它们的原型或原初形式，建构与它们相关的谱系和层级关系，描摹出它们的历史和地理传播路线。但是，它们假定的"原初的文本"与文本谱系经不住推敲。因为要将所有异文一网打尽并非易事，存在着未搜集到的异文数量远超过搜集到的异文数量的可能，而且所谓的"原初的文本"可能从来就不存在。

民族语言学的文本观念和历史－地理学派的文本观念虽有着不同的兴趣点和关注点，但都将文本视为文化客观化和具体化的载体。劳里·杭柯（Lauri Honko）将这两种类型的口头史诗文本划入"文本至上（The text is king）"的范畴。②伊丽莎白·芬尼切中肯綮地指出它们具有的缺陷："对民俗学者而言，一个民俗学文本的制作不啻是一个极大的反讽。任何搜集民俗的人都深知将民俗迻转到纸张上的种种问题。对一个故事讲述及其讲述人的生活和听众的互动考察得越深，这种文本制作过程就越是尴尬。因为他们坚信讲述本身才是故事的生命，一个文本仅能捕捉到的故事含义看上去是那么贫乏，而成为这种活形态表演极不充盈的替代物。当越来越多的民俗学者将他们的研究转向表演的诸种问题时，民俗文本的性质和作用便成为论战的一个主题。"③

对历史－地理学派的研究范式的质疑导致许多学人很长一段时期寻找新的理论与方法研究口头史诗，或对它进行结构类型学的分析，或对它进行象征分析，或对它进行心理学的解读等。但是它们的文本观念并没有超越历史－地理学派，都是将文本视为语言文字的编织物，只不过更加热衷于口头文学的结构类型研究与文本解读，以普罗普（Vladimir

---

① Elizabeth C. Fine, *The Folklore Text*: *From Performance to Print*, Bloomington and Indianpolis: Indiana University Press, 1984.

② Lauri Honko, *Textualising the Siri Epic*, Helsinki: Academia Scientiarum Fennica, 1998. p. 45.

③ 转引自朝戈金《口传史诗诗学：冉皮勒〈江格尔〉程式句法研究》，广西人民出版社，2000，第 87 页。

Propp）和阿兰·邓迪斯（Alan Dundes）最为突出。直至20世纪中后期，口头程式理论、民族志诗学以及表演理论相继出现，许多口头史诗研究者才纠正旧有文本模型的不足，革新了以往的文本观念，创造出一系列新的文本范例。劳里·杭柯将在这些理论视野下制作出来的口头史诗文本归纳为"演述至上"（The performance is king）的文本。[1]

　　米尔曼·帕里和阿尔伯特·洛德的口头诗学对口头史诗的文本理论的讨论具有革命性的意义，让学人对口头史诗的文本性质有了新的认识，纠正了口头史诗"权威本"或"标准本"观念的偏颇，指出对所谓的"原初文本"或"母本"的构拟与追寻是徒劳的，根本不存在"原本"或"正宗文本"，口头诗人的每一次演唱呈现的文本都是原创的。[2] 洛德提出了"一首特定的歌（the song）"与"一般的歌（a song）"的概念，以阿夫多·梅迭多维奇（Avdo Međedović）与穆明（Mumin Vlahovljak）演唱的史诗为个案，分析了"一首特定的歌"与"一般的歌"的内在联系与相互指涉。[3] 表演理论强调口头史诗的演唱过程，认为"民间叙事的含义不仅涵括在它的文本之中，而且还主要地蕴含在与文本相关的民族志表演之中"[4]。它突破了文本是一个自成一统、独立完足的语言客体的藩篱，使文本成为一种相对性的观念，涉及田野作业及其记录文本相关的诸多问题。[5]

　　实际上，任何口头史诗的文本并非是真正独创的，所有关联的文本必然存在着互文性，而这种互文性创造性地实现在口头史诗的演唱中。朱力亚·克里斯蒂娃（Julia Kristeva）指出任何一部文学作品的文本都不可避免地"应和（echo）"其他文本，或不可避免地以这样那样的方法

---

① Lauri Honko, *Textualising the Siri Epic*, Helsinki：Academia Scientiarum Fennica, 1998. p. 47.

② 〔美〕阿尔伯特·贝茨·洛德：《故事的歌手》，尹虎彬译，中华书局，2004，第144页。

③ 〔美〕阿尔伯特·贝茨·洛德：《故事的歌手》，尹虎彬译，中华书局，2004，第178页。

④ 朝戈金：《口传史诗诗学：冉皮勒〈江格尔〉程式句法研究》，广西人民出版社，2000，第88页。

⑤ 朝戈金：《口传史诗诗学：冉皮勒〈江格尔〉程式句法研究》，广西人民出版社，2000，第88页。

与其他文本产生相互关联。[①] 口头史诗的互文性最终说明，口头史诗文本的意义总是超出文本的范围，不断在创作——演唱——流布中完成意义的建构。口头史诗文本间的关系形成一个多元的延续与差异组成的系列，如果没有这个系列，口头史诗的文本可以说无法存在。一首口头史诗的某个特定文本之所以能够成为一个诗章，是因为这个诗章处在与其他诗章的关联之中。也就是说，口头史诗文本本身不可能有独立的"本体性"，它的存在依靠一种特殊的文本间关系。

民族志诗学对口头史诗文本观念的贡献在于对演唱的独特性、辅助语言、演唱者与受众之间的互动、演唱的语境等诸多以往没有得到关注的要素的再发现。它指出口头史诗文本不完全由语言文字构成，语言文字仅是它的一个组成部分，它还应该呈现演唱者的语调、重音、音高、停顿、手势以及空间位置的移动等。从严格意义上说，口头史诗的演唱呈现的不是纯粹的文本，而是一次特定的事件或活动，而口头演唱与印刷文本毕竟属于两种截然不同的介质，因此将演唱转换成文本并非易事。口头史诗演唱的文本化是由一种符号象征系统转换成另一种符号象征系统。的确，语言的精确性和伴随着演唱而产生的一些口头表述特征在转换过程中保留下来了，但是很难做到使用印刷符号和文字把整个演唱事件完全呈现出来，因为口头演唱使用的表述方式远比其在印刷文本呈现的表述方式要宽广和复杂。

为了能够真实完整地呈现口头史诗演唱，泰德洛克（Dennis Tedlock）、伊丽莎白·芬尼等许多学人竭力使用各种各样的印刷符号将演唱事件誊写下来。但是，许多口头史诗的篇幅宏大，西藏史诗的说唱艺人有时需要五至六天乃至更长的时间才能说唱完《格萨尔》，如果使用泰德洛克与伊丽莎白·芬尼的方法誊录《格萨尔》说唱艺人的说唱，那么得到的文本便充斥着印刷符号，可读性大打折扣。而且使用印刷符号誊录下来的演唱要素对分析研究的重要性也应该考虑在内，要是誊录下来的要素对研究无关紧要，那么花费这么多的精力打造这样一个由繁重不堪的印刷符号构成的文本是否值得？

---

① 〔美〕M·H. 艾布拉姆斯：《欧美文学术语词典》，朱金鹏、朱荔译，北京大学出版社，1990，第 373 页。

随着录像和录音的出现，更好地将口头史诗演唱完整地记录下来成为可能，将口头史诗的演唱编辑成影像远比用无数的印刷符号誊写演唱的效果要好得多，即使有些诗学特征需要在书面文本上才能辨析出来。录像记录下来的口头史诗文本可以让研究者观察到一首口头史诗的文字文本与口头史诗演唱的差距，可以让研究者在更宽广的仪式过程中观察口头史诗的演唱。但是，不管记录下来的演唱要素数量多还是少，关键都在于研究者能否依凭自己的想象力、感知力与觉察力，调动自己的期待视野，进入到演唱事件。一旦聆听了歌手演唱的整首口头史诗，研究者便能在一定程度上更好地理解和研究这首口头史诗的诗学特征。与其纠缠于如何制作一个能够完全誊写演唱事件的书面文本或音像文本，还不如讨论口头史诗文本的生成过程与存在方式。

口头史诗研究中文本观念的演进脉络已然清晰，呈现为由民族语言学的文本观念转向以演唱为中心的文本观念，由以书面文本为中心转向关注书面文本在特定的演唱语境中动态的生成过程及其在这一过程中特有的属性与功能。这种文本观念的转向归根结底是 20 世纪中后期口头程式理论、民族志诗学以及表演理论促成的口头史诗观念的革命，它们的兴起引起了学人们对口头史诗演唱的重视，逐渐将文本研究的核心放在演唱与语境的互动上。在这种新的文本观念的影响下，劳里·杭柯与约翰·弗里（John Miles Foley）对口头史诗的文本类型做出了有益的探索，他们以创编、演述、接受为参照框架把口头史诗的文本划分为"口头文本"（oral text）、"源于口头的文本"和"以传统为取向的文本"（tradi-tion-oriented text）三种类型[①]：

文本类型　　　　从创编到接受	创编 Composition	演述 Performance	接受 Reception	史诗范型 Example
1. 口头文本或口传文本 Oral text	口头 Oral	口头 Oral	听觉 Aural	史诗《格萨尔王》 Epic *King Gesar*
2. 源于口头的文本 Oral-derived Text	口头/书写 O/W	口头/书写 O/W	听觉/视觉 A/V	荷马史诗 Homer's poetry

① 朝戈金：《从荷马到冉皮勒：反思国际史诗学术的范式转换》，中国社会科学出版社，2008，第 13 页。

续表

从创编到接受 文本类型	创编 Composition	演述 Performance	接受 Reception	史诗范型 Example
3. 以传统为取向的文本 Tradition-oriented text	书写 Written	书写 Written	视觉 Visual	《卡勒瓦拉》 Kalevala

朝戈金对这种划分与界定进行了详尽的学术阐发，使它在国内民俗学与民间文学界产生了深远的影响。更为重要的是，劳里·杭柯、约翰·弗里、朝戈金对口头史诗的文本类型及其阐释革新了国内，乃至国际学界以往那些习以为常的文本观念，口头史诗文本研究实现了重大的学术跨越，将口头史诗视为民俗过程的综合视角成为主导性取向。①

20世纪末，口头史诗演唱的文本化越来越得到更多的关注。劳里·杭柯的《斯里史诗的文本化》（Textualising the Siri Epic）对《斯里史诗》的演唱及其语境有着详细的记录，描述了《斯里史诗》的文本化过程，即对歌手古帕拉·奈卡演唱的《斯里史诗》进行记录、整理、翻译以及出版，其间不乏对《斯里史诗》的诗学法则与歌手演唱技艺的解析。②毫无疑问，《斯里史诗的文本化》足可作为口头史诗文本化的一个范例，它不同程度地引导学人们逐渐将研究视野转向口头史诗演唱的文本化。在讨论口头史诗演唱的文本化过程中，劳里·杭柯提出了"大脑文本（mental text）"这一全新的文本观念。大脑文本给口头史诗文本生成和存在的分析与研究提供了新的观点和新的学术生长点。因此，这里以史诗的大脑文本为例，对大脑文本的观念进行一定的介绍与阐发，以有助益于口头史诗文本理论的认识与建构。

大脑文本是存在于歌手大脑中的叙事和演唱框架，是歌手演唱故事的基础，属于"前文本（pre-text）"范畴，即歌手演唱一部史诗之前的存在。大脑文本主要由四种要素组成：（1）故事情节；（2）构成篇章的结构单元，如程式、典型场景或主题等；（3）歌手将大脑文本转换成具体的史诗演唱事件时遵循的诗学法则；（4）语境框架，如在演唱史诗之

---

① 朝戈金：《从荷马到冉皮勒：反思国际史诗学术的范式转换》，中国社会科学出版社，2008，第15页。

② Lauri Honko, *Textualising the Siri Epic*, Helsinki：Academia Scientiarum Fennica, 1998.

前对以往演唱经历的记忆。[①] 这些要素在大脑文本里并非完全独立，而是相互关联，按照一定逻辑顺序组合在一起，以适应歌手每一次演唱的需求。

大脑文本是歌手的个人创造。通过聆听、学习、记忆、储存以及大脑的编辑，歌手建构完全属于自己的大脑文本，而且这个大脑文本不是静态的，而是动态发展的，它可能在若干年后变得更宏大、更冗长，但是它基本的故事框架却能够长久地保留着。任何一位歌手的大脑文本都不能随意转到其他歌手身上。虽然一个特定史诗传统里的每一位歌手的大脑文本都是特定的、与众不同的，但是，程式、典型场景、故事范型等诸多程式化的要素却是诸多歌手的大脑文本所共享，而且可以互相借鉴。

一位歌手的大脑文本犹如他的个人图书馆，容纳了他经常使用的传统知识储备和个人技艺，而且包括那些不经常使用的从传统中其他层面上吸收进来的要素。例如，一位歌手将其他歌手持有的观念、主题以及演唱方式等放进自己的大脑文本，他可能不会将这些东西完全在自己的演唱活动中具体化。当然，不经常使用的传统要素在大脑文本里决非"死"要素，它像活火山一样，随时可能与其他要素组合以适应歌手完成一次史诗演唱活动的需要。歌手每一次演唱都是将其大脑文本中存在的可能转换成具体的口头文本，后者仅仅是前者的一个部分，乃至一个片段。

大脑文本与具体的口头史诗文本有着显著的区别。首先，大脑文本包含的内容比具体的口头文本多得多，变异的程度也比仅从书面文本观察到的大得多。《格萨尔》说唱艺人桑珠生前声称自己可以说唱 63 部《格萨尔》，至今只说唱了其中的 45 部。我们可以理解桑珠所说的 63 部是就其大脑文本而言的，当然，桑珠的大脑文本的数量可能要远远超过 63 部。内蒙古东部地区的蟒古思故事说唱艺人和民众都指出蟒古思故事有 18 部，而迄今为止没有人将 18 部完整地演唱出来。有理由推定，所谓的 18 部只存在于说唱艺人的大脑文本里。[②] 其次，大脑文本的灵活性

---

① Lauri Honko, *Textualising the Siri Epic*, Helsinki: Academia Scientiarum Fennica, 1998, p. 94.

② 我们不可忽视的是，受众的大脑里也有着属于自己特有的大脑文本，例如对情节基本轮廓的预先知晓，对史诗的认同等。受众的大脑文本直接影响着受众对歌手演唱活动的接受。只不过，与歌手的大脑文本相比，受众的大脑文本显得不是那么宏大，对传统的知识和演唱记忆掌握得不是那么娴熟。

要强于与之对应的任何一个具体的口头史诗文本。大脑文本可以将口头传统中任何与史诗演唱相关的要素吸收其中，歌手可以根据某一次特定演唱的需要在大脑文本里选择、排序和组合这些要素，使得歌手的每一次演唱都独一无二，使歌手演唱的口头文本呈现的多样性成为可能。当然，歌手的大脑不仅仅存在史诗的大脑文本，还有其他民间文学样式的大脑文本，这些大脑文本在歌手的大脑里互相流动，互涉关联，同时互相遵守各自的诗学法则。当一位歌手大脑里的其他民间文学样式的要素进入史诗时，它必须以史诗的诗学法则为导向。

劳里·杭柯使用大脑文本的观念阐述埃利亚斯·伦洛特对《卡勒瓦拉》的编纂。通过田野作业，伦洛特搜集了越来越多来自不同地区传统的口头诗歌，进而在其脑海里生成了《卡勒瓦拉》的大脑文本。他出版的《卡勒瓦拉》是他大脑中《卡勒瓦拉》大脑文本的具体化，也是伦洛特的创造。从 1828 年至 1862 年，伦洛特以他的大脑文本为基础创造了五个《卡勒瓦拉》版本，而每一个版本都是他的《卡勒瓦拉》大脑文本的一次物化。[①] 从严格意义上讲，伦洛特是一位搜集者、编纂者，近于史诗歌手。他手头上掌握的芬兰口头诗歌材料比任何一位演唱《卡勒瓦拉》的史诗歌手都要多，都要广泛，供他选择的史诗框架非常充裕。

通过对土鲁歌手古帕拉·奈卡演唱活动的实证观察，劳里·杭柯证实了大脑文本的确存在于歌手的大脑。古帕拉·奈卡给劳里·杭柯演唱《库梯切纳耶史诗》（*Kooti Cennaya*）用了 15 个小时，共计 7000 行，在印度无线广播上 20 分钟就演唱完了。劳里·杭柯要求古帕拉·奈卡以后者的方式再次演唱《库梯切纳耶史诗》，古帕拉·奈卡大约在 27 分钟内唱完。古帕拉·奈卡认为他三次都完整地演唱了这首史诗，因为他每次都把史诗的脉络演唱出来了。显然，在每次演唱之前，《库梯切纳耶史诗》的全部要素已经存在于古帕拉·奈卡的大脑，只不过古帕拉·奈卡每一次演唱从他的大脑文本里提取的要素各不相同，而他的大脑文本每一次预设的史诗基本框架都是相同的。换句话说，古帕拉·奈卡三次演唱使用的程式化的结构单元长度不一，演唱的导入和结尾各异，而其基

---

① Lauri Honko, *Textualising the Siri Epic*, Helsinki: Academia Scientiarum Fennica, 1998. pp. 171 – 176.

本的故事情节和诗学法则无甚不同。

　　在芬兰、印度等其他许多特定史诗传统里，大脑文本的提出对考察歌手的创作技法和演唱活动有着较为科学可行的阐释力，有助于了解和研究一首口头史诗的文本化过程。但是，任何理论与方法都不是放之四海而皆准的，大脑文本的观念也不例外，何况世界上具有鲜明地域性以及族群特色的史诗传统比比皆是。一个显著的例子是西藏史诗说唱艺人卡察·阿旺嘉措说唱《格萨尔》的情况与古帕拉·奈卡完全不一样。卡察·阿旺嘉措是一个罕见的铜镜圆光艺人，他只能借助铜镜抄写与说唱《格萨尔》。一离开铜镜，卡察·阿旺嘉措便既不会抄，也不能说唱。卡察·阿旺嘉措运用铜镜圆光说唱《格萨尔》需要布置道场，具有一套固定的仪式。① 在完成仪式之后，卡察·阿旺嘉措念诵经文，大约二十分钟，便能看到显现在铜镜上的有关《格萨尔》的图像与文字，他便将它们一一抄写下来。昌都江达县的神授艺人扎巴森格说唱《格萨尔》时必须拿着一张纸，对于纸张没有任何要求，白纸、稿纸甚至报纸都可以。根据他的说法，只要手里拿着一张纸，《格萨尔》便自然降临到他的大脑，他便能自然流畅地说唱。离开纸张，他便不会说唱。

　　如果古帕拉·奈卡每一次演唱史诗都是直接将大脑文本转换成具体文本，那么卡察·阿旺嘉措和扎巴森格则不同，他们一旦离开了铜镜、纸张等物件，就不会说唱。我们可以做出这样的推定：卡察·阿旺嘉措的大脑里有大脑文本，但是这个大脑文本必须通过铜镜这一介质才能转换成具体的现实文本。同样，扎巴森格的大脑里有许多《格萨尔》文本，但是他的大脑文本必须通过纸张才能转换为具体文本。因此，古帕拉·奈卡的演唱是"大脑文本→具体文本"，而卡察·阿旺嘉措和扎巴森格的说唱是"大脑文本→铜镜、纸张等介质→具体文本"。

　　劳里·杭柯的大脑文本观念虽然还有待于补充与完善，但是他提出的问题引领着当下学者对"文本理论"的深入思考。歌手演唱的任何成分都可以在大脑文本里找到，大脑文本是歌手的传统库，是歌手的一个"可能的世界"，歌手每一次演唱呈现的文本都是这个"可能的世界"里的某一部分的实现。因此，在大脑文本的"可能的世界"里还有许多未

---

① 杨恩洪：《民间诗神——格萨尔艺人研究》，中国藏学出版社，1995，第277页。

曾被史诗歌手演唱出来的要素。歌手每一次演唱只能生成一个具体文本，而他的大脑文本里却蕴含着无穷的具体文本，这些文本要等到下一次演唱才有实现的可能，或者永远只能作为大脑文本里的蕴藏要素而没有被演唱出来。

每一位歌手的大脑文本应该被放在其自身的口头传统里进行阐述，其根源应该在它所在的口头传统资源库里寻找。歌手每一次演唱的先决条件是大量口头传统资源的存在，这些资源对于歌手与受众而言具有同样的价值。每一位歌手都有自己的大脑文本，他们的大脑文本都来自他们共享的、能够涵盖他们各自大脑文本所有成分的传统库，这个比大脑文本更大的传统库比任何一位歌手的大脑文本都要大得多，既是社会的、集体的，也是个人的。更大的传统库的存在以及歌手大脑文本的存在决定歌手的每一次演唱都不是在演唱那一刻才出现的，他演唱所需要的成分早已在传统库里准备好了，已经潜在地存在于传统库里。

大脑文本是口头史诗的一种可能的存在，而歌手每一次演唱出来的口头史诗则是实现了的和实际的文本。要研究歌手每一次演唱呈现的变化以及口头史诗演唱的诸多方面，应该追溯歌手的大脑文本以及比由诸多歌手大脑文本构成的库存更大的传统库。某一特定的传统库是集体或社会的经验，应该为属于这个传统的受众所了解，它不允许歌手在演唱口头史诗时追求演唱的独创性和新颖性。与大脑文本一样，传统库的存在理应受到研究者的关注，它们内部各自都有某些人们尚未了解的系统。而要研究某一个特定传统的某位歌手的大脑文本以及比由这个特定传统里诸多歌手大脑文本构成的库存更大的传统库，则要从歌手每一次具体的口头史诗演唱出发。当然，要建构一位歌手完整的大脑文本十分困难，需要对这位歌手进行长期的跟踪调查，而要建构比由诸多歌手大脑文本构成的库存更大的传统库则更加困难，它至少需要搜集和研究由许多歌手演唱出来的具体文本才能完成，这远非几个人的力量所能做到。

随着数字化信息时代的高速发展，口头史诗文本进入了数字化。口头史诗的文本化不再是呈现为单一的书面文本，而是逐渐呈现为复杂的多媒体文本，由静态的书面呈现走向动态的多媒体呈现，非线性或多线性的超文本逐渐形成。其实，口头史诗与互联网有着天然的相似性，它们都是借助路径实现各自目的与完成各自预设的任务。口头史诗的路径由口头史诗演唱的文本具有的传统性指涉构成，这种指涉使得歌手演唱的特定文本在语言与意义上和口头史诗演唱传统及相关的诸多文本发生不同程度的关联。互联网的路径则是由网址构成，受众通过点击网址获取自己想要获取的相关信息。口头史诗是一个由路径（pathway）构成的链接系统，歌手便是沿着特定路径完成每一次演唱，便如受众使用网址找到网络资源一般。当然，供给歌手选择的路径充满着无尽的可能，歌手每一次演唱都是对一种可能路径的选择，选择不同呈现的文本也不同。因此，歌手每一次演唱的口头史诗文本不仅是在编织文本，更是通过路径发现和找到文本。口头史诗超文本的意义正在于此，它让受众更好地了解文本并非一种文字文本，而是一个过程。

超文本（hypertext）利用数字化技术将口头史诗更完整、更真实地呈现出来，将文字、数据、图像、录像、摄影、声音等丰富而生动地组合在一起。将口头史诗制作成超文本的过程不仅改变了呈现口头史诗演唱的方式，更为重要的是每一个超文本存在链接其他文本的可能。数字技术超强的处理能力使得超文本能够容纳口头史诗演唱中那些不能誊写到书面文本上的要素，如视觉要素、听觉要素，乃至整个演唱的语境与场域；同时，它也能够将所有与口头史诗演唱相关联的信息与超文本组合在一起构成信息互联系统。这种系统不仅是对口头史诗的书面文本呈现的线性特征的突破，而且与口头史诗的演唱文本间呈现的网状结构较为吻合，比较真实地呈现了口头史诗文本具有的非线性特征。

超文本让受众能够根据自己的兴趣和爱好自由选择不同的方式阅读口头史诗。他可以选择聆听，可以选择使用眼睛阅读，可以跳过某些段落阅读，可以挑选某些部分阅读，也可以打乱演唱原有的秩序阅读口头史诗。受众还能够在计算机上调出与之相关的其他文本以及原来曾阅读过的文本，甚至能够通过计算机以多媒体特有的方式参与口头史诗的演唱，像歌手一样创造一个新的文本。无疑，超文本的这些特点打破传统书面文本的线性逻辑。换句话说，受众可以自由选择不同的路径通向口头史诗，是超文本的主人，有权决定阅读的方式，能够像摆弄纸牌一样自由地阅读超文本。

超文本具有多重链接的功能，从内部而言，它的语言结构单元，大至故事范型、典型场景，小至程式和特性形容词在语言和意义上都能够链接自身文本内其他相应的语言结构单元；从外部而言，它的语言结构单元能够与其他相关联的超文本链接。再者，口头史诗的超文本能够使用多媒体技术，比书面文本更具有表现力，能够让受众通过链接网址找到口头史诗的视觉和听觉资料，让他们真实地看到和听到口头史诗的演唱。例如，许多传统的口头史诗在歌手演唱时一些元音仅能够聆听出来，却不能在纸页上誊写出来。《斯里史诗》诗行里的长元音通常相当于两个元音，如 Lookanaadu，这个长元音的韵律不能通过誊写本读出来，但是它能在录音与录像制作的超文本中辨识出来。① 显然，超文本具有巨大的媒体容载和共享的信息资源，这些是口头史诗的书面文本难以企及的优势。

诚然，口头史诗的超文本有着书面文本不可比拟的长处，但也有着自身的限制，那便是数据库里要储存着数量充足的某一首口头史诗呈现的超文本和与之相关的口头史诗呈现的超文本，如此才能保证受众真正读懂口头史诗的超文本所蕴含的传统内涵。而且，将口头史诗的演唱制作成超文本还处于试验探索阶段，还没有出现这一文本类型的范例。不可否认，口头史诗超文本的出现必将给口头史诗演唱的文本化打开新的远景。它不仅会改变口头史诗的流播渠道和生存方式，也会改变口头史诗的阅读方式，实现口头史诗文本的载体革命。这在一定程度上意味着口头史诗研究的深层观念的改变，甚或意味着口头史诗研究新革命的到来，口头史诗的存在方式、不同媒介之间的分野等许多问题都将成为民俗学界、民间文学界需要重新审视和研究的理论新课题。

以演唱为中心的文本观念是口头史诗文本观念演进过程的一个阶段，但可能并非最终的一个阶段，它有可能会为另一种观念所替代。同样，超文本并非是口头史诗研究者将口头史诗演唱制作成文本的最后一种类型，它的何去何从也是学人们探讨的一个问题。目前，以演唱为中心的文本观念已经成为口头史诗文本观念的主流话语，口头史诗没有固定权威本的观念已成为学界共识。这是对以往口头史诗文本的质的规定性的一次观念革命，语言建构被视为仅仅是口头史诗文本的一个部分，乃至非核心部分。以演唱为中心的文本观念主张口头史诗的文本还应当包括口头史诗演唱活动中演唱者与受众之间语言和非语言的互动、特殊的辅

---

① Lauri Honko, *Textualising the Siri Epic*, Helsinki: Academia Scientiarum Fennica, 1998, p. 583.

助语言、身体运动、空间以及仪式等诸多符号，甚至主张触觉、味觉、嗅觉等诸多感官要素也应该记录在书面文本上。更为重要的是，以演唱为中心的文本观念将学人们的兴趣点引致对口头史诗的演唱、歌手的演唱技艺与风格的重视，以及对口头史诗的演唱在社会生活中指称的传统内涵及功能的理解。不管如何，口头史诗的文本观念与将口头史诗演唱转换成何种文本类型的探寻仍然会继续下去，因为，口头史诗的文本观念与将口头史诗演唱制作成文本是口头史诗理论生成机制的基础。

第三节　口述记录本与演唱记录本

自荷马史诗研究起，国际学界的史诗研究多是围绕着对史诗文本的阐释而展开的。20世纪以来，世界各地活形态的口头史诗陆续得到发现与挖掘，虽然对它们的口承性有着充分的关注，而且突破书面文学研究方法与内在理路的自觉意识也越来越强烈，口头诗学视野下的史诗观念与研究范式业已形成，但是学人们对它们的研究还是建立在将口头史诗演唱文本化的基础之上。一般而言，不同传统的口头史诗形成和发展的过程不尽相同，呈现出复杂多样的态势，它们的文本呈现的形态也相应呈现出多样性。以蒙古史诗为例，朝戈金将迄今为止见到的文本归纳为转述本、口述记录本、手抄本、印刷文本、现场录音整理本五种类型，并简要地说明了它们的诗学价值。[①]

研究一首活形态口头史诗的文本应该考察与这个文本相关联的呈现方式，如果忽视这一点，那么对这一文本的分析便很难称得上是充分与科学的。一首口头史诗的呈现形式是多样的，可以是独唱，也可以是合唱，可以有音乐伴奏，也可以没有音乐伴奏，可以是分节反复曲（strophic），也可以是同韵律曲（stichic）。影响口头史诗文本形成的因素非常多，外部因素有演唱的时间、演唱的地点、演唱伴随的仪式、受众等；内部因素有歌手在适应不同演唱情境时对史诗情节的不同处理、不同诗学手段的运用等。概而论之，口述与演唱是口头史诗呈现的两种基本方式，对歌手而言它们都是呈现，都是独一无二与不可复制的，都是对史

---

① 朝戈金：《口传史诗文本的类型——以蒙古史诗为例》，《民族文学研究》2000年第4期。

诗的一次呈现，与之相应的文本便是口述记录本与演唱记录本。这里主要讨论这两种类型的文本制作过程，解析它们的诗学特征与研究价值。

19 世纪，较为先进的音响和录像设备还没有出现，学人经常让歌手口述史诗，然后自己或其助手使用手中的笔将它记录下来。拉德洛夫（Vasilii V Radlov）对《玛纳斯》的记录过程能够生动地说明口述记录本的产生过程。拉德洛夫使用语言学的方法将歌手呈现的史诗记录下来，没有将歌手呈现的史诗中的重复部分剔除，较为忠实于歌手呈现的史诗。他说道：

> 因为我记录史诗的真正目的仅在于搜集语言学材料，以用于吉尔吉斯人方言的研究。因此我对记录下来的由当地歌手以他们特有的方式呈现给我的数量可观的口述文本感到非常满意。我不介意重复，也不介意歌手口述的情节内容之间存在的冲突，我们没有竭力缩减歌手口述史诗时呈现的重复。然而，我相信，只有原封不动的保留这些重复，才能够呈现本真的史诗。①

为了克服技术上的缺陷以及更好地观察、记录和校正所有可能出现的遗漏和不准确的内容，拉德洛夫首先让歌手将一个完整的章节用他平时的演唱方式先唱一遍，记录者记下这一段的内容要点。然后，他要求歌手把同样的一章再从头口述一遍。他说道："记下歌手口述的歌非常困难。歌手不习惯用一种缓慢的语速讲述故事，而记录者的笔不能跟上歌手演唱故事的语速。因此，记录者经常抓不住故事的线索，而且他漏掉的东西显然又会使得故事失去一致性与连贯性。如果记录者试图通过向正在口述故事的歌手提问以抓住歌手口述的故事情节的一致连贯性，那么这也不是一个好的解决方法，因为被提问的歌手一定会被这些问题搞得更加糊涂。在这些条件下，我别无选择，只有让歌手先给我演唱一个故事，我记下这个故事的内容要点和逻辑顺序。……当歌手以一种缓慢

---

① Radlov Vasilii V, *Proben der Volkslitteratur der nördlichen türkischen stämme*, vol. 5：*Der Dialect der Kara-Kirgisen.* St. Petersburg：Commissionäre der Kaiserlichen Akademie der Wissenschaften. 1885. xiii；也可参见 Lauri Honko, *Textualising the Siri Epic*, Helsinki：Academia Scientiarum Fennica，1998，p. 178。

的语速口述这个故事情节时，我能非常轻松地提示他那些漏掉的东西，他便会为自己漏掉的一些要素和成分而内疚。尽管如此，遗漏现象仍然时有发生，幸运的是，读者可能经常不会注意到它们。"① 通过这种方式，拉德洛夫得到的这个《玛纳斯》口述记录本很可能是演唱与口述两种方式杂糅而成的，即以歌手口述的史诗为底本，参照了歌手先前演唱的史诗所包含的一些要素。

1902 年 3 月，阿尔弗雷德·克罗伯（Alfred Kroeber）记录了莫哈维族的歌手因约·库塔瓦拉（Inyo-kutavêre）口述的《莫哈维人的史诗》（*The Mohave Epic*）。阿尔弗雷德·克罗伯使用的记录技巧是歌手每次口述完一个段落便停下来，阿尔弗雷德·克罗伯的助手将他口述的内容翻译给阿尔弗雷德·克罗伯，然后阿尔弗雷德·克罗伯用速记法将它们记录下来，而歌手口述每个段落的时间在 5 ~ 10 分钟之间。这种记录方法使得歌手的口述时断时续，远不如在自然语境中演唱史诗那样流畅。而且阿尔弗雷德·克罗伯对史诗中的人名与地名非常感兴趣，一旦口述到它们，歌手便会直接告诉阿尔弗雷德·克罗伯，而阿尔弗雷德·克罗伯便要与歌手交谈，以求使它们得到更好的解释与说明，歌手口述史诗的流畅性也常由此而中断。因此，这种记录手段使得歌手在六天时间里只口述了 3 万 ~ 4 万个词，按正常演唱速度计算歌手在这个时间里应该可以演唱 10 万 ~ 15 万个词。② 阿尔弗雷德·克罗伯的口述记录本没有将一些重复出现的词语记录下来，一些修饰语与冗长累赘的话语都被剔除。这样的口述记录本只是史诗的故事梗概，歌手口述史诗时使用的许多原初语言都没有存留下来，存留下来的只是阿尔弗雷德·克罗伯感兴趣的人名与地名。

20 世纪中后期，录音、录像、摄影等诸多现代化技术与手段的出现使得学者们能够非常真实地记录歌手们演唱史诗的活动。为了验证荷马史诗既是口头创作的产物，也是传统的产物的假设，米尔曼·帕里和阿

① Radlov Vasilii V, *Proben der Volkslitteratur der nördlichen türkischen stämme*, vol. 5：*Der Dialect der Kara-Kirgisen.* St. Petersburg：Commissionäre der Kaiserlichen Akademie der Wissenschaften. 1885. xv；也可参见 Lauri Honko, *Textualising the Siri Epic*, Helsinki：Academia Scientiarum Fennica, 1998, p. 178。

② Lauri Honko, *Textualising the Siri Epic*, Helsinki：Academia Scientiarum Fennica, 1998, p. 181.

尔伯特·洛德于 1934 年 6 月至 1935 年 9 月在塞尔维亚 – 克罗地亚地区
展开田野作业。帕里与洛德搜集与记录的塞尔维亚 – 克罗地亚口头史诗
既有口述记录本，也有演唱记录本。他们让歌手口述史诗，其助手尼古
拉·武伊诺维奇（Nikola Vujnović）将它记录下来。使用这种记录方式，
他们获得史诗的口述记录本。尼古拉·武伊诺维奇是一位当地歌手，在
帕里与洛德的指导下，他将歌手口述的史诗真实地记录下来，保证在
这个过程中不掺入自己的思想、不掺入自己创作的诗行，乃至自己的
歌。演唱记录本是帕里和洛德使用电子录音装置记录歌手演唱的史诗，
他们搜集的一些口述记录本有时也是使用这种先进设备获得的，即将
它们录制在铝盘上。1934 年，帕里与洛德记录了歌手德马伊尔·佐基奇
（Đemail Zogic）的《博伊契奇·阿利亚营救阿里贝伊的孩子》的口述记
录本与演唱记录本，即在 1934 年这位歌手分别以演唱与口述的方式呈现
了这首史诗，下面是两个文本开头部分的十个诗行：

A（1934）演唱

Hej! Ej! Vikni, druže, haj, pomogni, Bože!

Amin Bože hoće, ako Bog da

Pomognuti pa razgovoriti,

Od svake ne muke zakloniti,

Od zle muke i dušmanske ruke.

Sad veljimo pjesmu da pjevamo.

Jedno jutro kad je zora bila,

Studena je rosa udarila,

Zeljena je bašča beherala,

Ljeskovina mlada preljistala.

B（1934）口述

Vinkni, druže, a pomozi, Bože!

Sad velimo da malo pevamo,

Što je nekad u zemanu bilo,

Šta su naši stari rabotali.

Jedno jutro tek je osamnulo,

Studena je rosa osamnula,

Zeljena je bašča beherala,

Leskovina mlada prelistala,

A svakoja pilad zapevala.

Sve pevahu a jedna kukaše. ①

比较这两种文本，口述记录本的诗行显得更加规整，而演唱记录本的诗行则相对自由灵活。演唱记录本出现语气词"Hej""Ej""Od"，而且它们与"E""O"等语气词时常出现在塞尔维亚－克罗地亚史诗歌手演唱的史诗诗行里，而歌手在口述史诗的诗行时使用语气词相对少得多。根据多次的田野观察，洛德指出歌手口述更有助于篇幅非常长的史诗产生。②洛德曾经详细记载了歌手萨利赫·乌戈利宁（Salih Ugljanin）口述《博格达之歌》（Song of Bagdad）的过程。萨利赫·乌戈利宁坐在桌子边上，飞快地口述着《博格达之歌》的诗行，坐在旁边的尼古拉·武伊诺维奇记录着歌手口述的诗行。萨利赫·乌戈利宁口述诗行的速度虽然非常快，但又显得从容不迫。他经常在口述一个诗行之后便停顿一下，看着尼古拉·武伊诺维奇将他口述的诗行记录在纸张上。这位歌手的口述文本使用了许多韵律齐整的诗行，平行式出现的频率非常高，而且平行式呈现的清晰度远高于他的演唱文本。③

并非所有的歌手都能成功地口述一首史诗，塞尔维亚－克罗地亚的一些史诗歌手没有了古斯莱（gusle）的伴奏便不能成功地完成史诗的演唱，他们需要古斯莱来确定史诗的演唱节奏。因此，当歌手在口述史诗过程中难以流畅地建构史诗诗行时，帕里、洛德、尼古拉·武伊诺维奇等有时不得不将古斯莱递给歌手，让歌手重新找到准确的节奏。在口述史诗的过程中，一位史诗歌手对口述史诗会感到不自然，很大程度上是因为歌手已经习惯使用古斯莱伴奏来确定演唱的节奏与语速，以确保能够快速地演唱史诗。但是，一位优秀的歌手能够很快适应口述史诗的呈现方式，因为在他的脑海里已构建了一种与口述史诗相适应的节奏。

① 〔美〕阿尔伯特·贝茨·洛德：《故事的歌手》，尹虎彬译，中华书局，2004，第98页。

② Albert B. Lord, *Epic Singer and Oral Tradition*, Cornell University Press, 1991, pp. 39 – 47.

③ Albert B. Lord, *Epic Singer and Oral Tradition*, Cornell University Press, 1991, p. 12.

1965 年，布兰达·贝卡（Brenda Beck）到泰米尔纳德邦（Tamilnadu）的哥印拜陀（Coimbatore）地区记录了歌手 E. C. 拉姆卡米（E. C. Raam-acaami）口述的《恩纳马拉史诗》（the Annanmaar Epic）。歌手开始对口述史诗的方式非常不适应，因为他原来不曾这样呈现过史诗，他经常使用演唱的方式呈现史诗，而突然使用口述的方式呈现史诗，离开了原来习惯的韵律与节奏，一下子便感到不自然。但是布兰达·贝卡发现 E. C. 拉姆卡米很快适应了这种转变，在他的脑海里快速地建构了口述史诗特有的一种节奏，而且呈现的韵律比演唱方式呈现的韵律规整得多。[①]

在通常情况下，歌手构筑口述诗行的思维速度要快于记录者手里的笔，因此在他口述下一个诗行之前他不得不等候记录者将自己口述的诗行写下来。这时，歌手可能会对口述史诗感到不耐烦。为了减少歌手对口述史诗产生厌烦情绪，保持歌手对口述史诗的兴趣，记录者不得不尽可能地与歌手口述史诗的节奏相适应，尽可能达到一致。歌手口述史诗有着其自身特有的优势，主要在于能够给歌手提供充分的时间让他构筑诗行。塞尔维亚－克罗地亚地区的史诗歌手经常在咖啡屋里与婚礼上演唱史诗。但是在这些场合中，或因为时间压力，或因为受众的要求，歌手很难完整地将一首史诗演唱出来，他或选择演唱某些故事情节，或缩减史诗的篇幅等，以适应演唱现场的需要。但是，口述史诗则不一样，帕里与洛德给歌手提供了一个能够让他充分完整地呈现一首史诗的语境。歌手阿夫多便是在宽松而自然的口述语境中将《斯梅拉季奇·梅霍的婚礼》（the Wedding of Smailagić Meho）完整地口述出来，诗行达到万余行。[②] 洛德还让一些歌手对演唱的史诗与口述的史诗做出评论，歌手们认为他们演唱的史诗更真实，而口述的史诗更完美。正是在这些言论与实践观察的基础上，洛德推定荷马史诗是口述记录本，口述记录本要优于演唱记录本。

1990 年 12 月，劳里·杭柯带领着一群学人前往印度的土鲁地区对活形态的《斯里史诗》展开田野作业，记录了古帕拉·奈卡演唱的整部

① Lauri Honko, *Textualising the Siri Epic*, Helsinki: Academia Scientiarum Fennica, 1998, pp. 189 – 192.

② Lauri Honko, *Textualising the Siri Epic*, Helsinki: Academia Scientiarum Fennica, 1998, p. 186.

《斯里史诗》，历时 7 天左右。因为使用了录音与音像设备记录，他们保留了更多与演唱史诗相关的资料与信息。

劳里·杭柯对《斯里史诗》的口述记录本与演唱记录本做出详尽的区分，提出了不同于洛德所主张的最完美与篇幅最长的口头史诗来自歌手口述的观点。劳里·杭柯比较了"丝绸编织的摇篮""照顾小男孩"及"给孩子取名字"三个主题在《斯里史诗》的口述记录本与演唱记录本中的呈现。在口述记录本里，古帕拉·奈卡使用了 17 个诗行，即第762 ~ 778 行；在演唱记录本里，歌手使用了 46 个诗行，即第 1761 ~ 1806 行。也就是说，口述记录本里的这三个主题呈现的篇幅仅为演唱记录本的 37%。在口述记录本里，"丝绸编织的摇篮"的主题由"将丝绸放入摇篮""奴仆进来""将孩子放入摇篮"三个部分组成，共有 6 个诗行；在演唱记录本里，这个主题由"织丝绸""将丝绸放在摇篮里""叫奴仆进来""将孩子放入摇篮""将其他剩下的丝绸放在孩子身上"五个部分构成，共有 15 个诗行。"照顾小男孩"的主题主要描述了对孩子的照顾和保护，口述记录本对此使用了 4 个诗行，而演唱记录本则使用了 12 个诗行，其中既有对宇宙的描述，也有对上天与人类的赞颂，还提及白天吟诵《罗摩衍那》、晚上吟诵《摩诃婆罗多》的活动。"给孩子取名字"的主题在口述记录本与演唱记录本里的基本结构都是相同的，但是演唱记录本描述得更加细致与充分，使用了 21 个诗行，而口述记录本则使用了 7 个诗行。①

综观口述记录本与演唱记录本的整个篇幅，劳里·杭柯发现古帕拉·奈卡口述的《斯里史诗》篇幅仅是演唱的《斯里史诗》篇幅的 54.5%，演唱记录本中许多故事的细节在口述记录本中都没有得到呈现。更为紧要的是，古帕拉·奈卡指出演唱史诗的方式让他享有更充分的自由，是一种较为理想的呈现史诗的方式。他说道："当口述史诗（katɛ）时，歌手的演唱技能便不能充分发挥出来。对于那些记录者，你知道，他们总是有些小问题，歌手必须随时停下讲述来回答这些问题。……但在演唱史诗（sandi）时候，歌手必须击打拍子，一个拍子连着一个拍

---

① Lauri Honko, *Textualising the Siri Epic*, Helsinki: Academia Scientiarum Fennica, 1998, pp. 83 – 88.

子。口述史诗不会出现这种情况。当歌手在演唱中不停地被打断时，那么演唱便无法继续下去。一旦你突然停下来，你被迫去思考。我在哪里停下，又应从哪里开始。使用演唱的模式呈现史诗，我感觉非常好，它是使用声音将所有的部分编织在一起。……使用口述的模式呈现史诗，我感觉不是那么舒适和愉快。"① 与洛德一样，劳里·杭柯观察到口述史诗的诗行较为齐整，更易于遵循诗行的诗学法则。同时，根据歌手的诗学行为、术语系统以及诗学评论，劳里·杭柯认为，口述史诗和演唱史诗的基本区别可能在于口述倾向于情节，而演唱倾向于感情，使用了更多的"声音（voice）"。歌手所说的"声音"是指歌手在史诗演唱中使用的创作技巧，而"使用了更多的声音"是指歌手演唱的篇章（texture）更细致，但每一次演唱的史诗的基本脉络都是相同的。②

　　许多其他史诗研究者在田野作业中也观察到史诗演唱文本的篇幅要长于其口述文本篇幅的事实。在记录苏门答腊岛西部的《安吉伽·纳·栋卡史诗》（the Anggun Nan Tungga Epic）时，因为录音设备准备不充分，难以将歌手演唱的史诗完整地录下音来，所以尼吉尔·菲利普斯（Nigel Phillips）选择让歌手穆尼（Munin）口述这部史诗，耗时 23 个小时。尼吉尔·菲利普斯对歌手口述史诗的情形描述道："当他口述史诗时，他的眼睛有时闭着，有时看着天空，但从来没有看着他的受众。在开始的两个晚上，他口述史诗的语速非常快，大约每一分钟 145 个词。后来在我的要求下，穆尼降下了口述的速度，大约每一分钟 105 个词。以这样的语速，穆尼能够持续地口述如此长篇的诗歌的技能给我非常深刻的印象。很容易理解，要是歌手们详尽地口述一部史诗而不是演唱一部史诗，他为什么会承认自己已经在口述中迷失了。穆尼说，他发现口述比演唱更加困难，因为口述的语速更快。"③ 尼吉尔·菲利普斯记录了穆尼在咖啡店与婚礼上演唱《安吉伽·纳·栋卡史诗》的文本，它与口述文本在故事情节上基本相同，主要的差异在于长度，演唱文本长于口述文本。

---

① Lauri Honko, *Textualising the Siri Epic*, Helsinki：Academia Scientiarum Fennica, 1998, p. 90.

② Lauri Honko, *Textualising the Siri Epic*, Helsinki：Academia Scientiarum Fennica, 1998, p. 30.

③ Lauri Honko, *Textualising the Siri Epic*, Helsinki：Academia Scientiarum Fennica, 1998, p. 196.

布兰达·贝卡（Brenda Beck）在记录 E. C. 拉姆卡米（E. C. Raam-acaami）演唱时遇到同样的技术困难，不得不放弃记录歌手以演唱方式呈现的《恩纳马拉史诗》（*the Annanmaarepic*），转而记录歌手以口述方式呈现的《恩纳马拉史诗》，而前者呈现的篇幅要远长于后者呈现的篇幅。他说道："这个歌手的叙事很复杂，而且篇幅非常长。因为我的录音磁带不得不依靠电池运作，所以我不能反反复复聆听这首史诗，只能录制歌手花费 44 个小时演唱的史诗。不久，我找到了一个不同于录音方式的解决办法，我说服歌手 E. C. 拉姆卡米坐下来，让他将他的故事背诵给誊写者。"① 虽然布兰达·贝卡要求 E. C. 拉姆卡米像构筑演唱诗行那样构筑口述诗行，但是歌手在口述史诗时将描述祈祷和表示强调的诗行剔除了，其句法与韵律的规整使得口述的史诗倾向于书写风格。

劳里·杭柯与其他史诗研究者在田野中观察到的事实在很大程度上对洛德推定荷马史诗是口述记录本的观点提出了挑战，因为荷马可能使用演唱方式呈现出篇幅巨大的荷马史诗。在许多史诗田野案例里，歌手的口述文本与演唱文本都得到了记录，但是研究者很少对它们展开比较研究，而对它们的讨论与将歌手演唱的史诗文本化有着直接的关联。现在难以说清口述文本与演唱文本哪一个更具有艺术性，二者的不同归根结底在于它们使用的诗学手段不同；是口述能让歌手呈现更长篇幅的史诗，还是演唱能让歌手呈现更长篇幅的史诗，这个问题一时很难作出定论，因为世界各地的史诗演唱传统丰富多样，不存在完全相同的史诗演唱现象。

较为科学的做法是关注两种文本类型的特征、诗学法则与研究价值，对其展开语言、结构、音乐等诸多方面的比较研究。约翰·史密斯（John Smith）曾在这方面做出了一些尝试。1976 年，他找到一位非常优秀的歌手巴布·波普（Parbuu Bhopo），让他使用演唱与口述两种方式呈现拉贾斯坦人的《巴布吉史诗》，即每一次使用口述方式呈现完史诗的某一部分之后，便再使用演唱的方式将这一部分演唱一遍，以如此交替往复的方式呈现出整首史诗。约翰·史密斯对两种呈现方式有过比较，说道："当我们比较演唱文本与口述文本里的每一个两行诗（couplet）

---

① Lauri Honko, *Textualising the Siri Epic*, Helsinki: Academia Scientiarum Fennica, 1998, p. 199.

时，我们可以发现它们之间的相似性几乎不存在。演唱文本使用的是分节反复曲（strophic），口述文本使用的则是同韵律曲（stichic）。"① 约翰·史密斯让歌手交替使用演唱与口述的方式呈现史诗固然便于学者对演唱文本与口述文本展开语言、结构与音乐上的比较，但是歌手轮流使用两种方式呈现史诗可能影响演唱活动的流畅性，可能制造更多重复的诗行，也可能导致歌手对两种呈现方式轮流转换感到厌烦，进而影响了演唱和口述的质量与效果，直接导致在这种情况下获得的一首口头史诗的口述记录本和演唱记录本并非真正的科学本，其学术价值大打折扣。因此，应该以在自然语境中完成的同一首口头史诗的口述记录本与演唱记录本为研究对象，较为系统地比较它们的异同，进而对以往口头史诗文本化的做法进行学术反思，拓展史诗田野作业与史诗研究的视野。

小　结

对史诗的搜集与记录应该关注史诗演唱的文本化，也应该关注史诗演唱的传统语境、演唱风格以及史诗歌手技艺的习得。当下，许多从事史诗的搜集与记录的中国学人都经过较为科学的田野作业训练，其田野作业规程都已较为规范，而且有着科学的理论支撑。学人们不再像以前那样故意避免对已经搜集记录的史诗再次展开记录，已经充分认识到史诗没有永久的形式，没有固定的权威本，也意识到对同一首史诗不同演唱的搜集记录及对歌手传统知识储备和个人技能掌握的学术意义。

在田野作业中，将对史诗演唱的关注转向对史诗演唱文本化过程的关注，关注在传统文化语境下的史诗演唱风格与歌手演唱技艺习得的方式，这决定了对史诗演唱的记录应该关注歌手、受众、情节、语词、演唱的节奏和语调、歌手的面部表情和手势、歌手与受众之间语言与非语言的互动等。这些是准确完整地了解以文字记录下来的史诗书面文本，乃至整个史诗演唱活动不可或缺的要素。因此，有必要对史诗演唱做出由两个部分组成的记录，一个是把史诗的内容从头到尾使用文字符号完整地记录下来，另一个是使用录像、影像等现代技术将演唱中的非语言

---

① Lauri Honko, *Textualising the Siri Epic*, Helsinki：Academia Scientiarum Fennica, 1998. p. 212.

要素记录下来。这些非语言要素对理解史诗及其演唱活动有着重要学术价值。例如，史诗歌手在演唱中的身体语言影响着史诗的演唱，是一种具有传统内涵的意义符码，有助于理解歌手与受众在演唱中的互动。其间，记录者的身体动作也会影响着史诗的演唱，甚至他会对史诗演唱进行删减、增添乃至改编，进而导致史诗演唱的丰富性和复杂性弱化。现代化的录音和影像设备技术让记录方式突破纸笔的局限成为可能，不仅为得到一个精确的口头史诗文本提供可能，而且能够较为完整地保留史诗演唱活动的各种要素，让学人反复聆听和观察每一次史诗演唱。

对搜集记录下来的史诗进行整理和出版是史诗研究的重要环节，也是一个复杂的活动。整理和出版一首史诗基本被确定为对这首史诗具体的某一次演唱的整理和出版。史诗歌手、搜集记录者已经不再干预与改变已经被记录下来、将要整理出版的史诗演唱文本。这位歌手对这首史诗的其他演唱不能被用来扩充或修改这个业已文本化了的史诗演唱文本，但整理者或编辑者能够以注释的形式呈现它们，或以脚注的形式呈现整理者或编辑者的评论等。如果将它作为一般普及读物，那么整理者可能对它进行重写，增加其生动性，使它迎合大众的口味，受大众的欢迎。但这直接使它与原初演唱不相吻合，甚至遮蔽了其演唱特征和文体特征。显然，它不适合作为学术研究的对象。

田野调查的理论及其科技手段的运用直接促成了当下以演唱为中心的史诗文本观念的确立，而由之带来的史诗文本的范例也给史诗研究在观念、方法和视角上带来了革命性的变化。史诗研究不再致力于搜集各种异文，进而找寻出其原型和权威的原初形式以及传播路径等，而是致力于研究演唱中的创作及其相应的程式化表达，关注歌手和受众的互动以及史诗的意义是以何种方式在语境和固有的传统中生成的，强调史诗独特的诗学法则等。

对某一个社区或地域内的某一位歌手演唱的史诗长期跟踪调查，包括演唱场景、受众、演唱的社会背景等，了解史诗传统在其个人的知识储备和个人技能中的分布情况，这些无疑为了解史诗传统的稳定与变异提供了学术条件。史诗是流动的，没有固定的形式。歌手虽然经常宣称自己每一次演唱没有对史诗做出过任何改动，但是在不断的演唱中，其变异会自然发生。已经记录下来的同一位歌手对同一史诗的数次演唱可以说明歌手的每一次演唱都不会完全相同，变异才是史诗传承的关键，而稳定性能防止史诗演唱的每一次变异偏离史诗传统。它可以说明歌手的每一次演唱都存在于活形态的史诗传统中，处在一种彼此相互依存的动态关系中，遵循着演唱中创作的法则，对以后的史诗演唱产生着不同程度的影响。

研究同一位歌手对同一史诗的多次演唱，掌握歌手在不同语境中演唱史诗时产生的功能性变异和意义生成，是十分必要的。可将某位歌手演唱的史诗与其他歌手演唱的同一首史诗进行比较研究，掌握其个人和集体共享的传统及其由之而生的在传统框架内产生的变异，以求辨识出这个史诗传统中更多程式化表达的组合，乃至把整个传统库勾画出来。一些变异现象在一次演唱中发生，可能还会在下一次演唱中发生，而有些变异现象却可能不会出现在下一次演唱中。应该对程式、典型场景等诸多要素在歌手演唱的一首史诗内呈现的变异进行研究，这可以避免考虑受众、语境等外部因素对变异的影响，而从纯粹的叙事法则来考察史诗的变异。还可对口述记录本、手抄本、印刷文本、现场录音整理本等诸多史诗文本类型进行研究，或对它们比较，或阐述其独特诗学价值和学术价值，以求能够更好地理解史诗的叙事法则、演唱策略、演唱的文本化等问题。

第三章 对史诗歌手的考察与研究

歌手在史诗的形成和发展过程中占据着至关重要的位置，他们既是创造性演唱口头史诗的艺人，也是史诗传统得以保存和传播的传承者。对于这一点，许多中国学人早有认识，朝戈金曾指出：

> 有天份的个体，对于传统的发展，具有某种特殊的作用。在今天的中国活形态史诗演述传统中，不乏这样伟大的个体，像藏族的扎巴、桑珠，柯尔克孜族的居素甫·玛玛依，蒙古族的琶杰、金巴扎木苏、朱乃和冉皮勒，彝族的曲莫伊诺等等。他们都以极为鲜明的演述个性和风格，为口头传统文类的发展做出了显见的推动。①

20世纪50年代以来，中国学人对史诗歌手的考察与研究逐步走向深入。这既给中国少数民族史诗研究提供了新的学术路径，也拓展了中国少数民族史诗研究的新领域，对在"学术共同体"与"地方性知识"对话中建构中国史诗学理论起到推动作用，对其他许多与口头史诗相关的研究产生了深远的影响。

第一节 对史诗歌手的发现与考察

20世纪50~60年代，随着史诗搜集、记录、整理活动的展开，藏族的华甲、蒙古族的琶杰、柯尔克孜族的居素普（甫）·玛玛依等不少史诗歌手相继被发掘出来了，他们对这一时期的史诗搜集做出了重要的贡献。1953年3月，中国学人在青海省文艺工作者参观会演时偶然发现了《格萨尔》说唱艺人华甲，从而正式揭开了中国学界搜集整理《格萨

---

① 朝戈金：《从荷马到冉皮勒：反思国际史诗学术的范式转换》，《中国社会科学院文学研究所学刊》，中国社会科学出版社，2008，第29页。

（斯）尔》的序幕。琶杰是蒙古族杰出的说唱艺人，擅长说唱蒙古英雄
史诗《格斯尔》。他说唱的史诗得到了许多中国学人的关注，并且得到
了相应的搜集整理和出版。居素普·玛玛依更是加入《玛纳斯》工作
组，参与当时《玛纳斯》的普查、搜集、记录、整理、翻译等各项
工作。

随着史诗歌手与其他民间文学样式的讲述者不断地被发现，许多中
国学人提出搜集民间文学时应该记录讲述者的相关情况。刘魁立曾强调
要详细地描述讲述者的具体情况：

> 何时、何地、从谁那里记录来的，讲述者（或演唱者）的年
> 龄、职业、文化程度，讲述者在何时、何地、从谁那里听来的等等。
> 任何一个故事、歌曲都不能缺少这些最起码的材料。如果我们从一
> 个讲述者那里记了许多材料，就应该进一步地了解他的个人经历，
> 可能的话，最好对他讲述或演唱的技巧作些总的评述。一个人选择
> 某个故事或某个民歌除掉是由于某些偶然的原因之外，在一定程度
> 上还决定于他的心理状态、他所处的生活环境，而且在转述这些作
> 品时，常要加上许多自己的（自己听到的、看到的、经受过的）东
> 西。搜集者记录讲述者的个人经历，就是提供材料，让读者更深刻
> 地理解作品。①

显然，刘魁立对民间文学讲述者已经具有了一种较为强烈的主体自
觉意识，即将民间文学的讲述者作为民间文学的研究对象，要求将讲述
者的人生经历、学艺过程、演唱或讲述的心理状态以及伴随着演唱或讲
述而出现的诸多要素一并记录下来，进行观察与分析。刘魁立持有的这
种关注民间文学讲述者及其演唱的学术意识却没有成为当时学界的共识，
为当时强调的民间文学的集体性所遮蔽，仅为不多的中国学人所倡导。
换句话说，当时中国学人的学术兴趣在于史诗歌手演唱的史诗内容，而
不在于史诗歌手，无意于关注史诗歌手怎样学会演唱这首史诗及其相关
技艺以及何时、何地、为何选择演唱这首史诗等诸多演唱信息。因此，

---

① 刘魁立：《刘魁立民俗学论集》，上海文艺出版社，1998，第165页。

20 世纪 50～60 年代搜集整理出版的史诗文本大多没有描述与歌手相关的情况。

20 世纪 80 年代以后，学界逐渐纠正了以往对民间文学集体性认识的偏颇，充分肯定了史诗歌手在史诗创作、演唱和流布中的地位和作用，史诗研究的侧重点出现了由集体性向个人才艺转换的学术转向。[①] 这种认识的转向直接促使史诗歌手在史诗的搜集与研究中愈发得到重视，抢救和保护史诗歌手及其演唱的史诗成为 20 世纪 80 年代以来中国史诗学界的一个工作重心，一大批史诗歌手随之被相继发现，其数量已经远胜于 20 世纪 50～60 年代。据不完全统计，国内学界先后发现《格萨（斯）尔》说唱艺人 150 余位[②]、江格尔奇 100 余位[③]、玛纳斯奇 120 余位。[④]同时，赵安贤、朱小和、杨勾炎、曲莫伊诺等诸多南方少数民族史诗的歌手也开始为学界所知晓。

当然，史诗歌手的发现与学者的努力、政府的重视以及新闻传媒的报道与传播等有着直接的关联，这在《格萨尔》说唱艺人的发现与确立中尤为突出。1984 年在西藏拉萨召开的第一次《格萨尔》说唱艺人演唱会、1985 年在内蒙古赤峰召开的第二次《格萨（斯）尔》艺人演唱会、1987 年在青海湖畔召开的第三次《格萨（斯）尔》艺人演唱会、2007 年在西宁召开的第四次《格萨（斯）尔》艺人演唱会等都给杰出的说唱艺人提供了展示的舞台，为发现新的说唱艺人提供了一条重要的途径，拓宽了《格萨（斯）尔》的搜集工作。另外，国家民委、文化部、中国文联、中国社会科学院多次在京召开全国《格萨（斯）尔》工作及艺人表彰大会，它们推动了搜集工作的进一步展开，给搜集工作指明了方向。同时，报纸、电视、网络等大众传媒对《格萨（斯）尔》说唱艺人的宣传报道让扎巴、桑珠、才让旺堆等优秀的说唱艺人成为知名人士，使得学人对他们产生更大的兴趣，让他们得到地方政府的高度重视。

[①]　朝戈金：《从荷马到冉皮勒：反思国际史诗学术的范式转换》，《中国社会科学院文学研究所学刊》，中国社会科学出版社，2008，第 29 页。

[②]　杨恩洪：《史诗〈格萨尔〉说唱艺人的抢救与保护》，《西北民族研究》2005 年第 2 期。

[③]　朝戈金：《口传史诗诗学：冉皮勒〈江格尔〉程式句法研究》，广西人民出版社，2000，第 47 页。

[④]　阿地里·居玛吐尔地：《〈玛纳斯〉史诗歌手研究》，民族出版社，2006，第 203～216 页。

　　随着史诗歌手的发现与确立，中国学人开始对史诗歌手进行专题研究，史诗歌手的成长过程首先得到了中国学人的关注。1985 年，斯钦孟和的《琶杰传》① 简要介绍了琶杰的人生经历和演唱生涯，旺秋的《在漂泊的生活中——介绍〈格萨尔〉说唱艺人桑珠》② 较为详细地描述了桑珠的成长过程、说唱生涯、说唱的语言以及艺术特色等。1986 年，杨恩洪与热嘎合作撰写的《浪迹高原的民间艺人——玉珠》③、岗日曲成和边烽合作撰写的《雪域国宝——记著名的〈格萨尔〉演唱家扎巴老人》④，分别描述了玉珠和扎巴的生活史和说唱史，高度评价了两位说唱艺人的说唱技艺。1999 年，郎樱的《"当代荷马"的经历与自述》叙述了居素普·玛玛依的生活经历及其演唱的《玛纳斯》，肯定了他在保存《玛纳斯》与柯尔克孜族传统文化方面做出的卓越贡献。⑤ 王国明的《著名土族〈格萨尔〉说唱艺人王永福》，介绍了土族《格萨尔》说唱艺人王永福的成长历程，分析了其说唱的艺术特点以及其他与之相关的概况。⑥ 这些关注史诗歌手成长过程的文章在一定程度上引起了国内学界对史诗歌手的重视，对史诗歌手的研究产生了一定的学术影响。

　　1995 年，杨恩洪的《民间诗神——格萨尔艺人研究》，对《格萨（斯）尔》的说唱艺人进行了详细的介绍和具体的研究。⑦ 自 1986 年起，杨恩洪开始对果洛、玉树、昌都、那曲、甘孜等地区的《格萨（斯）尔》说唱艺人进行普遍性调查，采访的说唱艺人达 40 余位，搜集了大量有关《格萨（斯）尔》说唱艺人的第一手资料。她选择了扎巴、洛达、桑珠、玉梅、阿达尔、曲扎、贡却才旦、才让旺堆、玉珠、卡察·阿旺嘉措、格日坚参、昂日、桑多吉父子、次仁占堆、次旺俊美、才旦加、

① 斯钦孟和：《琶杰传》，载《格萨尔研究集刊》（第一集），中国民间文艺出版社，1985。
② 旺秋：《在漂泊的生活中——介绍〈格萨尔〉说唱艺人桑珠》，载《格萨尔研究集刊》（第一集），中国民间文艺出版社，1985。
③ 杨恩洪、热嘎：《浪迹高原的民间艺人——玉珠》，载《格萨尔研究》（第二集），中国民间文艺出版社，1986。
④ 岗日曲成、边烽：《雪域国宝——记著名的〈格萨尔〉演唱家扎巴老人》，载《格萨尔研究》（第二集），中国民间文艺出版社，1986。
⑤ 郎樱：《"当代荷马"的经历与自述》，《民间文化》1999 年第 4 期。
⑥ 王国明：《著名土族〈格萨尔〉说唱艺人王永福》，《中国土族》2005 年第 2 期。
⑦ 杨恩洪：《民间诗神——格萨尔艺人研究》，中国藏学出版社，1995。

次登多吉、布特尕祖孙三代、卓玛拉措、昂辛多杰、贡布、琶杰等20余位具有代表性的藏、蒙、土族的《格萨（斯）尔》说唱艺人，为他们立传，介绍他们的艺术生涯。对《格萨（斯）尔》说唱艺人的生活经历与说唱生涯进行较为全面系统的调查，推动了《格萨（斯）尔》说唱艺人研究的深入，有助于更好地了解《格萨（斯）尔》说唱艺人说唱的个人特色。进而言之，这部著作撰写的艺人小传为《格萨（斯）尔》说唱艺人研究提供了珍贵的资料，是对《格萨（斯）尔》说唱艺人学术地位的充分肯定，推动了对《格萨（斯）尔》说唱艺人研究的进程。同时，它对说唱艺人的地位与贡献、说唱内容与形式、艺人的分布与类型、梦幻与说唱等方面也有较为详尽的阐述。

21世纪初，党和政府高度重视民族民间文学遗产，非物质文化遗产保护逐渐成为各级政府工作的重要内容。这对史诗歌手的抢救与保护产生了深远的意义，史诗歌手的保护工作时不我待、刻不容缓的自觉意识成为中国学界的共识。随着现代化的发展，书写和大众传媒的普及，史诗歌手的传承受到了严峻的挑战。21世纪初期一批年老的史诗歌手相继离世，年轻的史诗歌手后继乏力，史诗的传承已经出现了青黄不接的局面。这与史诗歌手身处的生活环境和生活方式的改变、外来文化的冲击、生活节奏的加快、标准化教育的普及以及旅游业的兴起等有着紧密的关系，它们直接促使着史诗歌手的演唱失去了它的受众。因此，不仅要抢救和保护现有的史诗歌手，还要挖掘和培养年轻的史诗歌手，保证薪火相传，更需要保护支撑着史诗创作、演唱和流布的口头传统。杨恩洪的《史诗〈格萨尔〉说唱艺人的抢救与保护》回顾了中国政府对《格萨尔》展开的抢救与保护，分析了21世纪《格萨尔》抢救与保护面临的挑战等。① 岗·坚赞才让的《格萨尔文化遗产的保护与发展思路》从拓宽文化空间、保护民间艺人、拓展研究领域、扶持民间团体、打造品牌文化、开发特色文化产业等方面对《格萨尔》文化遗产的传承、保护与开发提出了具有建设性的发展思路。② 王国明的《土族〈格萨尔〉的抢救与保护面临的问题及其对策研究》，指出抢救与保护说唱艺人王永福说唱的

---

① 杨恩洪：《史诗〈格萨尔〉说唱艺人的抢救与保护》，《西北民族研究》2005年第2期。
② 岗·坚赞才让：《格萨尔文化遗产的保护与发展思路》，《西藏研究》2009年第3期。

《格萨尔》迫在眉睫，提出切实可行的保护对策以及展开整理和研究的相应步骤。① 郎樱的《田野工作与非物质文化遗产保护——三十年史诗田野工作回顾与思索》，指出学界应该以科学的方法、现代化的手段保护史诗传承人，阐述了抢救口头史诗以及培养与培育史诗传承人的必要性。② 博特乐图和哈斯巴特尔的《蒙古族英雄史诗音乐研究》描述了呼伦贝尔地区、科尔沁地区、察哈尔－锡林郭勒地区、乌拉特地区、鄂尔多斯地区、阿拉善地区、肃北地区、青海蒙古族地区、新疆蒙古族地区以及东北蒙古族地区的蒙古英雄史诗的音乐及其当代史诗歌手的生存状况，分析了蒙古族英雄史诗面临衰微的严峻挑战，探讨了蒙古族英雄史诗目前处于消亡、断流边缘的原因，检讨了蒙古族英雄史诗保护工作中的得失，对蒙古族英雄史诗抢救、保护、传承及重建提出了自己的观点和见解。③ 这些论著在一定程度上提高了学界对抢救与保护史诗歌手的认识，对如何正确处理继承与发展之间的关系、如何加强多学科合作以及发挥学人的作用等诸多与史诗歌手保护相关问题的解答提供了许多具有启发性的参考意见。

　　20 世纪 90 年代中期以后，更多的中国学人将更多的精力投入史诗歌手的专题研究，史诗歌手的研究被纳入史诗学的学科体系，这对以往的民间文艺学的学科典律——民间叙事的"集体性"与"匿名性"无疑是一种补正。④ 出于纠正在彝族史诗研究中存在的过度重视口头传承的集体性而忽略了传承人个体的普遍倾向，巴莫曲布嫫提出对史诗歌手的发现与研究是考察与研究史诗传统的基本前提和主要环节，呼吁重视史诗歌手：

　　　　史诗传承人问题成为考察诺苏彝族史诗传统的一个关键步骤，尤其是当我们从学理的角度，认识到史诗演述是口头叙事过程及其

① 王国明：《土族〈格萨尔〉的抢救与保护面临的问题及其对策研究》，《西北民族大学学报（哲学社会科学版）》2006 年第 3 期。

② 郎樱：《田野工作与非物质文化遗产保护——三十年史诗田野工作回顾与思索》，《江西社会科学》2008 年第 9 期。

③ 博特乐图、哈斯巴特尔：《蒙古族英雄史诗音乐研究》，中国社会科学出版社，2012。

④ 朝戈金：《从荷马到冉皮勒：反思国际史诗学术的范式转换》，《中国社会科学院文学研究所学刊》，中国社会科学出版社，2008，第 29 页。

传承的重要部分时，就应当抛开文本概念的束缚，将田野研究的工作重心转移到表演者即史诗传承人的问题上来。①

它标志着史诗歌手的个人技能与知识储备进入了史诗研究的学术视域，成为中国学人关注的一个学术焦点。

在检讨与反思"史诗歌手"和"史诗艺人"概念的基础上，巴莫曲布嫫根据诺苏彝族史诗的演唱特点及其传统性规定，创用了"史诗演述人"的概念，将它放在诺苏史诗传承的文化语境中进行语义层面的界定。她认为，"演述"既指史诗在口头传播中的说／唱两种表演行为，同时包含了表演事件在发生环节上相应的仪式、仪礼语境，旨在强调史诗演述人作为民间口头传统的重要传承人，以区别于有职业化倾向的"民间艺人"。② 其实，"史诗歌手""史诗艺人""史诗演述人"的概念都指向阐释史诗传统背后艺术创作的主体——史诗演唱的传承人，"史诗演述人"的概念更多考虑到本土传统的文化语境及其民间对史诗传承人的基本观念和相关的表述，同时考虑到诺苏彝族史诗演唱中的说／唱表演轨范与叙事法则。它强调史诗传承人民俗主体和艺术主体的双重身份，深深地烙上了诺苏彝族史诗传统的特征，凸显了中国学人站在地方性知识的立场上思考某一特定学术问题的自觉意识。巴莫曲布嫫发现书写与口承在诺苏彝族史诗演述人的成长过程中相互关联，是史诗演述人技能习得与传统知识曲库形成的内驱力，强调了口头传承是史诗演述赖以存在的活力以及口头传统是史诗演述与传承的文化空间："'克智'（kenre，口头论辩）的兴起和传承，在客观上激活了'勒俄'的口头传播和动态接受，使史诗演述人脱离了各种书写文本的制约而走向面对面的社群，融入民俗生活的文化情境中，并在特定的竞争机制中不断提高自己的口头创编能力与演述艺术，从而也促进了史诗传统的长期流布和动态发展。"③ 巴莫曲布嫫对诺苏彝族史诗演述人做出的学理性总结和抽绎出的一些史诗

① 巴莫曲布嫫：《在口头传统与书写文化之间的史诗演述人——基于个案研究的民族志写作》，《北京师范大学学报（社会科学版）》2008 年第 1 期。

② 巴莫曲布嫫：《在口头传统与书写文化之间的史诗演述人——基于个案研究的民族志写作》，《北京师范大学学报（社会科学版）》2008 年第 1 期，第 76 页。

③ 巴莫曲布嫫：《在口头传统与书写文化之间的史诗演述人——基于个案研究的民族志写作》，《北京师范大学学报（社会科学版）》2008 年第 1 期，第 74 页。

传承规律对今后史诗研究具有重要的启迪意义。

史诗歌手是史诗传统的传承者和创造者，是活形态的口头史诗赖以生存的保障。由于地域不同、传承方式各异，史诗歌手的类型呈现出复杂多样的态势。《格萨尔》说唱艺人类型研究在史诗歌手的类型研究上尤为突出。根据藏族民间已有的称谓和说唱艺人获得说唱技艺的方式，杨恩洪将《格萨尔》说唱艺人划分为神授艺人、闻知艺人、掘藏艺人、吟诵艺人和圆光艺人五种类型。① 这五种类型的说唱艺人之间存在着不少差异，各具自身的特点，杨恩洪对他们给予了详细的介绍和说明。降边嘉措将《格萨尔》说唱艺人分为托梦艺人、顿悟艺人、闻知艺人、吟诵艺人、藏宝艺人、圆光艺人、掘藏艺人七种类型，并且对他们的特点进行了阐释。② 随后，角巴东主又将《格萨尔》说唱艺人划分为神授说艺人、撰写艺人、圆光说艺人、吟诵艺人、闻知说艺人、传承说艺人、掘藏说艺人、艺人帽说和唐卡说艺人八种类型，对他们的说唱方式和传承方式进行了介绍。③ 这些论文较为全面地总结了《格萨尔》说唱艺人类型，对史诗歌手的类型研究有所助益，其间一些颇为独到的见解提高了学界对史诗歌手类型的认识。

"神授说"常见于《格萨尔》说唱艺人，扎巴、桑珠、玉梅、曲扎、玉珠、次仁占堆、才让旺堆等都自称在梦中得到《格萨尔》史诗中的英雄或其他神灵传授说唱技艺，学会了说唱《格萨尔》。扎巴说菩萨在梦中将《格萨尔》传授给他，让他说唱格萨尔的故事。玉珠说自己在梦中梦见格萨尔征战的故事，随后得了一场重病，病愈后便能说唱《格萨尔》了。才让旺堆说他在梦中学会了格萨尔南征北战的故事，醒来之后便能无师自通地说唱《格萨尔》。"神授说"赋予了《格萨尔》说唱艺人传奇色彩，让他们的说唱更为神圣。其实，这些在梦中被神授予说唱技艺的说唱艺人在说唱《格萨尔》之前都或多或少地与《格萨尔》说唱有着关联。扎巴、玉珠、桑珠等都是聆听着《格萨尔》说唱长大的，都有过聆听《格萨尔》说唱的经历。法国学者石泰安对此曾做出过较为科学的解释：

① 杨恩洪：《民间诗神——格萨尔艺人研究》，中国藏学出版社，1995，第67～83页。
② 降边嘉措：《〈格萨尔〉论》，内蒙古大学出版社，1999，第517～537页。
③ 角巴东主：《〈格萨尔〉说唱艺人研究》，《青海社会科学》2006年第1期。

当说唱艺人进入兴奋狂舞状态并且有幻觉时，这些幻觉化现明显都是由其记忆的内容、由他于其不停的长途跋涉的生活中学习到和掌握到的一切而向他提供的。①

藏族民众对那些说唱技艺来自神授的说唱艺人（曲仲、包仲）都非常尊重，而对那些说唱技艺来自学习的说唱艺人（退仲）不甚尊重。在说唱实践中，曲仲和包仲说唱的《格萨尔》确实要比退仲更精彩。退仲说唱的《格萨尔》较为平淡，而且能够说唱的部本也较少。相反，曲仲和包仲说唱的部本较多，说唱更为丰富精妙，有着自己特有的说唱方式，更受藏族民众的欢迎。因此，藏族民众普遍认为被神灵授予说唱技艺的说唱艺人才是技艺精湛的艺人，才是唯一能够精彩说唱的艺人。这也促使许多《格萨尔》说唱艺人自称在梦中被神灵授予技艺，以让他们的说唱得到受众的认同，让他们说唱的渊源神圣化和合法化，进而抬高他们的说唱地位。

"神灵梦授"的观念也存在于《玛纳斯》演唱传统里。萨根拜·奥罗兹巴科夫、朱素普阿洪、居素普·玛玛依等许多玛纳斯奇都自称他们的演唱技艺得自神灵的传授，如朱素普阿洪梦见神秘的白胡子老人、居素普·玛玛依梦见额尔奇吾勒。梦见了神灵之后，玛纳斯奇都会得一场大病，随后在演唱《玛纳斯》的过程中慢慢痊愈。当然，技艺神授的观念并非存在所有的史诗传统中，与《格萨尔》说唱艺人和玛纳斯奇不同，江格尔奇身上经常没有神灵梦授的色彩，其自身也不具有那种治病占卜的萨满神力。②

一般而言，史诗歌手通常是通过家传或师承习得演唱技艺。江格尔奇加·朱乃学唱于他的祖父额尔赫太，玛纳斯奇买买特约米尔·艾什玛特学唱于艾什玛特·玛木别特等，这些都属于家传的范畴。江格尔奇冉皮勒学唱于胡里巴尔·巴雅尔，玛纳斯奇木萨·牙库甫学唱于居素普阿洪等，这些都属于师承的范畴。在田野调查中，郎樱指出许多杰出的玛

① 〔法〕石泰安：《藏族史诗和说唱艺人》，耿昇译，中国藏学出版社，2005，第638页。
② 朝戈金：《口传史诗诗学：冉皮勒〈江格尔〉程式句法研究》，广西人民出版社，2000，第309页。

纳斯奇经常既得益于家传，又有拜师学艺的经历，如居素普·玛玛依、萨尔特阿洪等。① 不管如何，家传与师承保证了许多史诗演唱传统流传至今，而传承的学术话题也成为史诗歌手研究的重要内容。郎樱一直坚持对新疆不同地区的《玛纳斯》演唱传统进行田野调查，于 2008 年将对新疆乌恰县、帕尔米地区、伊犁三个地区史诗传承展开的调查结果整理出来，撰写成《柯尔克孜史诗传承调查》。② 在新疆乌恰县史诗传承调查报告里，郎樱描述了克普恰克部落的史诗歌手塔巴勒德、萨尔特阿洪、阿克汗别克·努拉洪、托略克的概况，梳理了艾什玛特家族史诗传承谱系，对艾什玛特的女儿祖拉和《考交加什》搜集整理者玉麦尔毛勒多进行了深度访谈。在新疆帕米尔地区柯尔克孜族史诗传承调查报告里，她描述了柯尔克孜族史诗的"帕米尔流派"及其史诗曲目的特征以及科克亚尔的史诗传承，介绍了塔西坦·卡德尔巴依、阿依勒奇·艾米尔库力、萨吾特·买合苏提、阿不都·哈德尔库力等史诗歌手，阐述了现代化与口头史诗传承危机的关联等。在伊犁柯尔克孜族史诗传承调查报告里，郎樱调查了特克斯县阔克铁热克柯尔克孜乡和昭苏县夏特柯尔克孜乡史诗歌手的传承情况与传承方式。③ 郎樱的这三个调查报告加深了学人对柯尔克孜族史诗传承的理解，让人们深刻地认识到口头史诗传承面临的危机，以及柯尔克孜族史诗抢救与保护的必要性和紧迫性。阿地里·居玛吐尔地的《20 世纪玛纳斯奇群体的调查报告》介绍了阿合奇县的人文

---

① 郎樱：《〈玛纳斯〉论》，内蒙古大学出版社，1999，第 153 ~ 162 页。亦见朝戈金主编《中国西部的文化多样性与族群认同——沿丝绸之路的少数民族口头传统现状报告》，社会科学文献出版社，2008，第 1 ~ 64 页。

② 朝戈金主编《中国西部的文化多样性与族群认同——沿丝绸之路的少数民族口头传统现状报告》，社会科学文献出版社，2008，第 1 ~ 64 页。

③ 国内许多学者也对玛纳斯奇做过不同程度的研究。胡振华的《国内外"玛纳斯奇"简介》（《民族文学研究》1986 年第 3 期）分析了"玛纳斯"一词在柯语中的意义，从广义和狭义上界定了"玛纳斯奇"的含义，介绍居素普·玛玛依、萨额木拜·奥劳孜巴克、萨雅克拜·卡拉拉耶夫等诸多"玛纳斯奇"的相关情况。阿地里·居玛吐尔地的《20 世纪中国新疆阿合奇县玛纳斯奇群体的田野调查分析报告》（《西北民族研究》2006 年第 4 期）对阿合奇县展开全面的田野调查，在大量第一手资料的基础上介绍了该县的人文地理环境、口头文化传统与《玛纳斯》的流传，以及 20 世纪玛纳斯奇与《玛纳斯》的演唱传统，进而总结了《玛纳斯》的传承和发展规律，指出对玛纳斯奇保护的重要性。

地理环境、口头文化传统、《玛纳斯》的流传情况，以及 20 世纪玛纳斯奇与《玛纳斯》演唱传统的关系，从年龄、所演唱的内容、传统诗章、所属地区、学艺途径、性别以及民族等方面，对阿合奇县 44 位玛纳斯奇进行较为全面的分析，总结《玛纳斯》的传承和发展规律。①

　　20 世纪后期以来，在研究史诗歌手群体特征的同时，史诗歌手的个人技能与知识储备更受到学人的重视，对个别优秀史诗歌手进行的专题研究不断问世。在已有的研究成果中，对居素普·玛玛依的个案研究较为丰富。他不仅创造出独具艺术魅力的史诗唱本，而且以其罕见的艺术才能和传奇经历征服了听众，成为一种划时代的神圣艺术符号，永驻在人们心中。他的唱本成为《玛纳斯》史诗的经典，对柯尔克孜族民众产生了深远的影响，为保存和发展柯尔克孜族民间文化做出了巨大的贡献。② 阿地里·居玛吐尔地和托汗·依莎克一起撰写的《〈玛纳斯〉演唱大师居素普·玛玛依评传》③，较为全面系统地描述了居素普·玛玛依成长的人文地理环境、婚姻、家庭、学艺的过程等，科学地剖析了居素普·玛玛依的演唱奥秘。他们还介绍了居素普·玛玛依演唱的《玛纳斯》《艾尔托什吐克》《巴额西》《托勒托依》《女英雄萨依卡丽》《库尔曼别克》等多部史诗的故事梗概，论述了居素普·玛玛依的《玛纳斯》唱本的形成和发展、结构与情节的特点、语言艺术特色及其记录和出版的相关情况，对居素普·玛玛依在国内外的影响做出了客观评价。这部著作是第一部系统介绍和研究居素普·玛玛依的著作，是史诗歌手专题研究的代表性著作，对国内外"玛纳斯"研究具有重要的资料价值和学术价值。

　　琶杰是杰出的《格斯尔》说唱艺人，娴熟地掌握了各种史诗演唱技巧，曾经演唱过《英雄格斯尔汗》《镇降蟒古思的故事》《阿拉坦格日乐图汗的勇士》《英雄陶嘎尔》《大力士朝伦巴特尔》等多部史诗。20 世纪 80 年代以来，中国学人对他一直保持着较高的学术兴趣，与其相关的

---

① 朝戈金主编《中国西部的文化多样性与族群认同——沿丝绸之路的少数民族口头传统现状报告》，社会科学文献出版社，2008，第 65 ~ 118 页。

② 阿里地·居玛吐尔地：《〈玛纳斯〉史诗歌手研究》，民族出版社，2006，第 34 页。

③ 阿地里·居玛吐尔地、托汗·依莎克：《〈玛纳斯〉演唱大师居素普·玛玛依评传》，内蒙古大学出版社，2002。

研究成果也较多，而以朝克图和陈岗龙的《琶杰研究》尤为突出。① 这部著作介绍了琶杰的生平和演唱生涯、演唱的作品及其出版的情况，对与琶杰及其作品相关的研究成果进行了评述，指出以往琶杰研究中存在的问题，分析了琶杰在近代、现代、当代三个时期呈现的政治思想和文艺思想。朝克图与陈岗龙介绍了琶杰演唱的《格斯尔》的整理出版情况，对"琶杰格斯尔"的演唱程式进行了诗学分析，将它与1716年北京木刻版《十方圣主格斯尔可汗传》进行了比较，阐明了它的题材来源以及它与蒙古族英雄史诗叙事传统的关系。对此书的学术价值，满都呼给予高度评价："此成果不仅在很多方面提出了新的问题，论述了新的观点，很有理论和实践价值，而且该成果填补了蒙古学学者对蒙古民间艺人的系统深入研究的空白。"②

显然，随着对史诗歌手的发现及其个人才艺的发掘与强调，20世纪80年代以来的史诗歌手研究已经取得了许多学术价值较高的成果，对国内史诗研究产生了深刻的学术影响，推动中国学人对史诗歌手的研究由关注集体性转向对个人才艺的关注，对目标化的史诗歌手展开了有计划、有组织的跟踪调查和研究。③

第二节　史诗歌手与史诗形制的长短

史诗歌手为何能够演唱数以万计的诗行曾是国内史诗学界讨论的一个重要学术话题，降边嘉措、杨恩洪、朝戈金等从不同的角度做出了解答。④ 这里不打算对他们的解答做出学术判断和评价，而是试着从"主题"多形性的角度阐述歌手与史诗篇幅长短的关系，对这个学术话题提供另一种解答。"主题"的多形性存在于史诗演唱的生态系统里，存在

① 朝克图、陈岗龙：《琶杰研究》，内蒙古文化出版社，2002。
② 满都呼：《琶杰研究·序言》，内蒙古文化出版社，2002。
③ 朝戈金：《从荷马到冉皮勒：反思国际史诗学术的范式转换》，载《中国社会科学院文学研究所学刊》，中国社会科学出版社，2008，第29页。
④ 相关的论述可参见降边嘉措《〈格萨尔〉论》，内蒙古大学出版社，1999，第517~537页；杨恩洪《民间诗神——格萨尔艺人研究》，中国藏学出版社，1995，第96~100页；朝戈金《破解江格尔奇记忆之谜》，《中国民族》2001年第3期。

于歌手在演唱史诗过程中对"主题"的广泛运用。① 它是歌手演唱史诗的创作单元，是歌手使用扩展与压缩的诗学技巧对"主题"的艺术呈现，它的篇幅取决于歌手演唱口头史诗的语境、演唱模式、演唱风格以及情感等诸多因素。与此相应，"主题"篇幅的长短决定了史诗形制的长短。

口头史诗形制的长短没有固定的标准，不仅不同史诗的长短不一，而且同一歌手在不同时期演唱同一首史诗时呈现的长度也长短不一。劳里·杭柯曾录制了古帕拉·奈卡演唱的 15 个小时的《库梯切纳耶史诗》（*Kooti Cennaya*），共计 7000 行。1995 年 1 月，在印度电台 "All India Radio"，古帕拉·奈卡仅 20 分钟便演唱完这部冗长史诗。了解到这次简短的演唱活动之后，劳里·杭柯要求歌手古帕拉·奈卡以在电台演唱《库梯切纳耶史诗》的方式再次演唱这首史诗，这次古帕拉·奈卡大约在 27 分钟内唱完《库梯切纳耶史诗》。② 希尔克·赫尔曼（Silke Herrmann）报告说，1970 年冬，拉达克（Ladakh）的 "All India Radio Leh" 曾经邀请歌手演唱《格萨尔》，演唱的时间每次限定在 30 分钟。为了适应节目要求，歌手不得不将每一个诗章压缩到 30 分钟的长度。参加这个节目的歌手使用 3 个小时便演唱完了"整个"《格萨尔》，而另一位歌手在正常情况下需要 16 个小时才能将前者演唱的史诗内容演唱完。③

许多口头史诗形制巨大，篇幅冗长，不可能在一次演唱活动中将它们完整地呈现出来。《摩诃婆罗多》《罗摩衍那》《伊利亚特》《格萨尔》《江格尔》等诸多史诗的篇幅都在 1 万个诗行以上，歌手难以在一次演唱中将它整个演唱出来，受众聆听到的经常是它们的某些部分诗章。这种

---

① 阿尔伯特·洛德提出"主题"的概念，即在以传统的、歌的程式化文体来讲述故事时经常使用的意义群。见〔美〕阿尔伯特·贝茨·洛德《故事的歌手》，尹虎彬译，中华书局，2004，第 96 页。在谈论歌手创作的诗行的独特性与唯一性时，洛德指出"主题"的多形性可与歌手演唱中诗行的独特性与唯一性抗衡，即认为口传史诗的每一次演唱呈现的独特性与唯一性都是"主题"多形性的一个组成部分，每一次演唱都是"主题"多形性的一种表现。见〔美〕阿尔伯特·贝茨·洛德《故事的歌手》，尹虎彬译，中华书局，2004，第 192 页。

② Lauri Honko, *Textualising the Siri Epic*, Helsinki：Academia Scientiarum Fennica, 1998, p. 30.

③ Lauri Honko, *Textualising the Siri Epic*, Helsinki：Academia Scientiarum Fennica, 1998, pp. 30 - 31.

现象常见于世界各地的史诗传统。例如蒙古族《江格尔》演唱传统有着这样的禁忌，在一个场次里歌手如果演唱了《江格尔》的所有章节，那么这会给歌手带来不幸，甚至可能招致歌手的死亡。[①] 根据作家和旅行家记载，演唱完《江格尔》需要数个星期的时间。[②] 要是没有劳里·杭柯等一些民俗学学者的坚持，《斯里史诗》不可能被完整地演唱出来，它在本土史诗演唱传统里大多时候以更简短的片段形式呈现。

　　口头史诗的演唱取决于歌手与受众对史诗的关注程度。俄国学者符拉基米尔佐夫（B. Ya. Vladimirtsov）指出西北蒙古地区的卫拉特英雄史诗的长度取决于歌手演唱技艺的高下，他说道："歌手现在正如以线串珠，他可以将各类诗段伸展或拉长，他的叙事手段或直白或隐晦。同样一部史诗，在一位经验丰富的歌手那里，可以用一夜唱完，也可以用三四夜，而且同样能保留题材的细节。卫拉特史诗歌手从不允许自己缩短和改动史诗题材，或删掉某一段落，这么做会被认为十分不光彩，甚至是罪过。题材内容是不能改动的，然而一切都依歌手而定，他的灵感力量，他对诗法的运用能力。"[③] 受众也决定着歌手演唱的口头史诗的长度，郎樱描述了受众影响着玛纳斯奇演唱《玛纳斯》的长度、修饰与扩充的程度：

　　　　歌手在有听众与没有听众的场合，演唱的效果不会相同；听众专注与否，反响热烈与否，也直接影响歌手的演唱效果。演唱过程中听众的反应与情绪，对于玛纳斯奇演唱的内容、即兴创作才能的发挥有着很大的影响。听众注意力集中，反响热烈，玛纳斯奇的演唱能引起听众的共鸣，玛纳斯奇与听众的情感交融在一起，此时玛纳斯奇的演唱往往十分精彩，他的即兴创作才能得以充分发挥，演唱的内容充实，人物丰满，语言也格外形象、生动。反之，如果听众的注意力不集中，玛纳斯奇的演唱引不起听众的反响，玛纳斯奇

---

① 中国社会科学院少数民族文学研究所编《民族文学译丛》（第二集），少数民族文学研究所（内部资料），1984，第31页。

② 仁钦道尔吉：《〈江格尔〉论》，内蒙古大学出版社，1999，第19页。

③ 引自朝戈金《口传史诗诗学：冉皮勒〈江格尔〉程式句法研究》，广西人民出版社，2000，第39页。

的演唱情绪也必然会受到很大影响，在这种情况下，他演唱的史诗往往有骨无肉，本应两三天唱完的篇章，他可以在一天内就将它唱完。[①]

一首口头史诗篇幅的长短主要取决于"主题"的多形性，歌手对"主题"的扩展与压缩是一首口头史诗呈现出诸多变异的基本根源。"主题"的多形性存在于史诗演唱的生态系统里，存在于歌手在演唱史诗过程中对"主题"的广泛运用。多形性是歌手演唱史诗的创作单元，是歌手使用多种多样的长度对"主题"的艺术呈现。它存在于重复，但是这种重复不是同一的，"主题"的每一次呈现几乎都是不同的，歌手每一次都是以多形性的思维方式呈现"主题"，而每一次多形性的呈现都是"原创的"。"主题"的多形性给歌手每一次演唱口头史诗提供了不同的可能，歌手既可能使用一个诗行呈现它，也可能使用上百个诗行呈现它。

宴会场景是荷马史诗里经常重复出现的"主题"，它在《伊利亚特》里出现3次，在《奥德赛》里出现32次，长短不一，短至几十行，长至几百行以上。荷马使用了21个诗行（第130～150行诗）描述了裴罗奈佩的求婚者们在奥德修斯家里的宴会，依次由就座、淋洗双手、摆上醇酒和菜肴、进餐结束四个部分组成。他使用了10个诗行（第467～473行诗）描述了涅斯托尔宴请特勒马科斯的场景：沐浴，就座，上菜肴和饮酒，进餐结束。[②] 荷马使用了4个诗行（第92～95行诗）描述了卡吕普索宴请赫尔墨斯：就座、就餐与结束。[③] 当卡吕普索宴请奥德修斯，荷马使用了7个诗行（第195～201行诗）描述他们就座、进餐与结束。[④] 荷马使用了61个诗行（第169～229行诗）描述阿尔基诺奥斯宴请奥德修斯的场景：就座，盥洗双手，上酒菜，进餐，食毕。[⑤] 这些多形性或长或短取决于歌手的传统知识储备与个人技能，歌手能够充分利用"主题"的多形性完成每一次史诗演唱。对于任何特定的歌手及其史

---

① 郎樱：《〈玛纳斯〉论》，内蒙古大学出版社，1999，第201～202页。
② 〔古希腊〕荷马：《奥德赛》，王焕生译，人民文学出版社，2003，第51页。
③ 〔古希腊〕荷马：《奥德赛》，王焕生译，人民文学出版社，2003，第88页。
④ 〔古希腊〕荷马：《奥德赛》，王焕生译，人民文学出版社，2003，第93页。
⑤ 〔古希腊〕荷马：《奥德赛》，王焕生译，人民文学出版社，2003，第122～124页。

诗演唱传统而言，"主题"充满多形性，并非静止的创作单元，而是永远变动的，在歌手的演唱里变化多端。

挽歌也是荷马史诗中常见的"主题"，在《伊利亚特》中出现了九次。帕特罗克洛斯战死，塞提斯领头把挽歌唱响，诗人使用了14个诗行（第51～64行诗）；① 阿基琉斯哭悼帕特罗克洛斯，领头唱起挽歌，一共两次，前者28个诗行（第315～342行诗），后者7个诗行（第17～23行诗）；② 布里塞伊丝哭悼帕特罗克洛斯，共16个诗行（第285～300行诗）；③ 赫卡贝为赫克托尔唱挽歌，两次，前者7个诗行（第430～436行诗），后者13个诗行（第747～759行诗）；④ 安德罗玛开哭悼赫克托尔，两次，前者40个诗行（第476～515行诗），后者21个诗行（第725～745行诗）；⑤ 海伦为赫克托尔唱响挽歌，共15个诗行（第761～775行诗）。⑥ 这九个挽歌使用的诗行数目各不相同，少则两行，多则四十行，不同的英雄阵亡，哀悼者也不同。诗人在呈现这一"主题"时或扩展或压缩，呈现的长度各异，但是它们都是在一定限度内的差异，不管哀悼者是谁或阵亡的英雄是谁，三个要素在每个场景都可辨识：（1）致辞；（2）英雄的个人经历；（3）英雄死亡带来的后果。

因此，可以推定"主题"多形性呈现的变异比任何一种书面文学理论认可的变异范围要宽泛得多，任何一个"主题"的多形性都没有权威与标准的长度，但它包含着基本的固定要素，不过不能完全肯定这些固定要素便一定不再发生变化。"主题"多形性呈现的差异虽然非常惊人，或扩展或压缩，但是其叙事的功能与意义却是相同的、固定的。

需要强调的是，根据不同的语境以及受众的情绪与心理反应，歌手可能对某一个主题做出非常简短的描述，也可能对它做出精心细致的描述。但是，无论是对"主题"的扩展，还是对"主题"的压缩，都具有各自不同的诗学意义。

---

① 〔古希腊〕荷马：《伊利亚特》，陈中梅译，译林出版社，2004，第499页。
② 〔古希腊〕荷马：《伊利亚特》，陈中梅译，译林出版社，2004，第510～511、614～615页。
③ 〔古希腊〕荷马：《伊利亚特》，陈中梅译，译林出版社，2004，第536页。
④ 〔古希腊〕荷马：《伊利亚特》，陈中梅译，译林出版社，2004，第609、685页。
⑤ 〔古希腊〕荷马：《伊利亚特》，陈中梅译，译林出版社，2004，第611～613、684页。
⑥ 〔古希腊〕荷马：《伊利亚特》，陈中梅译，译林出版社，2004，第685～686页。

在《伊利亚特》的第三卷里，诗人使用了9个诗行（第330～338行诗）描述阿珊德罗斯的武装："他首先把胫甲套在腿上，胫甲很美观/用许多银环把它们紧紧扣在腿肚上；/再把同胞兄弟吕卡昂的精美胸甲/挂在身前，使它合乎自己的体型；/他又把一柄嵌银的铜剑挂在肩上，/再把一块结实的大盾牌背上肩头，/一顶饰马鬃的铜盔戴在强壮的头上，/鬃毛在铜盔顶上摇晃，令人心颤；/他手里拿着一把很合用的结实的长枪。"①

相反，荷马则仅用一个诗行描述了阿珊德罗斯的对手墨涅拉奥斯的武装："尚武的墨涅拉奥斯也这样武装起来。"② 英雄的武装是史诗中一个十分常见的主题，荷马对阿珊德罗斯的武器装备描述较为详尽，涉及他的胫甲、胸甲、铜剑、盾牌、铜盔及长枪，而对墨涅拉奥斯的武器装备仅用一个诗行，这种差异便是英雄武装这一"主题"多形性的体现。至于荷马为何如此处理两个英雄的武装，荷马认为阿珊德罗斯作为一个挑战者比墨涅拉奥斯更值得使用更多的笔墨去描述他的武器装备。③ 还存在这种可能，当演唱到墨涅拉奥斯的武器装备时，荷马为避免这一"主题"的多形性过于相似，故而压缩这一主题，以一个诗行概述之。特别是当荷马面对着经常聆听他演唱这一主题的同一受众时，他会对它做出扩展或压缩，减少受众的审美疲劳与厌烦情绪。

一般而言，一位歌手如果在一首史诗中演唱了一个"主题"多次，那么他可能会觉得没有必要将这个"主题"铺展开来。因此，一个"主题"在前面一次演唱呈现的长度通常要比它的下一次呈现的长度长得多，荷马对阿珊德罗斯与墨涅拉奥斯的武器装备的描述便是一个非常好的案例。如果一个"主题"对史诗传统涵义的呈现确实重要，那么歌手可能依旧详尽地描述它，而不会因为前面曾经细致入微地描述它而不这样做，荷马对帕特罗克洛斯与阿基琉斯的武装这一"主题"的处理便是如此。虽然对阿珊德罗斯的武器装备有着细致描述，但是诗人对帕特罗克洛斯

---

① 〔古希腊〕荷马：《伊利亚特》，罗念生、王焕生译，见《罗念生全集》（第五卷），上海人民出版社，2004，第79页。

② 〔古希腊〕荷马：《伊利亚特》，罗念生、王焕生译，见《罗念生全集》（第五卷），上海人民出版社，2004，第79页。

③ 〔美〕阿尔伯特·贝茨·洛德：《故事的歌手》，尹虎彬译，中华书局，2004，第129页。

武器装备的描绘更加细致。因为诗人认为他比阿珊德罗斯在史诗中的地位更为重要，故而诗人共使用了 14 个诗行（第 131～144 行诗），前面的 8 个诗行（第 131～138 行诗）对帕特罗克洛斯的胫甲、胸甲、铜剑、盾牌、铜盔的描述与诗人对阿珊德罗斯武器装备的描述相似，只是后面在对帕特罗克洛斯的长枪的描述时多使用了 5 个诗行，即共 6 个诗行（第 139～144 行诗）："最后他抓起两支合手的坚固长枪。/他没有取埃阿科斯的无瑕后裔的那支/既重又长又结实的投枪，阿开奥斯人/都举不起它，只有阿基琉斯能把它挥动。/那支佩利昂梣木枪由克戎从佩利昂山巅/取来送给他父亲，给英雄们送来死亡。"①

因为阿基琉斯在史诗中的地位远比其他英雄更加突出，荷马进一步扩充武装这一"主题"，阿基琉斯的武装共使用 23 个诗行（第 369～391 行诗），与其他英雄武装的描述不同之处主要在于荷马使用了 8 个诗行（第 373～380）描述阿基琉斯的盾牌："然后拿起那面又大又结实的盾牌，/盾面如同月亮闪灿着远逝的光辉。/有如水手们在海上看见熠熠闪光，/那火光来自高山顶上的孤独窝棚，/骤起的风暴强行把那些水手们刮到/游鱼丰富的海上，远离自己的亲朋：/阿基琉斯的精美盾牌的闪光也这样/射入太空，他又把那顶带顶饰的坚盔。"②

荷马对阿伽门农的武装也尽力铺陈，共使用了 28 个诗行（第 17～44 行诗），与其他英雄武装描述的不同主要在于他使用了 10 个诗行（第 19～28 行诗）描述阿伽门农的胸甲："然后再把胸甲牢牢地锁系在胸前，/那是早年基倪拉斯王给他的赠品。/阿开奥斯人要渡海远征特洛亚城，/惊人的消息直传到海岛库普罗斯，/基倪拉斯把胸甲赠给国王结友谊。/那件胸甲由十条碧蓝色珐琅饰带/十二条黄金饰带、二十条锡饰带组成，/两侧各有三条珐琅蛇蜿蜒至甲颈，/有如空中彩虹，克罗诺斯的儿子/让它们显现在云际，把征兆显示给凡人。"③ 同时，诗人使用了 9 个诗行（第 32～40 行诗）描述了阿伽门农的盾牌。依据荷马对阿珊德罗

---

① 〔古希腊〕荷马：《伊利亚特》，罗念生、王焕生译，见《罗念生全集》（第五卷），上海人民出版社，2004，第 401 页。
② 〔古希腊〕荷马：《伊利亚特》，罗念生、王焕生译，见《罗念生全集》（第五卷），上海人民出版社，2004，第 499 页。
③ 〔古希腊〕荷马：《伊利亚特》，罗念生、王焕生译，见《罗念生全集》（第五卷），上海人民出版社，2004，第 259 页。

斯、墨涅拉奥斯、帕特罗克洛斯、阿基琉斯、阿伽门农的武器装备的描述，可以推定荷马对英雄们的武装使用不同数量的诗行很大程度上是对武装主题的扩展与压缩的结果，其变化的幅度从一个诗行到数十个诗行，细节变化程度也非常明显。

　　通过对英雄武装呈现形式的分析，可以发现长篇史诗的形成与歌手对"主题"的扩展有着直接关联。这种观点在活形态的塞尔维亚 - 克罗地亚史诗演唱传统里可以得到验证。歌手阿夫多（Avdo Mededović）是帕里和洛德田野中所见到的才华最为出众的歌手，洛德和帕里曾让阿夫多与另一位歌手穆明（Mumin Vlahovljak）现场比试技艺。穆明演唱了一首阿夫多从来没有聆听过的口头诗歌《贝契拉吉奇·梅霍》（Bećiragić Meho），演唱一结束，阿夫多便将刚才听到这首口头史诗重新演唱了一遍，演唱的诗行达到了 6313 个，长度近乎穆明演唱版本（共计 2294 行）的三倍。① 细察帕里与洛德记录的穆明与阿夫多演唱的《贝契拉吉奇·梅霍》，阿夫多演唱的史诗版本篇幅长得多的原因在于阿夫多对"主题"的扩展及其细节的添加上。以集会的主题为例，穆明使用了 20 个诗行（第 17～36 行诗），而阿夫多则使用了 107 个诗行（第 31～137 行诗）。② 因为，阿夫多提到的将帅与旗手在数量上远多于穆明，而且对他们都有简略的描述，连对侍卫哈利勒也做出一些描述，还罗列了将帅们与武士们互相吹捧的言语，这些在穆明演唱的史诗版本里是没有的。再以贝契拉吉奇·梅霍的武装为例，穆明使用了 106 个诗行（第 1321～1426 行诗），阿夫多使用了 281 个诗行（第 4030～4310 行诗），更为详尽地描述了贝契拉吉奇·梅霍将自己伪装成维也纳旗手的过程，对其骏马的装饰铺陈得更加详细。③ 与此相对应，阿夫多在信使、相助、决战等诸多主题上也做出了同样的处理，即穆明对"主题"的呈现较为简短，而阿夫多则使用扩展的技法充分展现"主题"，使得它篇幅更长，而且更引人注意。

① 〔美〕阿尔伯特·贝茨·洛德：《故事的歌手》，尹虎彬译，中华书局，2004，第147～150 页。
② 〔美〕阿尔伯特·贝茨·洛德：《故事的歌手》，尹虎彬译，中华书局，2004，第323～324 页。
③ 〔美〕阿尔伯特·贝茨·洛德：《故事的歌手》，尹虎彬译，中华书局，2004，第332 页。

　　歌手对"主题"的娴熟运用足可证明歌手演唱史诗不是在竭力记忆史诗,他每一次演唱史诗都是在重新创作史诗。洛德指出歌手学会演唱技能并非依靠对史诗叙事逐字逐句的记忆,而是记住史诗叙事中那些结构单元,然后以自己的方式重新演唱这首史诗。他说道:"他并不是有意'记下'程式,就像我们在孩提时并未有意去'记'语言一样。他从别的歌手的演唱中学会了这些程式,这些程式经过反复的使用,逐渐成为他的歌的一部分。记忆是一种有意识的行为,它把那些人们视为固定的东西和他人的东西,变为自己的东西并加以重复。学习一种口头诗歌的语言,其规律正如儿童对母语的习得,并非凭着有意识的有计划的基本语法,而是利用自然的口头的方法。"① 在塞尔维亚 - 克罗地亚史诗演唱传统里,特性形容词、英雄的称呼、英雄的头衔以及由半个诗行或一个诗行构成的程式出现的频率非常高,而且由半个诗行或一个诗行构成的程式经常呈现大量的变体,延及"主题"这一更大的结构单元以及歌手使用它们所蕴含的诗学法则都是如此,所有这些流动性与变异性都表明歌手并非将史诗一字一句地记住在脑海里,并非在演唱中将它们丝毫不差地重复制作出来,而是在演唱中赋予它们各种可能性。

　　在塞尔维亚 - 克罗地亚史诗演唱传统里,没有歌手能够一字不差地精确重复自己曾经演唱过的口头史诗,即使那些非常稳定的史诗诗行也不能保证在歌手的每次演唱中被一字不差地呈现出来。记忆在歌手学会演唱技能与演唱史诗中扮演着非常重要的角色,而创造在歌手演唱史诗中占据着更具有决定性意义的角色,洛德说道:

　　　　对于任何一个想要了解这一独特文体的人来说,有必要注意这些词语产生的方式,它们大致有两种方式:一种方式是记忆,另一种是用类比的方法去再造新词语;要区别这两种词语是不可能的。记忆与创造(在制作的意义上,并不一定是"原创")都起着重要作用,而创造显得更重要。歌手不能也不会去记住足够的词语以便演唱史诗歌;他必须要学会创造词语。②

---

① 〔美〕阿尔伯特·贝茨·洛德:《故事的歌手》,尹虎彬译,中华书局,2004,第49页。
② 〔美〕阿尔伯特·贝茨·洛德:《故事的歌手》,尹虎彬译,中华书局,2004,第58页。

也就是说，歌手聆听并记住了其他歌手演唱过的诗行，学会并运用它们构筑诗行，将它们在自己的演唱中固定下来，进而成为自己惯常使用的诗行。

诚然，"主题"的多形性与歌手的记忆力和再创造直接关联，但是更应该指出的是它既是一种结构单元，也是一个意义群，包括了感情与细节的修饰与描述。而且"主题"的长与短在一定程度上取决于歌手的情感。如果他觉得必要，或者想强调"主题"中的某个动作或事件或人物的重要，他便会使用扩展这一诗学手段。在塞尔维亚－克罗地亚的口头史诗田野作业里，洛德指出阿夫多的《贝契拉吉奇·梅霍》篇幅远长于穆明的《贝契拉吉奇·梅霍》在于阿夫多呈现的感情："阿夫多开始唱了，他将歌拉长了，增添了修饰和丰富的细节，人物性格更加动人，这种感人的性格是阿夫多区别于其他歌手的地方，表现出一种深深的情感，这是穆明的版本所欠缺的。"① 同理，歌手会根据自己的感情使用压缩的诗学手段将"主题"变得简短起来。因此，"主题"的长短都是歌手情感的体现，乃至歌手演唱史诗也是一种充满着自我情感的语言。不过，无论是对"主题"的扩展，还是压缩，抑或是其间有着这样那样的变异与变通，"主题"的基本情节均保持着稳定性，其内容仍然是可辨识的。

"主题"的生命在于变异，而不在于永久不变。它既属于歌手个人传统知识储备与技艺，也属于歌手所处的史诗演唱传统，甚或为同一个史诗演唱传统里的诸多歌手所共享。它不仅是史诗内容层面上的单元，而且是史诗结构层面的单元。歌手对它的扩展或压缩直接决定了史诗篇幅的长短。

第三节 史诗演唱传统里的女性歌手

女性史诗歌手是史诗演唱传统的创造者与传承者，存在于世界各地不同的史诗演唱传统。但是，作为一个社会性别体系，女性史诗歌手的研究在国内，乃至国际学界都非常薄弱。郎樱、杨恩洪、朝戈金、阿地

---

① 〔美〕阿尔伯特·贝茨·洛德：《故事的歌手》，尹虎彬译，中华书局，2004，第111页。

里·居玛吐尔地等中国学人在他们的民族志资料和田野笔记里记录了诸多史诗演唱传统里女性歌手的相关情况。根据这些中国学人记录下来的田野资料,这里将女性史诗歌手并置在藏族、蒙古族、柯尔克孜族等不同史诗传统里分析她们的师承、演唱、地位等,考察她们的演唱技艺与性别的互动关系,探究不同史诗演唱传统中不同群体借助不同话语赋予她们的性别意义,希冀为国内史诗研究提供一种新的视域。

在史诗歌手的世界名人堂里,荷马、莪相、阿夫多、扎巴、桑珠、冉皮勒、居素普·玛玛依等许多伟大的史诗歌手都是男性传承人,几近没有女性史诗歌手跻身于世界上杰出史诗歌手的行列。当然,这不是否定女性史诗歌手在史诗演唱传统与演唱艺术实践中起到的重要作用。就国内史诗演唱传统而言,《格萨尔》说唱艺人玉梅、女玛纳斯奇古里逊·艾什玛特等虽然不能与各自史诗演唱传统里那些非常优秀的男性史诗歌手地位相当,但是她们在各自传统中留下了程度不一的印记。

根据各种民族志资料与田野笔记,女性史诗歌手在不同史诗演唱传统中所占的比例远低于男性史诗歌手是一种普遍现象。20 世纪 50 年代以来,中国学人对全国范围内的《格萨(斯)尔》《江格尔》《玛纳斯》史诗歌手的状况展开了较为系统与科学的普查与记录。通过他们调查和统计出来的数字,我们对女性史诗歌手的客观生态会有所了解,可以发现一些问题。迄今为止,中国学界发现的《格萨(斯)尔》说唱艺人已有 151 位,按性别分布统计,男性说唱艺人 149 位,女性说唱艺人 2 位。[1] 1979 年至 20 世纪 90 年代,已经存档的江格尔奇共有 106 位,男性有 103 人,女性有 3 人。[2] 20 世纪 60 年代至今,发现并记录的玛纳斯奇已经有 120 余位,新疆阿合奇县是《玛纳斯》史诗演唱传统最为活跃与最为成熟的地区,这个地区记录在案的玛纳斯奇共有 44 人,男性 42 人,女性 2 人。[3]

在许多史诗演唱传统中,对史诗传承人基本没有严格的性别禁忌。

---

① 杨恩洪:《民间诗神——格萨尔艺人研究》,中国藏学出版社,1995,第 67 页。

② 朝戈金:《口传史诗诗学:冉皮勒〈江格尔〉程式句法研究》,广西人民出版社,2000,第 49 页。

③ 阿地里·居玛吐尔地:《20 世纪玛纳斯奇群体调查报告》,《中国西部的文化多样性与族群认同——沿丝绸之路的少数民族口头传统现状报告》,社会科学文献出版社,2008,第 89 页。

《格萨尔》说唱传统对传承人的性别没有特别的要求，只要你能熟练地说唱史诗，而且说唱得非常好，那么不论你是男性说唱艺人，还是女性说唱艺人，民众都会认可你，接受你的说唱活动。《江格尔》演唱传统也是如此，男性与女性都可以演唱与传承史诗。当然，一些史诗演唱传统禁止妇女演唱史诗，四川凉山彝区不允许女性在"克智"论辩与史诗演唱的仪式上演唱《勒俄特依》，《玛纳斯》演唱传统基本上不赞同女性演唱。

撇开性别禁忌，史诗演唱主要由男性歌手传承的原因之一可能是许多英雄史诗，乃至其他一些类型的史诗充满了描述血腥的厮杀、性行为等诸多不适于女性演唱的诗章。原因之二可能是男性史诗歌手在史诗演唱的历史发展过程中，通过各种神话、传说等地方性知识建构了支配和维系自身的史诗演唱谱系，建构了史诗演唱的男性主体性，从而形成一套由男性支配的史诗艺术传承机制，很大程度上保证了史诗传统的"男性"代际传递。这直接限制女性学习演唱史诗的技艺和展开史诗演唱活动，将女性歌手排斥在史诗演唱行业之外，禁锢了女性史诗歌手的发展。原因之三可能是女性歌手到了一定的年龄，便要结婚，回归家庭，成为家庭主妇，扮演起"贤妻良母"的传统角色，而其丈夫可能不会再允许她在外面演唱史诗。原因之四可能是女性史诗歌手没有形成一个较为固定的职业群体，没有在与受众的互动中塑造她们演唱史诗的形象，没有得到社会舆论的支持，更没有在演唱中建构自身的形象。

然而，在田野调查中我们也会发现女性史诗歌手多于男性史诗歌手的现象。西双版纳傣族口头史诗的职业传承人——"章哈"，一直以来都是男性史诗歌手占绝大多数。但是随着这个地区现代化进程的加速，男女"章哈"的人数与比例发生了变化，女"章哈"数量已经愈来愈多，逐渐超过了男"章哈"。[①] 在《斯里史诗》演唱传统里，能够演唱这部史诗的女性在数量上远多于男性，不过这些女性都不是真正的职业歌手，也算不上优秀的史诗传承人。她们通常在稻田劳作时演唱这部史诗，而且演唱的技艺不是那么熟练，演唱的文本也没有什么特色。相反，《斯里史诗》演唱传统的杰出传承人是男性歌手，古帕拉·奈卡便是其中的

---

① 屈永仙：《传承傣族诗歌的女人们》，《广西民族师范学院学报》2011 年第 5 期。

代表，他的演唱非常出色，是劳里·杭柯在卡纳塔克邦地区展开史诗田野调查时遇到的演唱《斯里史诗》的最优秀歌手。[①]

史诗歌手是史诗演唱活动最主要的载体，是传承史诗传统最主要的实践者，而女性史诗歌手在其中占有着程度不一的地位。在史诗演唱传统里，女性歌手演唱史诗的技艺主要是通过家传获得的。它往往以某一个人开始而形成一个数代都擅长演唱史诗的家族传承谱系，居素普·玛玛依、艾什玛特·玛木别特等家族的《玛纳斯》传承已经五代了。在他们的家族史诗传承的树形谱系上，女性玛纳斯奇占有着非常重要的地位，她们主要通过家族父系传承习得技艺。[②] 古里逊·艾什玛特便是向其祖父艾什玛特·玛木别特与父亲买买特奥米尔学唱《玛纳斯》，成为艾什玛特家族史诗传统的重要传承人。[③] 吉尔吉斯斯坦的著名玛纳斯奇萨恩拜·奥诺孜巴克的两个女儿托克托布比（Toktobubu）与布茹丽布比（Burulbubu）都向她们的父亲学会演唱《玛纳斯》。[④]

王国维在《古剧角色考》中说道：

> 夫气质之为物……于容貌举止声音之间可一览而得者也。盖人之应事接物也，有刚柔之分焉，有缓急之殊焉，有轻重强弱之别焉。……出于祖、父之遗传，而根于身体之情状，可以矫正而难以变革者也。[⑤]

史诗演唱传统的家族传承方式可能与上代的遗传有着莫大的关联，女性史诗歌手可能秉承了上代的气质，具有了某种演唱史诗的气质，而且她们的祖父或父亲的技艺必定会对她们产生一定的导向和潜移默化的

---

① Lauri Honko, *Textualising the Siri Epic*, Helsinki: Academia Scientiarum Fennica, 1998.

② 郎樱：《史诗〈玛纳斯〉的家族传承》，《国际博物馆》全球中文版，2010 年第 1 期，第 46～49 页。

③ 郎樱：《柯尔克孜史诗传承调查》，《中国西部的文化多样性与族群认同——沿丝绸之路的少数民族口头传统现状报告》，社会科学文献出版社，2008，第 8 页。

④ 阿地里·居玛吐尔地：《〈玛纳斯〉史诗歌手研究》，民族出版社，2006，第 104～105 页。

⑤ 王国维：《王国维集·古剧角色考》（第三册），周锡山编校，中国社会科学出版社，2008，第 357 页。

影响。《玛纳斯》演唱传统中出现的许多家族传承谱系足以证明技艺的传承具有生物遗传的可能，这种遗传在史诗演唱技艺的传承上呈现出一种连续性，而且呈现多样性，既有下一代的技艺不如上代的现象，也有下一代技艺胜过上代的现象，还有下一代技艺可与前代相媲美的现象等。

一般而言，家族传承是女性史诗歌手学艺的主要途径，但不排除有女性史诗歌手通过拜师学习演唱技艺的现象。当代著名的江格尔奇加·朱乃收蒙古族姑娘斯尔琴为弟子，将《江格尔》演唱技艺传授于她。她是加·朱乃唯一的女弟子，已经跟随加·朱乃学艺 8 年，能够演唱 5 章《江格尔》。① 斯尔琴的拜师学艺彻底打破了以往《江格尔》演唱传统拒绝传习女性的性别限制。

"梦授说"在《格萨尔》的男性说唱艺人中普遍存在，也存在于《格萨尔》的女性说唱艺人身上，玉梅便是其中的代表。玉梅自述说，她在梦中被告知要将格萨尔的英雄业绩传唱给全藏的民众听，梦醒之后，生了一场大病，病中梦见格萨尔及其大将征战南北的场面。病愈后，她便能说唱《格萨尔》。② 一些女性玛纳斯奇自称有过梦授的经历，赛黛奈·毛勒多凯（Seydene Moldoke）说自己在梦中学会演唱《玛纳斯》，声称英雄赛麦台曾经在她的梦中不停地要求她演唱《玛纳斯》。③

一些女性史诗歌手既没有通过家族传承，也没有通过师承，也没有通过梦授，而是通过自学获得演唱技艺。《格萨尔》的女性说唱艺人卓玛拉措便是通过聆听其他说唱艺人的说唱学会说唱《格萨尔》的。她的记忆力与悟性非常好，聆听说唱艺人们说唱《格萨尔》几遍，便能熟记各种调式，可以将它照本说唱出来。13 岁以后，她已经可以用多种曲调说唱《格萨尔》。④《玛纳斯》演唱传统也存在这种现象，塞依黛·岱德（Seyde Deydi）在这方面尤为突出。她的父亲经常邀请玛纳斯奇到家里演唱《玛纳斯》，而且他经常带着塞依黛·岱德参加各种聚会，游历四方。所有这些让塞依黛·岱德拥有足够的机会聆听许多玛纳斯奇演唱《玛纳

---

① 高方：《〈江格尔〉风——记史诗〈江格尔〉在和布克赛尔草原的传承》，新疆日报网 2006 年 9 月 20 日，亦可参见中国民族文学网（http://iel.cass.cn）。

② 杨恩洪：《民间诗神——格萨尔艺人研究》，中国藏学出版社，1995，第 160～161 页。

③ 阿地里·居玛吐尔地：《〈玛纳斯〉史诗歌手研究》，民族出版社，2006，第 103 页。

④ 杨恩洪：《民间诗神——格萨尔艺人研究》，中国藏学出版社，1995，第 351 页。

斯》，耳濡目染，她在 12 岁之前便已经成为一个小玛纳斯奇。①

　　在不同的史诗演唱传统里，最常见的现象是男性史诗歌手将技艺传授给子女或他人，但也有许多出色的男性史诗歌手演唱史诗的技艺是从女性史诗歌手那里习得的。玛纳斯奇萨尔特洪·卡德尔（Sartakun Kadir）于 5 岁时开始在祖母和母亲的指教下学唱《玛纳斯》与各种民间口头诗歌。② 玛纳斯奇萨特瓦勒地·阿勒（Satwaldi Ale）的外祖父阿克勒别克与母亲克勒巴拉木都是玛纳斯奇，萨特瓦勒地·阿勒在 7 岁时便开始向母亲学唱《玛纳斯》。③ 古里逊·艾什玛特将演唱史诗的技艺传授给她的三个儿子与两个女儿。④ 古帕拉·奈卡不会演唱《库达布史诗》（Koord-abbu），他便在附近村庄里找到一个能够演唱这首史诗的女性歌手。她与古帕拉·奈卡认识已经有三十年了，比古帕拉·奈卡年轻十多岁。她非常乐意将这首史诗传授给古帕拉·奈卡。第一次传授与第二次传授相隔一个月的时间，每次她都向古帕拉·奈卡完整地演唱了《库达布史诗》。第二次传授的两个星期后，古帕拉·奈卡再次向她请教。这次，她没有演唱史诗，只是以散文的形式告诉古帕拉·奈卡这首史诗的故事情节。第四次，古帕拉·奈卡仅向她请教了两个没有记住的史诗人物的名字。⑤从第一次传授到将这首史诗完整地演唱给劳里·杭柯听，古帕拉·奈卡耗时两个月，劳里·杭柯将古帕拉·奈卡演唱的这首史诗记录下来了，并对它的创作、演唱与流布做了精细的解析。⑥

　　完成学艺之后，女性史诗歌手便要走向演唱史诗的道路。不过，一些史诗演唱传统会对女性史诗歌手的演唱空间做出不同程度的限制，《玛纳斯》演唱传统在这方面比较典型。许多女性玛纳斯奇在玛纳斯奇群体

---

① 阿地里·居玛吐尔地：《〈玛纳斯〉史诗歌手研究》，民族出版社，2006，第 103 页。

② 郎樱：《史诗〈玛纳斯〉的家族传承》，《国际博物馆》全球中文版，2010 年第 1 期，第 50 页。

③ 郎樱：《史诗〈玛纳斯〉的家族传承》，《国际博物馆》全球中文版，2010 年第 1 期，第 50 页。

④ 郎樱：《柯尔克孜史诗传承调查》，《中国西部的文化多样性与族群认同——沿丝绸之路的少数民族口头传统现状报告》，社会科学文献出版社，2008，第 8～9 页。

⑤ Lauri Honko, *Textualising the Siri Epic*, Helsinki：Academia Scientiarum Fennica, 1998. p. 568.

⑥ Lauri Honko, *Textualising the Siri Epic*, Helsinki：Academia Scientiarum Fennica, 1998. pp. 568 – 580.

与普通民众中很有些威望，而且在史诗传承中起着很重要的作用。但一般而言，《玛纳斯》演唱传统基本禁止女性演唱史诗。在结婚之后，塞依黛·岱德的外公外婆便禁止她演唱《玛纳斯》，指责她有"妖气"。逃离家庭的藩篱之后，塞依黛·岱德与即兴诗人乌斯塔交勒多西（Usta Joldox）结婚，开了一家旅店，她不时地给他们店里的客人与过路者演唱《玛纳斯》。但是，聆听她演唱史诗的宗教人士便对她的演唱下起了恶毒的咒语："一个女人家演唱《玛纳斯》，会遭到神灵的惩罚。不仅如此，甚至连她的家人、亲戚、邻居都要遭到惩罚。"① 在这种环境氛围下，塞依黛·岱德不得不选择结束在公众面前演唱史诗的演唱生涯，只能在家里独自演唱史诗聊以自慰。赛黛奈·毛勒多凯（Seydene Moldoke）婚后演唱《玛纳斯》遭到她外公的横加干涉与严厉禁止，他指责道："从来就没有听说过女人演唱《玛纳斯》，如果女人唱《玛纳斯》必定会给家人带来不幸。"② 迫于家庭的压力，她放弃演唱史诗，有时仅在荒野无人的地方演唱史诗，自娱自乐。直至得到一些德高望重的老人的鼓励与支持，她才重新走上演艺生涯，给当地的妇女与其他受众演唱史诗。

托克托布比的丈夫禁止托克托布比演唱《玛纳斯》的态度非常强硬与暴力，总是在托克托布比演唱完史诗后对她拳脚相加，直接导致托克托布比早早去世。③ 萨恩拜·奥诺孜巴克的妻子不赞成女子演唱《玛纳斯》："女孩子家演唱《玛纳斯》不吉利。应该绣绣花，搞搞编织什么的才对。"④ 女性玛纳斯奇遭际有所差异，但是她们演唱的史诗诗章则有一个共同的倾向，那就是她们经常演唱那些与妇女生活有关的史诗内容和情节，它们的节奏比较平缓，体现的大都是和平时期的生活，她们很少演唱那些悲壮激烈而血腥的史诗场面。

在《斯里史诗》演唱传统里，稻田是女性史诗歌手的演唱场域与文化空间。她们经常在稻田劳作时演唱这首史诗，演唱人基本上都是拔秧和插秧的妇女。男性史诗歌手很少在这种场景里演唱《斯里史诗》，但是一些男性史诗歌手经常在这里聆听《斯里史诗》，学会演唱这首史诗

---

① 阿地里·居玛吐尔地：《〈玛纳斯〉史诗歌手研究》，民族出版社，2006，第103页。
② 阿地里·居玛吐尔地：《〈玛纳斯〉史诗歌手研究》，民族出版社，2006，第103页。
③ 阿地里·居玛吐尔地：《〈玛纳斯〉史诗歌手研究》，民族出版社，2006，第105页。
④ 阿地里·居玛吐尔地：《〈玛纳斯〉史诗歌手研究》，民族出版社，2006，第105页。

的技艺。在还是一个小男孩的时候，古帕拉·奈卡经常与妇女们一起拔秧与插秧，时常聆听妇女们演唱《斯里史诗》，渐渐习得演唱的技艺。但是，古帕拉·奈卡对妇女们在稻田里演唱《斯里史诗》的现象非常不满。1991 年，劳里·杭柯的田野工作组曾与古帕拉·奈卡谈论了妇女们在稻田这一个场域里演唱史诗的现象，摘录如下：①

> Q：你不在场时，她是否会演唱《斯里史诗》？
>
> A：她会的。
>
> Q：她与谁演唱这部史诗？
>
> A：通常情况下，在稻田里，她与我们的妇女们一起演唱《斯里史诗》。我的意思是，她们在稻田里会将《斯里史诗》的所有诗章唱完。在我看来，她们不应该在稻田里将《斯里史诗》的所有部分唱完。但是，她们的确唱完了。
>
> ……
>
> Q：现在，你说不应当在稻田里演唱《斯里史诗》。你非常不喜欢这种演唱活动，你为什么不喜欢它？
>
> A：我不喜欢这种演唱活动，因为《斯里史诗》是一部圣典。要是稻田的每一个角落都演唱这首史诗，那么它的神圣性便褪去了，变得无什么重要。
>
> Q：稻田里的劳作是否不那么重要呢？
>
> A：不是，它对于我们的世界和生活是必要的。我的意思是，当人们在稻田里演唱《斯里史诗》的故事时，一些人可能会按照自己的意愿贬损这个故事。……她们说的话，对斯里这个神而言是一种玷污。
>
> ……
>
> Q：一旦在稻田里演唱《斯里史诗》，妇女们便持有了斯里？
>
> A：在某些环境下，斯里便会出现。一旦一再重复演唱《斯里史诗》，演唱人便会很疲倦，声音便会不同，演唱便会有瑕疵。这是为什么我们不应当唱完所有《斯里史诗》的原因。

---

① Lauri Honko：*Textualising the Siri Epic*, Helsinki：Academia Scientiarum Fennica, 1998. pp. 549 – 551.

自一开始接触和学习《斯里史诗》，古帕拉·奈卡便将它当作神圣的叙事，后来主要在祭祀仪式上演唱《斯里史诗》，扮演着祭司的角色。因为插秧和拔秧的工作非常单调与繁重，妇女们很喜欢在稻田里演唱《斯里史诗》，目的在于娱乐与提高劳作效率。已经将《斯里史诗》神圣化了的古帕拉·奈卡自然对这种世俗的演唱语境反感，他肯定妇女们在稻田里演唱史诗能让劳作的人们身心愉悦，而不认同《斯里史诗》演唱与秧苗生长有着什么关联。当然，古帕拉·奈卡反对在稻田里演唱史诗也存在这种可能，即古帕拉·奈卡的评价是在建构自我权威，希图借此将自己与女性史诗歌手区分开来。

在许多史诗演唱传统里，男性史诗歌手都占有地位优势，拥有非常多的神话、故事和奇闻逸事来建构他们演唱地位的合法性和演唱的权利。相反，女性史诗歌手虽然存在于为数不少的史诗演唱传统里，是史诗创作、演唱与流布中一个很重要的环节，许多技艺高超的男性史诗歌手都是在他们的外祖母或母亲这些女性史诗歌手影响下走上演唱史诗的道路的。但是，女性史诗歌手一直处于弱势与从属地位，无论数量的多少，还是技艺的高低，整体而言都显得逊色于男性史诗歌手。她们的学艺与演唱活动充满了性别与技艺之间的张力，性别的差异与性别的限制贯穿于她们的生活空间、文化空间与演唱空间。因此，考察不同史诗演唱传统中女性史诗歌手的性别角色与性别象征，分析她们在史诗创作、演述与流布过程中起到的作用便具有重要的学术意义，是今后史诗研究应该关注的一个重要内容。

第四节　史诗演唱中的歌手与受众

史诗的演唱，从来不是单向度的信息传递过程。史诗歌手与受众都是史诗传统的参与者，他们共享着大量的"内部知识"，而且还存在着大量极为复杂的交流互动过程。① 受众作为史诗演唱事件的一个必要因素，必然在传统的接受活动中受到史诗演唱传统的质的规定性。严格而

---

① 朝戈金：《口传史诗诗学：冉皮勒〈江格尔〉程式句法研究》，广西人民出版社，2000，第 100 ~ 101 页。

言,史诗的受众按照一定的接受模式参与演唱的完成,很大程度上是指"传统中的受众"①。他们积极参与演唱活动,对歌手的演唱技巧或欢呼或质疑或给嘘声,让演唱成为双向的交流,避免演唱成为一种僵化的独白,激发歌手即兴创作的能力。

在口头史诗的传播过程中,史诗演唱的文本和文本之外的语境共同创造了史诗的意义。其间,歌手和受众的互动作用,是在共时态里发生的。他们共同生活在特定的传统之中,共享着特定的知识,以使演唱能够顺利地完成。但是,中国学人对受众在史诗演唱中的角色仅有零散的探讨,这里试着对史诗演唱中受众的结构以及他们在演唱中的作用做一个初步的讨论。

在不同时间和空间里演唱同一首史诗,歌手每一次面临的受众都近乎不同,更不用说演唱不同的史诗了。首先,每一次受众构成的人数不一,多至成百上千,少至一二人。说唱艺人每次说唱《格萨尔》时,人数不定,多至上百人,少至一二人。②江格尔奇钟高洛甫每次演唱《江格尔》时,受众或五六个,或七八个,从来没有超过二三十个人。③玛纳斯奇演唱《玛纳斯》时,少则数十名或十几名受众参与,多则成百上千。④其次,受众的构成成分多样,有财主、贵人、官员和普通的民众。但是,一般而言,普通的民众是史诗演唱的受众的主要构成成分,因为大部分歌手是活跃在民间,不过,受众是王公贵族在过去也比比皆是。说唱艺人桑珠在拉家里的嘉波府里住了一段时间,专门为他说唱《格萨尔》。江格尔奇西西那·布拉尔曾到西·克甫都统家里演唱《江格尔》。对于一位史诗歌手而言,只要有受众的要求或自己想演唱,不管在贵族、官员、财主的府邸,还是在牧民的家里,也不管是在喜庆婚礼活动上,还是在其他一些民俗文化活动中,他都可能演唱史诗。再者,受众的年龄是不定的,除了成年人和老年人,还有不少的青少年。许多史诗歌手在童年时期是史诗演唱的受众。冉皮勒七八岁时就常在窗外聆听胡里巴

---

① 廖明君、巴莫曲布嫫:《田野研究的"五个在场"——巴莫曲布嫫访谈录》,《民族艺术》2004年第3期。

② 杨恩洪:《民间诗神——格萨尔艺人研究》,中国藏学出版社,1995,第20页。

③ 朝戈金:《口传史诗诗学:冉皮勒〈江格尔〉程式句法研究》,广西人民出版社,2000,第310页。

④ 阿地里·居玛吐尔地:《〈玛纳斯〉史诗歌手研究》,民族出版社,2006,第70页。

尔·巴雅尔的演唱，并开始复诵一些史诗片段。桑珠是在外祖父说唱《格萨尔》的曲调中度过了幼年的时光。《玛纳斯》演唱的受众是以成年人或老年人为主体，在玛纳斯奇演唱史诗时，靠歌手最近的是老年人，然后是成年人，最远的是妇女与小孩。而且当妇女和小孩在场时，玛纳斯奇一般不演唱那些带有色情的内容和玛纳斯壮烈牺牲等一些令人伤心绝望的章节。

对歌手而言，受众能给予他物质上的奖励和精神上的鼓励。说唱艺人在说唱《格萨尔》时经常获得一些物质奖励，一些艺人曾为寺院或王公贵族说唱，时间或长至数月，或短至几天，唱毕之后可以获得一些物质报酬，如糌粑、衣物、钱币等。索县热都乡的民众经常聚在一起，凑一些肉、酥油、茶等物质请玉梅说唱《格萨尔》。① 说唱艺人一次成功的说唱，离不开受众的积极参与。在受众的注意力和兴趣达到最佳的时候，说唱艺人能更好地投入角色，说唱的《格萨尔》更加流畅，更加具有风采。玉树州艺人觉群佩在说唱格萨尔童年受叔叔晁同迫害的不幸遭遇时，自己悲痛不已，而受众则义愤填膺，有人竟拔刀奋起要杀晁同，从而形成了一种群情激奋的氛围。② 江格尔奇不论在普通百姓家里，还是在汗王贵族的府邸演唱《江格尔》，都受到热情的接待。这些受众经常杀羊设酒款待江格尔奇，然后全神贯注地聆听江格尔奇的演唱。一些王公贵族、汗王、喇嘛还常以骏马和元宝赠送给江格尔奇。除了给予江格尔奇物质奖励外，受众还为江格尔奇提供一种创作的动力。受众真挚的赞叹和激赏的目光极大地鼓励了江格尔奇的演唱情绪，保证了他们的创造灵感和演唱才华得以充分发挥。对此，卡尔梅克作家巴·道尔吉耶夫有过这样的记载："江格尔奇（巴桑嘎·穆克宾）讲到了洪古尔统帅如何迎战敌人。演唱者被他所讲述的内容激励着，他卷起黑绸短棉袄的袖管，从自己的衣兜里掏出了一块鲜红的丝手帕，高高扬起，就像诗歌里洪古尔所做的那样。挤得水泄不通的卡尔梅克剧院演出厅里欢声雷动：对，对，就是这样。"③ 受众的兴奋和欢呼激发了江格尔奇更大的创作热情，点燃了江格尔奇的灵感，《江格尔》由此也得到了不断地充实和发展。

---

① 杨恩洪：《民间诗神——格萨尔艺人研究》，中国藏学出版社，1995，第164页。
② 杨恩洪：《民间诗神——格萨尔艺人研究》，中国藏学出版社，1995，第21页。
③ 仁钦道尔吉：《〈江格尔〉论》，内蒙古人民出版社，1999，第20页。

　　玛纳斯奇也是如此，他们接受受众给予的物质奖励。玛纳斯奇萨恩拜·奥诺孜巴克、艾什玛特和居素普·玛玛依都有过以演唱《玛纳斯》糊口的经历。玛纳斯奇常会让自己与受众在感情上形成良性的互动，会根据当时的语境在故事情节的铺排、人物的塑造等方面做出最佳的处理和选择。关于受众对玛纳斯奇演唱史诗给予精神上的支持，郎樱曾这样描述过：

　　　　歌手在有听众与没有听众的场合，演唱的效果不会相同；听众专注与否，反响热烈与否，也直接影响歌手的演唱效果。演唱过程中听众的反应与情绪，对于玛纳斯奇演唱的内容、即兴创作才能的发挥有着很大的影响。听众注意力集中，反响热烈，玛纳斯奇的演唱能引起听众的共鸣，玛纳斯奇与听众的情感交融在一起，此时玛纳斯奇的演唱往往十分精彩，他的即兴创作才能得以充分发挥，演唱的内容充实，人物丰满，语言也格外形象、生动。反之，如果听众的注意力不集中，玛纳斯奇的演唱引不起听众的反响，玛纳斯奇的演唱情绪也必然会受到很大影响，在这种情况下，他演唱的史诗往往有骨无肉，本应两三天唱完的篇章，他可以在一天内就将它唱完。[①]

　　阿合奇县哈拉奇乡的玛纳斯奇满别特阿勒·阿拉曼曾说过现场受众的情绪对他的演唱起到很大作用，如果受众不停地用掌声和喊叫声鼓励，那么他唱起来就更有劲。[②] 玛纳斯奇也会因为受众的不同采取相应的演唱策略。假如受众中有达官和显要，那他决不会忘记把这些显贵们所属部落的汗王赞颂一番，并且在演唱中加入一些动听的诗句、词组、短语和比喻来取悦他们。如果受众全部为贫穷的牧民，玛纳斯奇在多数情况下会有意识地讽刺、挖苦、嘲笑富贵达官的傲慢和贪婪的秉性。[③]

　　《江格尔》演唱的历史文献材料记载了一些歌手与受众互动的范例。

---

① 郎樱：《〈玛纳斯〉论》，内蒙古大学出版社，1999，第 201～202 页。

② 阿地里·居玛吐尔地：《〈玛纳斯〉史诗歌手研究》，民族出版社，2006，第 80 页。

③ 维·维·拉德洛夫：《北方诸突厥民族民间文学典范》第五卷前言，转引自阿地里·居玛吐尔地《〈玛纳斯〉史诗歌手研究》，民族出版社，2006，附录三，第 255 页。

胡里巴尔·巴雅尔的故事在《江格尔》史诗传统里流传非常广泛。它描述了一个当地官吏想难为正在演唱《江格尔》的胡里巴尔·巴雅尔，用"江格尔一伙抽不抽烟"的问题打断胡里巴尔·巴雅尔的演唱，胡里巴尔·巴雅尔在一处"恰当的地方"插了一段"在百灵那样漂亮的烟斗里，装上了无数包磨碎的烟，在他们喷出的烟雾里，水鸟找不到沼泽，山鸟找不到食"作为回应。这位受众又问江格尔他们念不念经，胡里巴尔·巴雅尔从容地编了一段诗句应对过去。[①] 在演唱中，受众对歌手提出的批评和建议考验了歌手现场应变能力，迫使歌手根据当下语境对演唱做出相应的修改。当然，这种修改是在保持故事情节的主线基本不变的基础上展开的，歌手可以根据受众的不同对某些部分进行增删，做一定的加工，但是他们演唱的都是同一个故事。胡里巴尔·巴雅尔不会因为受众的先后诘难而改变演唱的传统，他会在不影响整个叙事传统的前提下，在适当的地方对这些诘难做出答复。琳达·德格（Linda Dégh）记载了一个故事讲述者与其受众互动的场景，它发生在匈牙利的小村庄考考什德（Kakasd）。琳达·德格将故事讲述者的亲戚和邻居都邀请来聆听故事讲述者讲述故事。这位故事讲述者是这个村里著名的故事讲述者，许多受众对他讲述的故事都非常熟悉，他讲述的这个故事需要耗时两三个小时。开始时，受众都平静地聆听他的讲述，这可能是受众对他们应该如何对讲述做出反应还不确定。但是，当故事讲述到中间时，讲述的气氛变得活跃起来，受众开始对这位讲述者讲述的故事做出热烈的评论，向他提出问题，甚或他们之间发生争论，整个讲述被打断的现象出现了59 次。[②] 显然，这位讲述者面对的是一群与他积极互动的受众，虽然他们有时打断他的讲述，对他的讲述提出质疑，但是他们的互动在整体上鼓励着讲述者的讲述。

　　受众与歌手的互动可能帮助歌手更好地完成演唱，也可能干扰歌手的演唱。但不管如何，受众对歌手演唱史诗做出的质疑、评论以及其他

---

① 朝戈金：《口传史诗诗学：冉皮勒〈江格尔〉程式句法研究》，广西人民出版社，2000，第 100～101 页。加·巴图那生：《〈江格尔〉在和布克赛尔流传情况调查》，《〈江格尔〉论文集》，新疆人民出版社，1988，第 60 页。

② 转引自 Lauri Honko：*Thick Corpus, Organic Variation and Textuality in Oral Tradition*，Finnish Literature Society，Helsinki，2000，p. 121。

反应在一定程度上都不会改变歌手对史诗的基本情节和传统框架的呈现。不过，它们的确会影响歌手的演唱，或增加演唱的紧张气氛，或活跃演唱的气氛，进而使演唱的史诗更加迎合受众，甚至受众最细微的暗示以及面部的表情等都可能影响着歌手，影响着整个演唱活动。

另外，歌手对受众的情绪反应非常敏感，能够清楚地知道演唱何时重何时轻，何时开始何时停下来。当他看到受众出现情绪厌倦时，就会想尽办法重新唤起受众对聆听演唱的激情。如果受众与歌手充满激情地共同完成史诗演唱，时时刻刻保持着积极的互动，那么歌手呈现的史诗便会更为精彩。也就是说，受众与歌手互动得越积极、越投入，那么歌手演唱的史诗越完美。

没有歌手就没有史诗，但是离开了受众，歌手和史诗就失去了存在的意义。与书面文学的读者相比，受众与歌手是面对面的，对演唱产生直接和即时的影响。书面文学的读者在作者创作时只存在于作者的脑海中，作者的任务是把他的创作呈现在纸上而不是面对面直接呈现于读者。另外，史诗的受众不同于无线广播和电视等大众传媒的观众，这些传媒手段的观众是跨空间的交流，缺少那种现场气氛。而在史诗演唱中，受众的反应是整个艺术情境下不可或缺的组成部分。他们不仅在很大程度上决定演唱的模式，而且决定歌手使用的语言。受众通过现场公然的反应和应时的插入，甚至通过他们的消极或厌烦的反应来迫使歌手采取相应的措施应对。

在一个特定的社区里，受众对某些史诗的内容非常熟悉，但是为什么他们喜欢反复聆听歌手演唱那些他们都已烂熟于心的史诗内容？因为受众通过聆听史诗的演唱唤起其内心的记忆，激发蕴藏在其深层的民族道德感和价值观，获得认同感。史诗是与传统叙事和特定社区或族群联系在一起的，它最为充分和最大限度地表达了一个族群或民族的意志和愿望。史诗对历史上英雄的怀念和赞颂，便直接地表达了一种族群或民族文化的认同意识。《卡勒瓦拉》成为芬兰民族的象征，让芬兰人民意识到，芬兰民族独一无二的光荣，唤起芬兰人民对现在和将来的热情。受众在多次聆听了《玛纳斯》后，仍然乐此不疲。因为《玛纳斯》的受众对英雄人物有发自内心的深厚感情和精神上的崇拜。在反复地聆听过程中，他们的心灵得到了陶冶和净化，英雄们强烈的英雄主义气概和高尚的情操以及对真善美不懈的追求时刻荡漾在他们的心头，由此他们产生一种与英雄亲切的情感，对史诗中人物和事件的崇高和辉煌产生认同。

受众对史诗的演唱百听不厌的原因还在于史诗内容本身。在一个特定的传统社区里，受众和歌手都有着自己最为熟悉和喜爱的史诗诗章。在新疆江格尔奇普尔布加甫演唱的《江格尔》中，《征服哈图哈尔·桑萨尔之部》是他演唱最多的和最喜欢的，而且受众也最爱听。鄂利扬·奥夫拉最拿手的是《宝林格尔之子萨纳拉远征之部》，受众特别喜欢他演唱这个诗章。当鄂利扬·奥夫拉演唱自己心爱的这个诗章之前，通常要问："喂，怎么样？咱们让宝林格尔之子萨纳拉远征去吧！"听到这话，受众往往热烈欢呼。① 受众喜欢这个诗章不仅是因为鄂利扬·奥夫拉高超的演唱技艺，而且因为它能够对他们的心灵和情感产生强烈的刺激和震撼作用，英雄东征西讨、用自己高超的武功和神力为民族的事业建立了巨大的功勋，以及他们曲折的人生经历和充满人性的气质深深地鼓舞和感动着受众。《玛纳斯》的受众喜欢听"远征"这一传统章节，是因为它的情节紧张曲折，场面宏大，集中展示了英雄们的壮举，具有浓郁的艺术魅力，受众可以从中获得精神的洗礼和英雄主义的熏陶。

受众聆听史诗的演唱不仅是为了聆听一个自己已知晓情节的故事，也是为了欣赏歌手如何为这个故事敷演各种极为生动鲜明的细节。歌手演唱一个史诗诗章，不是在重复一个故事的结构，而是以多种多样的方式来完成这个故事的结构。对于歌手而言，每一次演唱都是新的，都是具体而特定的，但又是一般的、传统的。在受众眼中，每一次演唱的史诗都遵循传统，但歌手每次演唱的语调、倾注的情感、丰富的眼神、夸张的手势和动作却是原创的、独一无二的。洛德曾说过：

> 诗中一切属于民众集体，但是，诗歌本身，特定演唱中出现的程式，则属于歌手的。所有要素，都是传统的。但是，当一个伟大的歌手坐在观众前面，他的音乐，他的面部表情，他的特殊的诗的版本，在此时此刻属于他自己。②

---

① 仁钦道尔吉：《〈江格尔〉论》，内蒙古人民出版社，1999，第23页。
② 转引尹虎彬《在古代经典与口头传统之间——20世纪史诗学述评》，《民族文学研究》2002年第3期，第7页。

也就是说，在史诗的演唱过程中，受众在体认传统的同时也欣赏歌手是如何对同一故事进行精雕细琢的，以及体会歌手处理故事的艺术技巧。因此，从某种程度上说，受众喜欢反复聆听同一个史诗诗章，部分原因是歌手每次呈现故事的方式不同，每一次演唱都深深地打上了歌手个人风格的印记。由此，受众可以在聆听演唱的过程中品味歌手的演唱技艺、个人风格等，因为这些要素在歌手每次演唱中都是原创的、不可复制的，所以受众喜欢让歌手反复演唱同一诗章而不感到厌烦。

活形态史诗的存在，不仅要有成熟而宏大的史诗作品，而且要有歌手的演唱和热心的受众。歌手是口头史诗的创作者、保存者和传播者，他们的史诗演唱既延续了史诗的生命力，让史诗活在民间成为可能，又满足了受众的艺术享受和艺术追求。受众是口头史诗的接受者和传播者，他们在聆听演唱的过程中与歌手互动共同完成史诗的演唱活动。歌手和受众是史诗演唱的原动力，赋予史诗以活力。如果没有受众的接受，口头史诗的演唱就会停止。没有了受众的接受，史诗的演唱就会像荷马史诗一样在民间消失，留下的只是一张僵化的羊皮纸。

小　结

20世纪90年代中期以后，中国学人开始反思以往使用书面文学理论研究史诗的范式，逐渐意识到口头史诗与书面文学作品属于不同的范畴，开始关注口头史诗的创作和演唱实践。歌手是在特定的语境里完成演唱的，演唱的场合、受众、演唱方式都是演唱设定的，而不是歌手自己选择的。因此，歌手既要在非常严格的传统之内创作与演唱史诗，又有着一定限度的创作自由。史诗歌手的演唱技能和演唱语境日益为中国学人所关注。没有歌手的演唱，史诗便不可能存在，也无从谈论史诗的艺术。中国学人已不再认为书面文本能够将歌手演唱的语言和语境毫不费力地保留下来，而是开始自觉地通过亲身的田野经历对隐藏在书面文本背后的歌手、语境、受众之间的联系进行了学理性的学术探讨。

在任何一个史诗演唱传统里，歌手不得不用较长的时间学习演唱技能。自观察并聆听其他歌手演唱史诗起，他就开始学唱史诗，有计划地去解读、吸收、记忆史诗，将它重新创作出来。他要熟练地掌握史诗的程式化单元、典型场景、主题、故事范型等，将它们储存在他的大脑里，这是他成为一位真正的史诗歌手必须经历的阶段。史诗歌手对史诗的创作是吸收、记忆和再创作的过程，而这又有赖于记忆的运行机制。但是，歌手对史诗并不是逐字逐句地记忆，而是记住史诗的叙事和情节结构。每一次演唱呈现的变异是通过语言呈现出来的。同时，歌手会竭力遵守古老的言词，保持与传统的联系。每一位歌手不会有意识地尽力去重复制作出原先歌手演唱的每个词，而是通过记住创作中既定的单元，再以自己的方式重新演唱这首史诗，这让他的史诗演唱有了更大的可能性。

　　当成为技艺高超的职业化歌手后，他还会吸收和消化新要素。对这些新要素，他必须将它们与原有的要素整合在一起，这可能花费一天，或一个星期，有时甚至更长。在这个过程中，他不是逐字逐句地记忆从别的歌手那里聆听到的叙事，而是将它重新建构，或创造出新的情节，或将它充实到原有的情节里。换句话说，他将会思考如何将其他歌手演唱的史诗故事移植到自己的史诗演唱中，并结合自身的经历、体验、情感以及认识对它进行解读，或者按照他已有的史诗演唱框架和策略将它重新创作出来，或者将它与他已有的史诗传统知识储备和个人技能糅合在一起，丰富他的演唱曲目。当然，不管以何种方式，歌手对它必然都会做出一些调整和改变，蕴含着自己对它的理解、认识和态度。

　　歌手的知识储备与个人技能蕴藏着歌手演唱史诗所需要的叙事要素和能力，让歌手能够将史诗的演唱持续数个小时，甚至数日，保证歌手能够轻松自如地把言词从唇齿之间流出。歌手对情节、主题的处理直接关系着史诗的篇幅。歌手能够简短地描述情节与主题，也能够详细而充分地扩展情节与主题。这除了与歌手的知识储备和个人技能有关外，还与受众的反应有关。如果给技艺高超的歌手提供充分时间让他自由地演唱史诗，面对的受众不多，而且是固定的，并营造出一种演唱史诗的自然语境，那么歌手便能够充分敷演他的史诗，可能较为完美地将一首长篇史诗完整呈现出来。而在正常的演唱场合里，歌手或因为时间的压力，或因为受众厌烦而缩短他的史诗。也就是说，受众的反应是影响史诗长度和情节构成的重要因素，它会让歌手考虑演唱策略和接下来要展开的情节。

　　歌手非常关注演唱史诗的语境，知道受众喜欢哪些场景和情节，知道什么时候扩展或压缩一些场景和情节。歌手掌握了史诗的程式、主题、故事范型等诸多叙事部件，能够根据不同的演唱语境，从中择选某些部件，将它们组合起来，完成一次演唱活动。这些知识储备与个人技能使得歌手能够即兴演唱史诗，不会将同一首史诗一字不差地重复演唱两次。如果一位歌手掌握的可运用的知识储备越多，他的演唱便越具有多样性。歌手演唱史诗在固定的框架内充满着变异，每次演唱都是新的创作。他掌握的演唱技能越娴熟，那他的演唱就越能让受众聆听演唱时不感到厌烦，让受众不会感觉到他在重复着演唱过的东西，他能够调用任何他需要的场景、主题和故事范型。也就是说，在不同演唱场合，歌手能够灵活地运用自己掌握的知识储备改变自己的演唱以迎合不同受众的心理和需求。当然，受众的热情与否也会影响着歌手的演唱，它能够让歌手的精湛技艺发挥得淋漓尽致。

在反复演唱同一首史诗的过程中，歌手对史诗的整体结构、主题、程式化的语言、演唱策略等要素的运用越来越固定，这些要素之间的关联在歌手演唱史诗的过程中也愈来愈固定，进而歌手形成了自己特有的演唱风格。这就解释了为什么一位歌手虽然与其自身所属传统的其他歌手共享着这首史诗特有的程式化语言、主题、结构等，但他有着自身的演唱风格和个人演唱的语言特点。他与同一史诗传统的其他歌手共享着这一史诗传统特有的演唱框架和程式化的要素，这要求我们必须关注歌手的知识储备与个人技能同史诗传统的关系。史诗是一种复杂的文类，只有那些很好地掌握了史诗叙事传统法则的歌手才能呈现较为理想和完美的史诗。史诗演唱的传统法则和语境在歌手演唱史诗中起着决定性的作用，决定了歌手对韵律、程式、主题等诸多要素的择选与组合，影响了史诗在不同场合呈现的形式。一方面，史诗叙事的传统法则保证史诗传统的连续性与稳定性；另一方面，同一歌手在不同时空演唱同一首史诗，它也会产生变异，更不用说不同歌手在不同地区和不同时间演唱同一首史诗。这是歌手能够在一定框架内自由演唱史诗的表现。换句话说，歌手在特定的史诗传统里可以自由创作，但必须保持在史诗叙事的传统法则之内。他的每一演唱都是在史诗演唱传统中获得意义，都指涉着史诗演唱传统。

史诗歌手的研究还有一些地方需要加强和有待提高。应该对全国范围内史诗歌手的生态状况展开个案调查和全面普查，坚持长期定向跟踪某些特定的史诗歌手，建立国内史诗歌手档案库和与之相关的资料库；应该深入地描述与分析国内各种史诗演唱传统的史诗歌手的类型、传承谱系和分布状况，动态地揭示史诗歌手与史诗演唱传统互动的规律等。

第四章　史诗研究方法的学术实践

20世纪50~60年代，在马克思主义的文艺观和美学观的总体框架下，中国学人对中国少数民族史诗研究的思想性和社会历史价值展开讨论，取得了一定的成就。20世纪80年代以后，中国学人运用历史学、比较文学、母题学、口头诗学等多学科的理论与方法对中国少数民族史诗的人物、内容、形式、情节结构、演唱、文化历史意蕴等诸多方面进行了探讨与研究，取得了一系列具有较高价值的学术成果，为中国少数民族史诗研究开辟了一片广阔的天地。同时，中国学人更为自觉地具有了建构本民族史诗学的学术意识，更多地突破那种纯粹的单一学科的研究范式，开始综合运用多学科的理论和方法把本土诗学理论和国际诗学理论结合起来阐述本民族史诗传统，使得中国史诗学成为较为完整与独立的学科分支。

在中国少数民族史诗研究史上，历史学、比较文学以及母题学的理论与方法被反复运用于中国少数民族史诗的研究，它们将中国少数民族史诗作为书面文学作品进行分析和研究。虽然口头范式逐渐成为20世纪后期以来中国少数民族史诗研究的主流范式，但是历史学、比较文学以及母题学的理论与方法并没有淡出中国少数民族史诗研究的学术视域，而是各自逐步深入，仍然在一定程度上发挥着口头范式不能替代的作用，它们与口头研究范式以及中国少数民族史诗研究领域的其他方法并存，一起编织了20世纪90年代后期以来中国少数民族史诗研究那种纷纭复杂的图景，使得中国少数民族史诗研究呈现百花齐放的盛况。

第一节　史诗的历史研究

20世纪50年代，中国学人便开始关注中国少数民族史诗的历史价值，探讨史诗与历史的关系，使用科学的方法解析史诗中的历史要素。这种研究范式一直延续到20世纪90年代中期，占据着中国史诗研究的主流地位，主要围绕着《格萨（斯）尔》《江格尔》《玛纳斯》的产生年代和主人公的原型展开。但是，史诗包蕴的历史要素并非可确定的，它提供的历史要素经常不能够充分回答历史学家提出的许多历史问题，至多能为历史事件提供一种社会政治背景。也就是说，史诗与历史不能完全对应，而应该考虑到它们的差异，认识到史诗包含着更多不能用来建构历史的虚构。

较早对中国少数民族史诗展开历史研究的中国学人应该是任乃强。参证《宋史·吐蕃传》、西夏史等典籍的记载，任乃强推定格萨尔是林葱土司的先祖，也即唃厮罗。他说道："唃厮罗生于宋太宗至道三年（公元997年），与林葱家臣所云莲花生后，阿底夏前合。莲花生与唐肃、代二宗同时，阿底夏于宋仁宗时入藏。唃厮罗适当其间。"① 依据《十万谕旨》和《嘉喇卜经》的相关记载，韩儒林推断格萨尔在藏人眼中为唐初人。② 韩儒林对关羽在西藏的接受进行了辨析，将藏人对关羽和格萨尔的混同归因于民众的英雄崇拜，藏人以自身崇拜的英雄格萨尔称呼关羽，而汉人则以自身崇拜的英雄关羽称呼格萨尔。也就是说，韩儒林与任乃强都不赞成格萨尔是关羽的说法。韩儒林强烈驳斥格萨尔源自外来文化的观点：

> 罗马大将凯撒声威无远弗届，东欧与西亚诸土，或以其名作皇帝一字用，如德国皇帝曰 kaiser，俄帝称 car'o 皆凯撒一音之转，或以其名名其城（Cesaree）。有人以格萨尔与凯撒音近，遂望文生义，妄加附会，认为格萨尔即宁作阿尔卑斯中三家村村长而不甘当罗马副执政之凯撒，且以为西藏喇嘛为印度玄想和尚之高足，于凯撒故事辗转传说，迭加渲染，遂成今日之《蛮三国》矣。③

可见，将格萨尔的原型断定为凯撒的观点太过于附会，证据薄弱。

任乃强和韩儒林对格萨尔其人的历史研究一直延续到20世纪80年代以后。1979年，王沂暖再次肯定格萨尔是一个历史人物，批评了格萨

---

① 任乃强：《任乃强民族研究文集》，民族出版社，1990，第189页。

② 韩儒林：《韩儒林文集》，江苏古籍出版社，1985，第664~665页。

③ 韩儒林：《韩儒林文集》，江苏古籍出版社，1985，第665页。

尔的关羽说和外借说，对任乃强提出的格萨尔是唃厮罗的观点进行了论证和阐发。[①] 1982 年，开斗山和丹珠昂奔对格萨尔其人的"历史人物说""外族说"和"先有模特儿，后成文学形象说"进行了述评，将《格萨尔》内容与史料互相参证，倾向支持格萨尔是唃厮罗的观点，但没有对唃厮罗是否为林葱土司的祖先给予学术论证。[②] 上官剑璧提出格萨尔是林葱土司祖先的观点，根据《格萨尔》的内容和流传区域以及藏文典籍等多方面的资料论证了格萨尔与林国的关系。[③] 随后，王沂暖支持了上官剑璧的说法，认为格萨尔应该是林国的首领。[④] 1984 年，吴均否定岭·格萨尔是唃厮罗的观点，提出格萨尔是以林葱地方的首领为模特儿发展而来的观点。[⑤] 格萨尔是藏族民众创作出来的艺术形象，将他与藏族历史上的人物过分比附是不科学的，不能将他与藏族历史上的英雄人物等同起来，他应该是一个综合了藏族历史上诸多英雄人物特征的典型人物。[⑥] 对格萨尔其人的探讨，应该将历史研究和文学艺术形象的创作规律结合起来。

《格萨尔》产生年代也是《格萨尔》历史研究的重要内容。对《格萨尔》产生年代的讨论较为热烈，观点不一。徐国琼推测格萨尔生于1060 年，格萨尔故事产生于 11 世纪。[⑦] 毛星主编的《中国少数民族文学》将《格萨尔》产生时间拉到 13 世纪。[⑧] 这样《格萨尔》产生于宋元时期便成为讨论《格萨尔》产生年代的一种主要观点。黄文焕提出了《格萨尔》产生年代的"吐蕃时期说"。他认为，《格萨尔》是以吐蕃时

① 王沂暖：《〈格萨尔王传〉中的格萨尔》，《西北民族学院学报》1979 年第 1 期。
② 开斗山、丹珠昂奔：《试论格萨尔其人》，《西藏研究》1982 年第 3 期。
③ 上官剑璧：《林国与林·格萨尔》，《〈格萨尔王传〉研究文集》，四川民族出版社，1986。
④ 王沂暖：《藏族史诗〈格萨尔王传〉》，《中央民族学院学报》1981 年第 3 期。同样是在1981 年，甘·卜宫却才旦在《章恰尔》第 1 期上发表了《略说藏族的紫董族系》，阿保和昂欠多杰也在《章恰尔》1981 年第 1 期上合作发表了《黄河地区原属岭地考》。这两篇以藏文发表的论文从藏文文献、格萨尔王的民间传说以及寺院里保留的遗物，论证了林国与格萨尔王的关系。
⑤ 吴均：《岭·格萨尔论》，《民族文学研究》1984 年第 1 期。
⑥ 佟锦华：《藏族文学研究·格萨尔与历史人物的关系——格萨尔王艺术形象的形成》，中国藏学出版社，1992，第 254～281 页。
⑦ 徐国琼：《藏族史诗〈格萨尔王传〉》，《文学评论》1959 年第 6 期。
⑧ 毛星主编《中国少数民族文学》，湖南人民出版社，1983。

代的历史人物为原型创作出来的，描述的战争是吐蕃时代曾经切实发生过的战争，其最初创作者是吐蕃时代的人。最后，他下结论道："《格萨尔》基本上是吐蕃人按照吐蕃时期的基本史实创作出来的长篇诗体作品。尽管有的部分已经查明是经后人修改补充或续全的。但因基础一经奠定，模式已经造就，也就无碍大局，《格萨尔》仍然带着自己固有的吐蕃时代的气息和色彩流通传播迄至今日。"① 黄文焕的观点太过于将《格萨尔》比附史实，响应者不是很多，招致的批评不少。王沂暖提出《格萨尔》产生年代的"明清时期说"。《格萨尔》的篇幅巨大，分部本众多，不是一个世纪所能完成的，也不是一个说唱艺人所能完成，而是经历数个世纪和数代说唱艺人逐渐完成的。基于此，王沂暖将《格萨尔》产生年代推定在 15 世纪以后，认为它一直处在动态发展中。②

《格萨尔》的产生、流传、演变是一个复杂的过程，有着自身特有的内在规律。"吐蕃时期说""宋元时期说""明清时期说"对《格萨尔》产生年代给出了各自的解答，但都有着一定的局限性和片面性，都很难说一劳永逸地解决了这个困难的学术话题。较为科学的做法是将《格萨尔》放在其自身的历史、地理以及口头传统的语域里讨论其形成过程。

《江格尔》的产生年代是《江格尔》历史研究的重要内容。对《江格尔》的产生年代，国内学人的见解各异。阿尔丁夫提出《江格尔》产生于 13 世纪以前的观点。《江格尔》没有反映成吉思汗统一蒙古各部的历史事实，没有反映成吉思汗及其继承者西征的历史事实，也没有提及蒙古汗国建立的万、千、百、十户制度。据此，阿尔丁夫推定《江格尔》的产生和基本形成年代不可能晚于 13 世纪初，即不晚于 1206 年。③齐木道吉等编著的《蒙古族文学简史》赞同这种观点："十二世纪以前，斡亦剌惕部（明代称瓦剌，清代称额鲁特）驻牧在叶尼塞河流域的草原森林地带。当时这个部落兼营狩猎和畜牧，社会发展较克烈、塔塔尔、

---

① 黄文焕：《关于〈格萨尔〉历史内涵的若干探讨》，载《〈格萨尔王传〉研究文集》，四川民族出版社，1986，第 148 页。
② 王沂暖：《藏族史诗〈格萨尔王传〉》，《中央民族学院学报》1981 年第 3 期，第 30 页。
③ 阿尔丁夫：《〈江格尔〉产生和基本形成的时代初探——兼谈〈江格尔〉创作权归属问题》，《内蒙古师范大学学报（汉文哲学社会科学版）》1986 年第 1 期。

乃蛮等部落后。《江嘎尔》的一些片断，这时大约已在部落民中流传。蒙古民族统一前后，斡亦剌惕部逐渐西迁扩大牧地，最后定居于阿尔泰山、额尔齐思河领域，史称卫拉特部。从《江嘎尔》反映的社会生活、自然条件看，这部史诗是部落西迁以后在阿尔泰山一带初具规模，并最后以文字定型化的。"① 色道尔吉亦持此种观点："《江格尔》这部史诗从它的产生到定型化，经过了许多世纪。从它所反映的社会生活和语言特点来考察，它的某些篇章产生在蒙古族的氏族社会末期，经过奴隶社会到了封建社会才基本定型。"② 他推测《江格尔》产生于四部卫拉特中的土尔扈特部，然后流传于国内外蒙古族民众聚居地。

还有一种观点认为《江格尔》产生于 13 世纪以后。宝音和西格在《关于史诗〈江格尔〉创作于何时何地的问题》里提出，《江格尔》产生于卫拉特蒙古部落迁徙到新疆阿尔泰山建立四卫拉特联盟时期，即脱欢和也先统治的 15 世纪。③ 仁钦道尔吉主张《江格尔》产生于 13 世纪以后。他从文化渊源、《江格尔》的社会原型、《江格尔》里用的词汇和地名、卫拉特人的迁徙史和《江格尔》的流传情况、《江格尔》里的宗教形态等方面综合阐发论证，指出《江格尔》形成长篇英雄史诗的上限是 15 世纪 30 年代早期四卫拉特联盟建立以后，下限是 17 世纪 20 年代土尔扈特部首领和鄂尔勒克率部众西迁以前，在这 200 年内《江格尔》的主要部分业已形成。④

仁钦道尔吉的观点立足于蒙古族的历史和文化，注意到了中亚细亚地区整个蒙古 - 突厥英雄史诗的发展规律，具有很强的说服力。在论述过程中，仁钦道尔吉否定《江格尔》"乌孙起源说"，批评刘岚山在没有掌握任何材料的情况下，仅根据色道尔吉《江格尔》汉译本中的"昆莫"便推断《江格尔》有乌孙历史的影子的做法，驳斥了格日勒扎布通过字形、字音、字义把《江格尔》与乌孙族历史联系起来的假设，认为

---

① 齐木道吉、梁一孺、赵永铣编著《蒙古族文学简史》，内蒙古人民出版社，1981，第 59 页。
② 中国民间文艺家协会新疆维吾尔自治区分会编《〈江格尔〉论文集》，新疆人民出版社，1988，第 258 页。
③ 宝音和西格：《关于史诗〈江格尔〉创作于何时何地的问题》，《内蒙古大学学报（蒙文版）》1981 年第 3 期。
④ 仁钦道尔吉：《〈江格尔〉论》，内蒙古大学出版社，1999，第 203～214 页。

刘岚山的观点"忽视蒙古族本身的历史和文化发展，忽视中央亚细亚地区整个蒙古和突厥英雄史诗的发展规律，企图把《江格尔》同现有卫拉特人和蒙古民族分开"①。同时，仁钦道尔吉反对那种把四卫拉特人和蒙古民族分开而否认新疆卫拉特人对《江格尔》的创作权的观点，进而否定《江格尔》产生于13世纪以前的观点。仁钦道尔吉从《江格尔》所反映的社会形态、战争的性质和目的、宝木巴地方的性质、社会军事政治体制、社会结构和社会意识等方面入手，将《江格尔》从早期神话、传说和小型英雄史诗中继承或借用的材料和《江格尔》形成后在流传过程中新增加的内容区分开来，找到它形成时代的基本内容，论证《江格尔》反映的社会原型。这样的分析使得仁钦道尔吉的论点具有了理论和社会实际的支撑，令人信服，使得仁钦道尔吉在探讨《江格尔》产生年代这一学术话题上具有了一个重要的位置。

对《玛纳斯》产生年代的讨论也是众说纷纭。俄苏学者 A. H. 别林斯坦和哈萨克族学者 M. 阿乌艾佐夫提出《玛纳斯》产生于9世纪叶尼赛时期，认为《玛纳斯》曲折地反映了柯尔克孜人远征维吾尔人的历史。张永海和白多明的辽代形成说指出《玛纳斯》大约产生于11世纪，史诗中的"北京"即契丹首都临潢。陶阳的成吉思汗时代形成说阐述了《玛纳斯》消化和吸收了成吉思汗时代前后柯尔克孜族的历史事实。哈萨克族学者乔·汉·瓦里汉诺夫的诺盖时期（14～15世纪）产生说主张《玛纳斯》在诺盖－克普恰克时期已经初具规模。张宏超的10～16世纪形成说认为《玛纳斯》产生于柯尔克孜人迁徙到天山地区以后，下限是柯尔克孜人信仰伊斯兰教和伊斯兰化之前，即形成年代不会超过16世纪。B. M. 日尔蒙斯基的16～17世纪形成说提出，16～17世纪柯尔克孜人与卡勒玛克人的战斗对史诗的形成起到决定性的作用。② 具体言之，结合16世纪上半叶柯尔克孜人与卡勒玛克人的战争、17世纪柯尔克孜人曾管辖东突厥北部和费尔干纳山谷，以及占领了卡拉特金和吉沙尔山脉至巴尔哈的史实，B. M. 日尔蒙斯基研究了《玛纳斯》中征战反映的史实和地理范围，推定《玛纳斯》产生于16～17世纪。郎樱对国内外已

---

① 仁钦道尔吉：《〈江格尔〉论》，内蒙古大学出版社，1999，第198页。

② 这六种观点的详细情况可参见郎樱《〈玛纳斯〉论》，内蒙古大学出版社，1999，第84～91页。

有的这六种观点进行了分类归纳和评述，并在此基础上参照居素普·玛
玛依和艾什玛特的《玛纳斯》唱本内容，结合柯尔克孜族的历史发展情
况，推断《玛纳斯》第一部基本形成于 13～16 世纪，而《玛纳斯》的
其他七部基本形成于 16～18 世纪。① 这些观点大体从柯尔克孜族的历史、
《玛纳斯》的基本内容等诸多方面推断《玛纳斯》的产生年代。② 因此，
孰是孰非，一时之间难以给出一个定论。需要再提及的是 B. M. 日尔蒙
斯基对《玛纳斯》产生年代持有的观点。他不赞同将玛纳斯比附公元
840 年推翻维吾尔王国的柯尔克孜族统帅，也不赞同将纪念和缅怀这位
统帅的哭调视为构成《玛纳斯》的核心部分的观点。日尔蒙斯基肯定
9～10 世纪柯尔克孜族的时代内容和历史事件被吸纳到英雄史诗《玛纳
斯》里，认为《玛纳斯》的基本历史背景是柯尔克孜族人与卫拉特蒙古
人之间发生的战争。他将《玛纳斯》与中亚其他诸多民族的英雄史诗放
在一起，发现《玛纳斯》与哈萨克诺盖人以历史事件为题材的英雄史诗
有着密切联系，不仅情节类似，而且人名一致，进而推测玛纳斯的原型
是诺盖人史诗中的一个英雄，即由一个纯粹的民间故事的英雄敷演
而成。③

　　对《格萨尔》《江格尔》《玛纳斯》产生年代的探讨如此莫衷一是，
关键在于缺乏足够翔实的材料。国内外学人只能依靠《格萨尔》《江格
尔》《玛纳斯》的内容与其相应的史实对其产生年代做出一种合乎逻辑
的推测。他们的分歧在于观察的视角和材料运用不同，而这直接导致了
不同的学术结论。对《格萨尔》《江格尔》《玛纳斯》产生年代的问题要
想得到比较合理和普遍认可的答案，还是比较困难的，需要从史诗理论、
历史学、语言学、地理学等多学科角度加以综合论证。

　　每一首史诗都可能建立在一定的史实基础上，但是史诗对历史事件
的描述过于模糊、笼统，因此不能依据史诗来重新建构一个特定历史事
件。也就是说，史诗不是编年史，不是历史事件的真实记录。荷马史诗

① 郎樱：《〈玛纳斯〉论》，内蒙古大学出版社，1999，第 92～100 页。
② 张宏超：《〈玛纳斯〉产生的时代和玛纳斯形象》，《民族文学研究》1986 年第 3 期，第
53～58 页。
③ E. M. 梅列金斯基：《英雄史诗的起源》，王亚民、张淑明、刘玉琴译，商务印书馆，
2007，第 332～334 页。

与迈锡尼文明有着密切关系。德国学者施里曼 1870～1890 年在小亚细亚西岸的希萨里克发掘了一座古城的遗址，推测这个古城便是荷马史诗中的特洛伊城，荷马史诗描述的特洛伊战争的历史原型是特洛伊城第 7 次遭到洗劫的历史事件。但是，荷马史诗不是记载史实的典籍，而是口头记忆中的历史，是数个世纪以来史诗歌手对历史事件的英雄化与神话化。欧洲中世纪英雄史诗描述的许多事件都关涉着一些历史事件。《尼伯龙根之歌》是中世纪高地德语叙事诗，以争夺尼伯龙宝物为中心，描述了西格弗里斯（Siegfried）的死亡和克里姆希尔德（Kriemhild）的复仇。这首史诗描述的主要人物和事件都能找到历史原型。勃艮第人（Burgundian）是一个日耳曼民族部落，5 世纪早期便居住在莱茵河中部地区，是否如《尼伯龙根之歌》描述的那样居住在沃尔姆斯（Worms）却不能得到确证。435～436 年，勃艮第人开始移入罗马人居住的贝尔吉卡（Belgica），罗马人将他们视为潜在的威胁，联合匈奴人攻击这群勃艮第人，而勃艮第人的国王和他的大部分勇士都在这场战斗中被杀死了。《尼伯龙根之歌》描述了勃艮第人所遭遇的灾难性事件，但与史实不完全一样。哈根（Hagen）、西格弗里斯等与日耳曼民族历史上知名的人物没有任何联系。《尼伯龙根之歌》建立在某些历史人物与历史事件上，但是它们属于不同时代与不同语境，它们在《尼伯龙根之歌》漫长的形成过程中被糅合在一起，被重新解释，历史人物被英雄化了，被放进一个戏剧化故事里，而人们也难以辨认出这个戏剧化故事的历史源头。进而言之，《尼伯龙根之歌》将历史和神话交织在一起，在神话中描述历史，将历史事件转换成一种永恒的叙事。

　　《罗兰之歌》大约形成于 1100 年，描述了查理大帝（Charlemagne）、罗兰（Roland）、奥利维（Oliver）等英雄的业绩。史诗中罗兰战死的历史原型可追溯到 778 年 8 月查理大帝后卫军的失利，这支军队在从南到北横穿比利牛斯山（Pyrenees）时受到了敌人的伏击。罗兰确实是历史上存在的人物，是这支后卫军的指挥者，死于敌人的这次伏击。《罗兰之歌》中查理大帝的敌人是撒拉逊人（Saracen），使用阿拉伯语撰写的编年史记录了阿拉伯人和巴斯克人（Basque）参与这次对查理大帝军队的伏击。在《罗兰之歌》中，甘尼仑（Ganelon）与罗兰的敌对态势、甘尼仑与撒拉逊人的密谋、罗兰与奥利维的友谊以及对甘尼仑的审判等事件的历史起源已经很难探究出来，它们与原初的历史真实有着非常大的差距。尽管能够辨识出《罗兰之歌》的叙事骨架具有真实历史的特征，但是史诗中人物的名字经常出现时代错误，史诗的整个社会背景、伦理价值体系也是如此，它们被注入了基督教要素，注入了史诗创作那个时代的政治要素。

《熙德之歌》与历史事件关系更加密切，它较为真实地反映了 10 世纪卡斯蒂利亚王国（古代西班牙北部的一个王国）击退摩尔人的事件。《熙德之歌》主要描述罗德里戈（Rodrigo）与他的同伴们的英雄业绩，歌颂了臣子对国王的忠诚。《熙德之歌》与历史上的罗德里戈的英雄业绩有关联，他是阿方索国王（Alfonso）的诸侯。罗德里戈的事迹在当时已经被很好地记录下来了，这为将历史上的罗德里戈与《熙德之歌》的罗德里戈进行对比提供了一个坚实基础。《熙德之歌》保留了大量与罗德里戈同时代著名人物的名字，例如他的妻子希梅娜（Ximena）。但是，《熙德之歌》描述的事件也有不同于历史事件的地方，如历史上的罗德里戈被放逐两次，而在史诗中罗德里戈被放逐一次。

对史诗与历史的关系，国内外学人都曾有过不同程度的探讨[①]，而较为系统地对英雄史诗展开历史研究的国际学人应该是俄苏学人，他们对中国少数民族史诗的历史研究产生了深远的影响。他们与历史学派有着很深的渊源，可追溯到亚·尼·维谢洛夫斯基的历史诗学。[②] 他们不是侧重对英雄史诗作神话的解释，而是侧重考证英雄史诗与历史的关系。Д. Н. 迈科夫、Н. 达希凯维奇等试图从俄罗斯的历史中找出俄罗斯英雄史诗的起源。[③] 历史学派的一位代表人物 В. Ф. 米列尔不满神话学派、外来学说对英雄史诗起源的解释："无论是史诗的假想的神话基础，无论是史前的印度欧罗巴及全斯拉夫的遗产说，无论是俄国英雄歌谣的情节产

---

① 戴维·孔斯坦（David Konstan）和科特·拉夫劳勃（Kurt A. Raaflaub）主编的论文集《史诗与历史》（*Epic and History*），David Konstan Kurt A. Raaflaub：*Epic and History*，Blackwell Publishing Lte，2010。

② 〔俄〕维谢洛夫斯基：《历史诗学》，刘宁译，百花文艺出版社，2003。

③ Ю. Н. 西道洛娃：《俄罗斯民间文艺学中的资产阶级诸学派和对这些学派的斗争》，余苏译，《民间文学》1955 年第 6 期，第 67 页。

生于东方的假设……都不能解释英雄歌谣发展中的最古老的时期。"①
В. Ф. 米列尔感兴趣的是英雄史诗接受了何种历史事实的影响，具有何种
历史因素。他说道："为了搞清楚英雄歌谣的历史，我努力从各种异文的
对比中弄出最古的本子来，并且，在研究这个本子的历史生活的材料时，
尽可能地确定这个本子形成的时期和产生的地域。"② 随后，А. В. 马尔
科夫、В. М. 索柯洛夫等一些学人都曾使用 В. Ф. 米列尔的方法阐述英雄
史诗的起源。③ 普罗普（V. Propp）较为中肯地总结了 В. Ф. 米列尔为首
的历史学派的研究方法："叙事诗被看作是一种特殊的口头历史记载，和
书面记载——编年史相似。不过编年史是一种较为可靠的记载而英雄诗
歌则是不可靠的记载而已。这种学派的把研究英雄诗歌归结为通过编年
史或其他历史文件来检验英雄诗歌的方法就是由此而来的。"④ 在普罗普
看来，В. Ф. 米列尔们将英雄史诗与历史的关系看得太简单了，容易陷入
任意比附的陷阱。但是，普罗普没有一味地否定英雄史诗的历史研究，
主张将人类一切文化现象置于历史发展中进行研究。⑤

普罗普不赞成将英雄史诗的产生归结为某一个具体的年代、某一个
具体地方以及某个具体的历史事件，认为英雄史诗反映的不是历史上的
个别事件，而是数个世纪以来人民理想和愿望的沉淀和结晶：

> 任何一篇英雄诗歌都不属于某一年或某十年，而是属于由古到
> 今的，它在其中创造出来、活下去、琢磨精炼、日渐完善或是归于
> 消亡的许多世代的。因此每一篇歌谣都带有过去许多世代的印记。⑥

① Ю. Н. 西道洛娃：《俄罗斯民间文艺学中的资产阶级诸学派和对这些学派的斗争》，余
苏译，《民间文学》1955 年第 6 期，第 68 页。
② Ю. Н. 西道洛娃：《俄罗斯民间文艺学中的资产阶级诸学派和对这些学派的斗争》，余
苏译，《民间文学》1955 年第 6 期，第 68 页。
③ Ю. Н. 西道洛娃：《俄罗斯民间文艺学中的资产阶级诸学派和对这些学派的斗争》，余
苏译，《民间文学》1955 年第 6 期，第 68 页。
④ В. Я. 普罗普：《英雄叙事诗研究中的一些方法论问题》，王智量译，《民间文学》1956
年第 1 期，第 93 页。
⑤ В. Я. 普罗普：《英雄叙事诗研究中的一些方法论问题》，王智量译，《民间文学》1956
年第 1 期，第 91 页。
⑥ В. Я. 普罗普：《英雄叙事诗研究中的一些方法论问题》，王智量译，《民间文学》1956
年第 2 期，第 97 页。

　　他主张将俄罗斯英雄史诗置于整个俄国的历史进程中进行考察，强调对英雄史诗的研究应该"揭示叙事诗和俄国历史发展进程的联系以及确定这种联系的性质"①。换句话说，普罗普不是固执地寻找英雄史诗产生的具体年代，而是按照史诗的生成规律研究英雄史诗的形成和发展。他将英雄史诗的起源作为一个过程加以考察，揭示哪些历史事件与民间口头创作在何种程度上决定并促使英雄史诗的产生。普罗普的历史研究方法在 20 世纪 50 年代被引介入中国学界，仁钦道尔吉、郎樱等中国学人都不同程度地接受了这种历史研究范式，对各自熟谙的史诗传统进行了历史的阐述。

　　总而言之，史诗与历史的关系是复杂的。史诗在某种程度上与某个族群或某个民族的特定的历史事件相关，它虽然描述历史，但以不同的方式将历史英雄化和神话化。在漫长的发展过程中，歌手、受众、社会环境等许多内在和外在的因素会让史诗呈现不同于原初史实的内容和形式，现存的史诗可能保留着某些史实，但是通过史诗建构历史的想法是不切实际的，因为史诗的发展变化没有任何固定的规律，而且历史在每个史诗演唱传统里呈现不同的方式。因此，对中国少数民族史诗的历史研究应该由原来侧重对产生时代和主人公历史原型的探讨转向对史诗的"集体记忆"和建构历史的客观真实性的探讨。对于歌手与受众而言，史诗是具有真实性的崇高故事，是某一特定历史的集体记忆。歌手与受众并不是在史诗中寻找历史的真实，而是在史诗这种虚构的真实中寻找历史的情感和自我的认同，它传递的是"精神"，而不是史实。作为一种集体记忆，史诗一方面应该成为探寻民众历史记忆的一个重要依据，史诗的历史研究应该关注史诗具有的强烈的社区认同功能，关注史诗呈现的特定社区的社会经济结构和社会组织方式、核心价值观念、成员的情感与理想、社区内不同群体的起源与相互之间的关系，揭示史诗对不同群体在当地社区具有的权利与占有的资源予以神圣化解释的方式，阐述史诗对社区的存在、各色人等的地位以及各种权利与义务的合理性与合法性确证的方式。另一方面，史诗并非历

① В. Я. 普罗普：《英雄叙事诗研究中的一些方法论问题》，王智量译，《民间文学》1956 年第 1 期，第 98 页。

史的真实，属于虚构的真实，史诗的建构过程是真实的历史过程，它的形成、发展以及流布是一个历史真实，是特定社区共有的"编年史"，能唤起歌手与受众对古老时代的记忆。因此，史诗的历史研究不应该以考据和求证的历史方法考察史诗，而应该在口头传统的视野里研究史诗对过去的选择、描述与建构。

第二节　史诗英雄的研究

不同的史诗传统会有不同的史诗英雄，甚至同一史诗传统也会有不同的英雄，江格尔与洪古尔、阿基琉斯和奥德修斯便各不相同。但是，史诗英雄共有着许多核心特征，其生活史具有惊人的相似性，包括高贵的品质、宏大的业绩等。中国学人对中国少数民族史诗中英雄形象的研究已经取得了不少有价值的成果，这里不对这些成果作一一的介绍与评述，而是将中国少数民族英雄史诗中的英雄与域外史诗中的英雄并置，讨论他们的异同，侧重阐述欧洲中世纪史诗的英雄观对荷马史诗的继承和超越。

江格尔与玛纳斯的诞生都不寻常。他们都是怪胎，躲在皮囊里，后来由不同寻常的人用不同寻常的工具划开皮囊，他们才从皮囊中走出来。玛纳斯出生时右手心上刻着玛纳斯的白色大印，而江格尔出生时则脚踏女妖，盘腿坐在恶魔的胸脯上，两肩之间长着一颗发亮的紫色痣斑，身着洁白的丝衣。[①] 与江格尔和玛纳斯不同，格萨尔是天神下凡。他生下来是一个像羊肚子的圆肉蛋，孕提闷用箭头划开圆肉蛋，格萨尔从其中走出来。他出生时与普通人也不一样，生下来便做出拉弓射箭的姿势，放射出一缕夺目的红光。不同寻常的诞生赋予江格尔、玛纳斯与格萨尔神性的成分，他们都勇武过人、力量非凡、英姿出众，具有超越凡人的力量，建立了不朽的功绩，博得了各自民众的称赞。但他们又有不同，最显明的是格萨尔身上的神性成分远多于江格尔和玛纳斯。

与江格尔、玛纳斯和格萨尔不同，荷马史诗中的英雄经常是天神与凡人结合生下的孩子。一般而言，英雄是克洛斯之子宙斯在富有的果实

---

① 乌日古木勒：《蒙古－突厥史诗人生仪礼原型》，民族出版社，2007，第90页。

的大地上创造出来的第四代种族，一个被称作半神一般的比较高贵公正的英雄种族。① 这种英雄观贯穿整个荷马史诗，英雄是宙斯的儿子或孙子，或是神明和凡人结合的后代。捷足的阿基琉斯是英雄中的英雄，是女神塞提斯与凡人佩琉斯的儿子。人民的国王埃涅阿斯是美神阿芙罗底忒和安基塞的儿子。特洛伊城被毁灭之后，他漂泊到意大利，成为罗马人的祖先。另外一些英雄虽非半神，但是处处受到神明的庇佑和眷顾，因为他们都是神明的后裔。普里阿摩斯的儿子帕里斯受到阿芙罗底忒保护，阿芙罗底忒把他从莫奈劳斯的手中抢救出来，并送他到房间。擅长呐喊的狄奥墨得斯在雅典娜的鼓励和帮助下击杀特洛伊的英雄，甚至刺伤美神阿芙罗底忒和战神阿瑞斯。苦难深重的奥德修斯在雅典娜的百般呵护下回到了伊萨卡。吉尔伽美什也是天神的儿子："大力神 ［塑成了］他的形态，天神舍马什授予他 ［俊美的面庞］，阿达德赐给他堂堂丰采，诸大神使吉尔伽美什姿容 ［秀逸］，他有九 ［指尺］ 的宽胸，十一步尺的 ［身材］！"② 《摩诃婆罗多》中的阿周那是天神因陀罗与凡人结合生下来的孩子。因陀罗是天神中的勇士，他的勇士特征在阿周那身上体现出来了。

　　欧洲中世纪史诗的英雄都出身贵族，但出身的神性已经消失殆尽。贝奥武甫是艾克塞奥的儿子，已经没有了神明围绕在他的周围，神的血液已经不在他身上流淌了。起初，贝奥武甫没有被高特人视为英雄，相反高特人将他当成胸无大志的普通人，在宴会上高特国王也未对他高唱赞歌，未赐予他荣誉。罗兰是查理大帝的外甥，不像阿基琉斯那样是神明哺育的英雄，而是凡人的贵族英雄。与贝奥武甫相似，罗兰的英勇作战几乎没有神明的参与和保护。另外，荷马史诗里的贵族都是英雄，不分希腊人还是特洛伊人，荷马毫无吝啬地把"英雄"的头衔给予特洛伊人。普里阿摩斯的儿子帕里斯逃避战争，贪图享受战火中的平和。但是，在荷马史诗里，他也是一个英雄。他毫不犹豫地与莫奈劳斯单打独斗就是一个明证。他外出远行，掠走海伦，积累财富，这些在荷马时代都不是一种可耻的行为，而是英雄的行为。甚至长期生活在非战争环境中的

---

① 〔古希腊〕赫西俄德：《工作与时日》，张竹明、蒋平译，商务印书馆，1991，第6页。
② 《吉尔伽美什：巴比伦史诗与神话》，赵乐甡译，译林出版社，1999，第4~5页。

阿尔基诺奥斯也被荷马称为"英雄"。欧洲中世纪英雄史诗对贵族没有一味地英雄化。《罗兰之歌》既描写了英勇的罗兰，也刻画了反面贵族人物甘尼仑。《熙德之歌》既描绘了英雄熙德，又塑造了两个怯懦的贵族公子。《罗兰之歌》的甘尼仑仪表高贵："眼睛明亮，容貌威严；他的身体健硕，肩膀很宽，他的漂亮容颜引得同僚们观看。"① 他在敌人面前有时也表现得较为勇敢，曾宣称道："我必须容忍。即使你拿一切天赐黄金，拿这里的全部财富来诱引，只要我有机会，我还是要传达那强大君王查理所吩咐的话，他要我向他的死敌把话带到。"② 这是为了更好地衬托出甘尼仑华丽外衣里隐藏着丑恶的灵魂。《熙德之歌》的贵族公子费尔南多和迭戈图谋财富，谋娶熙德的两个女儿。与摩洛哥国王布卡尔攻打巴伦西亚时，他们贪生怕死，为熙德的手下所讥笑。为了报复，他们凌辱熙德的女儿。最后，在决斗中，他们为熙德的骑士所击败，被宣布为背信弃义的人。可见，欧洲中世纪史诗对英雄的评价有了道德标准，英雄不仅是勇武有力，而且心灵高尚。

格萨尔、江格尔、玛纳斯是理想化的人物，有着现实社会的影子，其中以格萨尔离神明最近。吉尔伽美什、阿周那、阿基琉斯等英雄距离神明较为接近。而欧洲中世纪史诗中的英雄则不然，他们更多来源于历史真实，罗兰、熙德在历史上都是实有其人。如果说荷马史诗中的英雄是神话中的英雄，那么欧洲中世纪史诗中的英雄则是社会中的英雄。前者的勇敢更多的是神性，是感性，后者的勇敢更多的是人性，是理智。英雄史诗属于英雄，欧洲中世纪史诗继承了荷马史诗的英雄观念，突出英雄武力，歌颂贵族英雄，但又被赋予了新的时代内涵，注重对英雄的政治和道德评价。

"一种民族精神的全部世界观和客观存在，经过由它本身所对象化成的具体形象，即实际发生的事迹，就形成了正式史诗的内容和形式"③。不同民族的某一时期的社会生活观念往往决定着某一时期的史诗内容。战斗是英雄史诗的基本内容，是英雄显示自身能力，实践自身价值的场所。英雄的特质——勇敢和力量——是在战斗中呈现出来的。勇敢是史

---

① 《罗兰之歌》，杨宪益译，上海译文出版社，1981，第16页。
② 《罗兰之歌》，杨宪益译，上海译文出版社，1981，第25页。
③ 〔德〕黑格尔：《美学》（第三卷）下册，朱光潜译，商务印书馆，1997，第107页。

诗英雄一个共同的品质。"真的算得勇敢的人是那个最了解人生的幸福和灾患，然后勇往直前，担当起将来会发生的事故的人"①。芒乃可汗派遣使者向江格尔索要阿盖、阿兰扎尔、洪古尔等，恫吓江格尔等勇士如果不把他们交出来，便要出动十三万大军，填平宝木巴汗国。江格尔和阿拉坦策屈服于芒乃可汗的勇武，不敢抵抗，想答应了这些屈辱的条件。此时，洪古尔挺身而出，坚决反对，当着使者的面大声宣告："谁愿意做牛马，谁愿意做奴隶，到异乡为魔鬼拾粪砍柴，不如抛头颅洒鲜血，为国捐躯。我，洪古尔刀斧不惧，到泉边草地战斗到底！"② 面对侵略者的挑衅和威胁，洪古尔表现出了勇敢无畏，而不是妥协退让。正是在洪古尔的鼓舞和鞭策下，江格尔、洪古尔、萨布尔等英雄一起消灭了芒乃可汗。

阿基琉斯一出生就注定了或默默无闻而长寿，或战场上光荣地走向死亡。阿基琉斯毫不犹豫地选择了后者。特别是当挚友帕特罗克洛斯战死，阿基琉斯要重新投入战斗来杀死赫克托尔为朋友报仇时，塞提斯警告说："你注定的死期也便来临，待赫克托尔一死。"③ 阿基琉斯义无反顾地回答："我现在就去找杀死我的朋友的赫克托尔，我随时愿意迎接死亡，只要宙斯和其他不死的神明决定让它实现。"④ 在战场上英雄的勇敢体现在勇于面对无可避免的结果，为了荣誉明知不可为而为之。赫克托尔内心清清楚楚地知道："有朝一日，这神圣的特洛亚和普里阿摩斯，还有普里阿摩斯的挥舞长矛的人民将要灭亡，特洛亚人日后将会遭受苦难，还有赫卡柏，普里阿摩斯王，我的弟兄，那许多英勇的战士将在敌人手下倒在尘埃里。"⑤ 但是他拒绝逃离战场，勇敢地担起了责任。

在欧洲中世纪史诗里英雄的勇敢不亚于阿基琉斯和赫克托尔。对于格兰道尔而言，"人世间没有一件武器，没有一把宝剑能伤害这个作恶多端的怪物；他有魔法护身，任何刀刃对他无碍"⑥。贝奥武甫为了拯救生灵，毅然从高特王国出发来到丹麦王国，在鹿厅冒着生命的危险勇斗嗜

---

① 〔古希腊〕修昔底德：《伯罗奔尼撒战争史》，谢德风译，商务印书馆，1960，第 132 页。
② 《江格尔》，色道尔吉译，人民文学出版社，1983，第 181 页。
③ 〔古希腊〕荷马：《伊利亚特》，罗念生、王焕生译，人民文学出版社，2004，第 424 页。
④ 〔古希腊〕荷马：《伊利亚特》，罗念生、王焕生译，人民文学出版社，2004，第 425 页。
⑤ 〔古希腊〕荷马：《伊利亚特》，罗念生、王焕生译，人民文学出版社，2004，第 147 页。
⑥ 《贝奥武甫》，陈才宇译，译林出版社，1999，第 48 页。

杀成性的格兰道尔，并撕扯下了恶魔的手臂和肩膀。在成为高特国王之后，他不顾年岁已高，为了国家和人民的利益，承担了斩杀毒龙的责任。在临战之前，贝奥武甫已经预感到自己将会在战斗中死亡，知道此次杀死毒龙是自己生命终结的时刻，但他没有推卸责任，而是直面死亡。在战前，他对勇敢的武士说："我决不会在墓冢的守护者面前后退半步，我与他将遭遇在绝壁，一任命运的裁决。我对自己充满信心，用不着与人联手战胜顽敌。"[1] 他对毒龙没有丝毫的怯懦，孤身来到悬崖底下斗毒龙。

英雄罗兰的勇敢也非常突出。在查理大帝军队由西班牙回撤法兰西时，罗兰勇敢地统率最容易受到敌人攻击的后卫军。查理大帝要把军队的一半交给罗兰，罗兰拒绝了，只要求挑选两万骑兵。在与马西理作战时，罗兰指挥后卫军队取得了许多胜利，杀死了成千上万的敌人。面对敌人，罗兰非常勇敢，宁死不逃避斗争："罗兰伯爵在战场上驰骋，拿着杜伦达砍杀，大显奇能，在大食人中造成很大伤损；你可以看见他杀死了一个又一个，到处都是血流成河；血染红了他的铠甲和双臂，血染红了他的名马的头颈和脊背。"[2] 最后寡不敌众，他的后卫军几乎全军覆没。

固然，荷马史诗里的阿基琉斯式的英雄们和欧洲中世纪史诗里的英雄们都呈现出勇敢，但是前者的勇敢更多表现的是一种天生自然的勇气，体现的是一种勇武、力量和战技。他们大都具有超强的战力，狄俄墨得斯能轻松举起一块巨石击砸埃内阿斯的腿股。阿基琉斯力气更是了得，他的枪矛是其他任何阿开亚人都提拿不起的，只有他能够熟练地舞动，运用自如。洪古尔的武艺非常高超，他"把那高大的香檀连根倒拔，捋了枝杈扛在肩上，猛力一击，把五十名好汉打得肢体断碎，信手扫去，把五、六名勇士打得血肉飞迸"[3]。甚至"六千枝（支）枪尖向他刺来，他纵身一跳，四肢不碰枪尖，像火星一样跃到高山顶上"[4]。欧洲中世纪史诗的英雄们没有阿基琉斯和洪古尔那样高超的战斗力，他们的勇敢不是与生俱来的，更多体现一种精神的内在因素、对荣誉的追求以及骑士特有的品质。这种勇敢有时受到英雄主观随意行为的影响，抑或受到外

---

① 《贝奥武甫》，陈才宇译，译林出版社，1999，第115页。
② 《罗兰之歌》，杨宪益译，上海译文出版社，1981，第73页。
③ 《江格尔》，色道尔吉译，人民文学出版社，1983，第55页。
④ 《江格尔》，色道尔吉译，人民文学出版社，1983，第55页。

在的偶然事件的影响，抑或受到宗教的影响，而主要产生于英雄的主观意志。①

荣誉是英雄们强烈追逐的圣杯，是英雄们在战场上呈现勇敢的动力之一。当江格尔要与六千又十二名勇士一起和洪古尔去消灭厚和查干时，洪古尔非常珍惜自己的名声和荣耀，他说道："不能这样，千万不能这样！这会给我带来世人的诽谤，会说洪古尔惧怕厚和查干，出征应战还拉上江格尔可汗，六千又十二名勇士陪他上沙场。这不光彩的名声一旦传扬，我就无颜活在卫拉特家乡。"② 对荣誉的追求让洪古尔在这次征战中付出了生命。荷马史诗中的英雄之所以能赢得一切，是由于他们的勇敢精神，他们的责任感以及他们在行动中有一种强烈的荣誉感。在战场上，他们无一例外地把生命奉献出来，获得了永世长青的声誉。阿基琉斯愿意倒下死去，也要去争取荣誉。在生命和荣誉之间，阿基琉斯选择了后者，最后被帕里斯射杀在特洛伊城下，以短暂的生命换得了永恒的荣誉。赫克托尔要为父亲和自己赢得荣誉而勇敢杀敌，同特洛伊人并肩作战。

荣誉也是欧洲中世纪史诗的英雄追求的永恒目标。贝奥武甫认为："除了我自己，任何人都用不着为了人间的荣耀跟这恶魔斗力取胜。我有勇气去夺取金银财宝，否则就让可怕的血战使你们失去自己的国王。"③这明确地表示贝奥武甫宁愿以生命作为赌注换取对方对自己的尊重。为了争获显赫的荣誉，罗兰毅然否决吹响向查理大帝求助的号角，孤军抵抗数倍于己的马西理军队。他宁可死掉，也不愿意做出有损于自己荣誉的事情来。

但是欧洲中世纪史诗的荣誉观念不同于荷马史诗。荷马史诗中英雄们的荣誉是与掠夺财富和抢夺美女联系在一起的。在赫西俄德眼中的第四代——英雄种族，也就是荷马史诗里的英雄们，渡过广阔的大海去攻打特洛伊，结果生还无几。英雄们在特洛伊战争期间，从海上劫掠了特洛伊人的十二座都城，从陆路攻破并洗劫了十一座都城，夺取了大量的财物。在荷马的笔下，荣誉是一个中性的观念，英雄也是如此。不论特

---

① 〔德〕黑格尔：《美学》第二卷，朱光潜译，商务印书馆，2011，第 319 页。
② 《江格尔》，色道尔吉译，人民文学出版社，1983，第 318 页。
③ 《贝奥武甫》，陈才宇译，译林出版社，1999，第 116 页。

洛伊人还是希腊人，不论正义与否，掠夺就能获取荣誉，就可以称为英雄。因此荷马可以容忍帕里斯外出远行，掠走海伦，积累财富。对于战争，这些英雄们没有是非观念，激发他们斗志的不是战争的道义而是财富和荣誉感。欧洲中世纪史诗的英雄与此不同，他们是在为正义、为国家或民族的利益而战斗，并从中获得荣誉。贝奥武甫渡海来到丹麦王国，挺身救难，这不仅是为了建功立业，也是为了人类的正义和阻止怪物杀戮。他最后满载着盔甲、马匹和金银财宝回到高特王国，但是贝奥武甫的目的不是为了到丹麦王国掠夺财富，而是基于一种人道主义。斩妖除暴的行为既维护了丹麦王国的稳定与和平，也给予了贝奥武甫巨大的荣耀，赫罗斯加对他热情地歌颂："贝奥武甫，我的朋友，你的英名将四海颂扬，妇孺皆知。你的智慧牢牢地掌握着你的神力。我会信守诺言，与你保持友谊。你将永远是人民的安慰，武士的后盾。"① 罗兰的荣誉不同于阿基琉斯，他更多表现的是一种爱国之情，他追求的荣誉中有一股为国捐躯、死而无憾的壮烈。他说："一个人要为领主辛苦备尝，炎暑和严寒都要能抵抗，丢些血和肉也是理所应当。我用我的杜伦达，你用你的枪，送给我这把剑的就是大王，我即使战死，也要得到赞扬，这把剑是一位忠臣的兵仗。"② 可见，罗兰把忠君爱国视为英雄的一种荣誉。

　　荷马史诗的英雄追逐的荣誉是个人主义的，崇尚个体的完善。欧洲中世纪史诗的英雄追逐的荣誉是集体主义的。众所周知，阿基琉斯的愤怒是《伊利亚特》的主题和原动力，全部的情节都是围绕它展开的。阿基琉斯出现了两次愤怒，它们都对战局发生了决定性的转变：一是阿伽门农强夺阿基琉斯的战利品布里塞伊丝，阿基琉斯怒而罢战，导致了希腊军队的溃败；二是阿基琉斯为挚友帕特罗克洛斯的死亡，怒而参战，促使战局发生扭转。阿基琉斯的愤怒是因为个人的荣誉受到伤害。对于阿基琉斯而言，个人荣誉是他生存的根本，是他珍如生命的东西，容不得半点侵犯。阿伽门农夺去他的礼物等于剥夺了他的尊严和荣誉。当阿伽门农归还礼物，并附加一些其他的礼品时，阿基琉斯的尊严得到了补偿。与欧洲中世纪史诗的英雄相比，阿基琉斯和荷马史诗中其他英雄们

---

① 《贝奥武甫》，陈才宇译，译林出版社，1999，第83页。
② 《罗兰之歌》，杨宪益译，上海译文出版社，1981，第61页。

追求的地位和猎取的荣誉虽然是一个抽象的概念，但在这些英雄眼里它可以把物质财富进行量化。掠夺或破坏英雄拥有的具体实在的财物就是对英雄的伤害，是在损害英雄们推崇的荣誉。阿基琉斯是以布里塞伊丝作为量化荣誉的尺度，他的荣誉标准与私有财产息息相关。欧洲中世纪史诗的英雄的荣誉具有中世纪的骑士动机，荣誉是一个人对自己无限主体性的肯定，对他们的荣誉的损害所触及的不仅是财富、地位和官职之类的实在之物。他们的荣誉更多注重人格因素，把主体所特有的实际存在及其特殊品质都囊括在荣誉之内。欧洲中世纪史诗的英雄关注战争的正义与否，他们对荣誉有着理性的认识，追求荣誉是一种建立在追求国家和人民的利益基础之上的自觉行为，财富只是这种行为的衍生价值。贝奥武甫搏杀毒龙既是为国家，也是为自己子民，而且这种崇高的行为符合他的身份，关系到他的荣誉。不可否认，这个争获荣誉的行为虽然不是以财富为目的，但是贝奥武甫终归获取了财富，以自己能为自己统治下的臣民赢得财富而自豪："为了眼前这些玮宝明珠，我要感谢万能的主，光荣的王，永恒的上帝，是他庇护我在临终以前为自己的人民获得这么巨大的一笔财富。"[1] 英雄奥利维在战场上奋勇杀敌不是为了财富而是为了骑士荣誉，他认为他所做的事属于他的荣誉，例如对君主、祖国和自身职位的忠贞。

　　史诗呈现的是一个故事，故事本身容许新的事物。只要有必要，史诗可以揭示相互对立的力量，显示各种选择带来的或近或远的后果。英雄的个人主义在荷马史诗中占据主流，但荷马史诗也呈现集体主义，特别突出的是赫克托尔。他身上带有集体主义的思想，他勇敢地承担起守卫特洛伊城的责任，率领众多的特洛伊英雄们一起对抗阿开亚人的进攻。在他看来，为国家牺牲生命不是什么耻辱的事情。欧洲中世纪史诗的英雄虽然具有自身时代所具有的集体主义思想，但是他们继承荷马史诗中个人主义的思想。罗兰的英雄个人主义非常强烈，他是为个人荣誉而战。当查理大帝在决定接受敌方的投降和继续对敌方动用武力之间犹豫不决时，罗兰的建议是："把你的部队带到沙拉古索城头，用全部力量围攻不

---

[1]　《贝奥武甫》，陈才宇译，译林出版社，1999，第125页。

休，为那些被恶人杀死的战士报仇。"① 对于罗兰而言，他的生命就是无休止的战斗，正如甘尼仑所言："只要罗兰还在，战争就不可避免。"② 他的战争从一个城市到另一个城市。哪个城市阻挡他，它就成为他实现个人价值的目标。号角的场景可以看出罗兰是贵族的代表，他的行动以个人荣誉为准绳。在罗兰眼中，个人的荣誉要高于法兰西的荣誉，任何关于国家或其他更高的追求都不在他的考虑范围之内。他没有考虑到后卫军的覆没和自己的战死将给国家带来的损失，他考虑的只是作为一个贵族应该追求的荣誉和利益。但格萨尔不同，他不是为了追求纯粹的荣誉。他降临人间，承担着抑强扶弱和造福百姓的伟大使命，更多那种集体主义精神，更少那种个人主义的张扬。

　　一部民族史诗是无法游离在民族宗教意识之外的，人类不同时期的宗教意识都可能反映到当时的史诗中。史诗里英雄们的各种意识形态都可以被纳入宗教的观念体系之中，他们的行为都可置于宗教意识的影响之下。格萨尔的使命是降伏妖魔，弘扬佛法。他反对和消灭的都是那些破坏佛法的妖魔鬼怪和王臣，他经常宣扬因果报应和六道轮回。在战斗中，格萨尔经常得到神的指引和帮助，玉益贡曼、白梵天王都曾预先告知格萨尔要面对的情况以及应该采取的措施。他们既是格萨尔的指点者，又是格萨尔的佑护者。《江格尔》中的英雄经常呼唤、祈祷和祭祀父母扎雅神、圣主江格尔扎雅神、故乡扎雅神等，希望得到他们的帮助和保护。在驯服巨大的野犬时，洪古尔向圣主江格尔和父母扎雅神祈祷，才把它制服。在与二十五个头的蟒古思打斗时，洪古尔高呼圣主江格尔的神灵和故乡的扎雅神，才力气倍增，把蟒古思抛出老远，并用宝刀结果了他的性命。③

　　荷马史诗是一种艺术作品，它的宗教意识是艺术的产物。就其本质而言，这种意识不是宗教，而是神话和故事。它没有权威性的宗教经典，没有教规，没有教义，有的只是通过一系列神话和故事反映出来的宗教情怀。英雄们对这些自然神既虔诚，又显露出一丝质疑。荷马史诗中英雄信赖的是众神的预兆和宙斯的佑助。当阿开亚人遭受一场凶恶的瘟疫

---

① 《罗兰之歌》，杨宪益译，上海译文出版社，1981，第 12 页。
② 《罗兰之歌》，杨宪益译，上海译文出版社，1981，第 31 页。
③ 斯钦巴图：《〈江格尔〉与蒙古族宗教文化》，内蒙古大学出版社，1999，第 219 页。

时，阿基琉斯提出征询先知卡尔卡斯的主张，希望通过他获得神明的启示和解决的办法。阿伽门农虔诚地把宙斯当做正义的维护者，吁求道："宙斯、伊达山的统治者、最光荣最伟大的主宰啊，眼观万物、耳听万事的赫利奥斯啊，大地啊，在下界向伪誓的死者报复的神啊，请你们作证，监视这些可信赖的誓言。"① 他相信宙斯不会庇佑那些发假咒的人。诚然，阿伽门农敬拜神明，对神明不存在信仰危机。但是他对神谕已经不是那么无条件地接受，而是有所取舍。当卡尔卡斯预言阿开亚人的瘟疫是因为阿伽门农羞辱了祭司克律塞斯以及拒绝交还他的女儿而引起的时候，阿伽门农勃然大怒，狠狠地斥责卡尔卡斯："你这个报凶事的预言人从来没有对我报过好事，你心里喜欢预言坏事，好话你没有讲过，没有使它实现。现在你在达那奥斯人中间预言，说什么远射的天神给我们制造苦难，全是因为我不愿意接受他的祭司克律塞斯为赎取女儿而赠送的好礼物。"② 这可以看出，阿伽门农的宗教意识充满功利性，因为这个预言不符合他的心意，而且是一种不吉利的预示，所以他从内心抵制这个卜释。赫克托尔也有类似的举动，他驳斥波吕达马斯对飞鹰兆象的解释，骂道："波吕达马斯，你这样说话太令我厌烦，你完全可以想出比它们好一些的话说。如果你刚才说这些话确实出于真心，那显然不朽的天神使你失去了理智，以至于竟要我忘记鸣雷神宙斯的意愿，那是他亲自晓谕我并且应允会实现。"③ 他与阿伽门农一样，乐于接受吉祥的释示。

　　欧洲中世纪史诗的英雄也具有浓厚的宗教情感，宗教情感培育和催生了英雄对勇敢和荣誉的崇尚。此时欧洲诸多国家信仰的宗教已是基督教，它有着正规的教义，呈现为一神论体系，神明已经抽象为无所不能的上帝。欧洲中世纪史诗的英雄们对上帝无比虔诚，相信上帝是站在他们的一方，战争进展的一帆风顺需要感谢上帝。在巴伦西亚的摩尔人包围熙德，他在动人的演说中就以"我相信上帝会对咱们倍加保佑"④ 的话来鼓舞士气。此时米纳雅表现得十分自信："我信仰上帝，这场战斗咱

---

① 〔古希腊〕荷马：《伊利亚特》，罗念生、王焕生译，人民文学出版社，2004，第70页。
② 〔古希腊〕荷马：《伊利亚特》，罗念生、王焕生译，人民文学出版社，2004，第5页。
③ 〔古希腊〕荷马：《伊利亚特》，罗念生、王焕生译，人民文学出版社，2004，第276页。
④ 《熙德之歌》，赵金平译，上海译文出版社，1982，第67页。

们会取胜。"① 史诗歌手一再宣讲熙德的胜利是因为上帝保佑他们在战斗中得胜。英雄们为何通过种种方式祈求上帝呢？原因在于他们希望通过祈求上帝获得超越自然的力量，并以此克服内心的怯懦和恐惧，激发自我英勇的气概。英雄罗兰在战前带领骑士们接受了主教屠宾诵经："你们要忏悔罪恶，求上帝恩赐；我将挽救你们灵魂，为你们洗礼，你们死后将同圣洁的殉道者在一起，你们在天堂将有一席之地。"② 接着，骑士们领受了主教的赐福。这些让罗兰及其骑士们得到精神上的宽慰，克服了战前内心产生的那种不安和恐惧。在战斗中，罗兰及其骑士们不断高呼"蒙鸠斯依"，以此召唤上帝的护佑，鼓舞士气，激发勇气。

宗教观念的转换影响着人们对英雄的评价。欧洲中世纪学者从当时的道德观点出发评价阿基琉斯，可能会认为他没有足够的自制力，甚至否认他的优异和伟大。但是，在荷马时代，愤怒和个人荣誉正是英雄特有的魅力。那个时代的人们认为人神同形，神具有凡人的七情六欲，凡人可以通过牺牲或祭祀获得神明的庇佑。如此开放的宗教意识使希腊人对英雄的认可呈现善恶兼蓄的宽泛性，而无关道德是非。在中世纪，基督教席卷西方，成为主流宗教。它深深地影响了人们对英雄的评价原则。人们把正义、是非善恶、忠君爱国和牺牲精神作为衡量一个英雄的尺度，这远远不同于古希腊和罗马时期对英雄的评价。

还需要提到的是英雄的永生。在完成降伏人间妖魔和造福人民的神圣使命后，格萨尔功德圆满，根据神的安排回到天界，获得了永生。在蒙古史诗传统中，英雄是永远不死的。阿拉坦策吉用利箭射穿了江格尔前胸，江格尔昏死过去了。洪古尔的母亲娜丹夫人给江格尔敷上神药，施展神术，让江格尔复活过来。西拉·胡鲁库把洪古尔杀害，扔进红海的海底。江格尔深入海底，把洪古尔的尸骨拉上海岸，依次放在一起，用香檀神树的宝叶救活洪古尔。③ 江格尔还从大黑鱼的肚子里找到洪古尔的躯体，把神丹妙药撒进洪古尔的口鼻，不一会儿洪古尔重新有了生命。④ 玛纳斯被阔克确阔孜在酒中下毒，并被他的枪射中，摔下山崖昏

---

① 《熙德之歌》，赵金平译，上海译文出版社，1982，第68页。
② 《罗兰之歌》，杨宪益译，上海译文出版社，1981，第62页。
③ 《江格尔》，色道尔吉译，人民文学出版社，1983，第285~286页。
④ 《江格尔》，色道尔吉译，人民文学出版社，1983，第366页。

死过去。最后，玛纳斯的妻子卡妮凯用神药让玛纳斯复活。但是与格萨尔、江格尔及洪古尔不同，玛纳斯未能永生，最终死在空吾尔巴依的毒斧下。

吉尔伽美什看到恩奇都的死亡，决定去寻找永生的奥秘。经过一番艰辛的跋涉后，他找到了乌特那庇什提牟（Utanapishtim）。乌特那庇什提牟向吉尔伽美什讲述了洪水故事，告诉吉尔伽美什他成神和获得永生是恩利尔（Enlil）的安排。在离别之际，乌特那庇什提牟告诉吉尔伽美什能够得到长生不老草的地方。这是乌特那庇什提牟赠送给吉尔伽美什的礼物，也是对吉尔伽美什付出的努力和艰辛的回报。吉尔伽美什潜入海洋的深底，得到长生不老草。但是当他在冷水泉里净身洗澡时，由于粗心，一条蛇从水里出来将长生不老草叼走了。吉尔伽美什希望破灭了，不能永生了。在荷马史诗里，大多数英雄都是天神的后代，都是天神与凡人发生性关系后生下来的。但他们都是凡人，都像普通人一样必须死亡。再如天神宙斯与凡人阿尔克墨涅发生关系，生下了赫拉克勒斯，赫拉克勒斯经历了一系列苦难，完成了十二项被称为不可能完成的伟绩，最后死在俄忒山顶上。当他被火葬时，火一被点燃，英雄的尸体就被闪电击中，所有的东西都在火光中消失了。这个时候，赫拉克勒斯从凡人世界中消失，这表明他加入了神的世界。赫拉克勒斯醒来时发现自己周围站着诸多天神，赫拉成为他在奥林匹斯山上的母亲，她重新表演了一遍生下赫拉克勒斯的过程。赫拉表演的生育过程是赫拉克勒斯的再生，这种再生让赫拉克勒斯进入了永生的行列。但痛苦的事实是，古希腊史诗传统中的英雄就其本质而言并非永垂不朽。

英雄的产生需要特定的传统、特定的时代，乃至特定地域的支撑，不同的传统、时代、地域培育出不同的英雄。就欧洲史诗而言，古希腊史诗和欧洲中世纪史诗的基本内容发生了改变，它们所呈现的英雄悄然呈现变化。欧洲中世纪史诗的英雄在出身、勇敢和荣誉以及宗教意识上继承了荷马史诗，下启文艺复兴，它继承并超越了荷马史诗中英雄特有的品质，注入了与其所处时代相关的忠君爱国、正义和人道主义的新要素。就史诗英雄而言，他们伴随着各自的传统、时代、地域一起生长和发展，因不同的传统、不同的时代、不同的地域而呈现不同的行为方式。

第三节　史诗的比较研究

在学术研究中，比较方法的运用几乎随处可见。比较的方法在各种学术研究中具有较为强大的阐释功能，它能够开拓研究视野，有助于更深刻地认识文学间的相互关系。民间文学与比较方法有着密切关联，甚至可以说"没有民间文学，就不会有比较文学的概念"①。季羡林曾指出：

> 没有比较文学，则民间文学的研究将流于表面，趋于片面。没有民间文学，则比较文学研究内容也将受到限制。如果把二者结合起来，再加上我们丰富的古典文学和少数民族文学，这两方面的研究成果必将光辉灿烂，开辟一个新天地。②

的确如此，自中国少数民族史诗搜集与研究起，中国学人便将比较方法引入史诗的研究实践中，研究跨传统中史诗的同源性、变异性等问题，加深了学界对中国少数民族史诗多样性的理解，总结史诗形成与发展的规律，推动了中国少数民族史诗研究的发展。

史诗的比较研究与历史研究有着密切的关联。为了更好地阐述史诗的源流，中国学人一开始便使用比较方法将史诗放在一个有机的整体里历史地考察史诗与其他民间文学样式之间的互相联系和互相影响。仁钦道尔吉的《蒙古英雄史诗源流》具有较为强烈的比较意识。从影响方式的角度，仁钦道尔吉认为"影响说"不能科学合理地解释蒙古英雄史诗普遍存在的共同特征，推断蒙古英雄史诗有着一个共同的渊源。他认为11～12世纪的森林部落居住区及其相毗邻的草原部落居住区存在着一个相当辽阔的"史诗带"，蒙古英雄史诗便以此为中心和生发点，逐渐传播和发展开来，形成了现有蒙古英雄史诗的七个中心和三大系统。③仁钦道尔吉的观点受到了日尔蒙斯基、涅克留多夫（S. J. Nekljudov）等俄苏学人的历史－比较文艺学的理论与方法的启发。仁钦道尔吉说道："研

---

① 季羡林：《比较文学与民间文学》，北京大学出版社，1991，第1页。
② 季羡林：《比较文学与民间文学》，北京大学出版社，1991，第166页。
③ 仁钦道尔吉：《蒙古英雄史诗源流》，内蒙古大学出版社，2001，第46～47页。

究斯拉夫史诗的学者们，把在各个斯拉夫民族史诗中所共有的因素都看作为斯拉夫人共同的创作。因为，那些共同的因素，恰恰是产生于斯拉夫各民族形成以前各个斯拉夫部落在一起居住时期。同样，我们也认为蒙古英雄史诗产生于蒙古民族形成以前的历史阶段。"[1] 日尔蒙斯基指出斯拉夫民族史诗的共性是因为在起源、语言和文化方面有亲属关系的塞尔维亚、克罗地亚、门的内哥罗、达尔马齐雅、波斯尼亚、黑塞哥维那、马其顿以及保加利亚等斯拉夫民族的共同参与创作。[2] 涅克留多夫推断蒙古英雄史诗之间存在一种亲缘关系，具有一个共同的源头，存在着一个史诗共同体："流传至今的所有蒙古语史诗作品都是极其相近的，这使人有可能做出这样的判断，即在中央亚细亚曾经有过蒙古史诗的共同体，后来分离出一系列'分支'。……史诗（布里亚特南部和喀尔喀北部；喀尔喀东部、达里干嘎、巴尔虎、乌珠穆沁和阿巴嘎；科尔沁和扎鲁特等等）的接近使人们有可能推测口头文学中存在着一直未曾中断过的相互联系（这一点在蒙古各部多次迁徙的历史事实中得到证实），而且还存在着同源关系。"[3] 仁钦道尔吉对俄苏学人的观点进行了细致的阐发，在《〈江格尔〉论》《蒙古英雄史诗源流》等论著里对它们进行了反复讨论，并强调它们的科学性与合理性，使得它们成为国内学界的学术共识。

陈岗龙在《蒙古民间文学比较研究》里充分肯定了仁钦道尔吉的观点，进一步指出长期居住在相邻的、共同的地域或一直未曾间断历史联系的部落保留了原始蒙古英雄史诗的共性，而且这些共性成为许多晚期蒙古英雄史诗的共性。[4] 他阐述了鄂尔多斯史诗、喀尔喀和巴尔虎史诗的共性，检视了它们共有的史诗作品及其保有的蒙古英雄史诗的古老形态，还从英雄唤马、英雄备马等方面分析了鄂尔多斯史诗、喀尔喀史诗、巴尔虎史诗在艺术手法上的共性及其形成的社会历史背景。[5]

仁钦道尔吉、陈岗龙等中国学人对蒙古英雄史诗源流的历史－比较

① 仁钦道尔吉：《蒙古英雄史诗源流》，内蒙古大学出版社，2001，第45页。
② 详细论述参见〔苏联〕符·M·瑞尔蒙斯基《斯拉夫各民族的史诗创作和史诗的比较研究问题》，草天译，《民间文学参考资料》（第九辑），1964，第68页。
③ 〔苏〕谢·尤·涅克留多夫：《蒙古人民的英雄史诗》，徐昌汉、高文风、张积智译，内蒙古大学出版社，1991，第88页。
④ 陈岗龙：《蒙古民间文学比较研究》，北京大学出版社，2001，第184～195页。
⑤ 陈岗龙：《蒙古民间文学比较研究》，北京大学出版社，2001，第184～195页。

研究不是将研究对象孤立起来比较，而主张将比较对象放在宏观的、有机整体的视野中加以历史地、系统地考察。无疑，这在一定程度上纠正了形式主义与比较语言学忽视文学发展规律的偏颇，避免将比较对象从历史的联系中孤立出来进行纯粹经验主义比较的做法。

　　史诗在形成与发展过程中吸收和消化了神话、颂词、谚语、挽歌等许多相对独立的民间文学样式，因此，将史诗与其他民间文学样式进行比较自然而然地进入了史诗比较研究的学术视域，凸显了史诗比较研究的跨文类的学术旨趣。鲍勒（C. M. Bowra）曾详尽地比较与分析了史诗与挽歌、颂词、萨满歌的关系，说道："史诗在英雄观上类似于颂词与挽歌，在许多技巧的使用上类似于远古的前英雄时代（post‑heroic）的诗歌。要是颂词和挽歌比英雄史诗出现更早这一假设成立，那么英雄史诗应该在萨满歌与前英雄时代的诗歌为颂词和挽歌呈现的精神所触动的时候形成的，这种碰撞的结果是一种新的文学样式产生了，人们使用它讲述那些体现一种新的英雄气概的故事。……无论这个理论正确与否，都存在着这种可能，英雄史诗从萨满讲述那里学到了如何讲述故事的技能，另一方面颂词和挽歌特别强调赢得同伴赞赏的才能，英雄史诗便是从这两种文学样式中学到了这种才能。"① 也就是说，挽歌、颂词与英雄史诗在英雄观念上呈现某种程度上的一致性，对英雄史诗形成和发展产生了重要的作用。但是，鲍勒指出它们的长度远不能与英雄史诗相提并论，叙述英雄精神的方式远不如英雄史诗那样客观。尼·波佩（N. Poppe）、格·伊·米哈伊洛夫（G. I. Mikhailov）、阿·科契克夫（A. Kichkov）等都研究了蒙古英雄史诗与神话、民间传说的联系，不过他们都没有系统地论述蒙古英雄史诗中究竟有哪些神话和传说及其来龙去脉。仁钦道尔吉在《蒙古英雄史诗源流》里较为出色地回答了这个问题，具体分析了哪些神话和传说成为蒙古英雄史诗中的主要题材和核心情节，以及它们消融到了史诗中发生了何种变异，提出了较全面的看法和新的见解。②

　　陈岗龙在史诗与神话的比较研究方面做出了积极的探讨，较为系统地考究和分析了蟒古思故事中具体而丰富的神话。神话是史诗的来源，

---

① C. M. Bowra, *Heroic Poetry*, London：MACMILLAN & CO LTD, 1961, pp. 16–17.
② 仁钦道尔吉：《蒙古英雄史诗源流》，内蒙古大学出版社，2001。

也是史诗的基础，许多史诗便是神话的集群。因此，神话与史诗的关系一直是神话学学人、史诗学学人以及国内其他学科学者非常感兴趣的话题。但是，许多学人都停留在指出一部史诗中哪些是神话，其具有何种社会历史文化内涵上，很少将神话作为史诗的母题，探讨史诗和神话的相互作用以及史诗中神话的原型。陈岗龙的《蟒古思故事论》梳理了蟒古思故事中各类神话的历史发展脉络，从时代和社会文化背景的角度考察了神话与蟒古思故事叙事主题之间的联系，较好地解决了史诗里存在的文类间的交互性。① 他指出："蒙古族原始的和后来的神话在蟒古思故事中得到了进一步的发展和系统化，而且不仅仅是以插话的形式插入蟒古思故事的叙事当中，而是在整体上构成了蟒古思故事'天神下凡人间降魔除妖'的深层神话主题。"② 也就是说，陈岗龙将蟒古思故事中的降魔主题找寻出来，与一般神话中相应的主题进行比较，分析蟒古思故事中降魔主题的来源，阐述一般神话中的降魔主题如何演变为史诗中相应的主题。进而，陈岗龙找寻出蟒古思故事中多起源和多层次的神话主题，把它们与一般神话比照，阐释这些神话主题的发展演变过程，指出它们在蟒古思故事的起源和形成发展中的作用，以及内容、形式、功能和语境在其中发生的变化，正如陈岗龙说的"蟒古思故事在一定程度上是按照创造神和他的敌对者的争斗不休的神话模式创造的，并且赋予了具体的史诗形式和内容"③。陈岗龙对蟒古思故事中神话主题的比较研究揭示了蒙古神话的多元性和多层次特征，加深了对作为蟒古思故事产生和传承前提的民众叙事模式的理解，进一步深化了对蟒古思故事中神话和信仰表现出来的世界观的研究。

陈岗龙对佛教与蟒古思故事的关系研究也做出了有益的探索，展开了不同层面的比较研究。以往学者的做法是指出蟒古思故事中的佛教因素，分析其宗教思想和教义，而较少将佛教因素放在蟒古思故事所依赖的民众信仰生活中去考究其呈现的形态以及特征，陈岗龙对此有着深刻的思考。一方面，他辨析了蟒古思故事中佛教的内容及其来源，弄清佛教形象和内容融入蟒古思故事的途径，将蟒古思故事中的佛教内容跟与

---

① 陈岗龙：《蟒古思故事论》，北京师范大学出版社，2003，第286页。
② 陈岗龙：《蟒古思故事论》，北京师范大学出版社，2003，第310页。
③ 陈岗龙：《蟒古思故事论》，北京师范大学出版社，2003，第311页。

之相关的一般佛教形象和原型传说进行比较，揭示两者的联系与演变关系。另一方面，他探讨蟒古思故事在民间的佛教信仰中所扮演的角色，解释了佛教为何热衷蟒古思故事的原因。通过对这些方面的系统探究，他得出了一个较为科学的结论："藏传佛教的护法神信仰在蒙古族民间的本土化和世俗化过程中渗透到民间口传叙事中，与蟒古思故事的传统相结合和交融，逐渐形成了以班丹拉姆女神和嘛哈噶剌神为主要代表的佛教护法神镇压蟒古思的'说教史诗'，并影响到东蒙古蟒古思故事的叙事和内容。其中，关于护法神的诗歌、绘画艺术'唐卡'和表演艺术'羌姆'舞蹈以及焚毁'梭'的宗教仪式等相互之间有密切关联的多重方式与民间口传叙事的交融，最后促成了蟒古思故事中以护法神为原型的天神英雄镇压蟒古思的故事内容的最后形成。"① 这便较为具体地回答了佛教对蟒古思故事的影响问题，阐明了它们之间的具体关联，使学界对蒙古佛教的内容和形式有了更深刻的认识。

通过比较研究，陈岗龙发现了蟒古思故事的最初形态与《锡林嘎拉珠巴图尔》《巴彦宝鲁德老人的三个儿子》有着密切关联。他从社会形态、主题内容、叙事模式、人物功能等方面入手，探究史诗《锡林嘎拉珠巴图尔》中孕育的蟒古思故事的最初形态。② 他较为详细地研究了《格斯尔》对蟒古思故事的影响，按照母题内容对1716年蒙古文木刻版《十方圣主格斯尔可汗传》与蟒古思故事进行比较，分析了蟒古思故事中借自《格斯尔》的情节母题，阐述了蟒古思故事说唱艺人将《格斯尔》的口头传承纳入蟒古思故事的体系，以及丰富蟒古思故事内容的方式。③ 陈岗龙的历史－比较研究阐明了蟒古思故事的来龙去脉及其与蒙古英雄史诗传统的关联，推进了蒙古英雄史诗的源流及其内在规律的研究。

如果说仁钦道尔吉、陈岗龙等学人的讨论是在一个特定民族的口头传统范畴里探讨史诗的起源问题，那么藏族《格萨尔》与蒙古族《格斯尔》的关系研究则是跨民族、跨传统的起源－比较研究。20 世纪 50 年代，《格萨尔》和《格斯尔》被大量发现和发掘，中国学人开始注意到

---

① 陈岗龙：《蟒古思故事论》，北京师范大学出版社，2003，第 240 页。
② 陈岗龙：《蟒古思故事论》，北京师范大学出版社，2003，第 125 ~ 206 页。
③ 陈岗龙：《蟒古思故事论》，北京师范大学出版社，2003，第 286 ~ 311 页。

蒙、藏《格萨（斯）尔》的关系。1959年，徐国琼简要地指出《格萨尔》与《格斯尔》的相同点与不同点，但是没有着意辨析它们的关系。[①]1960年，桑杰扎布赞同先有藏族《格萨尔》，而后有蒙古族《格斯尔》的观点，但强烈驳斥那种认为《格斯尔》是由《格萨尔》翻译过来的说法。[②]

20世纪80年代，王沂暖在《藏族史诗〈格萨尔王传〉》中率先重提藏、蒙《格萨（斯）尔》关系的话题。[③]他认为，蒙文本《格斯尔》既有从藏文本《格萨尔》翻译过去的东西，也有根据藏文本《格萨尔》部分情节发展创作的内容。他对达木丁苏荣提出的《格萨尔》与《格斯尔》有着一个共同起源的观点持怀疑态度。随后，这个话题在20世纪80年代得到最热烈的讨论，1983年在西宁召开的全国第一次少数民族史诗学术讨论会和1985年在赤峰举行的首届国内《格萨（斯）尔》学术讨论会都把它作为主要的学术话题来讨论。在此前后，徐国琼、乌力吉、降边嘉措、王兴先、斯钦孟和、却日勒扎布、赵秉理等许多学人都对藏、蒙《格萨（斯）尔》的关系发表了各自的见解。徐国琼在《论〈格萨尔〉与〈格斯尔〉"同源分流"的关系》分析了北京七章本《格斯尔传》与《格萨尔》的关系，指出北京七章本《格斯尔传》最初源于《格萨尔》。[④]乌力吉的《蒙藏〈格萨（斯）尔〉的关系》阐述了《格斯尔》取源于《格萨尔》并继续发展的观点。[⑤]王兴先的《藏族、蒙族〈格萨尔王传〉的关系及所谓"同源分流"问题》对《格萨尔》与《格斯尔》的版本、主要人物的姓名进行了比较，推定《格斯尔》来源于《格萨尔》。[⑥]经过一系列的讨论，中国学人基本形成一个共识，即《格萨尔》最早源于藏文本，后来在流传过程中逐渐形成了《格斯尔》等诸多其他文本。蒙、藏《格萨（斯）尔》关系的讨论还延及对土族和裕固族的《格萨尔》源流的探讨。王兴先的《藏、土、裕固族〈格萨尔〉比较研

---

① 徐国琼：《藏族史诗〈格萨尔王传〉》，《文学评论》1959年第6期，第45页。

② 桑杰扎布：《格斯尔传·译者前言》，人民文学出版社，1960，第4～7页。

③ 王沂暖：《藏族史诗〈格萨尔王传〉》，《中央民族学院学报》1981年第3期，第30页。

④ 徐国琼：《论〈格萨尔〉与〈格斯尔〉"同源分流"的关系》，《青海社会科学》1986年第3期。

⑤ 赵秉理主编《格萨尔学集成》（第三卷），甘肃民族出版社，1990，第1926～1940页。

⑥ 赵秉理主编《格萨尔学集成》（第三卷），甘肃民族出版社，1990，第1941～1947页。

究》从题材渊源、文体结构、宗教影响、说唱艺人等几个方面对藏、土、裕固族的《格萨尔》进行了比较分析，推定藏族《格萨尔》是源，而土族和裕固族的《格萨尔》是流。①

20 世纪 90 年代中期以后，中国学人开始不再纠缠于这个问题，而是专注于从比较研究的角度对蒙藏《格萨（斯）尔》的产生时代、流传过程、情节内容、艺术特点等多方面进行综合研究。扎拉嘎的《〈格斯尔〉与〈格萨尔王传〉——关于三个文本的比较研究》以具有一定代表性的贵德分章本《格萨尔王传》、北京版《格斯尔》及琶杰本《格斯尔》为研究对象展开比较研究，侧重探讨了贵德分章本《格萨尔王传》与北京版《格斯尔》在故事的文化内涵、情节处理方式以及人物形象特征方面的差异，分析了作为史诗书面文本的北京版《格斯尔》与作为口头说唱文本的琶杰本《格斯尔》之间的差异。②

中国学人对蒙、藏《格萨（斯）尔》关系的研究为《格萨（斯）尔》的传承与发展做出了可贵的探索，论述了蒙、藏《格萨（斯）尔》的文化内涵以及各自承载的独立价值及各具特色的民族精神与审美理想，进而揭示了蒙藏文化的相互关系及其内在规律，这些对于正确理解中华民族多元一体文化格局下蒙藏文化的互动具有重要的学术价值和现实意义。

对同一首史诗的不同文本展开比较研究能够较好地揭示其具有的叙事法则，发现不同文本所遵循的固定的叙事范式和共同的故事内容以及创新与发展的地方。郎樱将艾什玛特的《玛纳斯》唱本与居素普·玛玛依的《玛纳斯》唱本并置，从人物、情节、叙事模式、艺术风格等方面对它们进行比较分析，阐述了它们的异同。③ 这种比较研究让学人对艾什玛特唱本与居素普·玛玛依唱本的各自特点、风格以及美学价值有了更多的理解，加深了学人对《玛纳斯》演唱变异规律的认识。张彦平从叙事文体、叙事的时间流程、祈子母题、宝物神授母题、英雄死亡母题等方面阐述了《玛纳斯》各种演唱变体间所显示出来的变异特征，从叙

---

① 赵秉理主编《格萨尔学集成》（第三卷），甘肃民族出版社，1990，第 1972 ~ 1984 页。
② 〔荷〕米尼克·希珀、尹虎彬主编《中国少数民族文化中的史诗与英雄》，广西师范大学出版社，2004，第 333 ~ 347 页。
③ 郎樱：《〈玛纳斯〉论》，内蒙古大学出版社，1999，第 133 ~ 148 页。

事层面上共同的时空线、传记化的叙事结构对原始宗教仪式的依赖等方面分析《玛纳斯》诸多演唱变体之间的统一性。[①] 斯钦孟和的《蒙文〈格斯尔〉版本比较研究》对北京木刻本、策旺本、鄂尔多斯本、乌素图召本、诺木其哈敦本等诸多《格斯尔》文本的内容及章节进行了比较，探讨了它们之间的关系。[②] 李连荣的《〈格萨尔〉拉达克本与贵德分章本情节结构之比较》描述了拉达克本、贵德分章本的情节结构及其呈现的"大同小异"的特点，指出不同的方言文化、生产文化以及传承形态都影响着《格萨尔》的传承和变异。[③] 需要指出的是，对同一首史诗的不同文本的比较研究应该着重阐述史诗传统与歌手个性叙事的关系，剖析史诗传统在演唱与传承过程中哪些要素被继承下来了、哪些要素发生了变异以及呈现的特点及其内在规律。

　　一些中国学人立足于中华多元文化的立场，以多民族文学的眼光比较中国少数民族史诗之间的异同。《玛纳斯》与《江格尔》属于阿尔泰语系英雄史诗传统，具有阿尔泰语系英雄史诗的一些共性。仁钦道尔吉从结构、题材、人物塑造、萨满信仰、原始母题、细节描写等方面探讨了《玛纳斯》与《江格尔》的共性。[④] 郎樱对《江格尔》与《玛纳斯》中会飞翔的仙女、使英雄死而复生的神女、具有预知能力的神女、善战的女英雄等进行了比较分析，指出她们都保留着鲜明的女性崇拜观念及女萨满神话的印迹，是史诗古老文化层的重要构成部分。[⑤] 仁钦道尔吉和郎樱将研究对象置于多民族文学的背景下，揭示了中国少数民族史诗多样性中的共性，加深了人们对各具民族特色的诸多少数民族史诗中某些共同性的理解。他们的研究在一定程度上引发着中国学人对《江格尔》与《玛纳斯》某些共性的根源进行追索，辨析哪些共性属于共同起源的范畴，哪些共性属于类型范畴，哪些共性属于互相影响的范畴，并

---

①　张彦平：《变异·统一——史诗〈玛纳斯〉著名演唱变体间的对比研究》，《民族文学研究》1995 年第 4 期。

②　赵秉理主编《格萨尔学集成》（第三卷），甘肃民族出版社，1990，第 1947～1963 页。

③　李连荣：《〈格萨尔〉拉达克本与贵德分章本情节结构之比较》，《中国藏学》2010 年第 1 期。

④　仁钦道尔吉：《略论〈玛纳斯〉与〈江格尔〉的共性》，《民族文学研究》1995 年第 1 期。

⑤　郎樱：《〈江格尔〉与〈玛纳斯〉中的神女、仙女形象》，《民族艺术》1997 年第 1 期。

且寻找出其间的基本规律。

一些中国学人还以比较的眼光考察域外史诗对中国少数民族史诗的影响。季羡林的《〈罗摩衍那〉在中国》[①]、高登智和尚仲豪的《〈兰嘎西贺〉与〈罗摩衍那〉之异同》[②]、潜明兹的《试论傣族英雄史诗〈兰嘎西贺〉》[③] 等对《兰嘎西贺》与《罗摩衍那》的主题思想、人物形象、故事内容等进行了比较，推定《兰嘎西贺》源自《罗摩衍那》。但是《罗摩衍那》的故事已经被傣族化了，经过傣族人民的加工和再创作，《兰嘎西贺》已经完全属于傣族的《兰嘎西贺》。陈岗龙在《蟒古思故事论》里比较了《罗摩衍那》与蟒古思故事的人物形象，分析了它们在主题和题材上的共性及《罗摩衍那》对蟒古思故事影响的途径。[④] 这些研究丰富了中国少数民族史诗的源流研究，拓宽了比较文学的研究视野。

除了将不同史诗传统放在一个有机的整体里考察它们之间的相互联系之外，对那些起源上彼此互无联系的史诗展开比较研究也是史诗研究的重要方向。日尔蒙斯基对普遍存在于英雄史诗中的英雄求婚、英雄入狱、打猎时的谋杀等题材进行了类型比较研究，强调类型比较的方法在英雄史诗研究中的主导作用，严厉地批评了英雄史诗的历史－起源比较研究。卡尔·科隆（Kaarle Krohn）认为《卡勒瓦拉》的情节起源于斯堪的那维亚，日尔蒙斯基断然否定他的观点，认为卡尔·科隆指出的相似之处主观臆断的成分居多，而且找出的相似之处并非真正的相似，而只是相似的影子。[⑤] 日尔蒙斯基也不同意法国斯拉夫学者安德莱·瓦依安和塞尔维亚－克罗地亚拉丁语学者 H. 巴纳谢维奇提出的南部斯拉夫史诗起源于法国与意大利史诗的观点，指出南部斯拉夫史诗不是借用其他国家或民族的文学情节创作出来的，不能用"借用"的理论解释史诗情节和题材的相似与广泛流传："很多史诗的主题、母题、情节作为历史发

---

①　季羡林：《比较文学与民间文学》，北京大学出版社，1991。

②　高登智、尚仲豪：《〈兰嘎西贺〉与〈罗摩衍那〉之异同》，《思想战线》1983 年第 5 期。

③　潜明兹：《试论傣族英雄史诗〈兰嘎西贺〉》，《中南民族学院学报（哲学社会科学版）》1982 年第 1 期。

④　陈岗龙：《蟒古思故事论》，北京师范大学出版社，2003。

⑤　〔苏联〕符·M. 瑞尔蒙斯基：《斯拉夫各民族的史诗创作和史诗的比较研究问题》，草天译，《民间文学参考资料》（第九辑），1964，第 59 页。

展一定阶段的反映，不是在起源的意义上，而是在历史－类型的意义上具有国际性质。"① 他认为南部斯拉夫史诗是斯拉夫民族在自身的社会历史条件下用诗的形式表现人民对历史的理解和评价，英雄的业绩是人民对历史的理想化："史诗是在口头民间歌谣创作的传统中创作出来的，而不是在斗室的书桌旁边创作的。史诗是由人民对自己过去的怀念所激发起来的，而不是为外来的文学作品所激发起来的。"② 一些中国学人曾着力于这方面的比较研究。李郊对《格萨尔王传》与《罗摩衍那》进行了比较研究，总结东方史诗流变中的特点，指出东方史诗在其发展过程中表现出了由神话走向历史，由对个人命运的述说转向对社会生活描绘的趋势。③ 约翰·弗里（John M Foley）与朝戈金合作的《口头诗学五题：四大传统的比较研究》以世界的眼光和胸怀将"一首诗""程式""典型场景""语域"等学术概念置于古希腊、古英语、蒙古、塞尔维亚－克罗地亚的史诗传统中进行界定，对这些概念进行了跨民族、跨语言、跨传统的阐述。④ 但是，这种类型的史诗比较研究在国内还显得较为薄弱，尚未得到中国学界的普遍重视。

　　简而言之，在比较研究的视野下，中国学人探讨了国内一些民族史诗起源的问题，对它们的形成与发展进行了具体的把握，揭示了它们传承演化的内在规律，丰富了民族民间文学理论。同时，中国学人以跨传统的眼光比较国内史诗传统的异同以及同一首史诗不同文本的异同，逐渐突破20世纪80年代以前流于形式、表面及直观的比较，不再仅仅描述它们之间的异同，而是深入揭示这些异同的历史文化根源，探寻其中具有规律性的东西。中国少数民族史诗呈现多样化，处于中华多元一体的多民族文学格局中。因此，中国少数民族史诗的比较研究倾向于跨民族的研究范式，主要围绕着国内不同民族史诗展开比较研究，在20世纪90年代以后得到较大的发展，以史诗的母题比较研究较为突出，它极大

① 〔苏联〕符·M. 瑞尔蒙斯基：《斯拉夫各民族的史诗创作和史诗的比较研究问题》，草天译，《民间文学参考资料》（第九辑），1964，第67页。

② 〔苏联〕符·M. 瑞尔蒙斯基：《斯拉夫各民族的史诗创作和史诗的比较研究问题》，草天译，《民间文学参考资料》（第九辑），1964，第66页。

③ 李郊：《从〈格萨尔王传〉与〈罗摩衍那〉的比较看东方史诗的发展》，《四川师范大学学报（社会科学版）》1994年第2期。

④ 下文第五章对此还有详细论述，此处不赘述。

地拓宽了史诗比较研究的学术边界。

第四节　史诗的母题研究

20 世纪初期，母题研究开始在国际民间文学界盛行，《民间文学母题索引》《世界民间故事分类学》《中国民间故事类型索引》等一批厚重的论著相继问世。与此同时，国际学界开始对史诗展开母题类型研究，取得了许多显著的成就，涌现了尼·波佩（N. Popper）、瓦·海西希（W. Heissig）、亚瑟·哈托（A. T. Hatto）、科契克夫（A. S. Kichkov）、日尔蒙斯基等一批杰出的国际史诗母题研究者。他们的史诗母题研究扩大了史诗研究领域，推进了史诗研究的深入发展。

波佩对"求婚"和"失而复得"两种蒙古英雄史诗的情节结构进行细分，将它们再切分为"同恶魔的斗争""英雄的求婚""英雄借助于超自然的力量获得再生""英雄携子同抢走英雄妻子（人民、双亲）的蟒古思作斗争，并解救被劫走的人"四种类型。[①] 他对蒙古英雄史诗的单个母题进行了专门的研究，他的《对蒙古史诗母题的研究》分析了勇敢的姐姐这一母题在《双霍弟莫尔根》《艾杜莱莫尔根》《青年萨嘎岱莫尔根和少妇诺葛岱策辰》等诸多布里亚特史诗里呈现的细节差异及其互相之间的关系。[②] 他的《蒙古史诗中的天鹅姑娘》阐述了天鹅姑娘的母题在喀尔喀史诗以及布里亚特史诗中呈现的异同，指出这个母题普遍存在于蒙古英雄史诗、中亚和东西伯利亚突厥史诗，以及切列末斯人、楚克契人和爱斯基摩人等北部欧亚大陆诸多民族的口头诗歌中间。[③]

以书面的布里亚特史诗为基础，科契克夫将蒙古英雄史诗切分为"无子女且年事已高的可汗和王后""神奇的怀孕及孩子的降生""给神奇降生的孩子命名""未来英雄的神奇成长及不平凡的孩提时代""挑选小英雄的坐骑""关于未婚妻的消息""青年英雄奔赴未婚妻的英勇旅

---

① 〔德〕瓦尔特·海西希：《关于蒙古史诗中母题结构类型的一些看法》，赵丽娟译，《民族文学译丛》（第一集），中国社会科学院少数民族文学研究所编，1983，第 355 页。

② 〔美〕尼古拉·波佩：《对蒙古史诗母题的研究》，祁志琴译，《民族文学译丛》（第一集），中国社会科学院少数民族文学研究所编，1983，第 376~383 页。

③ 〔美〕尼古拉·波佩：《蒙古史诗中的天鹅姑娘》，祁志琴译，《民族文学译丛》（第一集），中国社会科学院少数民族文学研究所编，1983，第 384~388 页。

程""英雄为了获得未婚妻而进行争斗时的命运""率领参加婚礼的人们返回家乡，英雄旅途的离奇经历""解救英雄的父亲，驱逐敌人""和平、英雄的幸福生活及其统治"十二个组合要素。① 在参考和借鉴波佩和科契克夫等众多学者的研究成果的基础上，海西希创造性地运用世界民间故事研究中常用的"AT 分类法"，将蒙古英雄史诗的情节结构分成"时间""英雄的出身""英雄的家乡""英雄""马的特征及作为""启程出征""助手和朋友""威胁""敌人""遇敌作战""英雄的计策/魔力""求婚""婚礼""返回家乡"十四个大母题，在这些大母题下又划分出 300 多个小母题和事项，建立了一个较为完整的蒙古英雄史诗情节结构和母题分类体系。② 海西希是对蒙古英雄史诗的母题研究用力最勤的国际学人。他对蒙古英雄史诗的驯服黄狗母题、调换新娘的母题、英雄起死回生和痊愈母题、神药治疗的母题、马的母题、求婚母题、与妖怪作战的母题等进行了详尽的研究，对蒙古史诗的类型、演变、演唱形式等诸多方面都有相应的论述。③ 而且，海西希先后于 1978、1979、1980、1981、1983 年主持了在波恩大学举办的五次蒙古史诗专题学术讨论会，推动了蒙古史诗的研究，使得蒙古史诗研究国际化。

　　随着与国际史诗学术交流的加强，20 世纪 80 年代后期中国学人开始关注史诗母题研究。1985 年，仁钦道尔吉的《关于蒙古史诗的类型研究》向国内学界介绍与评述了海西希、尼·波佩、鲍·李福清、谢·涅克留多夫、阿·科契克夫等国际学人的史诗母题研究成果及其学术价值。随后，仁钦道尔吉以海西希的母题分类法为指导，创用了一种比母题更

① 可参见〔德〕瓦尔特·海西希《关于蒙古史诗中母题结构类型的一些看法》，赵丽娟译，《民族文学译丛》（第一集），中国社会科学院少数民族文学研究所编，1983，第356 页。亦可对照〔苏〕谢·尤·涅克留多夫《蒙古人民的英雄史诗》，徐昌汉、高文风、张积智译，内蒙古大学出版社，1991，第 96 页。

② 可参见〔德〕瓦尔特·海西希《关于蒙古史诗中母题结构类型的一些看法》，赵丽娟译，《民族文学译丛》（第一集），中国社会科学院少数民族文学研究所编，1983。〔德〕瓦尔特·海西希《论〈格萨尔〉史诗的一致性》，李硅流、陈宗祥译，《民族文学译丛》（第一集），中国社会科学院少数民族文学研究所编，1983。〔德〕瓦尔特·海西希《蒙古史诗中的起死回生和痊愈母题》，王步涛译，《民族文学译丛》（第二集），中国社会科学院少数民族文学研究所编，1984。

③ 涅克留多夫对海西希的蒙古史诗研究做了详尽的介绍，此处不再赘述。可参见〔苏〕谢·尤·涅克留多夫《蒙古人民的英雄史诗》，徐昌汉、高文风、张积智译，内蒙古大学出版社，1991。

大的情节单元来阐述蒙古英雄史诗情节结构的组成和发展，探讨每个母题系列内部的发展变化。他将抽绎和切分出来的这种情节单元称为"英雄史诗母题系列"，指出婚姻母题系列和征战母题系列是整个蒙古英雄史诗中共有的基本情节，可以作为分析蒙古英雄史诗情节结构类型的单位。他的"英雄史诗母题系列"不同于一般的母题群，它们"各有自己的结构模式，都有一批固定的基本母题，而且那些母题有着有机联系和排列顺序"①。同时，仁钦道尔吉认为，婚姻母题系列和征战母题系列存在着许多共同的情节与母题，而且在不断发展着，如史诗母题系列内在的那些共同性母题之间被嵌入了个别母题或其他母题系列，乃或母题群、母题内部的展开扩充以及母题内部引入新母题等。②

根据史诗母题系列的内容，仁钦道尔吉将婚姻型史诗划分为抢婚型史诗（A_1）、考验女婿型史诗（A_2）、包办婚姻型史诗（A_3）三种类型，将征战型史诗划分为部落（氏族）复仇型史诗（B_1）和财产争斗型史诗（B_2）两种类型。以此为基础，他分析了数百种蒙古英雄史诗的基本情节，发现了它们基本上都是使用不同数量的母题在婚姻母题系列和征战母题系列的统驭下以不同的组合方式有机构成的。根据母题系列的内容、数量和组合方式的不同，仁钦道尔吉把蒙古英雄史诗分为单篇型史诗、串连复合型史诗和并列复合型史诗三大类型，将它们视为蒙古英雄史诗发展的三个阶段，对它们的情节结构类型的特征以及演进的规律进行详尽的阐释。

在确立婚姻型母题系列和征战型母题系列是蒙古英雄史诗向前发展的情节单元的基础上，仁钦道尔吉探讨了整个蒙古英雄史诗情节结构的发展规律和人物形象的发展规律。他对中国境内记录的全部中小型英雄史诗及其异文共 113 种文本进行了研究，阐释这些史诗文本的共性和特性以及它们之间的关系。这些论述无疑是一种真正科学意义上的学术研究。在充分占有材料的前提下，仁钦道尔吉把这些材料作为一个整体来探寻它们的内在联系，从中抽绎出婚姻型和征战型两种带有普遍意义和规律性的母题系列，以它们为核心分析研究蒙古英雄史诗的各种发展形

---

① 仁钦道尔吉:《蒙古口头文学论集》，社会科学文献出版社，2011，第14页。
② 仁钦道尔吉:《蒙古口头文学论集》，社会科学文献出版社，2011，第19页。

式，由此使蒙古英雄史诗情节结构的发展规律在空间性和时间性上得到了一种整体性的解释。

郎樱是国内较早使用母题研究方法分析史诗母题的学人。一个母题会重复出现在不同民族、不同国家的史诗里，原因在于人类思维同步以及东西方民间文学的相互交流、相互影响。郎樱分析了同一母题在不同史诗里呈现的某些差异以及它的构成及其叙事模式。同时，她指出史诗母题具有丰富的文化内涵与象征意义："它们所揭示的多为人类原始思维的特点，所反映的也是古代社会生活的民风民俗。"[①] 英雄再生母题的一种特殊类型——英雄入地母题广泛存在于突厥语族的民间叙事文学中，还存在于许多民族的民间文学作品中。郎樱的《英雄的再生——突厥语族叙事文学中英雄入地母题研究》推定这个母题的原型是"英雄追赶妖魔入地，鹰驮英雄返回地面"，对它的文化内涵和象征意义进行较为合理的阐述：

> 英雄入地所通过的黑暗、深邃的通道是女性"阴道"的象征；英雄入地再返回地面，是英雄回归母体以求再生的象征。英雄入地母题中的鹰，是萨满的灵魂，萨满的化身。鹰驮英雄返回地面，象征着英雄的再生要凭借萨满的神力。[②]

她分析了"英雄入地是由于朋友或兄长的背叛所致"和"英雄斩蟒救鹰雏，大鹰报恩将驮英雄归返地面"两个英雄入地母题的亚母题类型，指出它们是英雄入地这一古老母题不断扩充、发展和派生的结果。

英雄嗜血母题、英雄好色母题、英雄酣睡母题、英雄死而复生母题等都是古老的神话母题，它们不是地区性母题，也不是某个民族独有的母题，而是广泛地存在于西亚、中亚以及北欧、西欧的神话与史诗中。这些古老的母题完整地保留在《玛纳斯》中，郎樱的《玛纳斯形象的古老文化内涵——英雄嗜血、好色、酣睡、死而复生母题研究》揭示了它们的文化内涵与象征意义以及初民崇信顺势巫术与交感巫术的原始思维

---

① 郎樱：《中国北方民族文学比较研究》，民族出版社，2011，第61页。
② 郎樱：《英雄的再生——突厥语族叙事文学中英雄入地母题研究》，《民间文学论坛》1994年第3期，第77页。

方式与思维逻辑，阐述了以柯尔克孜族民间文化为根基的《玛纳斯》文化源流的悠久性与古老性。① 这些母题的研究对于正确分析玛纳斯形象，深入研究《玛纳斯》的文化价值具有重要的学术意义。

显然，郎樱将史诗母题研究纳入比较文学范畴的学术行为不仅辨析出了存在于不同史诗的共有母题，而且她把比较和被比较的对象的特性凸显出来了，揭示出诸多母题蕴含的深层文化内涵和积淀的古老文化成分，进而使得史诗母题研究的视野得到拓展，相关的知识得到丰富。

乌日古木勒对史诗母题研究用力较多，她的《蒙古－突厥史诗人生仪礼原型》对蒙古－突厥史诗求子、英雄特异诞生、英雄接受考验和英雄再生四组母题进行了较为系统的研究，将它们与人生仪礼关联起来，阐述它们的文化内涵和象征意义，进一步揭示了它们在传承中的继承与变化。她认为蒙古－突厥史诗求子母题起源于祭祀天地、山水等萨满教神灵的求子仪式，描述了萨满教型、萨满教和佛教融合型、金胸银臀男孩故事型三种蒙古史诗求子母题类型，以及祭祀神灵型、森林型、祖先陵墓型三种突厥史诗求子母题类型，总结了蒙古－突厥史诗求子母题在漫长流传过程中的演变规律：

> 后来藏传佛教传入蒙古社会，并逐渐取代萨满教在蒙古民间信仰生活中的神圣地位。随着蒙古民间精神生活这一巨大变迁，蒙古史诗求子母题也发生了演变。蒙古史诗求子母题中增添了史诗主人公的父亲先去请教喇嘛，并遵照喇嘛的预言举行祭祀神灵的求子仪式的情节内容。佛教喇嘛以最高统治者的身份出现，萨满教神灵的地位已经让位于喇嘛。蒙古史诗求子母题中萨满教神灵至高无上的神圣权力被喇嘛替代，甚至受到颠覆，由此形成了萨满教和佛教融合型的求子母题。……随着突厥语族民族信仰生活和丧葬习俗的变迁，突厥史诗求子母题也发生了演变。突厥史诗中英雄的父母到祖先陵墓露宿，祈祷求子的母题逐渐代替了祭祀萨满教神灵的求子母题。②

---

① 郎樱：《玛纳斯形象的古老文化内涵——英雄嗜血、好色、酣睡、死而复生母题研究》，《民族文学研究》1993 年第 2 期。

② 乌日古木勒：《蒙古－突厥史诗人生仪礼原型》，民族出版社，2007，第 88 页。

　　也就是说，社会历史和宗教生活的变迁引起了蒙古－突厥史诗求子母题的变化。

　　《蒙古－突厥史诗人生仪礼原型》对特异诞生、从岩石里诞生、英雄及其骏马特异诞生、天子下凡人间降魔除妖等四种蒙古－突厥史诗英雄特异诞生母题进行了描述，指出它们起源于诞生礼。对于从岩石里诞生的母题，乌日古木勒认为它起源于早期蒙古族女性生殖崇拜观念及其相关仪式，岩石洞象征着女性子宫。海西希对这个经常出现在蒙古西部卫拉特史诗和甘肃土尔扈特人史诗里的母题进行了考察，认为它与萨满教崇拜人格化的山神有关，体现了蒙古族将岩石的裂缝视为子宫的古老观念，后来喇嘛教将从岩石裂缝中走出的仪式解释为转世仪式。① 与乌日古木勒不同，海西希还描述了伴随着从岩石中诞生母题出现的两个母题，其中之一是英雄一出生便是金胸膛和银臀部，有时睡在铁摇篮里。他认为这个母题与向山神祈子和英雄从岩石诞生的母题没有逻辑关系。另外一个母题是英雄不同寻常的脐带，这种脐带经常由钢、青铜或者岩石构成，英雄的父母必须使用一种非同寻常的办法斩断它。卫拉特史诗《阿尔嘎拉·查干鄂布根》里的阿尔嘎拉·查干鄂布根不能用黑色宝剑斩断他儿子的脐带，只能将它放在两鼎之间，用"蜂蜜红"刀切断它。江格尔的儿子古南·乌兰邵布希古尔出生便带有黑色钢脐带，江格尔用名叫比利昆·沙尔班的宝剑将它斩断。海西希认为古南·乌兰邵布希古尔的诞生母题与另一个蒙古史诗英雄人物古南·乌兰巴托尔（三岁的红皮肤英雄）有着密切联系，都与蒙古西北部的乌梁海人的萨满教相一致，肚脐是储藏他们灵魂的地方。②

　　英雄起死回生和痊愈母题是蒙古－突厥史诗常见的母题，救活英雄的方式或是药物，或是救命的圣水，或是天上的仙女，或是凡间的姑娘。有时，英雄本身具有自救的本领，能够依凭自身的力量将自己四分五裂的身体聚拢在一起，重新恢复生命。乌日古木勒将这一母题细分为女性跨越

---

① 〔德〕瓦尔特·海西希：《从岩石里诞生和对山的崇拜》，赵振权译，《民族文学译丛》（第二集），中国社会科学院少数民族文学研究所编，1984，第 164～181 页。

② 〔德〕瓦尔特·海西希：《从岩石里诞生和对山的崇拜》，赵振权译，《民族文学译丛》（第二集），中国社会科学院少数民族文学研究所编，1984，第 164～181 页。

英雄身体再生型、生命水再生型、神药再生型、未婚妻抟骨造人再生型，描述了它们的呈现形式。海西希对英雄被打死或被砍成数块、姑娘或女子将英雄救活的母题进行分析，总结出它呈现的四种不同亚类型：（1）英雄的妹妹变化成英雄的模样，找来英雄那位具有起死回生魔力的未婚妻，让她救活英雄；（2）英雄妹妹领来仙女，让她医治英雄；（3）英雄的马匹引来仙女，仙女施展法术让英雄复生；（4）根据第三者的请求，仙女让英雄起死回生。① 他认为《格斯尔》中女性救治英雄的母题不是来自藏文本《格萨尔》，而是来自蒙古－突厥史诗母题集群。不论是仙女，还是凡间的女性，她们具有的起死回生的魔法与萨满教思想有着密切的联系，将英雄的尸骨收集起来，构成一个完整的骨架便是萨满信仰的体现。在受佛教影响明显的地方，仙女经常使用一种梵语称为 Rasiyan（拉沙那）的圣水救治英雄，如蒙文本《格斯尔》中三位仙女将释迦牟尼赐予的圣水送给格斯尔，让格斯尔用它救活阵亡的勇士。海西希指出女子救活英雄较为常见的仪式行为是女子三次跨越英雄的尸骨，这种巫术行为具有亵渎与复活的作用，而仙女用鞭抽打死者、口念再生的咒语在古老的人类始源巫术中便存在。②

与海西希的母题研究一样，乌日古木勒的《蒙古－突厥史诗人生仪礼原型》没有局限于对母题的罗列与描述，充分注意到母题背后蕴藏的文化内涵与象征意义。乌日古木勒从史诗与民俗的关系入手，揭示了蒙古－突厥史诗四组母题的起源与流变，通过比较阐明了蒙古－突厥史诗母题的共性及其原因。这对蒙古－突厥史诗的情节结构研究和比较研究具有重要的理论意义和学术价值。

母题是史诗的结构单元，是一种具有丰富传统意蕴的叙事单元，而母题隐喻是构成史诗隐喻的最重要的环节。在《那仁汗克布恩》中，哈尔巴斯哈日与那仁汗克布恩结为兄弟的母题在表层意义上是两个非血缘关系的人成为兄弟，而深层意义则为他们的冲突得以和平解决以及预示

---

① 详细论述可参见〔德〕瓦尔特·海西希《蒙古史诗中的起死回生和痊愈母题》，王步涛译，《民族文学译丛》（第二集），中国社会科学院少数民族文学研究所编，1984，第 190 ~ 203 页。

② 详细论述可参见〔德〕瓦尔特·海西希《蒙古史诗中的起死回生和痊愈母题》，王步涛译，《民族文学译丛》（第二集），中国社会科学院少数民族文学研究所编，1984，第 202 ~ 205 页。

他们存在着竞争和未来要走向分裂乃至敌对。斯钦巴图运用结构主义和认知隐喻学的理论和方法，从蒙古文化与蒙古史诗母题的意义关联中解析了狩猎母题、收养孤儿母题、婚姻母题、迁徙母题、死而复生母题的深层意义和隐喻意义。[①] 也就是说，史诗母题不仅是一种修辞结构的符号，而且预示了将要发生的事情，以一个更小的部分指称一个大得多的、更详尽的整体，有效地指涉更深层的、更真实的、多层次的传统文化内涵。斯钦巴图分析狩猎/战争、婚姻/结盟、死亡/再生、迁徙/征服等一系列隐喻性对应关系以及主导和支配史诗深层意义结构的方式，这进一步深化了学界对蒙古英雄史诗传统的认识和理解，为今后史诗母题研究提出了新的学术话题。

中国学人对史诗母题的研究已经取得了显著的成绩，但是主要集中在蒙古英雄史诗、柯尔克孜族史诗以及其他突厥语族的史诗上，南方少数民族史诗的母题研究尚未得到充分的重视，不同史诗传统的母题索引也有待加强。国内史诗母题的研究应该致力于尽可能多地搜集和记录国内已有的少数民族史诗，在建立中国少数民族史诗资料档案的基础上，对每一个史诗母题进行专门研究，进而编制出能涵盖中国少数民族史诗的母题索引。母题索引不但能够展示中国少数民族史诗的情节结构，而且能够凸显某一特定史诗传统可能接受了来自哪些地方的文学和文化的影响及其母题的流播情况，还可以发现中国少数民族史诗情节结构的同一性或相似性以及特有的个性。同时，应该充分利用史诗母题索引，对史诗母题进行深入研究，挖掘史诗母题蕴藏的社会、历史、文化的深层涵义，进而归纳史诗形成和发展的内在规律，推进史诗比较研究的发展。

第五节　史诗的艺术研究

史诗常与音乐、舞蹈、图像等诸多民间艺术密切联系在一起，中国学人对史诗与民间艺术的关系有着不同程度的研究，以《格萨尔》与民

---

① 斯钦巴图：《蒙古史诗：从程式到隐喻》，民族出版社，2006，第 250～271 页。

间艺术关系的研究较为突出。① 这里不再罗列中国少数民族史诗艺术研究的成果及评论其得失，而侧重探讨史诗的图像研究。在许多史诗叙事传统中，史诗歌手使用图像配合史诗演述是一种常见的民俗事象。语言和图像是两种完全不同的表意符号②，它们在史诗演述过程中共同建构了特定时空的史诗演述场域，设定了史诗演述的框架。这为考察与分析史诗演述中图像与语言交互指涉的诗学机制成为可能，图像在史诗演述中形态和功能、图像与语言的关系、图像与口头传统的关联等便成为一系列值得追问的学术话题。

任何一首史诗的口头演述都是在一定的演述场域中发生的。演述场域是指"歌手和受众演述和聆听史诗的场所，这个场所通常是一个特定的空间。与其说它是一个地理上的界定，毋宁说它是特定行为反复出现的空间，更为重要的是它是一个设定史诗演述的框架"③。史诗演述中的语图交互指涉的诗学特征是它们共同确定了史诗演述的场域，共享史诗每一次演述呈现的在场性。也就是说，史诗演述中语图交互指涉的常见诗学形态是看图演述，语言与图像互为对象，彼此共存于特定的史诗演述传统里，共同完成每一次特定的史诗演述。

印度两大史诗《摩诃婆罗多》和《罗摩衍那》不但是印度古代文学的宝藏，也是世界文学宝库中古老的遗产。它们对印度整个社会生活的影响深广，涉及政治、经济、法律、伦理、宗教、哲学、以及艺术等各个方面。马哈拉施特拉邦（Maharashtra）奥伦伽巴德（Aurangabad）地区的小镇帕依坦（Paiṭhān）将说唱《摩诃婆罗多》与《罗摩衍那》的歌手称为 citrakathī，这些歌手常常携带绘着《摩诃婆罗多》与《罗摩衍那》相关内容的图画。当他们演述这两部史诗时，便将这些图画展开，按图讲述故事。这些图画也是成套的，每一套描述一个特定的故事，场

---

① 扎西东珠:《〈格萨尔〉与民间艺术关系研究述评》,《西藏民族学院学报（哲学社会科学版）》2003 年第 2 期；扎西东珠:《〈格萨尔〉与民间艺术关系研究述评》（续）,《西藏民族学院学报（哲学社会科学版）》2003 年第 3 期。

② 赵宪章:《语图符号的实指与虚指——文学与图像关系新论》,《文学评论》2012 年第 2 期, 第 88 页。

③ John Miles Foley: *The Singer of Tales in Performance*. Bloomington: Indiana University Press, 1995, pp. 47 – 48.

景的数目从三十到七十不等，画片长约 12 英寸，宽 15～17 英寸。① 印度西孟加拉邦演述史诗的歌手被称为帕特瓦（paṭuā）或帕提达尔（paṭidār），经常携带着轻便的史诗图像挨门挨户地演述，一些帕特瓦还能绘制史诗图像。梅维恒描述了西孟加拉邦帕特瓦看图演述史诗的情形：

> 他们绘制《罗摩衍那》……为与他们住在一块的人们提供消遣以此谋生。他们在公众场合展示这些图画，并伴有自己演唱的一组叙事歌曲。他们在约 2 英尺宽，40 英尺长的粗帆布上从上而下一个一个地画上一段故事的各个情节。当带着它从一地到另一地或者不使用时，就卷起来。当演示这些绘画时，他们展开画卷，并用他们唱的歌来向世俗公众解释它们。②

印度西部拉贾斯坦邦（Rajasthan）的《巴布吉史诗》（*Epic of Pābūjī*）是一部活形态的口头史诗，是本地的英雄婆米雅（bhomiyā）崇拜的产物，至今还被史诗歌手使用拉贾斯坦语演述。婆米雅是称呼那些为抵御劫掠牛只而献出性命的英雄们，他们最终成为祭仪中心的神祇。在《巴布吉史诗》中，故事情节相当错综和跌宕起伏，史诗人物或则化身，或则与神灵打交道，承诺与兑现承诺、结仇与最终复仇等，成为史诗的核心内容。故事结尾则是巴布吉兑现承诺抢回遭窃的牛只，但随后遇袭死亡。为他们家族复仇并最终获得神性的，是巴布吉的侄子 Rupnath。③ 演述这部史诗的歌手被称为波婆（bhopo），他们是一种行吟歌手，经常从一个村庄到另一个村庄寻找那些愿意出钱赞助他们演述史诗的赞助人。当然，没有任何一个波婆以这种演述谋生，将它当作一门职业，而是将它作为第二职业。波婆经常使用图画辅助自己的演述，图画通常是布料

---

① 〔美〕梅维恒：《绘画与表演——中国的看图讲故事和它的印度起源》，王邦维、荣新江、钱文忠译，北京燕山出版社，2000，第 154～155 页。

② 〔美〕梅维恒：《绘画与表演——中国的看图讲故事和它的印度起源》，王邦维、荣新江、钱文忠译，北京燕山出版社，2000，第 138 页。

③ Stuart Blackburn：*Patterns of Development for Indian Oral Epics*, In Blackburn, S. H. P. J. Clause, J. B. Flueckiger and S. S. Wadley（eds），*Oral Epics in Indian*, Berkley and Los Angeles 1989, pp. 25 - 26. 又见 Guida Jackson：*Traditional Epics：A Literary Companion*, Oxford University Press, 1994。

的，长大约 15 英尺，高 4~5 英尺，绘画出史诗故事的关键地点与关键事件。当开始演述史诗时，歌手便将这幅图展开来，在图上指出与他演述相应的图画。

波婆经常与他的妻子一起演述史诗，后者被称为波毗（bhopī），她在波婆演述时举着一盏挂在一根棍子上的油灯，照亮图像。波婆使用一个小提琴演述史诗，当从一个事件演述到另一个事件时，便在图画上指出恰当的部分，而他的妻子便用油灯照亮这个部分，歌手对这个部分进行演述（见图 1）。

图 1　波婆在他演述史诗时指着其中一个场景，波毗则把这处场景照亮。①

这是因为《巴布吉史诗》的演述经常在夜间举行，照明才变得如此重要。《巴布吉史诗》太长，波婆不能在一个晚上将它完整地演述出来，所以他不得不对将要演述的史诗情节作出选择，当然这种选择经常取决于受众的要求。在演述某些史诗情节时，歌手还会自己伴舞，他的脚踝绑着铃铛，跳舞时叮当作响，他穿着长袍，跳舞时袍服便会旋转起来（如图 2）。

《格萨尔》是目前世界上最长的一部英雄史诗，是关于英雄格萨尔一生业绩的神圣而宏大的叙事，描述了格萨尔投身下界、赛马称王、降伏妖魔、抑强扶弱、安置三界以及完成人间使命返回天国的英雄故事。他

---

① 〔美〕梅维恒：《绘画与表演——中国的看图讲故事和它的印度起源》，王邦维、荣新江、钱文忠译，北京燕山出版社，2000，彩图页第 6 页，图 5。

图 2   波婆一边弹琴一边跳舞，他的助手提着灯照亮。①

的结构宏伟，内容丰富，以极高的学术价值和美学价值在国内外享有着崇高的声誉，被誉为"东方的伊利亚特"。唐卡是说唱艺人说唱《格萨尔》时的重要道具，是藏族传统文化中一种独具特色的绘画艺术形式。青海玉树、西藏昌都等地的艺人说唱时，往往挂上一幅格萨尔唐卡，或手中拿着一支饰有彩色绸布条的箭，一边指画，一边说唱。任乃强曾在喇嘛寺耳闻目睹《格萨尔》说唱艺人指着格萨尔壁画说唱史诗，"津津然不忍自辍"②。说唱艺人雪图旺波·布拉俄吾詹堆常携带着"天神开会派神子下凡""神子下凡诞生""英雄赛马""降伏魔王""霍岭大战黄河岸""天母降预言""射大鹏"等诸多与史诗内容有关的唐卡，说唱艺人在说唱史诗时将这些唐卡都悬挂在说唱现场，说唱到哪一部就用一支系有"哈达"的箭指着画有这一部分内容的唐卡。③ 果洛说唱艺人才旦加曾碰到一个《格萨尔》史诗说唱艺人指着唐卡说唱史诗，即他先将唐卡挂在帐房外边，等到许多人围上来才开始说唱，说唱的内容是《赛马称

---

① 〔美〕梅维恒：《绘画与表演——中国的看图讲故事和它的印度起源》，王邦维、荣新江、钱文忠译，北京燕山出版社，2000，彩图页第 2 页，彩图 5。

② 任乃强：《任乃强民族研究文集》，民族出版社，1990，第 196 页。

③ 扎西东珠：《〈格萨尔〉与民间艺术关系研究述评》，《西藏民族学院学报（哲学社会科学版）》2003 年第 2 期，第 46 页。

王》。①

　　显然，史诗歌手在演述现场向受众在图像上指出他将要演述的史诗内容是史诗情节的再现，是史诗叙事上的重要关捩点。图像依赖于史诗叙事的演述而存在，对语言建构的史诗叙事具有补充、说明和解释的功能。而且，图像配合语言的演述使史诗演述更为生动形象，也更容易为受众所接受。对受众而言，图像使受众能够直观地感受史诗叙事的故事场景，增强了史诗演唱的感染力，刺激受众聆听演述的兴趣。对史诗歌手而言，图像具有一定的提示作用，预先告知歌手接下来将要演述的内容，使歌手对史诗叙事的情节进展能够了然于胸。

　　史诗在形成和发展过程中凝聚着特定族群的神灵观念、图腾信仰、祖先崇拜、英雄崇拜以及其他宗教信仰要素，逐渐演化成神圣而崇高的叙事，而歌手演述史诗的活动也成为一种神圣的仪式，具有强烈的宗教功能。图像作为仪式的物质载体通常在史诗演述中出现，对说唱艺人沟通天神起到重要的作用。苏联学者乌格里诺维奇（Угринович, Д. М）指出原始时代的图像具有一定的仪式功能：“原始时代绘画和雕塑的动物形象履行着几种实用的职能，包括在巫术中虚幻地代替真正的动物这一职能。……不管怎样解释这些画——不管把它们说成是描绘有戴着野兽面具的人们参加的真实的巫术仪式呢，抑或说成是描绘神话中的图腾祖先——总之，它们无疑同原始的巫术仪式或图腾膜拜仪式具有联系。”②史诗演述中的图像有时与史诗演述的宗教仪式关联，而非与语言建构的史诗叙事呈现严丝合缝的对应关系，只在歌手演述史诗的过程中起到仪式作用。也就是说，史诗歌手通常使用图像举行请神、降神仪式，而图像则象征着所请和所降之神。巴布吉在拉贾斯坦地区及与之相邻地区被尊奉为一个地方神，而波婆演述史诗时携带的图画是供奉巴布吉的小神殿。在说唱《巴布吉史诗》之前，波婆要在这幅图里的英雄面前举行一个宗教仪式，而一些波婆本身便是民间祭司，他们会在昏睡状态中做些

---

① 杨恩洪：《民间诗神——格萨尔艺人研究》，中国藏学出版社，1995，第317页。
② 〔苏〕乌格里诺维奇：《艺术与宗教》，王先睿、李鹏增译，三联书店，1987，第59～61页。

治疗与占卜的事情。①

　　《格萨尔》说唱艺人才旦加说唱时，先在说唱现场的正中央挂起一幅格萨尔画像，画像前摆放一碗净水、一团酥油与一块白石头，点燃一炉柏香，用糌粑面粉在坛场周围划出一个白圈，然后坐在画像前念诵秘咒，直到浑身发抖，哈欠连天，才右手向右前方一挥开始说唱史诗。② 有时，说唱艺人会挂上《格萨尔》中其他英雄的画像或珠牡等格萨尔爱侣的画像，供上供品，对着画像焚香祈祷，演唱请神赞。③ 这些画像是藏族传统文化艺术中的唐卡，在说唱仪式中它们不再是单纯的物质客体，而是说唱艺人与神沟通的物质媒介。它们具有萨满的神力，联结着《格萨尔》史诗中的英雄，将史诗英雄和说唱艺人联结在一起。对于说唱艺人而言，他们挂上格萨尔或史诗中其他英雄的唐卡以及焚香，其仪式的功能在于召请格萨尔或史诗中其他英雄显圣，降临到唐卡上，然后再附在他们身上，从而获得说唱的智慧与灵知。西藏史诗说唱传统有一种特殊的图像，这种图像只有铜镜圆光艺人能用肉眼观察出来，一般的常人不能看出这种图像。卡察·阿旺嘉措是一个罕见的铜镜圆光艺人，他只能借助铜镜抄写与说唱《格萨尔》，一离开铜镜，卡察·阿旺嘉措既不会抄，也不能说唱。卡察·阿旺嘉措运用铜镜圆光说唱《格萨尔》需要使用青稞、托盘、铜镜、铜碗、哈达、酥油灯、水晶石等器物布置道场，具有一套固定的仪式。④ 在完成道场与仪式之后，卡察·阿旺嘉措念诵经文，大约二十分钟，便能看到显现在铜镜上的有关《格萨尔》的图像，随后开始说唱史诗。⑤

　　蟒古思故事是"蒙古族艺人以'朝尔'（马头琴）或'胡尔'（说书艺人的低音四胡）说唱英雄故事的一种口头艺术形式。它是使用韵文或韵散结合的形式说唱，吸收与消化本子故事、佛教神话传说等许多相对独立的口头文学样式，在蒙古族游牧文化、汉族农耕文化以及藏传佛

---

① 〔美〕梅维恒：《绘画与表演——中国的看图讲故事和它的印度起源》，王邦维、荣新江、钱文忠译，北京燕山出版社，2000，第143页。

② 徐国琼：《〈格萨尔〉考察纪实》，云南人民出版社，1993，第119页。

③ 央吉卓玛：《〈格萨尔王传〉史诗歌手研究——基于青海玉树地区史诗歌手的田野调查》，中国社会科学出版社，2015，第64~65页。

④ 杨恩洪：《民间诗神——格萨尔艺人研究》，中国藏学出版社，1995，第277页。

⑤ 杨恩洪：《民间诗神——格萨尔艺人研究》，中国藏学出版社，1995，第277页。

教文化互动、碰撞与共进的历史大背景下形成的一种史诗样式"①。蟒古思故事的说唱艺人齐宝德在说唱故事之前，都要将供奉吉祥天女班丹拉姆女神的佛龛的挡板卸下，将班丹拉姆女神的神像外露，在佛龛前给班丹拉姆女神上香。平时不说唱蟒古思故事时，齐宝德则用挡板将班丹拉姆女神的神像挡住。每次说唱蟒古思故事，齐宝德大约要给班丹拉姆女神上三次香。②

很明显，图像与其他媒介物质在史诗演述的仪式中超越物质存在的本体属性，对请神、降神和娱神等起到了不可替代的作用，构成了每一次史诗演述的神圣空间。这些图像在叙事上并没有与史诗叙事产生一一对应的关系，虽然没有直接呈现将要演述的史诗情节，但是它们作为叙事媒介参与到史诗演述仪式场域的建构中，每次以程式化的方式反复再现演述仪式，唤起受众对史诗演述仪式的记忆，与接下来将要发生的史诗演述产生直接的叙事关联。

在史诗演述中，史诗图像具有传统指涉性（traditional referentiality），而这种指涉性的程度又取决于图像对史诗叙事的再现程度。巴莫曲布嫫对传统指涉性有过这样的学理性阐释：

> 从英雄诗系，到两部荷马史诗，再到各种城邦版的荷马史诗，这些文本之间是互有关涉的，取决于叙事传统的渐进演成和构合。有些典型的史诗叙事片段还出现在壁画和瓶画上，在细节上有一些差异。所以，纳吉提出了"交互指涉"这个概念，并指出应当从一种历时性的观察出发，去理解史诗传统，从一个吟诵片段到另一个吟诵片段之间的任何一种交互指涉都当视作传统。在弗里那里则被概括为"传统的指涉性"，跟纳吉的概念可谓异曲同工。③

---

① 冯文开：《陈岗龙〈蟒古思故事论〉述评》，《民族文学研究》2018 年第 1 期，第 164 页。

② 齐宝德在家里说唱蟒古思故事，上香是必不可少的。但是在他人家里说唱，他不会勉强别人这么做。参见陈岗龙《蟒古思故事论》，北京师范大学出版社，2003，第98 ~ 105 页。

③ 巴莫曲布嫫：《英雄观、英雄叙事及其故事范型：传统指涉性的阐释向度》，《民族艺术》2014 年第 3 期。

史诗图像以图像的形式艺术地再现史诗的内容，是含有传统内涵的形式，而非纯形式的图像，融聚了更多的史诗内容与观念。史诗图像既包含着人们对节奏、旋律、流动、线条等艺术要素的充分认识与把握，也寄寓着人们的史诗想象，以及对史诗英雄的记忆与崇拜。图像的出现使得史诗里的人物与事件定格为时间与空间的平面，使得它们转换成固定的具象，人们拥有了史诗的语言叙事的另外一个可视世界。换句话说，图像作为史诗叙事之视觉再现的一种隐喻具有非常一般的普遍性，它将史诗的语言叙事汇入形式的结构，转换成一种艺术性的符号，使得语言叙事的时间性运动转化成空间形式的序列。从理论上讲，不论史诗演述中的图像呈现何种图画，乃至是简单的可视标记，都创造了一个指向史诗演述传统的诗学特性。

一般而言，史诗的图像存在于史诗演述传统内部，即通常在自身的史诗演述传统内部才是可理解的。图像是一种表意符号，指向一个史诗世界，它与史诗的语言叙事形成互文指涉，而图像的指涉性便是通过这种互文性支撑起来。图像不是语言叙事的传播，而是诉诸视觉交流的媒介。史诗图像从来不是单向度地传达信息，欣赏它的观者如果是图像所属演述传统的受众，那么他们便与图像共享着"内部知识"，能够顺利开展交流互动。换句话说，在史诗演述传统内部，任何一幅图像都不仅仅是一种艺术形式，而且还是一幅"映射图像"，它能够唤起观者联想与之相关的史诗故事，具有了特定的象征与指涉的意义。

不可否认，许多史诗图像的观者不是图像所属那个演述传统的受众，是其所属史诗传统本土知识的他者。因此，他们或许不能理解这些图像，不能较好地将它们转换成具有潜在传统涵义的线索与提示，进而不能科学而准确地对这些图像进行符合各自史诗演述传统的阐释。当然，一些观者是较为熟谙地掌握了史诗演述传统本土知识的他者，故而能够较为熟练地掌握图像所蕴含的传统意蕴，不仅能够愉悦地欣赏图像的艺术特征，而且将它作为史诗故事的一种编码和符号来加以认识。

史诗图像便如通向史诗传统内涵的路径，它引发出来的不仅是一种视觉，还呈现语言与视觉经验之间的关系。每一幅史诗图像都只能在自身的史诗演述传统话语的框架内产生传统涵义，是一种描写性与阐释性的语言叙事之外部的视觉再现。也就是说，史诗图像充斥着承载传统涵义的符号，每一幅史诗图像都充满了"文本性"和"话语"。图3展现了朗曼杰穆骑着黄羊从云端上降临人间，预言英雄格萨尔将要在岭国诞生的故事情节，还呈现了格萨尔出生后不同凡响的神奇故事，如他和他的母亲遭到叔父陷害，被驱逐到最边远贫穷的玛麦之地，默默为人们除魔去疫，并施展巫术，使岭噶布的百姓迁徙至水草丰美的黄河畔牧场等。图4描述了格萨尔打败霍尔，杀死白帐王的情节。

图3 格萨尔的神奇诞生

这些图像告诉我们在研究史诗图像与史诗演述传统之间的关系上，应该更多考虑图像如何呈现史诗故事，探讨它本身呈现了什么，暗示着什么，以及蕴含着何种传统内涵。

作为物质客体存在的史诗图像可以独立于史诗演述，不需要在史诗演述中也具有自身存在的审美价值和传统内涵，它们不仅是满足人们审美需要的艺术形式，而且将史诗的思想观念和情节内容物质化，对史诗有着传播的功能。毋庸置疑，在无文字时期，史诗主要依靠口耳相传的方式进行创作、演述和流布。但是，图像也是无文字时期史诗重要的流

图 4　格萨尔打败霍尔

播方式，古希腊许多非语言的物质图像都曾取材于荷马史诗，而且艺术水准非常高。约公元前575～公元前525年，画师伊特鲁里亚在阿提卡黑陶提水罐上绘了一幅画，再现了塞提斯为阿基琉斯递上赫菲斯托斯制造的盾的故事，它现藏于巴黎卢浮宫，编号为E869，见图5。

图 5　塞提斯将赫菲斯托斯制造的盾递给阿基琉斯，并献上花环

公元前425～公元前375年，画师利格鲁斯在黑陶提水罐的罐身上绘制了阿基琉斯在帕特罗克洛斯坟墓周围拖拉赫克托尔尸体的故事，它现藏于明斯特的威廉大学，编号为565，见图6。

图6　阿基琉斯拖着赫克托尔的尸体

　　它们都属于荷马史诗的图像范畴，独立于语言。大量证据表明，这种类型的图像不仅存在于希腊史诗传统，而且存在于印度、中国等许多其他世界各地的史诗演述传统。印度安得拉邦（Andhra Pradesh）有一幅描述《罗摩衍那》完整故事的图画，长30英尺，宽10英尺，共有60幅场景。[①]《格萨尔千幅唐卡》使用了每幅长2米、宽1.4米共1288幅唐卡描画了200多个人物形象，较为全面地展示了《格萨尔》的经典内容。这些唐卡不仅是对《格萨尔》史诗的记录与再现，也是将《格萨尔》传达给世人的一种形式，它们在国内与国外的巡展使得唐卡具有传播信息的功能，既增进国内各兄弟民族间的文化艺术交流，也加强中国多民族文化和世界文化的沟通与交流。格萨尔在藏族民间被视为守护神与护法神，寺院与世俗家庭经常供奉着格萨尔唐卡。格萨尔唐卡有单幅的，也有多幅成套的，而前者居多，其间涌现了许多著名的绘画格萨尔的唐卡大师。果洛的艺人阿吾噶洛被誉为"画不完的《格萨尔》艺人"[②]，果洛龙恩寺的嘎日洛擅长绘制格萨尔唐卡以及具有果洛独特风格的格萨尔龙达。[③]　许

---

① 〔美〕梅维恒：《绘画与表演——中国的看图讲故事和它的印度起源》，王邦维、荣新江、钱文忠译，北京燕山出版社，2000，第154页。

② 措吉：《藏族牧区社会与〈格萨尔〉叙事传统——以青海果洛甘德县德尔文部落为个案》，北京师范大学博士学位论文，2011，第81页。

③ 杨恩洪：《民间诗神——格萨尔艺人研究》，中国藏学出版社，1995，第60页。

多学者都曾留意于格萨尔唐卡的收集,法国学者石泰安将搜集的格萨尔唐卡编辑成册,于1958年出版了《格萨尔生平的西藏画卷》。

史诗图像是史诗叙事的视觉再现,是呈现史诗的一种符号,而这种符号又是史诗世界的象征与隐喻。它们不仅仅是线条,也不仅仅是纯粹的几何图形,而是承载着丰富的史诗内容与想象以及观念的艺术品。也就是说,史诗图像是口头史诗的固态化,源自史诗演述传统,又具有相对的独立性。它们具有直观的特性,能够满足受众的感性审美需要,能够加深受众对故事的理解。当然,史诗图像还会辅以语词,解释与说明图像的内容,这是语词与图像的结合,史诗的故事融入两种已经编码了的媒介之中,缝合了语词与图像、可说的与可视的障碍,使得图像与语词意义具有了密切的联系。其实,不管是唐卡、绘画,还是雕塑、木刻、石刻等,这些史诗图像都受制于各自史诗说唱传统的质的规定性,都是在各自的传统框架内对史诗的再现,而且呈现的特征与样貌也各不一样,但都让史诗内容在图像中得到更为丰富的浓缩。

当然,史诗歌手会使用语言建构一种史诗图像,这种类型的史诗图像并非视觉再现,而是一种视觉再现之语言再现。《伊利亚特》里的阿基琉斯的盾是这种图像的范例。阿基琉斯的盾作为研究与分析的对象已经广为人们所熟知,但是我们不能确证史诗里的阿开亚人与特洛伊人是否确实观看过这个非同一般的盾,也不能确证荷马亲眼见过它,可以肯定的是诗人完整地将从缪斯那里聆听到的与这个盾相关的内容说唱出来。阿基琉斯的这个盾是图像的语言再现,它给无声的艺术客体赋予声音,是对一件艺术品的修辞描述。它不能独立于史诗,存在于史诗语境里,以史诗的装饰与从属的身份出现。不过,它呈现的世界要比《伊利亚特》呈现的世界大得多,后者只是前者呈现的整体世界的一部分,另外还有大地、天空、海洋、城邦、耕作、收获、酿酒、放牧、狩猎、婚丧、诉讼等许多日常生活世界的图景都浓缩在这一面盾里,而诗人又以一个故事接着一个故事的描述方式使用了一百多行诗句将它们都描述出来。正是因为对阿基琉斯的盾有着精彩而辉煌的描述,荷马自古以来便被人们推崇为画家典范。荷马是通过语言再现的这一图像文本,它的功能与全部意义取决于它在史诗中的位置。莱辛将这一图像文本独立于史诗,高度评价了荷马使用语言摹仿一幅图画的高超技艺："荷马画这面盾，不是把它作为一件已经完成的完整的作品，而是把它作为正在完成过程中的作品……把题材中同时并列的东西转化为先后承续的东西，因而把物体的枯燥描绘转化为行动的生动图画。"① 显然，莱辛主张语词在一定程度上能够再现图像，但是图像与语词其实各有其特定的形式，图像的有些特征并非完全能由语词再现出来。荷马将我们带到赫菲斯托斯制造盾的现场，这是一个乌托邦的现场，既是史诗内部的空间，也是受众进入这一图像文本的入口，展示了图像与语词的缝合，空间与时间的缝合，物质与抽象的缝合，而受众聆听到的盾与读者在荷马史诗里阅读到的盾在对盾的旨趣及其内涵与功能的体悟上是否吻合却值得一问。

除了阿基琉斯的盾之外，还有许多其他图像以语言再现的形式出现在不同的史诗说唱传统里。较为常见的是《格萨尔》《江格尔》《玛纳斯》等使用图像的语言对英雄的武装的描述。这种语言再现不能像图像那样把英雄的武装呈现在受众的面前，而是通过诗人的语言描述让受众想象它的图像，联想它的意义。这种图像的语言再现是许多史诗说唱传统里一种非常重要的呈现技巧，口头诗人充分调动语言的优势服务于视觉的再现。这种图像虽然不是能够直接可看到的具象与客体，但是它的语言再现本身具有图像的特征。

总而言之，史诗图像是一种视觉形象，与史诗的语词构成互动，形成一种无限关系。它与语词虽然存在着形式上的差异，包括言说与被视的差异，听到的词语与看见的物质客体的差异，以及再现的渠道、再现的传统与体验模式等的差异，但是在史诗传统中艺术地融合在一起。它既可以作为史诗演述过程中的仪式客体，也可以作为史诗书面文本里的插图；既可以作为独立于史诗演述过程而存在于史诗传统里的图像，还可以与史诗演述互动，相得益彰；既可以发挥边缘作用，也可以起到总体核心作用；等等。它们不仅体现了图像的基本性质，而且直接或间接地指涉着与之相关的史诗传统内涵。或者说，图像是观者阅读与了解史诗的一种象征，成为史诗内容自我投射的屏幕。

---

① 〔德〕莱辛：《拉奥孔》，朱光潜译，人民文学出版社，2009，第103页。

第六节　史诗与其他文类间交互性的研究

史诗是一个复杂的文类。绝大多数的史诗包含了其他文类，如神话、民间故事、咒语和挽歌等，它们与史诗共处在一个口头传统的生态里，是相对独立的口头文学样式。在漫长的形成与发展过程中，史诗以自身为导向将它们吸收到自身的演唱传统里，并对其做出相应的艺术处理。史诗与其自身所容纳的文类之间的关系已经成为学界关注的学术话题。在 20 世纪 70~80 年代，弗里（John Miles Foley）数次去到塞尔维亚 - 克罗地亚的奥拉斯科（Orasac）和威里卡（Velika），对这两个地区的史诗以及其他口头文学样式展开田野作业，将史诗、咒语、挽歌、家谱等放在口头诗歌生态学里进行讨论，分析了塞尔维亚 - 克罗地亚史诗以自身为导向吸收挽歌、咒语、家谱的方式。他反对将史诗凌驾于咒语、挽歌、家谱之上，将它们都视为口头诗歌生态的重要组成部分，有着各自独特的语言、特定的演唱人、特定的功能等，是共生和互动的关系。

首先讨论史诗中保存着的丰富的神话。洪水神话是不同史诗传统里常见的一个题材。在《吉尔伽美什》里，在洪水中幸存下来的乌特那庇什提牟以第一人称形式向吉尔伽美什讲述了洪水故事。天神恩利尔想要泛起洪水来减少人类，埃阿预先把这个灾难告知乌特那庇什提牟，乌特那庇什提牟和他的妻子造船逃过了这一劫，而其他人都葬身黏土，恩利尔让乌特那庇什提牟和他的妻子位同诸神。在《吉尔伽美什》之前，苏美尔的济乌苏德拉洪水神话已经流传于美索不达米亚地区。济乌苏德拉洪水神话讲述了鸠什杜拉从侧壁知道了洪水消息，在洪水泛滥中依凭造好的大船得以幸免，获得永生，住在迪尔牟恩。《吉尔伽美什》中的洪水神话源自济乌苏德拉洪水神话，不过《吉尔伽美什》在人名、地名、细节等方面对济乌苏德拉洪水神话做了改编。《摩诃婆罗多》中的洪水神话继承了《百道梵书》中的洪水神话，但又有变化，明显之处是《摩诃婆罗多》舍去摩奴捉鱼的情节，突出报恩的主题。报恩的主题多见于中国南方少数民族史诗的洪水神话。彝族史诗《梅葛》中格滋天神想要调换人种，派武姆勒娃寻找人种。为了报答学博若最小儿子的善念，武姆勒娃告诉他洪水将至，并给他三个葫芦籽，然后他和他的妹妹在洪水来的时候坐在葫芦里活下来了。① 洪水神话进入史诗的显著特征是由散文体变成韵文体，同时史诗会根据自身的叙事法则对原来的洪水神话在情节内容上做出一些修改，如《摩诃婆罗多》要表现的是因果报应、普度众生的思想，所以《摩诃婆罗多》对原来的洪水神话进行了一些加工改造，细致地描写了摩奴救鱼饲鱼的过程，宣扬神的法力无边和报恩的崇高与庄严。不过，洪水神话及其在史诗里的呈现都具有神惩罚人类、有人被告知洪水要来临、被告知避水之法、制作出避水的工具、在洪水中生还等基本母题。

　　同一个神话在同一史诗传统里也会呈现变异。洪水神话除了存在于《梅葛》，还普遍存在于彝族史诗传统里的其他创世史诗中，但是呈现形式不一。《查姆》中众神之王涅侬倮佐颇决定选好心人做人种，把其他人都用洪水淹死。阿朴独姆善良，天神给了他葫芦籽，在洪水中他和他的妹妹在葫芦中保住了性命。② 《阿细的先基》中五儿子和五女儿将金龙神和银龙神放走了，金龙神和银龙神告诉他们洪水将至，让他们打造木柜。洪水来了，五儿子和五女儿躲在木柜里逃生。③ 它们之间的不同都是细微的，其母题基本上都是一致的。还可对同一神话在荷马史诗中的异文进行分析。在《伊利亚特》第一卷里，荷马描述赫菲斯托斯被宙斯抓住他的两只脚，抛出奥林匹斯山的天门，坠落在利姆诺斯岛。④ 这暗示赫菲斯托斯跛足是因为宙斯的惩罚。在《伊利亚特》第十八卷里，荷马描述赫拉因为想掩盖赫菲斯托斯的跛腿，又把他推下奥林匹斯山。⑤ 这又暗示着赫菲斯托斯跛足与宙斯无关。在《伊利亚特》里，赫菲斯托斯的妻子是卡里斯，而在《奥德赛》里他的妻子是阿芙罗底忒。在《奥德赛》第十一卷里，佩琉斯提出如果谁能把凶猛的宽额弯角牛群赶出伊菲克洛斯的费拉克，就把女儿佩罗嫁给谁。预言家墨兰波斯自愿去赶这些牛，但是他被伊菲克洛斯囚禁了一年，帮他牧放牛群。一年后，他被释放了。⑥ 在《奥德赛》第十五卷里，荷马重新描述了这个故事，但有

① 陶阳、钟秀：《中国创世神话》，上海人民出版社，1989，第 106 页。
② 陶阳、钟秀：《中国创世神话》，上海人民出版社，1989，第 109 页。
③ 袁家骅：《阿细民歌及其语言》，科学出版社，1956，第 83～101 页。
④ 〔古希腊〕荷马：《伊利亚特》，罗念生、王焕生译，人民文学出版社，2004，第 25 页。
⑤ 〔古希腊〕荷马：《伊利亚特》，罗念生、王焕生译，人民文学出版社，2004，第 435 页。
⑥ 〔古希腊〕荷马：《奥德赛》，王焕生译，人民文学出版社，2000，第 229 页。

所不同。墨兰波斯不仅不是自愿去赶这些牛群，而且他的产业在一年内被涅琉斯完全霸占了。他被弗拉科斯囚禁，不是被伊菲克洛斯囚禁。最后，他把羊群赶来皮洛斯，把涅琉斯的女儿带回家，让她嫁给了自己的兄弟。①

波吕斐摩斯的神话在古希腊口头传统里流传得非常广泛，包含盗贼想从巨人那里偷窃财物被巨人囚禁了，盗贼用计谋刺瞎巨人的眼睛、藏在羊肚子下逃走，他嘲笑巨人、巨人根据戒指提供的信号追踪盗贼、盗贼切下戴着巨人赠送戒指的手指。奥德修斯与波吕斐摩斯的故事借用了这个神话。波吕斐摩斯把奥德修斯和他的十二个同伴囚禁在洞穴里，以他们为食，奥德修斯用计谋戳瞎了波吕斐摩斯，奥德修斯和他的同伴藏在羊肚子下逃出洞穴，回到船上，嘲笑波吕斐摩斯。在吸收这个神话的同时，荷马将它由原来的散文体变成韵文体，删掉了原来那些幻想性的情节，如有魔法的戒指等。因为奥德修斯是一个足智多谋的英雄，一个英雄如果把自己的手指切掉，这无疑会有损英雄的形象。因此，荷马把具有魔法的戒指和切掉手指的情节删掉。原来神话中的追踪母题转换成了波吕斐摩斯欺骗奥德修斯回到他身边，假意说自己要赠给奥德修斯礼物，让他回到伊萨卡。但这是徒劳的，奥德修斯拒绝回去。同时，荷马描述了奥德修斯欺骗波吕斐摩斯，告诉波吕斐摩斯他的名字叫"无人"，让波吕斐摩斯不能抓住或找到自己，这是奥德修斯逃离波吕斐摩斯洞穴的一个组成部分。在嘲笑波吕斐摩斯过程中奥德修斯把自己的名字泄露给了波吕斐摩斯。一知道了奥德修斯的名字，波吕斐摩斯便向波塞冬祈祷，希望波塞冬为自己报仇。这时，可以说，原神话中切掉戴着巨人赠送戒指的手指这个惩罚性母题被转换成波塞冬对奥德修斯的愤怒。

神话作为一个相对独立的口头传统文类，把它作为史诗的来源是合理的。史诗吸收它，并把它组合进一个更大的整体。其间，史诗并不会对神话叙事的基本构造进行改编，而会将它的基本要素保留下来，对一些次要的要素做出改编和加工。当然，史诗在运用神话时虽然对其进行了改编，但是其仍然能够被辨识出来。

有时，史诗会吸收同一口头传统内的其他叙事诗。《玛纳斯》史诗

① 〔古希腊〕荷马：《奥德赛》，王焕生译，人民文学出版社，2000，第315页。

传统里的《阔阔台依》（*Kökötöy*）和《包克木龙》（*Bok-murun*）的结构非常相近，它们中的阔阔台依祭奠的场景都由十一个母题构成，而且它们的顺序一致，即阔阔台依的死、阔阔台依的养子包克木龙主持祭奠、邀请穆斯林英雄和异教徒英雄参加祭奠、客人光临、异教徒索取包克木龙的坐骑、赛马开始、各项竞技、赛马结束、争吵、玛纳斯准备战斗、异教徒交劳依（Joloy）的死、玛纳斯和他的同伴带着战利品回家。① 在《阔阔台依》和《包克木龙》里，包克木龙都是通过完成一个英雄必须完成的旅程而获得了辉煌的名声。格萨尔在年轻时期有一个诨名"觉如"，当他完成了第一个英雄业绩时便获得了一个英雄的名字。反观包克木龙，"bok-murun"原意是"拖鼻涕"，与"觉如"一样都是为了辟邪而给孩子取用的名字。当包克木龙长大且取得英雄业绩时，他没有更换自己的名字，也没有一个英雄的名字。这些都不符合史诗的逻辑，也不符合伟大的史诗英雄具有的特质。包克木龙是伟大英雄托西吐克（Töštük）的儿子，托西吐克具有高超的摔跤技巧，作为英雄的儿子，包克木龙注定要成就一番伟业，而且继承汗位，率领部族举办祭奠，邀请各部族英雄参加祭奠已经显示了他的特殊才能，但是他在《玛纳斯》里温顺地屈服于玛纳斯。其原因在于《阔阔台依》和《包克木龙》都曾是一个独立的主题，后来在一定阶段被合并到《玛纳斯》史诗传统里，而玛纳斯理所当然地取代了英雄包克木龙在《阔阔台依》和《包克木龙》中的英雄地位成为主要角色和突出人物。② 《艾尔托什吐克》《巴额什》《托勒托依》等诸多柯尔克孜族叙事诗进入《玛纳斯》史诗传统也经历了不同程度的艺术处理。

挽歌是史诗的重要素材。在柯尔克孜族口头传统里，挽歌是一种最古老的歌谣形式，它多见于《玛纳斯》。当楚瓦克牺牲时，阿里曼别特无限悲伤，哭诉道："唉，我尊敬的楚瓦克兄弟，敌人的毒箭把你杀伤。楚瓦克啊，你离我而去，我的眼前一片黑暗昏黄，你的阿里曼别特多么孤单，你却静静地躺在地上。"③ 当阿里曼别特牺牲时，玛纳斯泣不成

---

① A·T·Hatto（General Editor），*Traditions of Heroic and Epic Poetry*，Modern Humanities Research Association，1980，Volume 1，p. 320.

② A·T·Hatto（General Editor），*Traditions of Heroic and Epic Poetry*，Modern Humanities Research Association，1980，Volume 1，p. 320.

③ 居素普·玛玛依演唱的《玛纳斯》（第一部，下卷），刘发俊等翻译整理，新疆人民出版社，1992，第975页。

声，唱道："阿里曼别特，我的同乳兄弟，你过早地离我而去。我的翅膀被折断了，还有谁来把我安慰。没有谁能和我心心相印，如今的玛纳斯多么孤寂。"[1] 在对史诗与挽歌关系的探讨中，以对荷马史诗中挽歌的探讨最为热烈。挽歌在荷马史诗的创作中占有重要的分量，是荷马史诗的叙事结构单元——典型场景（typical scene），而挽歌作为一个文类所具有的某些形式和某些功能也存留在荷马史诗里。典型场景，是歌手即兴创作史诗的叙事单元，其形式和意义是传统的、程式化的。[2] 也就是说，典型场景或主题不仅是歌手在演唱过程中简单的重复，更是口头史诗创作的建筑部件，是口头史诗中可辨识的结构。

　　挽歌是荷马史诗中的典型场景，在《伊利亚特》中出现了九次：帕特罗克洛斯战死，塞提斯领头把挽歌唱响，一次；阿基琉斯哭悼帕特罗克洛斯，领唱挽歌，两次；布里塞伊丝哭悼帕特罗克洛斯，一次；赫卡贝为赫克托尔唱挽歌，两次；安德罗玛开哭悼赫克托尔，两次；海伦为赫克托尔唱响挽歌，一次。《奥德赛》中的挽歌出现一次，即缪斯女神为阿基琉斯唱响的挽歌。这十个挽歌的典型场景占用的诗行数目各不相同，少则两行，多则四十行，不同的英雄阵亡，哀悼者也不同。虽然诗人在呈现这十次场景时使用的方式各异，但是，它们都是在一定限度内的差异，都出现了三个要素：（1）致辞；（2）英雄的个人经历；（3）英雄死亡带来的后果。换句话说，荷马史诗中挽歌这一典型场景既遵循着传统，又在传统的框架内有着相对的变异性；它既是特定的和个别的，也是传统的和整体的。

　　挽歌与荷马史诗共处于古希腊口头叙事传统，挽歌使用的短语和结构与史诗是共享的。也就是说，古希腊口头叙事传统中的挽歌在消化到荷马史诗过程中，它的某些文类特征也被存留在荷马史诗里。当然，必须参照挽歌这一文类自身所具有的属性来理解荷马史诗中的挽歌。荷马史诗仅以手稿形态遗存，我们只能依凭它来推测荷马史诗中挽歌当时的情形。挽歌与荷马史诗都使用六步格，共同的韵律图示决定了挽歌和荷马史诗的句法结构的共生性，决定了它们都要遵守共同的传统法则。荷

① 居素普·玛玛依演唱的《玛纳斯》（第一部，下卷），刘发俊等翻译整理，新疆人民出版社，1992，第977页。
② 〔美〕阿尔伯特·贝茨·洛德：《故事的歌手》，尹虎彬译，中华书局，2004，第96页。

马史诗中的挽歌作为源于口头传统的语言艺术，依然保留着诸多指向这一文类特征的标识。挽歌经常由人们轮流演唱。缪斯女神交替为阵亡的阿基琉斯唱挽歌，赫卡贝、安德罗玛开、海伦都轮流为阵亡的赫克托尔演唱挽歌。再者，演唱挽歌的人经常是女性，而且一人领唱，其他人应和。布里塞伊丝领着许多妇女一起为帕特罗克洛斯唱挽歌，安德罗玛开领着妇女们哀悼赫克托尔。通过荷马史诗，可以推知在古希腊口头传统中，有时男性也会演唱挽歌，帕特罗克洛斯阵亡，阿基琉斯领头为他唱响挽歌，而其他首领附和，含泪哭悼。《贝奥武甫》也有男性演唱挽歌的场景。贝奥武甫阵亡，他的十二位勇士策马而行，绕着贝奥武甫的墓地，唱起挽歌。不过，《贝奥武甫》中挽歌的形式不同于荷马史诗中的挽歌，它呈现为勇士们一边哭诉、一边唱着颂扬贝奥武甫生平业绩的歌。在荷马史诗中，这些演唱挽歌的人都未向神祈祷英雄的灵魂安息，而在《罗兰之歌》中，英雄罗兰祈祷阵亡的主教屠宾的灵魂能进入天堂："愿你的灵魂平安无恙，愿乐园的门为你开放。"①

在被吸收到史诗的过程中，挽歌作为一种文类保持了自身具有的某些基本特征，但也有一些特征发生变化。在塞尔维亚的史诗演唱传统里，歌手使用十音节诗行完成史诗的演唱，而塞尔维亚口头传统里的挽歌却使用八音节诗行。当挽歌被吸纳到史诗里时，其诗行由原来的八音节转换成十音节。在荷马史诗中，挽歌作为一个文类得到了重构。在古希腊口头传统里女性演唱挽歌的音声和轮流演唱挽歌的风俗仪式在荷马史诗中都消失了。在荷马史诗里，挽歌已经与现实中的挽歌演唱的语境和仪式分离了，成为史诗传统中重要的典型场景。也就是说，挽歌由最初哀悼英雄的歌，发展到成为荷马等诸多歌手即兴创作史诗的结构部件。以文类为导向考察古希腊口头传统里的挽歌与荷马史诗中的挽歌，便可发现它们之间存在着一些相异点，而所有这些相异点主要由挽歌和史诗两种文类各自具有的特征所决定。

荷马史诗的挽歌具有很强的传统性指涉，其传统性指涉是指它承载着在字面意义之外的深层意义，指向其蕴含的更深层的传统涵义。赫克托尔要出城与阿基琉斯交战，普里阿摩斯和赫卡贝都哀求赫克托尔不要

---

① 《罗兰之歌》，杨宪益译，上海译文出版社，1981，第121页。

出城应战，并以挽歌的形式苦劝赫克托尔。这两个典型场景都由致辞和英雄死去将给家人带来的不幸两个要素组成。[①] 它们预示着赫克托尔将会被阿基琉斯杀死。再往前看，当赫克托尔从战场回到城中，顺道看望自己妻子和孩子时，安德罗玛开恳求赫克托尔在战斗中要保护好自己，这也以挽歌的形式呈现。[②] 这预示着赫克托尔此时虽然生龙活虎般地站在安德罗玛开的面前，但是他的阵亡已经注定了，安德罗玛开已在为自己丈夫的死哀悼了。帕特罗克洛斯阵亡，塞提斯为他吟唱的挽歌便预先告知阿基琉斯要死在特洛伊的战场上，注定不能生还回到自己的领地，即使塞提斯也无法改变阿基琉斯业已命中注定的结局。

　　荷马史诗中的挽歌是传统的，但是它的呈现形式永远是变动的，一个歌手可以根据不同的语境运用不同的形式呈现挽歌场景。《伊利亚特》第十八卷里阿基琉斯为战死的帕特罗克洛斯演唱的挽歌与《伊利亚特》第二十二卷里安德罗玛开为赫克托尔演唱的挽歌有着相同之处，又有着不同之处。它们由如下要素按照一定的逻辑顺序构成：生者对其亲人或同伴有着一种不祥的预感，不大相信亲人或同伴会战死；通过信使确认亲人或同伴的死讯，或者自己亲眼看到亲人或同伴的尸体；毁损自己的形象；演唱挽歌。阿基琉斯虽然退出战场，但是他注意到战争的局势已经发生了变化，阿开亚人已经处于下风，预感帕特罗克洛斯要死在特洛伊城下。随后，奈斯托尔之子作为信使将帕特罗克洛斯的死讯告知了阿基琉斯。与阿基琉斯不同，安德罗玛开是在缝织衫袍时无意听到特洛伊城墙边传来的哭叫哀号，预感赫克托尔遭到不幸，但是这种预感不是通过信使得到确认的，而是安德罗玛开自己亲身确认的。确认同伴战死后，阿基琉斯抓起污秽的尘土撒抹自己身躯，躺在泥尘里，抓绞和弄乱自己的头发。安德罗玛开确认丈夫阵亡后，甩掉头上戴着的头饰、束带和头巾。在毁损自己的形象之后，阿基琉斯和安德罗玛开都各自为自己最亲密的人演唱了挽歌。

　　预感亲人或同伴会战死与毁损自己形象是构成挽歌这一典型场景的

---

① 〔古希腊〕荷马：《伊利亚特》，罗念生、王焕生译，人民文学出版社，2004，第 501～503 页。

② 〔古希腊〕荷马：《伊利亚特》，罗念生、王焕生译，人民文学出版社，2004，第 145～146 页。

传统叙事结构要素。这两个要素传达了生者确认自己最亲密的人战死时那种悲痛的心情，作为承载传统涵义和具有换喻功能的要素，它们预示将要发生的事情。当确认了帕特罗克洛斯被赫克托尔杀死的残酷事实之后，阿基琉斯非常悲痛，为帕特罗克洛斯唱响了挽歌，并拒绝进餐，决定为帕特罗克洛斯报仇。安德罗玛开确认了丈夫的死讯之后，毁损自己的形象，但是她不可能像阿基琉斯那样在战场上为赫克托尔报仇。这两个挽歌场景传达了既定人物的心理和精神状态，表达了他们悲痛的心情。但是，它们预示将要发生的事情却不同。阿基琉斯演唱挽歌的场景预示着阿基琉斯要重新回到战场，杀死赫克托尔，而安德罗玛开演唱挽歌的场景则预示着特洛伊将要被阿开亚人攻破。

可见，挽歌的场景不仅是荷马史诗的叙事结构单元，而且它承载的传统性指涉功能等同于一幅"映射图像"，能够帮助受众去穿越他们所不熟悉的叙事领地。它是一种高度编码的叙事结构单元，远远大于语法和字面所传达的意义，是承载传统内涵的单元。它在荷马史诗中遵循着以史诗为导向，保留着挽歌作为一种文类所具有的可辨识的特征，同时被赋予了某种特定的传统涵义，预示和指向着荷马史诗中其他将要呈现的语言结构单元。也就是说，荷马运用挽歌场景俭省地演唱荷马史诗，缓解即兴创作的压力，以俭省的方式将承载的传统涵义传达给受众，受众则以传统的方式解读和接受挽歌场景。

还可以从胡仁乌力格尔与蒙古英雄史诗的关系来阐明史诗与其自身所属传统内的其他民间文学样式的互动。胡仁乌力格尔是蒙古族民间艺人在接受和吸收明清小说的基础上使用四胡伴奏说唱系列故事的一种具有蒙古族特色的口头艺术。说唱胡仁乌力格尔的民间艺人被称为胡尔奇。胡仁乌力格尔活跃在蒙古族英雄史诗叙事传统同样活跃的内蒙古东部地区，胡尔奇在对明清小说的接受过程中必然会借鉴蒙古英雄史诗叙事技艺对明清小说进行具有蒙古族说唱艺术特色的创编。[①]

在演唱蒙古史诗时，史诗歌手在开篇常会演唱一段序诗，内容长短

---

① 本节讨论史诗与胡仁乌力格尔关系的内容作为国家社科基金后期资助项目"中国少数民族史诗研究的反思与建构（15FZW031）"的阶段性成果公开发表过，10000 余字。见冯文开《明清小说的蒙古演绎——论胡仁乌力格尔的创编》，《民族文学研究》2016年第 5 期。

繁简不一。金巴扎木苏的《圣主格斯尔可汗》的每个诗章开篇都为序诗，如他在第 16 章《降服侵犯北疆的黄霍尔三汗》开篇唱道：

> jibar salhin garbal
>
> 如果刮了风
>
> jam degree talbibachu togtanau da
>
> 路上放的也刮走
>
> jalihai jisur garbal
>
> 如果有恶魔
>
> jirgal gejü baina yu da
>
> 哪里有幸福
>
> hoi salhin degdebel
>
> 如果起飓风
>
> hotugur tü talbibachu togtanau da
>
> 放在沟里也留不住
>
> hoiihur daisun hüdelbel de
>
> 有了狠毒的敌人
>
> horwa dü amur geü bainau da
>
> 世间哪能太平
>
> egüsge jü helehü üliger bol
>
> 要说的故事是
>
> eteged hola in gajar siü
>
> 遥远的地方呀①

与此相似，胡尔奇在对明清小说进行创编时开篇使用好来宝，将汉文原著里开篇使用的诗歌置换成程式化的描述。如汉文小说《说唐全传》的篇首是一首诗："繁华消长似浮云，不朽还须建大勋。壮略欲扶天日坠，雄心岂入驽骀群。时危俊杰姑埋迹，运启英雄早致君。怪是史

---

① 秋喜：《蒙古英雄史诗的口头叙事传统——金巴扎木苏〈圣主格斯尔可汗〉程式分析》，中央民族大学博士学位论文，2008，第 135 页。

书收不尽，故将彩笔补奇文。"① 布仁巴雅尔在演唱这个隋唐故事时没有将这首诗歌进行翻译转换，而是将它删减，直接置换成蒙古史诗开篇使用的程式化段落，作为篇首，唱道：

Qas un erdeni da

即使是像玉这样的宝物，

Qayagančinege jujagan urgubaču

虽有墙壁般厚实，

Qagalaju aruqu ügei bolbal

但不加以修饰并利用它，

Qas biši qadačilagu šiü.

那么便不是美玉，而是石头

Qagučinčag un učir getel – e

即使是过去的事情

Qejiyede qelequü ügei bol

也永不提及

Qargis jiruma yiar yabugsan yian

那么奸佞小人所做的事

Qejiyede balaraqai.

将永远模糊。

Yu ši erdeni

玉石珍宝

Ebüdegčinege urguqu du

即使是长到人的膝盖那么高

Ebdeleged aruqu ügei bol

如果不雕刻并利用它

Erdeni bišičilagu šiü.

便不是珍宝，而是石头。

Önggeregsen nü učir getel – e

---

① 《说唐全传》，（清）鸳湖渔叟校订，上海古籍出版社，2010，第 1 页。

虽说是过去的事情

Eqüride qeleqü ügei bol

永不提及

ünen qudal yiar yabugsan ni

那么这世间的黑白正义

Önede balaraqai.

就会被永远颠覆。

Galbaragči jandan urgulai.

珍贵的檀木

Gajar yien qadgugsan öndösö tei

植根于土壤

Qaragju qeleqü üliger bolbal

现在要讲述的是

Čüi teng un debter.

隋唐的故事。①

　　它交代了故事发生的时代、点明主题，同时抒发感叹，陈述了一些朴素的人生哲理。这种程式化的段落大多见于胡仁乌力格尔说唱活动中。芭杰的《景阳冈武松打虎》截自汉文《水浒传》第二十二回，没有描述武松与宋江、柴进相遇相知的情节，开篇使用了胡仁乌力格尔经常使用的程式化描述：

ünggeregsen nü üliger

过去的故事

Üledegsen tobčiyi-a

留下的遗篇

Erdemten nü joqiyal

先贤的文章

---

① 布仁巴雅尔：胡仁乌力格尔《隋唐演义》，内蒙古大学文学与新闻传播学院整理本，2013，第 1 页，录音为第 1 个小时的 1 分 35 秒至 2 分 10 秒。

üledegejü qayagsan debter

遗落的书本

Elqüjü abugad

重新拾起

Egüsegejü qelequ üliger.

开说的故事

Süng ulus un üyi-e

宋朝时期

Qui jüng qagan učag tu

徽宗皇帝年间

Šiltagan qamig-a acha egüsün-e gebel

起因要从何寻起

Qeledeg jamagus nigen tariyačin-a qü.

以那优秀年轻的农夫始

Oron nutug yi ni jigagad qelebel de

要说他的故乡啊

Emünedü qijagarčin qe sayan u qümün.

南部那清河县人氏

Obog ner-e olan du dagudaqu acha

姓名，被人们称为

Eü šüng qemequ ner-e

武松这个名字

Yirtinču deleqi dü aldaršijei

在世间扬名①

开篇使用程式化段落已成为胡仁乌力格尔作为一种文学艺术样式具有的体裁特征，与胡尔奇深受蒙古英雄史诗叙事技艺的影响有着直接关联，而且使用程式化的段落开篇也易于蒙古族受众的接受。

---

① 策·达木丁苏荣编著《蒙古古代文学一百篇》（第四册），内蒙古人民出版社，1979，第 1591 ~ 1593 页。

　　胡仁乌力格尔对英雄武装的铺叙是最能体现明清小说流传到内蒙古东部地区并被胡尔奇史诗化的一个显证。汉文小说《说唐全传》对罗成的着装描述道："罗公子头戴银冠，二龙抢珠抹额，前发齐眉，后发披肩，身穿白袍，外罩鱼鳞铠甲，弯弓插箭，挂剑悬鞭，坐一骑西方小白龙，用一杆丈八滚银枪，果然英勇。怎见得？有诗为证：兴唐虎将降幽州，七岁曾经破虏囚。龙马银枪欺信布，指挥谈笑觅封侯。"① 布仁巴雅尔与此不同，对罗成的着装进行了由内到外的细致描述：

> Sulaburi mangnag yi tayilaju,
> 脱下丝袍
> Sugu yin doogur orqigad，
> 从腋下扔掉
> surgaguli yin quyag büs delgen talbiju,
> 展开战甲
> jaq-a jaq-a yin quyag bey-e dü ben jasaju,
> 层层战甲穿在身上
> qümürlig unčagan derbel qamug un dotur-a qedürmen
> 将丝质的白衣穿在最里面
> qas un önge yinčagan tobči dotogši eče gadagši elguju
> 玉色的白扣从里扣到外
> narin tas un quyag sador-a dasugad abul-a.
> 穿上贴身软甲
> Mi liang jen jü subud erdeni quyag tere nü gadar-a daruma
> 镶满珍珠的盔甲穿在它外面
> Gang garug-a yin quyag gesen gadar-a tal-a du ni daruman
> 钢丝甲穿在外面
> Gadar-a tal-a tabun baras un mönggön quyag bey-e düben jasaman
> 五虎银甲穿在外面
> öndör öndör quyag un ogusor ölji jangig-a jangduju

---

① 《说唐全传》，（清）鸳湖渔叟校订，上海古籍出版社，2010，第47页。

长长的甲绳编成吉祥结

Ölji jangig-a üjügür eče sančug dorogši ban miraljigad

吉祥结下面飘带向下飘拂

Sonugad garugsan quyag un ogusar sumun gada jangidman

绵延的甲绳打个盘扣

Sumun gada yin üjügür eče ni sančug dorogši ban miraljigad

盘扣下边飘带飘拂

Gučin jirgugan lüve jiya si sübege yin doogur tagaragulugad

三十六个罗甲丝扣在腋下

Arban naiman goqu uud yi astagan astagan goqutajei

分别钩住十八个银钩

Se too yonqur dumdagur tatagad abul-a

腰上束起丝绦腰带

Gurba oriyaju abučiju baigad guduratal-ačinggalaju

绕上三圈紧紧束住

Emün-e tal-a du qen šiün gada qöndelen yier jangduju

前面扣上一个结

Ebüdeg ün üy-e dü se too janggidugad unagajei

膝盖系上丝绦

Ölmei yi dagagulugad yiü yan sančug talbiji

脚面垂着游云

Baras un teregün tei bolud un ula tai

虎头钢底

Baildugan u gutul yi ölmei degen togturamančin

战靴穿在脚上

Ölmei yin degegür ogusor yi tataju

系紧脚上的带子

üjügür deqi ogusor yi quriyaju abučin jangduju

收拢鞋带

ü qü baras un qormoičag yi ebudeg uruqu qayaman

任由五虎花纹的衣裾垂下

Altan toil arau yin gool du ban elgüjü

金镜挂在背后

Altan toil nu ogusor yi lüve jiya se tur jangduman

金镜的绳子系上罗甲丝

Altan luu nu jirug toil dotor-a yilbaljaju

金龙图案在镜中闪耀

Arag-a šidün dotor-a ni tabun dalbag-a adqugad

金龙齿中插五旗

Qü šin boo jiyan qürel erdeni toil qegudeg deger-e elgüged

护心青铜宝鉴挂在胸前

Qoyar tal-a yin ogusor lüve yan dor jangduju

两面的绳子系在罗甲丝上

Qöqe luu yin arug toil dotor-a gilbeju

青龙图案在镜中闪耀

Nidün yin dagaju odon bömbüge gereltüjü

青龙眼睛散发着光芒

Saqal yin üjügür eče usun dusul dusulju

龙须滴着水珠

Aman u deger-e gal un badar tatagad

嘴上冒着火星

Arag-a šidün eče ni altan goqu yi qajagulju

青龙齿中咬着金钩

Arban naiman sančug dotogši ban talbiju

十八条飘带飘拂

Hai si jangiy-a terigün yian oriyagad

海丝甲系在头部

Qoyar ulagan sančug müren urugu darugad

两个红飘带落在肩上

Dugulg-a yin lüve jiya dugturaju činggagad

系上头盔罗甲

Dugulg-a yin dalbag-a duqu yi dagagad irgiju

头盔的旗帜随头转动

Düng güang boo jüe emün-e tal-a du ni gilbaljagad

东光宝珠在前面闪耀

Altan sarbang julai deger-e ni gilbaljagad

金丝带在额头飘拂

Qoyar luu yin dumdagur ni ergiju

在双龙中转动

Arau deger-e ni bol adqugalji yi jiruglaju

后边描绘着花纹

Gegen öngge tei rungčiü arban gurbačečerejü

十三个明亮的绒球在颤动

Sayin er-e yin temdeg quu qan juang

好汉标志的好汉装

Ulagan bömbüge baragun jaq-a du meraljiju

红球在右边飘摇

Jib nomu yi jegun baragun du arasllai

弓箭携在左右

Ene üyag šiqerčagan qülüg ün dü qajagar emegelčimeglejü

这时给白马配上马鞍

Sadur-ačerig un ulus uud qöteljü irequ yin üyes

士兵牵来之时

Baragun gar üqü yin tiyoočiyang jda yi šegureged

右手拾起五虎银挑枪

Qülüg un jilugu yi qebgeju mordagad

拉紧缰绳出发

Agta qülüg mori yi deger-e deger-e ni tašigurdagad.

快马加鞭①

---

① 布仁巴雅尔：胡仁乌力格尔《隋唐演义》，内蒙古大学文学与新闻传播学院整理本，2013，第407页，录音为第62小时的51分51秒至54分30秒。

这是布仁巴雅尔套用蒙古英雄史诗叙事传统描述英雄整装披甲固有的程式化段落，是布仁巴雅尔对汉文小说《说唐全传》的史诗化，目的在于使得那些已经习惯于聆听史诗演唱的蒙古族受众更容易接受胡仁乌力格尔的说唱。出于受众接受的考虑，几乎所有的胡尔奇通常都使用这种演唱技艺描述英雄的武装。另外，布仁巴雅尔将汉文小说《说唐全传》描写罗成武装的诗歌删掉了，这种处理技巧在胡仁乌力格尔说唱中随处可见。这是因为将汉文诗歌翻译成蒙古文对胡尔奇而言较为困难，而且蒙译出来也难保持原来的韵味和风格。再者，胡尔奇面对的主要受众是普通的蒙古族民众，文化程度不高，对汉文诗歌的传统内蕴较为生疏，接受起来具有相当大的难度。再说，汉文诗歌离蒙古族受众的现实生活比较远，不适合他们的审美习惯。更为关键的是，胡尔奇删掉了这些诗词并不会阻碍故事情节的发展，反而易于受众的接受。

　　夸张是蒙古英雄史诗叙事传统常见的艺术手段，用于突出英雄的勇士品质。《洪古尔出征西拉·蟒古斯》对洪古尔的力量描述道："他愤怒地挥舞香檀树干，一扫便击毙五十条好汉。信手挥舞，五六个勇士被打成肉酱。"① 胡尔奇常将这一种艺术手段使用于对英雄力量的描述上。对裴元庆与宇文成都的打斗，汉文小说《说唐全传》写道："手执两柄银锤，杀下山来。宇文成都迎上去，把流金镗一镗，裴元庆把双锤一架，'叮当'一响。宇文成都挡不住，回马便走。"② 但是，布仁巴雅尔不是简单地叙述打斗的输赢，而是详尽地描述了两位英雄打斗的过程：

> Pei yuančing nu qoos gar nu barigsan temür langtu
>
> 裴元庆双手的铁锤
>
> darugad darugad ireju baiqu
>
> 不断地压下来
>
> Düng yüe taišan agula delbereju unagaju baiqu du adaliqan
>
> 就像东岳泰山崩塌
>
> Dörben dalai yin usučilgaju baguju baiqu adali

① 《江格尔》，色道尔吉译，人民文学出版社，1983，第478页。
② 《说唐全传》，（清）鸳湖渔叟校订，上海古籍出版社，2010，第215页。

四海翻腾咆哮

Nan yüe qeng šan yabquraju irejü baiqu du adali

就像南岳衡山倾倒

Naiman gool un usu üyerlečiged neilju baiqu du adali

八河之水泛滥河流

Jüng yüe sung šan nuragad unaju baiqu du adali

就像中岳嵩山崩裂

Jiü jiang ba he yin usu bilqačiqagsan adali

九江八河之水汹涌泛滥

Qaragagad qaragagad salju baiqu jebseg

交接分开的兵器

Qada agula qagaraju baiqu du adali

就像是山岩脆裂

Qai jiang mürün bučalju baiqu du adali.

海江沸腾一般①

这成功而鲜明地突出了裴元庆的英雄形象，赞颂了他的勇气和力量。夸张也常见于琶杰说唱的胡仁乌力格尔的演唱里，他使用夸张的手法演唱瓦岗寨群雄共斗山虎王的战场情景：

Tede nar un bailduqu yi

要说他们的打斗

Temečejü baiqu yi qelebel

说他们的对抗

Tegri gajar qabsuragad

像是天地结合后

Urubčiqagsan adali

反过来了一样

---

① 布仁巴雅尔：胡仁乌力格尔《隋唐演义》，内蒙古大学文学与新闻传播学院整理本，2013，第242页，录音为第38小时的4分33秒至5分10秒。

Tib dalai daibaljagad

像是九州大地摇晃

Nuračiqagsan adali

坍塌了一样

Galtu agula yegüresün

像是火山爆发后

Urusčiqagsan adali

流出来了一样

Gang-a mören un usu

像是刚果河的水

Üyerlečigsen adali

泛滥了一样

Qüriyečgsen türgisen

围绕的波浪

Qümün arad un üimegen

是人们的喧哗

Nürjigineged irequ

颤动而来的是

Qülüg morid un dabqiyan

奔跑的马蹄

Qüdeng tatagad irequ

冒着烟气而来的

Qüčütü jebseg ün qargugan

是力量兵器的碰撞①

这些诗句非常生动地描摹出了打斗的凶猛与惨烈，表现了蒙古族对战争持有的审美情趣，满足了蒙古族受众的兴趣和需求。

比喻是蒙古英雄史诗常用的另一种艺术手段，它能够鲜明生动地表

---

① 拉西敖斯尔编著《拉西敖斯尔文集·程咬金的故事》（蒙古文），内蒙古少年儿童出版社，2015，第311~312页。

现英雄超凡的体力和高超的武艺。胡尔奇也经常使用比喻描述英雄的外貌、武艺和胆量等。如汉文小说《水浒传》使用"浑身上下，有千百斤气力"①描写武松的力量，而芭杰则使用比喻的手段突出武松的勇武：

> Erelqeg jalagu bag-a
>
> 年轻英勇的小伙子
>
> egün nü qüčüčidal yi
>
> 他的力气
>
> ülitgen abču qelebel
>
> 打比方说
>
> kün lün agula yi qüdelgen-e
>
> 能够撼昆仑
>
> huang he gool yi šiljigülün-e.
>
> 移黄河
>
> Qüčün tegülder büridügsen
>
> 具备了勇气的
>
> qüčütei bag-a jalagus.
>
> 力大无穷的年轻人②

这与蒙古族重武功的审美标准密切相关。当英雄打斗时，胡尔奇经常使用比喻的手法描写打斗过程中英雄的力量和敌方失败的惨状。汉文小说《说唐全传》对程咬金与卢方的打斗描写道："咬金并不回言，把大斧一举，当的一斧盖下来。卢方举手中枪往上一架，当的一声响，把枪折为两段，叫声：'啊呀！'回马便走。"③ 布仁巴雅尔则对此使用比喻的手法进行了扩写，说唱道：

> Čeng yoo jin baragun gar un süqe degeši ben ergüjü.

---

① 《水浒传会评本》，陈曦钟、侯忠义、鲁玉川辑校，北京大学出版社，1981，第432页。

② 策·达木丁苏荣编著《蒙古古代文学一百篇》（第四册），内蒙古人民出版社，1979，第1595页。

③ 《说唐全传》，（清）鸳湖渔叟校订，上海古籍出版社，2010，第133页。

程咬金右手的斧头举起来

Luo fang un deger-e eče dobtulju qürčü iren

冲到卢方面前

arbugadčabčigad tegelei.

砍下来

Salaqi jibar tatagad iregsen adali.

就像扇起大风

Salaqin luu ni unugad tuqlaulju iregsen adali.

像骑着风龙跳跃

Sümber qada yin önčeg yegürejü unagsan adali,

像巨山一角崩落

Luo fang un deger-e süqe bagugad irequ du

斧头压到卢方身上

qeng qemen tusugad abqu yin üy-e du

哼地一声接过时

tüšen gen-e duqduljin duugarču,

咔嚓一声

tügelege tailag-a gal qedün qeseg butaraju,

火光四溅

tosugad abugsan qüčü Luo fang un jida jišin nirailju,

冲劲下卢方的枪斜倾

mori oruqu ban širgus ged

骑着马躲过

terečag Luo fang

那时卢方

ene yamar maguqai qüčütei tegerem yum ged bodumagčin,

心想这是什么力气大的强盗

čagadu tal-a du ni garču ergijü qandugad,

来到旁边再转身

Čeng yoo jin yi jidalaqu getel-e,

朝程咬金刺去时,

Čeng yoo jin nu süqe taqigad bagugad irejü,

程咬金的斧头再次压下来

Luo fang Araičarai ged bosugad tosugad abjei.

卢方费了很大力气接过

Nidal gen-e duqduljin duugaraju,

咔嚓一声

nidün dörben bulang gal butaraju.

眼角布满火光

Nirugun yisön üy-e pir qemen duugaraju

背部啪的一声

Elige jiröhe dülgisju idegsen budag-ačalgijei.

肝肺震响胃里翻滚

Erdegür ün adgsan ni degegür ni garjei.

早上吃的饭菜上吐

Öčügedür oroi yin nu doogur bagujei.

昨天吃的饭菜下泻

Dunda Dunda yian erigsen ilerečigjei.

都出来了

Luo fang un idegsen budag-a

卢方吃的饭菜

tegün nü bey-e qandugsan jüg urbagulugad dutagatal-a.

他没有回头径直逃跑。[①]

　　原著对程咬金与卢方打斗的叙述言简意赅，呈现的是一种速战速决型战斗，更多是对打斗的记录，而布仁巴雅尔则详细地叙述了两人打斗的各个动作，更多是对打斗的描写，凸显了程咬金的力量，能够让受众身临其境地感受这场打斗。也就是说，它使得打斗场景更加细节化和形象化，更加充实生动。

①　布仁巴雅尔：胡仁乌力格尔《隋唐演义》，内蒙古大学文学与新闻传播学院整理本，2013，第112页，录音为第18小时的50分57秒至52分19秒。

　　胡尔奇使用说唱的方式在内蒙古东部地区传播明清小说，决定了他们必然会使用蒙古英雄史诗叙事技艺，对以明清小说故事情节为题材的胡仁乌力格尔进行改编，使自己说唱的胡仁乌力格尔得到蒙古族民众的喜爱，在一定程度上推动了内蒙古东部地区蒙古族民众对叙事文学的审美情趣，由英雄史诗传统转向胡仁乌力格尔。

　　总而言之，在长期的形成与发展过程中，史诗吸收了神话、传说、故事、挽歌等诸多民间文学样式，其间对它们进行了不同程度的改编，在一定程度上导致史诗中的神话、传说、故事、挽歌等取代了原初的神话、传说、故事、挽歌等，而原初的神话、传说、故事、挽歌等是因此消失还是继续与其对应的史诗共存，这对业已成型的史诗而言已经不是那么重要了。

小　结

　　史诗并非是对历史的一种真实记录，也不是讲述历史的权威，其真实性和可信性遭到质疑。毋庸置疑，许多史诗都直接或间接地以某种历史事实为基础，其主人公或多或少有一个历史来源。但是史诗描述的许多内容都是非历史的，充斥着许多难以置信的要素。歌手对历史人物和历史事件的艺术处理有着相当大的自由度，他可能将现实中发生在不同时间的事件放在一个特定的情节里，或创造和虚构一些人物，让故事变得更有意义。当一首史诗从一代传承到下一代，从一位歌手传承到另一位歌手时，这首史诗中的历史要素定然又会发生一些变化，或遗漏或删除或增添。每一位歌手都会以自己的方式把这首史诗呈现出来，他的技艺越高超，那么他每一次演唱史诗呈现的变异越大。更为重要的是，史诗歌手演唱史诗关注的不是历史事实，而是史诗中的人物和情节，这种艺术旨趣让歌手会在艺术需要的情况下对历史事实做出加工以适应史诗的演唱。因此，在很多情况下，只有当史诗的内容能为外部的证据所确证，它们才能作为历史事实被接受。

　　当歌手演唱史诗时，他觉得需要非历史人物和非历史事件来充实故事情节时，他会艺术性地将它们增添到演唱中。换句话说，当演唱的完整和充足需要非历史的人物和事件时，歌手会创造性地增添它们。史诗中的某些材料可能来自历史，但史诗对这些材料的处理不属于历史的范畴，史诗会以一种艺术化的方式同历史发生着内在的联系。进而言之，史诗呈现的历史不是真实的历史，不是特定的历史事件与历史人物，而是以艺术的方式呈现历史。氏族或部族之间的冲突、斗争、融合以及迁徙等诸多历史内容在融入史诗的过程中经过以史诗为导向的加工和再创作，史诗吸收和消化史实的目的在于表达民众的历史观，这既使得史诗故事情节真实可信，又使英雄具有典型性，充满艺术感染力。对史诗展开历史研究不应该固执地寻找史诗中英雄的原型和事件的原型，因为史诗中的英雄和事件可能没有历史原型，而仅是虚构出来的。因此，较为科学的做法是探寻史诗人物和内容反映的社会生活和历史愿望，不是关注史诗反映的历史事件，而是关注它体现了怎样一段真切的社会历史以及以何种方式呈现历史。的确，史诗可能没有真实地记录所发生的事情，但它表达了民众的信念和感情。

英雄的观念是一个跨文类的概念，不仅存在于史诗，而且存在于其他文学样式里。英雄不仅仅是文学所塑造的人物，还是被人们敬仰和崇拜的人物。史诗英雄不同于一般人，拥有超自然的力量，但更多时候他展现的是人类的力量与勇气。歌手通常从英雄的诞生讲起，描述英雄如何完成他的事业。英雄从一开始便不同于常人，有着不同寻常的诞生和成长。他并非普通人，时常带有一定的神性。这种半神半人的品格和天赋保证了他在行动中赢得胜利，这也是人们对他产生敬佩和崇拜的原因。他可能是强壮的、或勇猛的、或敏捷的、或持久的、或智慧的、或雄辩的等。并非所有的英雄能具备所有这些优秀的品格，但是所有的英雄都会拥有其中一些品格。因此，所有的英雄并非同一种类型，不同种类的英雄反映了他们所持有的不同的英雄观念。

英雄的品质必须在行动中展现，英雄的每一次行动并非都是胜利的，关键是他在行动中呈现的勇气、力量、自信和不屈不挠的精神。这才是令人钦佩的，也是英雄价值的凸显和体现。这个行动经常是充满危险的，需要勇气，英雄必须通过它来证明自身的价值，显示自己对荣誉的追求。在实现理想上，史诗英雄的行动都有着生命危险。英雄行动的最佳场景是战斗，战斗是让英雄有着生命危险的行动。史诗便是要让英雄在这种行动中显示出英雄气概和对荣誉的渴望。当史诗中没有与人类作对的敌人，英雄便与自然或怪兽的力量对抗，或要有像奥德修斯聆听塞壬唱歌之类的冒险活动，乃至以战斗的态度对待体育运动以求赢得胜利。无论在何种行动中以何种方式赢得胜利，英雄都显示了对荣誉的执着追求。

荣誉是一个英雄存在的意义，一旦他所追求的荣誉受到了别人的质疑或侮辱，那么他便会义无反顾地维护自己的权益和荣誉。有时，英雄唯有牺牲才能赢得荣誉，唯有牺牲才能让他得到精神的满足和自豪。英雄的行为是高贵的，英雄要给人们的行动树立一个范例，告诉人们如何实现自己的理想。每一个民族的史诗都有自己的特性，甚或每一个区域的地方性史诗都有自己的特性，它的英雄通过自身品格展示了自身的魅力。这些史诗英雄在勇气、力量、欲望、荣誉等方面有着共同的要素，但会因为不同史诗传统持有世界观和审美情趣的不同而有所不同。因此，应该将不同史诗传统或同一史诗传统的英雄展开共时性与历时性研究，探讨他们之间的异同，分析他们的结构类型，揭示其蕴藏的内在规律。

比较研究的方法在史诗研究中具有较为强大的阐释功能。史诗毫无例外地依赖其民族、历史以及自然地理而传承下来，在某一个民族或国家产生的史诗难以适应另一个民族或国家，它不同于民间故事和童话那样容易被借鉴和加工。"真正的英雄史诗，是同它的地方民族的历史的内容相适应的，它不容易从外面受国际的文学影响。不同民族的英雄史诗之间的相似特点几乎经常是类型相似的性质。在这种情况下，将任何相似或相似的影子当作借用的种种对比，只要指出其中类型上的特点的广泛传播就很容易地将其推翻"[1]。蒙古-突厥史诗、拉丁语系民族的中世纪史诗等在主题、题材以及情节上具有一系列的共性，原因在于它们相似的社会与文化历史发展条件。

当然，史诗的比较研究不能将研究对象孤立起来比较，而应该将作为比较对象的史诗放在宏观的、有机整体的视野中加以历史的、系统的考察。或将两个没有必然联系的史诗展开比较，研究其结构之间存在着的相似性，不做任何预设，以社会发展的相似条件解释在起源上彼此互无联系的现象的相似性。或将具有一定联系的同语系和同源的史诗展开

---

① 〔苏联〕符·M. 瑞尔蒙斯基：《斯拉夫各民族的史诗创作和史诗的比较研究问题》，草天译，《民间文学参考资料》（第九辑），1964，第 74 页。

比较，对它们的结构进行共时性和历时性分析，它们之间的相似性是由起源上的亲属关系决定的，而其不同是由其各自社会和历史的差别决定的。或将一首史诗与另一首借用其结构或其他要素的史诗进行比较，这是一种跨文化的比较研究，是史诗间的互相作用、"影响"或"借用"的比较。

新世纪的中国少数民族史诗研究应该坚持跨民族、跨语言、跨传统、跨文类、跨学科的比较研究，致力于在民族文化和人类文化的广大时空背景下寻求中国少数民族史诗比较研究的多种可能性，建构具有中国特色的史诗比较研究理论体系。

应该探讨口头传统的诸多文学样式在史诗形成与发展过程中的作用，分析它们的具体内容、反映历史的方式、题材的结构特点和所描写事件的性质等，勾连出它们与史诗之间的关联，关注史诗将不同时期的诸多口头文学样式包含的内容扩充到史诗的传统题材里以及史诗吸纳新内容和新题材的倾向。英雄故事的社会意义与集体意义远不如史诗的宏大崇高，缺乏真正的史诗背景和对人民命运的描述。但是英雄史诗是由民间英雄故事演进而来，史诗中出现的神话成分常是通过民间英雄故事融入史诗的。颂词和挽歌都是赞颂英雄丰功伟绩的口头文学样式。它们对风格与韵律要求如同史诗那样严格，都是赞颂人类高贵的品质，有着相同的审美力和情趣，它们在长度上不能与史诗相提并论，其呈现的世界观和人生观与史诗相近，却不具备史诗那种独立性和客观性。它们与史诗有着必然的联系，都先于史诗产生，但是史诗都将它们融入其中。在研究史诗与其他相对独立的口头文学样式之间的互动关系时，应该对这些相对独立的民间文学样式本身做出客观的评价，理清它们以何种形式，在哪个阶段进入了史诗。可以说，在跨文类的研究视域下对史诗与其自身传统内部的其他相对独立的民间文学样式进行比较，探讨它们的交互性，这对史诗的形成与发展及其规律的认识有着重要的学术意义。

中国少数民族史诗数量众多，类型多样，内容丰富，传承形态多样。母题是其构成的基本单元，许多母题反复出现在不同的史诗传统里。为了较好地推进史诗母题研究，结合中国少数民族史诗的实际情况对史诗母题进行分类编目是必要的。它能够较为系统地展现中国少数民族史诗的共性与个性，推动中国少数民族史诗的定量和定性分析，有助于对国内不同史诗传统展开横向和纵向比较，为中国少数民族史诗研究与国际史诗研究的对话和沟通搭建平台等。同时，要对某些特定母题进行专题研究，探求其源流或原型及流播路径及其在不同史诗传统里的组合情况，阐述其背后的社会、历史和文化意蕴，揭示史诗叙事的情节结构特征等。

史诗与各种民间艺术共生，歌手在演唱史诗时借鉴和运用了音乐、舞蹈、美术等诸多民间艺术形式。因此，对史诗的艺术研究应该在掌握民间文学与艺术的共生性的基础上，抓住它们的契合点，将史诗作为一种融多种艺术形式于一体的综合性艺术进行考察。这可以拓展史诗研究的视域，深化对史诗存在方式的认识。

当然，史诗的研究远不是这些方面所能涵盖的，还涉及宗教、语言、民俗等诸多方面。这需要在宗教学、人类学、社会学、民俗学、语言学等多学科的宏阔视野中，综合多种研究范式和理论方法，对史诗的歌手、文本形态、语言、叙事、音乐、传播等各个层面展开研究，形成多学科视野中的史诗理论建设和批评实践的学术方向。

第五章　史诗的口头诗学研究

国内史诗的口头诗学研究是 20 世纪末至 21 世纪初中国学界与国际学界交流的产物。它的产生和发展与口头程式理论、表演理论、民族志诗学等国际理论的传入有着密切关系，与中国史诗研究者对史诗研究的书面范式和田野范式的反思，以及口头范式的自觉有着莫大关联。自 20 世纪 90 年代中期起，中国学人开始较为系统地介绍、翻译和评述口头诗学，将它引介入国内学界，并将它成功地运用于国内口头史诗的研究，实现了口头诗学的本土化，进而成功地推动中国史诗研究的观念和范式由书面转向口头。换言之，到目前为止，中国学界对口头诗学的吸纳、转化和本土化还在继续着，中国少数民族史诗研究的史诗观念和研究范式由书面转向口头的过程已然完成，口头研究范式业已成为中国少数民族史诗研究的主流话语，而书面研究范式仍然是中国少数民族史诗研究的重要范式。回顾与总结 60 余年来中国少数民族史诗研究的历史，我们不得不承认口头诗学在 21 世纪初中国少数民族史诗研究的新转向和新的学术格局中起到了至关重要的作用，21 世纪初中国少数民族史诗研究的观念、研究范式、研究眼光与内在的学术理路等，确实与 20 世纪 90 年代中期以前中国少数民族史诗研究有着很大的差异，而且 21 世纪初中国少数民族史诗研究，确实比 20 世纪 90 年代中期以前有了多方位、多层次的提高和深入。我们有理由相信，随着口头诗学的深入和拓展，它将对中国多个相邻学科产生不同程度的影响。

第一节　口头诗学的若干概念与范畴

19 世纪以前，荷马史诗的研究主要以亚里士多德的古典诗学为范式，对荷马史诗的内容、形式及其结构特点展开分析与研究。18～19 世纪之交，欧洲浪漫民族主义席卷欧洲大陆，这一热潮推动了人们对口头史诗的再发现，却没有促使学者们把荷马史诗放在口头传统的视域下重新阐述，他们将更多的精力投入到"荷马问题"的学术论争中。20世纪30年代，当学者们还在为这个持续一个多世纪之久的"荷马问题"进行纠缠不休的辩争时，哈佛大学教授米尔曼·帕里（Milman Parry）将"荷马问题"这一古典文学研究的学术话题与活形态的史诗演唱传统进行比较研究，找到了另一种阐释"荷马问题"的方法。他由分析荷马史诗的传统特征转向分析荷马史诗的口头性，并与阿尔伯特·洛德（Albert B. Lord）前往塞尔维亚 - 克罗地亚地区调查和搜集活形态的口头史诗。他们将荷马史诗与塞尔维亚 - 克罗地亚地区的活形态口头传统作对照和类比研究，验证他们关于荷马史诗源于口头传统的推断，进而总结出口头史诗创作的叙事法则，创立了较为系统的口头诗学理论。这一诗学理论的精髓可以概括为三个结构性单元的概念：程式（formula）、主题或典型场景（theme or typical scene），以及故事范型或故事类型（story-pattern or tale-type）。它们构成了口头诗学理论体系的基本框架。①

程式是在相同的格律条件下为表达一种特定的基本观念而经常使用的一组词。② 它们是史诗歌手演唱史诗的"建筑部件"，史诗歌手能够熟练地运用它们缓解现场即兴创编的压力。只要对程式进行稍微的调整，他就可以连续不断地创编出符合演唱需要的诗行，而程式的长度可以是半个诗行或一个诗行或多个诗行。最短的小片语"all' ge"（复数"all' agete"）在荷马史诗中出现了140多次，一般出现在诗行的句首，占据该诗行的一个考伦。③ 它具有填补韵律空当的作用，对史诗的创编具有结构上的功能。荷马史诗的片语"甜蜜的睡眠"（glukus hupnos）由两个词组成，经常与一个动词一起占据六步格诗行的第二个步格的一半。它是一个便于合韵的片语，为歌手创编史诗提供了便利。在蒙古英雄史诗传

---

① 〔美〕约翰·迈尔斯·弗里：《口头诗学：帕里—洛德理论》，朝戈金译，社会科学文献出版社，2000；亦见〔美〕阿尔伯特·贝茨·洛德《故事的歌手》，尹虎彬译，中华书局，2004。

② 转引自朝戈金《口传史诗诗学：冉皮勒〈江格尔〉程式句法研究》，广西人民出版社，2000，第16~17页。

③ colon，复数形式为cola，言词的节奏单元。具有两重含义：（1）希腊或拉丁诗从两个到最多不超过六个音步的一个系列，含有一个主要重音，并构成一行的一部分；（2）按意义或节奏对言词所作的划分，它的单位比句子小且不像句子那样独立，又比短语大而不像短语那样依附。引自〔美〕约翰·弗里、朝戈金《口头诗学五题：四大传统的比较研究》，《东方文学：从浪漫主义到神秘主义》，湖南文艺出版社，2003。

统里，修饰英雄洪古尔的程式——特性形容词的长度多在一个诗行到五个诗行之间变化。

一个诗行的程式：

asar ulagan honggor

巨大的红色洪古尔①

两个诗行的程式：

aguu yehe hüchütei

拥有伟大力量的

asar ulagan honggor

巨大的红色洪古尔②

五个诗行的程式：

agchim un jagura du

眨眼的刹那之间

arban gurba hubilgad

就会十三般变化的

amin beye düni ügei

灵魂不在身体上的

aguu yehe hüchütei

拥有伟大力量的

asar ulagan honggor

巨大的红色洪古尔③

---

① 〔美〕约翰·弗里、朝戈金：《口头诗学五题：四大传统的比较研究》，《东方文学：从浪漫主义到神秘主义》，湖南文艺出版社，2003，第68页。

② 〔美〕约翰·弗里、朝戈金：《口头诗学五题：四大传统的比较研究》，《东方文学：从浪漫主义到神秘主义》，湖南文艺出版社，2003，第68页。

③ 〔美〕约翰·弗里、朝戈金：《口头诗学五题：四大传统的比较研究》，《东方文学：从浪漫主义到神秘主义》，湖南文艺出版社，2003，第69页。

　　从特性形容词切入，米尔曼·帕里对《伊利亚特》和《奥德赛》的手稿本进行了精密的程式句法分析，揭示荷马史诗程式的组合功能以及它遵循的传统法则，阐明了荷马史诗程式呈现的系统性与俭省的特征，进而严谨而富有创造性地阐释了荷马创作史诗的艺术技巧。阿尔伯特·洛德继承和推进了米尔曼·帕里早年的研究和工作方向，将它们与在塞尔维亚–克罗地亚所从事的田野作业结合起来，撰写被誉为口头诗学"圣经"的《故事的歌手》，其对口头诗学及其比较研究产生了极为深远的影响。除了对程式展开缜密的分析外，阿尔伯特·洛德对典型场景或主题也进行了细致而透彻的探讨。典型场景或主题不是歌手在演唱过程中简单的重复，而是诗歌创作的"建筑部件"，是一种在口头史诗中可辨识的结构。歌手每次在使用典型场景的时候，或多或少地使用同样的词表达它的内容。重复出现是典型场景的重要特征。宴客场景在《伊利亚特》和《奥德赛》中出现了 30 余次，每次出现都包含就座、上酒菜和佳肴、结束进餐、解决了问题或问题得到了调停四个可变通的部分。[①]典型场景是由某些要素按照一定的逻辑顺序组成的一种结构，它没有一种"标准的"形式，在不同的场合或多或少地会出现一些变化。它呈现的形式长短不一，短至几个诗行，长至几百个诗行，荷马使用了 213 个诗行描述了裴罗奈佩的求婚者们在奥德修斯家里举办的宴会场景，使用了 55 个诗行描述卡鲁普索宴请赫耳墨斯的场景。

　　阿尔伯特·洛德抽绎出"故事范型"的概念，认为"在口头传统中存在着诸多叙事范型，无论围绕着它们而建构的故事有着多大程度的变化，它们作为具有重要功能并充满着巨大活力的组织要素，存在于口头故事文本的创作和传播之中"[②]。"回归歌"是口头史诗中典型的故事范型，经常由离去——劫难——回归——报仇——婚礼五个具有逻辑关联的要素构成。《奥德赛》是一首关于"奥德修斯回归故乡伊萨卡"的歌，奥德修斯参加特洛伊战争，历经劫难回到伊萨卡，其间他伪装成乞丐，

---

① 〔美〕约翰·弗里、朝戈金：《口头诗学五题：四大传统的比较研究》，《东方文学：从浪漫主义到神秘主义》，湖南文艺出版社，2003，第 54 页。

② 〔美〕约翰·迈尔斯·弗里：《口头诗学：帕里—洛德理论》，朝戈金译，社会科学文献出版社，2000，第 109 页。

混进了王宫，与儿子忒勒玛科斯杀死了那些追求他妻子裴罗奈佩的求婚者，最后与裴罗奈佩相认团聚。哈萨克族的《阿勒帕米斯》也是一首回归歌，阿勒帕米斯远征阿利夏格尔可汗，历经艰辛回到自己部落，射杀了想娶自己妻子古丽巴尔的吾里坦，把受难的父老乡亲解救出来。故事范型呈现的是一种结构。在不同的口头传统中，同一故事范型可能会呈现出不同的表现形式。《奥德赛》没有依照英雄离去——劫难——回归——报仇——婚礼的顺序叙述，而是从回归开始描述，英雄的离去和劫难是通过倒叙呈现出来，《阿勒帕米斯》则没有脱离回归歌的叙述逻辑，回归歌的范型较为严格地控制着这部英雄史诗叙述的发展顺序。

通过对程式、主题或典型场景、故事范型等概念进行较为系统的阐述，以及对史诗歌手的学艺过程与演唱方式、口头传统与书面传统的关系、不同史诗传统的比较等诸多相关问题的学理性论述，米尔曼·帕里和阿尔伯特·洛德初步完成了对口头诗学的理论建构，为口头诗学的进一步体系化、理论拓展及其学科建设提供了坚实的学术基础。

20世纪中后期，与口头诗学有着密切关联的民族志诗学逐渐兴起，力图纠正欧洲文化中心主义，打破书写传统至上的藩篱，关注非西方的、口头的传统学术。它主张重新认识口头传统的结构美学及其意蕴，对那些在西方诗学理论下被认定为"非诗歌"的非西方的语言艺术，按照其各自传统的诗学准则来确定它们的诗歌特性。① 一直以来，口头诗歌演唱中的音调、音质、音高、重音，以及停顿等诸多声音要素和其他辅助语言特征都没有誊写到书面文本，而这些要素对准确地解读一个演唱事件非常重要。如果剔除这些要素，那么誊写本便不是一个能够完整呈现演唱事件的书面文本，可能直接导致受众对演唱事件的误读。泰德洛克（Dennis Tedlock）着力于使用各种各样可视的印刷字体符号呈现某一特定演唱事件，如大写字母表示音重的词语、细小的字体指称音低的词语、句子的中断表示演唱中的停顿、印刷符号中的长线表示拉长的声调等，以求将一首口头诗歌的演唱完整真实地誊写到书面文本，使受众能够在书面文本上阅读到更为完整的口头演唱事件。他对祖尼印第安人的

---

① 杨利慧：《民族志诗学的理论和实践》，《北京师范大学学报》（社会科学版）2004年第
6期。

口头诗歌进行了深入的调查，设计出能够尽可能多地记录和誊写演唱事件的书面文本，他的文选《寻找中心：祖尼印第安人叙事诗》（*Finding the Center：Narrative Poetry of the Zuni Indians*）和颇具阐释活力的理论著作《口头语词及其阐释工作》（*The Spoken Word and the Work of Interpretation*），较为真切地体现了这种文本模型的学术实践。他的许多著述都致力于如何精细、准确地呈现口头叙事的方式，即将原作的演唱风格和声音融入他的书面文本之中，乃至他的翻译之中。①

如果说泰德洛克侧重对口头诗歌演唱的"声音再发现"，那么海默斯（Dell Hymes）便侧重对演唱事件的"形式再发现"。口头演唱的诗歌呈现的诗学结构体现了其自身所属传统特有的诗学法则，故而海默斯主张将诗学结构单元或传统法则放在口头传统的演唱过程和演唱事件中阐述。也就是说，诗学结构单元不仅存在于口头叙事的某一次演唱中，而且还存在于它的所有演唱里。海默斯提出一种较为系统的、与口头叙事结构单元相关联的诗学观念，专注于研究叙事的范型、平行式、修辞结构等许多与口头演唱相关的诗学特质，认为口头叙事通常由诗行（line）、小诗（versicle）、诗节（verse）、诗段（stanza）、场景（scene）、行为（act）、诗章（part）等结构单元构成。他运用这种诗学结构单元的理论分析北美印第安人奇努坎族（Chinookan）口头演唱的语言、叙事结构，以及修辞与审美特征等，他的著作《"我想告诉你却徒劳"：美洲土著民族志诗学文集》（*"In Vain I Tried to Tell You"：Essays in Native American Ethnopoetics*）是他这一理论旨趣的学术实践，推动了民族志诗学进一步的发展。

20 世纪 60 年代末至 70 年代初，与口头诗学紧密相关的表演理论逐渐发展起来，改变了以往民俗学、民间文学研究的传统思维方式和研究角度，由原来以文本为中心的研究范式转向以表演为中心、关注表演语境的研究范式。鲍曼（Richard Bauman）指出表演的本质是一种言说方式，属于口头交流的语言艺术范畴。他说道：

　　从根本上说，作为一种口头语言交流的模式，表演存在于表演

---

① 巴莫曲布嫫、朝戈金：《民族志诗学》，《民间文化论坛》2004 年第 6 期。

者对观众承担的展示（display）自己交际能力（communicative competence）的责任中。这种交际能力依赖于能够用社会认可的方式来说话的知识和才能。从表演者的角度说，表演包括表演者对观众承担的展示自己达成交流的方式的责任，而不仅仅是（above and beyond）交流所指称的内容。从观众的角度来说，表演者的表述行为由此成为品评的对象，表述行为达成的方式、相关技巧以及表演者对交际能力的展示的有效性等，都将受到品评。此外，通过对表达行为本身内在特质（intrinsic qualities）的现场享受，表演还可被显著地用于经验的升华（enhancement of experience）。因此，表演会引起对表述行为的特别关注和高度意识，并允许观众对表述行为和表演者予以特别强烈的关注。①

进而，鲍曼探讨了表演者以何种方式让受众理解和接受表演事件，描述了"特殊的符码""形象的语言""平行式""特殊的辅助语言特征""特殊的程式""求助于传统""表演之否定"等表演手段，指出它们设定了表演框架，让表演者与受众的交流互动成为可能，表演者只能在其中完成表演活动，而受众只能在其中理解表演事件。显然，表演理论侧重研究口头诗歌演唱的行为本身、文本与语境之间的互动、民族志背景下的情境实践等②，较好地解决了围绕被叙述的事件、叙述的文本而产生的系列学术问题。

20世纪90年代以后，劳里·杭柯、约翰·弗里（John Miles Foley）、格雷戈里·纳吉（Gregory Nagy）、卡尔·赖歇尔（Karl Reichl）等一批国际学人创造性地将"口头程式理论""民族志诗学""表演理论"以及"口头性"（Orality）与"书写性"（Literacy）的研究等熔铸在口头诗学的理论体系中，从而将帕里和洛德开拓的学术基业发扬光大，使得口头诗学这一与口头诗歌研究相关的诗学理论与方法渐臻成熟与完善。③　约

---

① 〔美〕理查德·鲍曼（Richard Bauman）：《"表演"的概念与本质》，杨利慧译，《西北民族研究》2008年第2期。

② 杨利慧：《表演理论与民间叙事研究》，《民俗研究》2004年第1期。

③ 〔美〕约翰·迈尔斯·弗里：《口头诗学：帕里—洛德理论》，朝戈金译，社会科学文献出版社，2000。

翰·弗里对口头诗学的学术贡献尤多，他一直坚守着帕里和洛德开辟的学术方向，致力于口头诗学的拓展和深化，以吸纳新知、融会贯通、博采众长的气度将诸多与口头诗学相关的理论与方法融会于口头传统研究中，系统地提出了"口头传统的比较法则"等学说，以口头史诗作为最重要的学术资源对"诗行""程式""典型场景"等已有的概念进行了学理性的阐发，创用了"演述场域"（performing arena）、"大词"（large word）、"传统性指涉"（traditional referentiality）等术语与概念，构造出独具学术个性的口头诗学体系和口头诗歌文本的解析方法。[①] 他与朝戈金合作的《口头诗学五题：四大传统的比较研究》，将"一首诗""诗行""典型场景""大词""传统性指涉"等概念置于蒙古、塞尔维亚 - 克罗地亚、古英语和古希腊等口头传统里进行精湛的解析和系统的阐述。它对一些关键性概念在不同的传统中呈现的不同表现形态进行考察，凸显了口头诗学的学术视野和基本观照，对口头诗学的比较研究起了重要的学术示范作用，这里对《口头诗学五题：四大传统的比较研究》中某些概念进行介绍和进一步的阐发。

　　一提到口头诗歌，大部分人想当然地认为口头诗歌就是口头创作的、即兴的、随意的语言艺术。这是一种狭隘的观念，是一些经过长期传统学术训练的学者对口头诗歌的偏见，他们认为阅读了记录在纸张上的口头诗歌，就完全可以理解它。这种误读忽视了口头诗歌存在形式的复杂性与多样性。在多种多样的传播介质下口头诗歌可呈现为口头演唱中的口头诗歌，仅以手稿本存留下来的口头诗歌、书面创作出来而以口头形式传播的口头诗歌，以及书面创作出来且以书面形式传播的口头诗歌等多种类型。[②] 而且，口头诗歌具有丰富而悠久的历史传统，世界上的许多地区仍然把创作、演唱和流布口头诗歌作为社会生活的一种方式。因此，口头诗歌的存在是复杂的、多样的，它并非与书面诗歌绝对对立，它们之间存在着一种谱系，口头诗歌与书面诗歌处于这个谱系的两端，在两端之间还有大量中间形态的诗歌。

---

① 朝戈金：《约翰·弗里与晚近国际口头传统研究的走势》，《西北民族研究》2013 年第 2 期。

② John Miles Foley, *How to Read an Oral Poem*. Urbana and Chicago：University of Illinois Press，2002, pp. 40 - 53.

　　"什么是一首口头诗歌"的问题不同于"什么是口头诗歌"的问题，如果说复杂而多样的口头诗歌是一个复数名词，那么一首口头诗歌便是一个单数名词。就书面文学理论而言，一首口头诗歌是指一个完整、独立的实体。这种观点放在口头诗歌上是站不住脚的。因为，如果将一首口头诗歌从其某一个特定的演唱语境中剥离出来，那么它呈现的仅是语言，而声音、手势、服装、视觉辅助、仪式场合等演唱要素都在这一文本化过程中被格式化了。虽然存在着这样的风险，但是一首口头诗歌的提出却是必要的，因为将口头诗歌的某一次特定的演唱转换成以书写呈现的一首口头诗歌，即口头诗歌的一次特定演唱的文本化，是观察与考量口头诗歌的出发点。

　　至于如何界定口头诗歌的一次演唱便是一首口头诗歌，约翰·弗里和朝戈金提出了一首口头诗歌必须具备的两个核心维度：一是立足于故事，要有相对完整独立的故事；二是取决于它的局部和整体结构并存和发生交互作用的方式。[①]这种观点可以追溯到阿尔伯特·洛德，他革命性地提出了"一首特定的歌（the song）"与"一般的歌（a song）"的概念，指出它们的内在联系与相互指涉："一部歌在传统中是单独存在的，同时，它又不可能与其他许许多多的歌割裂开来。"[②]在此基础上，约翰·弗里和朝戈金进一步指出一首口头诗歌是一个变动着的和相对的术语。换句话说，那些构成《江格尔》传统的具体演唱指向一个尚未文本化的全体，一个诗章便是一首口头诗歌，而由单个的诗章所汇聚成的集群同样是一首口头诗歌。[③]在塞尔维亚－克罗地亚的史诗传统中，口头诗歌的一次演唱便是一首口头诗歌，它在形式和结构上相对独立，在内容上构成一个相对完整的故事单元。它们属于更大背景下的众多故事和人物构成的史诗传统，是特定的歌手在特定演唱情境中的特定演唱。[④]

---

① 〔美〕约翰·弗里、朝戈金：《口头诗学五题：四大传统的比较研究》，《东方文学：从浪漫主义到神秘主义》，湖南文艺出版社，2003，第41页。

② 〔美〕阿尔伯特·贝茨·洛德：《故事的歌手》，尹虎彬译，中华书局，2004，第178页。

③ 〔美〕约翰·弗里、朝戈金：《口头诗学五题：四大传统的比较研究》，《东方文学：从浪漫主义到神秘主义》，湖南文艺出版社，2003，第41页。

④ 〔美〕约翰·弗里、朝戈金：《口头诗学五题：四大传统的比较研究》，《东方文学：从浪漫主义到神秘主义》，湖南文艺出版社，2003，第42页。

对于以手稿形态遗存的史诗传统而言，例如荷马史诗和古英语诗歌，它们留给人们的是一个固存的文本。一首口头诗歌的历史已经被时间尘封起来了，去语境化的痕迹被抹去了，但是约翰·弗里和朝戈金认为可以根据历史和诗歌自身的证据初步确定这些以手稿存留下来的诗歌的口承性，指出《伊利亚特》《奥德赛》《贝奥武甫》等都源于口头传统，是一首口头诗歌或者是由众多的一首口头诗歌汇编成的一首口头诗歌。

任何一首口头诗歌，像语言一样，都是一次在特定的语境下的偶发事件。就活形态的史诗传统而言，每一次演唱都是一首口头诗歌，深深扎根在其传统本身所依托的口头诗歌生态系统中，在特定的演唱场域中完成。任何一首口头诗歌中的程式、典型场景、故事范型都能够以部分指称整体，它们不仅是一种结构性的单元，还具有传统性指涉，像一幅地图指引受众越过他们所不熟悉的叙事，找到通向理解整个叙事的路径。① 这是一首口头诗歌能够观照其演唱传统，并以此推演口头诗歌传统内部的叙事法则及其演唱的特征和规律的学理依据。解读一首口头诗歌应该考虑到其演唱的语境。一首口头诗歌演唱的最初目的大多不是出于学者的研究，而是出于口头演唱，是为了让现场的受众接受它。这是一首口头诗歌的语境，也是口头诗歌演唱意义的重要组成部分。约翰·弗里和朝戈金将一首口头诗歌的概念放在具体的传统里探讨它在真实的时间和空间中呈现的方式。这种使用口头诗歌传统自身原有的术语理解一首口头诗歌的观念，纠正了将一种人为的口头诗歌的概念强加在任何传统之上的学术做法。他们对"一首口头诗歌"的厘定不仅拓展了我们对一首口头诗歌的理解，也提醒研究者不应该盯住口头诗歌的一般概念不放，而应该以开放的态度、多样的参照框架有效地阐述多样的和具体的口头诗歌传统。

在《口头诗学五题》中讨论的"大词"（big word /reč）② 来自歌手，它是以民族志诗学为分析工具而得出的基于歌手立场的术语，而不是学者的发明创造。"大词"的提出不仅有利于读出一首口头诗歌的传统内

---

① 〔美〕约翰·迈尔斯·弗里：《口头诗学：帕里—洛德理论·作者中译本前言》，朝戈金译，社会科学文献出版社，2000，第 7 页。

② 文中的"大词"即为"词"（reč），只是为了方便与印刷物上的"词"相区别，才使用"大词"一词。

涵，而且有利于回答一首口头诗歌怎样传达意义的问题。"口头诗歌中一个词（reč，塞尔维亚－克罗地亚歌手的用语）是什么?""大词"是歌手在演唱中以诗行韵律为基础的构成单元。"它可以只有单行之短，或者有五行之长，而且一个程式还能够接续下一个，以组成更长的片断。"[1]　以此而论，

asar ulagan honggor

巨大的红色洪古尔[2]

（单行为一个词）

aguu yehe hüchütei

拥有伟大力量的

asar ulagan honggor

巨大的红色洪古尔[3]

（双行为一个词）

agchim un jagura du

眨眼的刹那之间

arban gurba hubilgad

就会十三般变化的

amin beye düni ügei

灵魂不在身体上的

aguu yehe hüchütei

拥有伟大力量的

asar ulagan honggor

巨大的红色洪古尔[4]

---

[1] 〔美〕约翰·弗里、朝戈金：《口头诗学五题：四大传统的比较研究》，《东方文学：从浪漫主义到神秘主义》，湖南文艺出版社，2003，第71页。

[2] 〔美〕约翰·弗里、朝戈金：《口头诗学五题：四大传统的比较研究》，《东方文学：从浪漫主义到神秘主义》，湖南文艺出版社，2003，第68页。

[3] 〔美〕约翰·弗里、朝戈金：《口头诗学五题：四大传统的比较研究》，《东方文学：从浪漫主义到神秘主义》，湖南文艺出版社，2003，第68页。

[4] 〔美〕约翰·弗里、朝戈金：《口头诗学五题：四大传统的比较研究》，《东方文学：从浪漫主义到神秘主义》，湖南文艺出版社，2003，第69页。

（五行也为一个词）

　　换句话说，“大词”是“说话单元”，而不是印刷物上所界定的“词”，歌手眼中的一个“大词”可能相当于字典或辞典上两个或两个以上的“词”。对于歌手而言，口头史诗里的一个“大词”是一个在演唱中不能再化约的“原子”，是一种言语行为，它从来不像印刷出来的“词”那么小和零碎，而是故事讲述中的单元，它小到一个片语，大到以动作为核心的典型场景，乃至故事范型。① 它的长度可能是六个音节或一个“考伦”，如“悲惨的囚犯”（sužanj nevoljnik）；② 它的长度可能是一整个诗行，如“里卡的穆斯塔伊贝正在喝酒”（Vino pije licki Musta-jbeze）；③ 一个词甚至可能是一个诗行的倍数，例如“他周围有三十个首领，／所有伙伴都相视而笑”（Oko njega trides'agalara, ／ Sve je sijo jaran do jarana）。④

　　“大词”是传统的，在漫长的岁月中从一位歌手传承到另一位歌手，歌手像学习任何一种语言一样学习它们。在这个过程中，所有的“大词”都是反复出现的单元，存在于任何“一首特定的歌”里，也存在于“一般的歌”里。进而言之，“大词”是一个符码，组成了歌手共享的史诗语汇、片语和叙述模式。通过“大词”，歌手演唱史诗故事，呈现他们的史诗演唱传统。

　　“大词”的提出有助于我们更好地理解歌手口头创编的过程以及歌手如何利用“大词”进行思维。当尼古拉·武伊诺维奇（Nikola Vujnović）问歌手索科·默里奇（Salko Morić）“在 Udbina 的一个酒店里，／阿迦们坐着，一起饮酒（Na hUdbini u pjanoj mehani ／ Sjede age, redom piju vi-no）”是否为一个“大词”（reč）时，歌手没有简单地肯定或否定这两

---

① 〔美〕约翰·弗里、朝戈金：《口头诗学五题：四大传统的比较研究》，《东方文学：从浪漫主义到神秘主义》，湖南文艺出版社，2003，第 51 页。

② John Miles Foley, *How to Read an Oral Poem*. Urbana：University of Illinois Press, 2002, p. 13.

③ John Miles Foley, *How to Read an Oral Poem*. Urbana：University of Illinois Press, 2002, p. 13.

④ John Miles Foley, *How to Read an Oral Poem*. Urbana：University of Illinois Press, 2002, p. 13.

个诗行是一个"大词",而是把它们糅合为功能与之相匹配的一个十音节的诗行——"他们正在一起饮酒"(Svi ukupno redom piju vino),将它称为"大词"。① 这种回答比简单说"是"更具有说服力,凸显了口头诗歌的语言规则及其丰富的灵活性。歌手通过一个"大词"重新创编了另一个"大词",虽然形式上发生了变化,但是在歌手看来,它们没有什么两样,都是一个"大词"。这是歌手在演唱一首以前演唱过的歌,或别人演唱过的歌时,为何经常说自己是"一字不差地"(word for word)重新创编这首歌的原因。歌手"一字不差地"重新创编一首诗是不可能的,每一次演唱的口头诗歌经常在一定限度和规则内呈现程度不一的变化,歌手每一次演唱同一个"大词"时,使用的诗行有着这样那样的变化,但是歌手认为它们都属于同一个"大词"。所以他们才敢说:你随便拿一首我没听过的歌,在我面前读两遍,我绝对能用同样的"词"在古斯莱上唱出来。如果我犯了一个错误,我把手指切给你。②

"大词"是掌握着深厚口头传统知识的歌手特有的诗学术语,体现了某一特定口头史诗传统的"内部知识"。约翰·弗里和朝戈金解释了这个术语的本质,将学术共同体的"程式"与歌手的"大词"概念关联起来,进行了学术比较,强调了"以传统为本"的观念。这将促进"学术共同体"的分析性概念与"地方性传统知识"的概念体系的对话与交流,对推动学界站在民众的立场上深入了解口头诗歌自身传统所具有的诗学法则,具有建设性的启发意义。

对于任何交流行为,阅读一首口头诗歌的前提均是顺畅地理解承载传统内涵的"大词"。"大词"经常承载着比它们的各个部分相加更大,也更复杂的意义,而且这些意义丰富了一首口头诗歌的内涵。因此,如果不能准确读出"大词"的传统意义,那么口头诗歌中某些传统的东西便可能丢失。约翰·弗里和朝戈金主张将"程式""典型场景""故事范型"(在歌手眼中它们都是"大词")放在各自的"语域"里理解它们的传统性指涉(referentiality)。语域是一种特殊的语言,是一个言语社会

---

① John Miles Foley, *How to Read an Oral Poem*. Urbana: University of Illinois Press, 2002, p. 15.

② John Miles Foley, *How to Read an Oral Poem*. Urbana: University of Illinois Press, 2002, p. 12.

内的各种具有某种用途的语言变体之一。任何口头言语行为都是在一定
的语域中呈现，口头诗歌的演唱也是如此。当然，口头诗歌的语言与科
学用语及日常用语之间有着深刻的区别。科学用语与口头诗歌的语言区
别开来很容易，科学用语是一种"直指式"的，要求语言符号与对象一
一对应；口头诗歌的语言是一种感情的，充满着记忆和想象。口头诗歌
的语言深深植根于传统中，不仅要求受众注意承载传统性指涉的符码本
身，而且要考虑符码的情意和使用；而科学用语直接明了地将意思告诉
指称对象。① 至于口头诗歌的语言与日常用语之间的区别就复杂得多，
它们皆有表情达意的作用，只不过表现程度和方式不同。② 首先，口头
诗歌的语言更加系统，这是日常用语在日常状态下所没有的；其次，口
头诗歌的语言是诗化的，而日常用语不是。日常用语称呼一个人总是不
带任何特性形容词，而口头诗歌的语言则相反。例如，日常状态下称呼
奥德修斯可能直呼其名，但是在口头诗歌中会加上特性形容词"聪明
的"或"苦难深重的"。这两个特性形容词不仅是结构单元和韵律的填
充物，而且还是奥德修斯的标签，提示着受众对奥德修斯整体特征的联
想与回忆。

　　在特定的语域中解读口头诗歌的传统性指涉侧重阐述"大词"在口
头诗歌的传统语域里所蕴含的深层含义。荷马史诗的"玫瑰色手指的黎
明"是一个符码，它的重要性远非在于它的语义——新的一天要来临了，
也不在于这个短语在诗行的韵律中所起到的作用，而在于这个短语所指
涉的换喻义，在于它的结构指涉的传统涵义，即标识着一个新的情节或
活动的开始。宴客场景不仅是史诗歌手完成史诗演唱经常使用的创编技
巧，也是史诗中可辨识的呈现英雄与英雄之间社会交往的符码，预示着
矛盾或战争得到了调停，或者预示着和平即将要来临。③ 在塞尔维亚 -
克罗地亚史诗传统里，歌手在演唱的开篇常用的"他大声叫喊"（He
cried out）具有一种传统意义，能够唤起受众对传统的记忆，指称回归歌

---

① 〔美〕勒内·韦勒克、〔美〕奥斯汀·沃伦：《文学理论》，刘象愚等译，江苏教育出版
　社，2005，第 13 页。
② 〔美〕勒内·韦勒克、〔美〕奥斯汀·沃伦：《文学理论》，刘象愚等译，江苏教育出版
　社，2005，第 13 页。
③ 〔美〕约翰·迈尔斯·弗里：《口头诗学：帕里—洛德理论》，朝戈金译，社会科学文
　献出版社，2000，作者中译本前言第 7 页。

中主人公的悲惨境遇，预示着主人公将要从监狱里被放出来，回到家里，抢回自己的未婚妻。回归歌的故事范型"不单是一种叙述型式，而是一种具有完整功能的故事形式（story-form），它将某些确定的期望进行必要的编码，诸如一位妻子对她的英雄的等待，求婚者对她和她丈夫领地的威胁，英雄为捍卫家园所进行的战斗，以及一系列引领着夫妻得以重聚的线索等等"①。程式、典型场景、故事范型在一个特定的文本里具有一种索引的性质，能够指向内在固有的传统。它们所映射的传统不是某次演唱或者一个源于口头的文本所能完全包容的，它们的涵义要比某一次演唱大得多和丰富得多。

口头诗学的概念、范畴及其学术史极为宏博，绝非一个章节能够呈现清楚的，这里仅择其荦荦大者，对其进行了较为细密的梳理和述评，而对口头诗学理论体系的完整描述，以及对米尔曼·帕里、阿尔伯特·洛德、劳里·杭柯、约翰·弗里、格雷戈里·纳吉、卡尔·赖歇尔等国际学人在口头诗学上的学术贡献展开较为系统的梳理与总结，则容待将来从容地整理与归纳。口头诗学发轫于史诗研究，反过来又将史诗研究推向更为广阔的研究空间，深刻地影响了国际史诗学的格局和走势。迄今为止，口头诗学已经延展到亚洲、非洲、欧洲、大洋洲、北美洲、南美洲等各地史诗传统的论述中，而且不再拘囿于史诗的疆域，延及抒情诗、民谣、颂诗、美国黑人的民间布道等诸多口头文学样式。据数年前的不完全统计，使用该理论的相关成果已经有 2207 种，涉及超过 150 种不同的语言和文化传统，涵盖不同的文类和样式分析。② 可以预见，随着学人们不断的深拓，口头诗学的影响将日益扩大。③

第二节　口头诗学的本土化及其对中国史诗研究的启示

口头诗学引入中国学界较晚，那是 20 世纪 90 年代初期的事情了。

---

① 〔美〕约翰·迈尔斯·弗里：《口头诗学：帕里—洛德理论·作者中译本前言》，朝戈金译，社会科学文献出版社，2000，第 7 页。

② 朝戈金：《创立口头传统研究"中国学派"》，《人民政协报》2011 年 1 月 24 日。

③ 〔美〕约翰·迈尔斯·弗里：《口头诗学：帕里—洛德理论》，朝戈金译，社会科学文献出版社，2000。

1990 年，谢濂将华裔学者王靖献的《钟与鼓——〈诗经〉的套语及其创作方式》译成汉语，介绍给国内学界。王靖献创用一种较为合理的分析模型对《诗经》的程式化句法进行了精细的量化分析，阐述了《诗经》中由整个诗行构成的程式、由某个词或词组构成的程式片语呈现的诗学特征。[1] 同时，他将"兴"与主题联系起来，具体阐释了它们的美学意蕴和传统内涵。但是，该著作译出之后，回应者寥寥无几，中国学界近乎没有关注它，以及与之相关的口头诗学理论。

20 世纪中后期，这种学术局面得到彻底改观，运用口头诗学研究中国文学的主体由原来的外国学人与华裔学人转向中国学人。朝戈金、尹虎彬、巴莫曲布嫫等学人敏锐地觉察到了口头诗学对口头史诗研究具有强大阐释力，可以补正一直以来中国少数民族史诗书面研究范式的偏颇，可以给中国少数民族史诗的研究增添许多新的内容和方法，将一些没有说清楚的问题说得更明白。也就是说，通过口头诗学的引入来激发中国少数民族史诗研究新的学术关注点和生长点是他们共同的学术立场。于是，他们开始把相当多的时间和精力投入对口头诗学的系统引介上。2000 年，朝戈金译出了约翰·弗里的《口头诗学：帕里—洛德理论》。[2] 该著作对口头诗学的历史及其演进做出了精当的钩沉与客观清晰的梳理，以娴熟洞悉的笔触概括了帕里和洛德的成就，评析了口头诗学是如何被诸多文学研究学派加以应用和修正的，同时引述了这一学说与难以数计的语言传统之间所产生的关联性研究，指出了这一颇具开拓新意的重要理论的未来发展走向。

2004 年，尹虎彬译出阿尔伯特·洛德的《故事的歌手》。[3] 该著作从"歌手的表演和训练""程式""一般的歌与特定的歌""书写与口头传统"等方面阐述歌手创作、学习、演唱史诗的方式，揭示了口头叙事诗歌创编的各个环节和过程，证明了口头诗歌是一种创作与演唱相结合的过程。该著作的后四章将从塞尔维亚－克罗地亚传统中归纳和推导出来

---

[1]　王靖献：《钟与鼓——〈诗经〉的套语及其创作方式》，谢濂译，四川人民出版社，1990，第 63 页。

[2]　〔美〕约翰·迈尔斯·弗里：《口头诗学：帕里—洛德理论》，朝戈金译，社会科学文献出版社，2000。

[3]　〔美〕阿尔伯特·贝茨·洛德：《故事的歌手》，尹虎彬译，中华书局，2004。

的理论与方法运用到古希腊史诗和中世纪史诗的研究之中，从程式与主题切入，分析和阐释了《伊利亚特》《奥德赛》《贝奥武甫》《罗兰之歌》，以及《迪格尼斯·阿克里塔斯》等作品的口承性。它的重要贡献在于它展示了口头诗歌的必然的和独特的本质，即演唱中的创作。它一直保持着堪称口头诗学"圣经"的显著地位，是口头传统研究领域中最为重要的一部专著，也是这一领域的开山之作。

2008 年，巴莫曲布嫫译出格雷戈里·纳吉（Gregory Nagy）的《荷马诸问题》。① 该著作从比较语言学和人类学的视域出发，在吸纳先贤和同时代学者学术成果的基础上，构建出荷马史诗文本化的历史演进模型，回答了荷马史诗在具体的时间和空间里呈现的形式，勾勒出了荷马史诗从口头演进到现存文本所经历的阶段，指出了荷马史诗演进过程是创作、演唱和流布相互作用的过程，阐明荷马史诗文本化过程中书面文本和口头来源之间互相关联着的形态。2008 年，杨利慧、安德明译出理查德·鲍曼的《作为表演的口头艺术》。② 该著作阐述了表演的本质、标定、模式性和新生性，对表演的核心理念、特征、学术传统及其理论和实践意义等进行了梳理，展示了表演视角对于探讨民族志资料和历史文献所具有的启示意义。

同时，许多与口头诗学相关的、分量较重的国外学术论文被相继译介到国内。2000 年，中国社会科学院民族文学研究所组织中国学人翻译了约翰·弗里的《典律的解构》、瓦尔特·翁（Walter Ong）的《基于口传的思维和表述特点》、罗斯玛丽·列维·朱姆沃尔特（Rosemary Levy Zumwalt）的《口头传承研究方法纵谈》、巴瑞·托尔肯（Barre Toelken）的《美洲本土传统（北方）》、托马斯·杜波依斯（T. DuBois）的《民族志诗学》等，这些文章由约翰·弗里遴选和推荐，涉及口头程式理论、民族志诗学、表演理论、口头性和书写性等国际诗学的理论成果，而且约翰·弗里还就口头诗学的近期和将来的发展走向给予了精要的讲述。③

---

① 〔匈〕格雷戈里·纳吉（Gregory Nagy）：《荷马诸问题》，巴莫曲布嫫译，广西师范大学出版社，2008。

② 〔美〕理查德·鲍曼（Richard Bauman）：《作为表演的口头艺术》，杨利慧、安德明译，广西师范大学出版社，2008。

③ 这些论文可参见中国社会科学院民族文学研究所组织翻译的北美口头传统研究专号《民族文学研究》2000 年增刊。

可以说，21 世纪初期，通过朝戈金、尹虎彬和巴莫曲布嫫等中国学人对口头诗学系统的引介，口头诗学的理论与方法以及问题意识、学术旨趣、研究范式等诸多方面已经为中国学界所知晓，进而对 21 世纪初期的中国史诗研究产生重大影响，推动了中国史诗学由书面研究范式向口头研究范式的转型。

史诗的口头诗学研究成为国内史诗学界一时之风气与口头诗学的引介密切相关，这自不待言。更重要的是，中国学人能够立足本民族的口头传统，对口头诗学进行吸纳、转化和本土化，创造性地解决本民族的学术问题，乃至"中国问题"。他们撰写了一些见解独特、影响力持久且普遍得到认可的论著。1997 年，朝戈金进入北京师范大学攻读民俗学博士学位，师从钟敬文。在攻读博士学位期间，朝戈金将口头诗学与民俗学有机地结合起来，确定将口传史诗诗学作为自己博士学位论文的研究对象，选择了冉皮勒演唱的《江格尔》作为具体个案，通过对其中一个给定史诗文本的程式句法的分析与阐释，发掘与总结蒙古族口传史诗的诗学特质。2000 年，朝戈金完成了博士学位论文《口传史诗诗学：冉皮勒〈江格尔〉程式句法研究》，同年由广西人民出版社出版。这部著作是运用口头诗学研究本民族文学的一个成功范例，直接奠定了朝戈金在中国学界的学术地位。钟敬文、杨义、郎樱等都曾高度评价该著作在中国史诗学上的学术价值，肯定了其理论方法和分型模型的创新性。①

首先应该提及的是该著作对史诗文本种类和属性的阐述。以《江格尔》为例，他将已经文本化了的《江格尔》文本归纳为"转述本""口述记录本""手抄本""现场录音整理本"和"印刷文本"五种类型，并阐明了它们的诗学价值。在对《江格尔》史诗文本形态的多样性展开分析的同时，朝戈金指出以往学界没有充分重视作为口头文学的史诗具有的特殊属性，认为这直接导致许多学人忽视《江格尔》史诗不同类型文本的差异，以及对它们产生了一些模糊的认识，而学人只有在田野作业的实践操作中按照科学的原则才能较为客观和全面地认识史诗文本类型。朝戈金反对使用书面文学理论来界定口头史诗的文本属性，反对简

① 朝戈金：《口传史诗诗学：冉皮勒〈江格尔〉程式句法研究》，广西人民出版社，2000，附录第 1 页。

单套用书面文学理论来研究口头史诗的创作、演唱和流布，主张以口头史诗自身内在的基本特征来重新界定口头史诗的文本属性，以口头史诗自身的术语来重新阐述口头史诗的特质。以"口头性"和"文本性"为问题导向，他提出活形态的口头史诗从来没有"权威本"和"标准本"，反对对所谓的"原本"或"母本"的构拟和追寻。他将口头史诗的演唱文本置于演唱中界定，充分肯定每一次具体的史诗演唱文本既是一首"特定的歌（the song）"，同时又是"一般的歌（a song）"，阐述了它们之间的区别与关联："卫拉特史诗传统就像是一根连接起不同诗章、不同异文的链条，任何一个文本都是其链条上的珠子，彼此相互依存，故而史诗的结构是受这些文本之间的历史关联和内在关联制约的。"① 朝戈金对口头史诗文本属性的阐述革新了国内民俗学界以往的文本观念，于国内学界对口头文学的文本讨论具有革命性的意义，推动了国内学界对口头文学本身内在规律认识的深化。

其次，朝戈金强调要在创作、演唱和流布中对口头史诗展开文本阐释，揭示其创作法则和美学特征。他说道：

> 史诗文本的含义，是由特定的史诗演唱传统所界定的。所以，一次特定的史诗演唱的意义，不仅要从演唱的文本中获得，还应该考察该文本得以传承并流布的关键语境——演唱的传统。否则，全面理解史诗的诗学，全面描述史诗的审美价值和文化意义，就是一句空话。②

口头史诗的演唱文本不仅是演唱传统中的文本，也是在特定的演唱语境中呈现的文本，朝戈金主张要将口头史诗的文本与语境关联起来进行整体的把握，观察与分析口头史诗文本的诗学特质："田野意义上的'语境'是指特定时间的'社会关系丛'，至少包括以下六个要素：人作为主体的特殊性、时间点、地域点、过程、文化特质、意义生成与赋予。

---

① 朝戈金：《口传史诗诗学：冉皮勒〈江格尔〉程式句法研究》，广西人民出版社，2000，第82页。

② 朝戈金：《口传史诗诗学：冉皮勒〈江格尔〉程式句法研究》，广西人民出版社，2000，第89页。

因而要求我们从更为深细的语言学观察角度去体认‘表演中的创作’。”①

最后，其论文的特点是精密的诗学分析。以冉皮勒演唱的《铁臂萨布尔》的现场录音整理本为样例，朝戈金剖析了史诗文本与演唱之间的动态关系，对其诗行进行了程式分析，阐述了其程式的类型、系统及功能，对程式的频密度进行了数据统计，对诗行的韵式、步格、平行式进行了细致的解析，按照蒙古史诗押句首韵的基本特点创立了“句首音序排列”的分析模型。这些对蒙古英雄史诗的口头特征和诗学法则的探讨无疑具有开拓性意义，对中国史诗研究也具有理论启示的意义。进而言之，朝戈金的口传史诗诗学研究开创了中国史诗研究的新局面，对中国史诗研究、民间文学研究乃至民俗学研究在学术方法上带来一种范式性的变革，直接起到了引领和示范作用。

尹虎彬的《古代经典与口头传统》对国际口头诗学的演进与发展走向进行了学术归纳与总结。② 他对程式、主题、故事范型等口头诗学的概念进行了学术阐发，对米尔曼·帕里、阿尔伯特·洛德、格雷戈里·纳吉、约翰·弗里等国际学人在口头诗学研究史上的地位和贡献进行了述评，对口头诗学与民族志、民俗学、古典学、语文学的关联进行了阐述，指出了口头诗学对民间文学和民俗学研究的学术意义。在对国际口头诗学研究进行学术总结的同时，尹虎彬较为关注它的前沿理论成果，在《史诗观念与史诗研究范式转移》中对国际史诗学界的研究热点做了具体的介绍，对近期和将来的中国史诗研究走向提出了前瞻性的观点。③ 在对中国近十年来史诗研究格局变化的总结中，对中国史诗研究发展的困境和学术生长点提出了可资操作的学术角度。④ 尹虎彬在学术史的梳理中不乏真知灼见，启发和指导中国学人以更高更广的视域去思考和研究中国史诗。

20世纪90年代，中国民间文学界和民俗学界对以往的研究展开了

---

① 朝戈金：《口传史诗诗学：冉皮勒〈江格尔〉程式句法研究》，广西人民出版社，2000，第97页。
② 尹虎彬：《古代经典与口头传统》，中国社会科学出版社，2002。
③ 尹虎彬：《史诗观念与史诗研究范式转移》，《中央民族大学学报》（哲学社会科学版）2008年第1期。
④ 尹虎彬：《口头传统史诗的内涵和特征》，《河南教育学院学报》（哲学社会科学版）2009年第3期。

自觉的学术反思，吕微、朝戈金、刘宗迪、巴莫曲布嫫、施爱东等诸多学人都参与了这场浩大的学术活动，对各自熟谙的领域中的学术实践进行了多向度的反思。朝戈金、巴莫曲布嫫重新审视了口头史诗研究的现状，对以书面文学理论分析口头史诗的内容、人物塑造方法和艺术特色的研究理路进行了重新思考，倡导以口头史诗本身的内在规律和基本特征为本，归纳与总结了口头史诗的创作、演唱和流布的诗学法则和美学价值。巴莫曲布嫫提出了"民间叙事传统格式化"的概念，以此描述中国学人在口头史诗的搜集、记录、整理、翻译、出版等过程中对口头史诗的增添、删减、移植、拼接等不科学的行为，检讨其给学术研究带来的诸多弊端。这种"格式化"的现象普遍存在于 20 世纪 90 年代以前的民间文学搜集与整理过程中，因此，巴莫曲布嫫对"民间叙事传统格式化"的反思超越了个案的意义，引起了国内民间文学和民俗学界的关注。

在认识和发现以往学术实践中的种种弊端的基础上，巴莫曲布嫫提出"五个在场"的田野理念，包括"史诗演述传统的"在场、"演述事件的"在场、"受众的"在场、"演述人的"在场以及"研究者的"在场。这些要素的在场构建了史诗演唱的场域，在研究对象与研究者之间搭建起了一种可资操作的田野工作模型，确立了观察与分析研究者、受众、演述人、传统，以及文本等要素之间互动关联的框架。

巴莫曲布嫫的博士学位论文《史诗传统的田野研究：以诺苏彝族史诗"勒俄"为个案》虽然还没有以专著的形式出版，但是，其中许多具有非常高的学术价值的内容已经陆续在一些刊物上发表，"民间叙事传统格式化""五个在场"等许多观念得到了中国学界的关注，对中国史诗学、民间文学的理论建设都具有启发意义，对田野 – 文本的研究具有重要的参考意义，引起了许多中国学人对史诗田野研究和史诗演唱的文本化等相关问题的关注和讨论。

经过朝戈金、尹虎彬、巴莫曲布嫫对口头诗学系统的介绍、翻译以及将它成功地运用到本民族史诗的研究上，以口头诗学为理论支撑，以具体史诗演唱传统的个案研究为技术路线，立足本民族史诗传统的中国少数民族史诗研究的内在学术理路逐渐在中国学界确立。一大批中国学人开始对朝戈金、尹虎彬、巴莫曲布嫫的史诗观念和研究范式产生浓厚的学术兴趣，纷纷将其诉诸学术实践，进而形成了一个巨大的学术关注点，如陈岗龙对蟒古思故事和说书艺术的系列研究、阿地里·居玛吐尔地对玛纳斯奇的研究、塔亚对蒙古英雄史诗的专题研究等。鉴于以往蟒古思故事的田野作业和书面文本忽视了史诗歌手在演唱中完成创作这一口头传统的基本特征，陈岗龙于 2003 年 1 月与乌日古木勒一起到齐宝德家里做田野观察和访谈，并撰写了《口头传统与书面传统的互动和表演文本的形成过程——以蟒古思故事说唱艺人的田野研究为个案》。① 该文分析了蟒古思故事演唱传统与本子故事演唱传统的关系，以及口头传统与书面传统的互动在齐宝德《铁木尔·森德尔·巴图尔》演唱文本的动态演变过程中所起的作用，考察了作为《铁木尔·森德尔·巴图尔》的创作者和传承者的齐宝德在这个过程中所起的个人作用，为重新认识和阐释史诗歌手的个人演唱活动和演唱技能在史诗演唱传统中的地位和贡献提供了新的视角。该文对口头传统演唱形态的历时性和共时性的研究，以及对史诗演唱文本化过程的考察具有较高的学术价值。塔亚长期在新疆博尔塔拉蒙古自治州的温泉县和巴音郭楞蒙古自治州的巴音布鲁克地区对《江格尔》展开田野调查，对《江格尔》及其歌手进行口头诗学研究。② 斯钦巴图的《蒙古史诗：从程式到隐喻》阐述了蒙古史诗中程式的特点以及主题和故事范型的程式化特征，揭示了蒙古史诗文本的构成与隐喻意义。③ 阿地里·居玛吐尔地的《〈玛纳斯〉史诗歌手研究》把《玛纳斯》置于"演唱中创编"的口头生态中，揭示了《玛纳斯》演唱文本的生成过程，对《玛纳斯》的演唱传播规律进行了学理上的探讨和总结。④

　　口头诗学理论在中国史诗学界的运用和实践直接引发了中国史诗研究由书面范式转向口头范式，中国学人逐渐使用口头诗学观照一些书面文学理论所不能科学解释的史诗演唱事件，重新发现与考究那些被书面文学理论遮蔽的与史诗演唱传统相关的诸多问题。钟敬文曾在给朝戈金《口传史诗诗学：冉皮勒〈江格尔〉程式句法研究》撰写的序言中提倡

---

① 陈岗龙：《口头传统与书面传统的互动和表演文本的形成过程——以蟒古思故事说唱艺人的田野研究为个案》，载《民间叙事的多样性》，学苑出版社，2006。

② 塔亚：《卫拉特蒙古族文化研究》，内蒙古人民出版社，2006。

③ 斯钦巴图：《蒙古史诗：从程式到隐喻》，民族出版社，2006。

④ 阿地里·居玛吐尔地：《〈玛纳斯〉史诗歌手研究》，民族出版社，2006。

和呼吁史诗理论的转型，肯定口头范式在将来的史诗研究、民间文学和民俗学研究中的普遍意义。以钟敬文在民间文学和民俗学界的学术权威和学术地位，他对口头诗学在中国史诗研究中学术价值与意义的肯定，使得口头诗学成为 21 世纪初中国史诗学、民间文学和民俗学共同关注的学术话题，许多中国学人都参与进来，从多个层面对其展开了探讨与研究，形成了具有某些一致性的"学术共同体"。随着史诗的口头诗学研究在中国的推进，口头诗学对中国少数民族史诗研究具有的巨大阐释力逐渐显现出来了，直接促成中国史诗研究学术关注中心的转换，以及口头诗学在中国史诗研究中学术地位的确立，而与之关联的成果和学术团队也愈来愈在国际学界产生巨大的影响，且赢得它们的赞誉与尊重。

第三节　诗行的演唱与誊录

口头史诗演唱中的诗行具有灵活性，它的生命在于演唱，是口头诗人在演唱中创作出来的，一旦口头诗人完成了创作，它的声音也随之消逝了。将口头史诗演唱中的诗行精确地誊录下来，是对口头史诗分析与研究的基础。在将口头史诗演唱中诗行誊录下来的过程中，哪些要素被捕捉和保留下来，哪些要素被格式化了，这是一个重要的学术话题，深深困扰着学术界。许多学者使用不同的工作模型竭力将口头史诗演唱中的诗行完整而真实地呈现出来，誊录在书面文本上的口头史诗诗行属于口头传统的诗学体系，不像书面文学中诗行的匀称规整，而是显得参差不齐。一般而言，诗行（line）是根据韵律与语义规则排列组合在一起的一组词，人们经常以音节的数目确定一个诗行，最常用的音节数目成为相应行列的固定名称（如恩德卡西拉波，塞腾纳雷奥等）。[①] 一直以来，学术界致力于探寻不同口头史诗传统的诗行准则，且以它们为参照框架研究口头史诗的诗行与句法。事实上，口头史诗演唱中的诗行没有一套普适性的、能包容一切的固定准则，它具有突生性和多样性。如果以某一准则衡量它，那么将遮蔽了它的其他可能性。口头史诗演唱中的

---

① 〔瑞士〕沃尔夫冈·凯塞尔：《语言的艺术作品——文艺学引论》，陈铨译，上海译文出版社，1984，第 99 页。

诗行在不同的口头传统里呈现不同的形式，如果把它界定得太窄，它的某些功能与要素便会被剔除，因此，对其认识应该突破传统学术中根深蒂固的书面文学传统的诗行观念，关注呈现在书面文本上的口头史诗诗行所具有的声音和结构，将其放在具体的演唱中进行界定和阐述，对口头史诗演唱中诗行的誊录工作模型进行学术反思，检讨其间得失。

书面文学的诗歌传统侧重以诗的每行音节的数目，以及具有典律（canon）性质的诗歌来描画诗行的韵律图案。但是口头史诗演唱中的诗行具有灵活性，它并不像书面诗歌那样局囿于韵律进行创作。在亚里士多德的古典诗学范式的影响下，西方学者很长时间以荷马史诗为范例，以六音步长短格为圭臬，侧重以诗的每行具有的音节数目来描画诗行的韵律图案。但是演唱中的诗行具有突生性，它并不像书面诗歌那样局囿于韵律进行创作。荷马史诗以手稿形式遗存，演唱的语境早已不复存在，要想探知荷马史诗在演唱中的诗行是否像现存的手稿本一律都是六步格，这已经非常困难了。但是，通过对活形态口头史诗演唱的观察，描摹出口头史诗演唱中诗行韵律的变化是可能的。《江格尔》现今仍然以口耳相传的方式在民间传承，依然是演唱中的创编。这为分析演唱中的诗行提供了一个较为科学的学术案例，有助于对演唱中诗行的韵律图示做出较为切近事实的推断。

《江格尔》的诗行多以四音步呈现[①]，但在具体的演唱中不是严格的四音步，有时可为三音步、五音步、六音步等，进而使得演唱中《江格尔》的诗行呈现并非像书面文学中诗行那样规整。以冉皮勒演唱的《铁臂萨布尔》的第 450～459 个诗行为例，它们在演唱中呈现不同韵式形态：

> sira in naiman minggan
> 希拉的八千（7 个音节）
> bagatur ud ni irügegsen
> 勇士们祝福过的（9 个音节）
> ir ni yaguman du

---

① 朝戈金：《口传史诗诗学：冉皮勒〈江格尔〉程式句法研究》，广西人民出版社，2000，第 183 页。

利刃将东西（6 个音节）

hürchü üjeged ügei

还没有碰过（7 个音节）

gilagai sira bolod üldü yi abugad

闪光的黄色钢刀拿着（13 个音节）

bagarun gar tagan

在右手中（6 个音节）

sigüsün dusun dusutala athugad

紧紧攥得汁液流淌出来［喊道］（12 个音节）

aldar noyan janggar tologailagsan

英名盖世的诺谚江格尔率领的（11 个音节）

araja in naiman minggan bagatur ud mini

阿尔扎的八千勇士们我的（14 个音节）

gurban dologa

三个七①（5 个音节）

这十个诗行呈现以扬抑格为主的韵律形式，各个诗行的音步和音节数目不尽相同，每个音步都有扬格，但并不是每一个音步都有抑格。第 452 个诗行的第三个音步、第 455 个诗行的第二个音步、第 458 个诗行的第二个音步和第六个音步只有扬格，没有抑格。"Ir ni yaguman du"由两个音步加上一个不完整的韵律构成，但是在聆听冉皮勒演唱这个诗行时，它与聆听其他四音步诗行的效果没有什么很大的缺漏，原因在于冉皮勒演唱短缺音节的诗行时，使用拖长元音的方式弥补了音节的不足。"gurban dologa"由两个音步构成，没有与后面紧跟的诗行"horin nige honog tu（二十一天上，第 460 行）"构成一个诗行，而"horin nige honog tu"由三个音步加上一个不完整的韵律构成。它们不能组合在一起的原因在于它们本身都是固定的程式单元。②

---

① 朝戈金：《口传史诗诗学：冉皮勒〈江格尔〉程式句法研究》，广西人民出版社，2000，第 181～182 页。

② 朝戈金：《口传史诗诗学：冉皮勒〈江格尔〉程式句法研究》，广西人民出版社，2000，第 182 页。

　　当然，冉皮勒演唱的《江格尔》诗行中也有由五音步或六音步构成的诗行。"gilagai sira blood üldü gi abugad"由五音步构成，"araja in naiman minggan bagatur ud mini"由六音步构成。这些长于四音步的诗行，在冉皮勒那里与四音步的诗行都是固定的传统表达单元，是完成史诗演唱的构筑部件。冉皮勒不会因为它们太长，而在演唱中对它们随意作出切分。冉皮勒演唱《江格尔》的诗行呈现以四音步为主，间杂两音步、三音步、五音步及六音步，这在很大程度上体现冉皮勒在即兴创编《江格尔》的诗行时的灵活性。实际上，在口头诗人演唱史诗的过程中，演唱中诗行的不规整对口头诗人和受众而言都不是问题，只是在使用书面文字将它们记录和印刷出来时，各个诗行之间的纷乱才显得突出。朝戈金对此指出："在实际的演唱过程中，这个在我们看来是问题的地方，无论对于沉浸在演唱中的歌手而言，还是对于沉浸在欣赏中的听众而言，都不构成任何问题——诗歌是带着曲调唱出来的。在词语上、在步格上的长短参差，在演唱过程中就被旋律给消弭了、冲抵了。"① 也就是说，誊录在书面文本上的演唱中的诗行呈现得差异非常大，但是在演唱中口头诗人会通过拉长或缩短音节来使演唱中的诗行匀整，使受众在听觉上不会感觉到演唱中的诗行在书面印刷文本上呈现的差异。

　　在胡仁乌力格尔的说唱过程中，它的诗行也不是整齐划一的。琶杰的胡仁乌力格尔《程咬金的故事》对程咬金面貌描述道：

> dabhur urgugsan dürben soyoga
> 生有双重的獠牙（10 个音节）
> degegši dorogši sereičigegsen
> 上下突出（11 个音节）
> dooradu urugul hoyar hurugu
> 下唇如两个手指那么厚（11 个音节）
> dorbolju bagugad dürben hurugu
> 垂下去有四个手指头那么长（11 个音节）

---

① 朝戈金：《口传史诗诗学：冉皮勒〈江格尔〉程式句法研究》，广西人民出版社，2000，第 237～238 页。

degedü urugul dürben hurugu

上唇有四个手指头那么厚（11 个音节）

dellelgen du ban naiman hurugu

裂开有八个手指头那么宽（10 个音节）

dotora eče urgugsan

长在嘴唇里的（8 个音节）

dürben soyoga öndör bolhor

四个獠牙很长（9 个音节）①

　　这八个诗行的音节数目不全相同。但是在实际的说唱中，这些诗行比书面印刷出来的更为匀整。因为芭杰可以通过音乐节奏的调整把音节拉长，或把音节削短，从而使得音节和字数数量不一的诗行在说唱中不会有明显的差异。

　　音乐在塞尔维亚－克罗地亚口头史诗演唱中诗行的构筑上也起着重要的作用。塞尔维亚－克罗地亚口头史诗的一个诗行是由十个音节组成的，这是书面文本带来的错觉，演唱中的诗行与这个论断之间的距离要大得多。十音节在塞尔维亚－克罗地亚口头史诗的诗行中分布广泛，不过执迷于这种简单而容易的类推不仅可能导致错误的分类，而且可能模糊歌手创作史诗的方式。的确，十音节的诗行在塞尔维亚－克罗地亚口头史诗中大量存在，但还有其他的结构类型的诗行存在：

A nemade majka da rodi junaka,

假如母亲没有生下一位英雄，（12 个音节）

Niko da se nafati knjige.

没有谁想去接那封信。（9 个音节）

Ta put Meho reče:

于是梅霍说道：（6 个音节）

Ču lji me, begov kahvedeija!

---

①　芭杰：《程咬金的故事》（蒙文），拉西敖斯尔整理，内蒙古少年儿童出版社，2002，第 5 页。

听着，总督的咖啡师！（9 个音节）①

口头诗人对口头史诗演唱中诗行的长短不一不会特别在意，因为他能够充分利用音乐对演唱中诗行的长短和匀整进行相应的调整和重组。当塞尔维亚 - 克罗地亚的口头诗人在古斯莱（gusle，塞尔维亚 - 克罗地亚民间乐器）上演奏，一个由十二音节构成的诗行不是太长，一个由六音节构成的诗行也不是太短，因为乐器的曲调可以协助完成一个诗行。十二音节的诗行的第一个和第二个音节在声音和乐器的旋律启动之前，它们便被演唱出来了，它们是十音节之外的增量，从属于音乐和节奏。九音节的诗行与规范的十音节诗行相比，它缺失了一个音节，这是因为口头诗人在演唱九音节的诗行时，第一个音节经常是在音乐旋律开始后才演唱出来，而缺失的音节与声音的间歇相吻合，而声音的间歇同样是这个诗行的伴随物。在演唱六音节的诗行时，口头诗人先使用乐器的曲调弹奏出四个音节的声音，然后才开始演唱 "Ta put Meho reče"。古斯莱的存在一定程度上帮助了口头诗人在演唱中即兴创编诗行，有些口头诗人离开了它就不能演唱口头史诗，即使是来自维索科的托多尔·弗拉科维奇（Todor Vlatković），他在没有古斯莱时也说不上两行诗，离开乐器他就会迷失。② 口头诗人弹奏着古斯莱，这让他拥有了突破十音节诗行范型的可能。要真正了解演唱中的诗行，掌握诗行的格律是远不够的，音乐的作用相当关键。一如在塞尔维亚 - 克罗地亚史诗演唱中，将诗行从音乐语境中单独拿出来的话，就等于删除了界定诗行的一个关键的和决定性的尺度。③

对口头诗人及其受众而言，他们更感兴趣的在于以音乐将诗行呈现，语言倒在其次。朝戈金曾说："口头史诗的创作是表演中的创作，它的诗

---

① 〔美〕阿尔伯特·贝茨·洛德：《故事的歌手》，尹虎彬译，中华书局，2004，第 182 页。

② 〔美〕阿尔伯特·贝茨·洛德：《故事的歌手》，尹虎彬译，中华书局，2004，第 183 页。

③ 约翰·弗里、朝戈金：《口头诗学五题：四大传统的比较研究》，《东方文学：从浪漫主义到神秘主义》，湖南文艺出版社，2003，第 58 页。

句是为了唱诵和聆听的，不是为了印刷出来阅读的。"① 换句话说，演唱中的诗行远非像纸页上的诗行那样呈现出固定的整齐划一的形式，它可以通过音乐来填补空缺的音节。从口头和听觉的角度而言，演唱中的诗行是声音和音乐的演唱，它的词的意义在一定程度上有助于情绪的呈现，但是完成一个诗行的演唱取决于声音和音乐。

因此，音乐不是诗行的附属，而是诗行的一部分。以书面文本的视角界定口头史诗演唱中的诗行，那未免过于狭隘。这样得出来的、誊录在纸张上的诗行脱离了演唱，在一定程度上扭曲了演唱中诗行的真实情形。"在表演中快速创作的压力之下，故事歌手们构筑诗行时会犯些小错误，这是可以想见的。在歌手的诗行中，有的音节可能太长，有的可能太短"②。其实，这种诗行的构筑并非口头诗人在犯错误，而是演唱使然。演唱中的诗行时时刻刻都在一定的限度内变换着形状，充满着灵活性。这正是口头诗人成千上万次地演唱口头史诗而不感到厌倦，也正是听众对之百听不厌的原因所在。我们不能因为它不符合诗行的参照框架就给它贴上"错误诗行"的标签，这样会扼杀口头史诗演唱的生命和美学魅力。进而言之，口头史诗的即兴创编和口头演唱的特征决定了口头史诗演唱中的诗行不同于书面文学中诗行的匀称规整，我们不应该使用传统的书面文学理论惯用的欣赏和接受方式理解口头史诗演唱中诗行的参差不齐，而应该以口头史诗自身特有的传统法则来理解口头史诗演唱中诗行的灵活性。

史诗歌手在演唱史诗时不会有意识地对诗行做出切分，也不会有意识地告知受众一个诗行从哪里开始，到哪里结束。因此，切分演唱中的诗行是将演唱中口头史诗誊录下来的关键。一首口头史诗的演唱是通过声音呈现出来的，而且与之相应的声音范型（sound-patterning）也包含在演唱之中。因此，声音范型是将口头史诗演唱切分成诗行的重要维度。其实，口头诗人演唱的每一首口头史诗都属于一个特定的声音范型，而且声音范型的数目是有限的，数量不多。它是一首口头史诗特有的"常数"，以若干不同的形式呈现，能够将人们的注意力从音节数目的计数转

---

① 朝戈金：《口传史诗诗学：冉皮勒〈江格尔〉程式句法研究》，广西人民出版社，2000，第 178 页。

② 〔美〕阿尔伯特·贝茨·洛德：《故事的歌手》，尹虎彬译，中华书局，2004，第 55 页。

换到诗行生动的声音上面去。一直以来，西方学者对古英语诗歌《贝奥武甫》的诗行都从音节上理解，他们费尽心思地想把古英语的韵律纳入古希腊－罗马的模式，最后都没有取得成功。因为《贝奥武甫》的诗行是在八音节和十六音节之间不断变化。声音范型才是适合于解读《贝奥武甫》诗行的一个最佳选择。《贝奥武甫》的声音范型的首要特征是使用头韵（alliteration），它把两个半行诗组合在一起。例如"hæleð under heofenum, hwa pæm hlæste onfeng"（天下英雄，谁堪此任，第52诗行）、"leof leodcyning longe Trage"（万民恒久爱戴之君，第54诗行）分别为十三个音节和八个音节，各自通过"h"和"l"将两个半行诗连接起来了。① 一般而言，《贝奥武甫》的每个诗行都有四个重音，这是它所遵循的一种常见范型。例如"secgan to soðe, selerædende"（说老实话，大厅中的谋臣，第51诗行），它的重音分别是在"e""o""e""æ"上。② 声音范型在蒙古口头史诗《江格尔》中占据着首要的位置，最为显著的特征是句首韵（head-rhyme）。它是蒙古诗歌的通则，其作用是把若干个诗行连接成一个系列，同时还有助于传播和记忆，一定程度上可以帮助歌手即兴创编史诗。③ 另外，尾韵、半韵等各种声音范型也常见于《江格尔》的诗行中。④ 故而，声音范型成为朝戈金切分冉皮勒演唱的《江格尔》中诗行的重要依据。⑤ 当然，声音范型也是切分胡仁乌力格尔说唱中诗行的重要依据。胡仁乌力格尔是一种韵散相间的蒙古族口头艺术，胡仁乌力格尔的说唱艺人——胡尔奇经常通过头韵、句首韵、尾韵和内韵等韵式方法使他的说唱铿锵优美、节奏和谐。对胡仁乌力格尔《吴越春秋》中夫差夸赞西施，胡尔奇布仁巴雅尔唱道：

---

① 〔美〕约翰·弗里、朝戈金：《口头诗学五题：四大传统的比较研究》，《东方文学：从浪漫主义到神秘主义》，湖南文艺出版社，2003，第66页。

② 〔美〕约翰·弗里、朝戈金：《口头诗学五题：四大传统的比较研究》，《东方文学：从浪漫主义到神秘主义》，湖南文艺出版社，2003，第67页。

③ 〔美〕约翰·弗里、朝戈金：《口头诗学五题：四大传统的比较研究》，《东方文学：从浪漫主义到神秘主义》，湖南文艺出版社，2003，第59页.。

④ 〔美〕约翰·弗里、朝戈金：《口头诗学五题：四大传统的比较研究》，《东方文学：从浪漫主义到神秘主义》，湖南文艺出版社，2003，第59~60页。

⑤ 朝戈金：《口传史诗诗学：冉皮勒〈江格尔〉程式句法研究》，广西人民出版社，2000。

uuguju itelei gedeg bol urugul učimeg

喝吃的时候是嘴唇上的美

üjeged saguna gelei nidün učimeg

坐着看的时候是眼睛里的美

üge in helehü gi soloslaičihin učimeg

听着说话的时候是耳朵的美

učir i in elhilehulei ebčigün učimeg

整理事情的时候是心里的美①

　　这组诗行的切分是依据句首韵和尾韵做出的。这四个诗行押句首韵，构成"ABBA"的韵式。它们押尾韵"čimeg"，构成"CCCC"的韵式。"蒙古语中的后置词，作为相同的成分出现在相邻或相近的诗句中时，也起到尾韵的作用"②。这四个诗行既是独立的，其中每一个诗行与其他三个诗行形成相互对应的关系。布仁巴雅尔对胡仁乌力格尔《吴越春秋》中伍辛的装备使用了如下诗行描述：

ündür huyag un ogosor i ülji janghiya jangdugad

长的盔甲绳结系成吉祥结

ülji janghiya in üjügür eče sančug dorogši ban miraljagad

吉祥结尖上飘带向下招展

sunju garugsan huyag un ogosor sampan gada janghisgad

伸出的盔甲绳结系成水仙结

sampan gada in üjügür eče sančug dorogši miraljagad

水仙结尖上飘带向下招展③

　　对此，笔者也是依据声音范型展开诗行的切分。这组诗行是押句首

① 布仁巴雅尔：胡仁乌力格尔《吴越春秋》，第2小时的23分29秒至23分41秒，内蒙古大学文学与新闻传播学院录音，2013。

② 朝戈金：《史诗学论集》，中国社会科学出版社，2016，第254页。

③ 布仁巴雅尔：胡仁乌力格尔《吴越春秋》，第10小时的41分05秒至41分16秒，内蒙古大学文学与新闻传播学院录音，2013。

韵，构成"ABBA"的韵式。它们押尾韵"gad"，构成"CCCC"的韵式。其中占据第 2、4 诗行的后半部分"miraljagad"重复出现。布仁巴雅尔巧妙地使用顶针起首，一环推进一环，不仅听起来朗朗上口，还增强了诗行的节奏感。第 1 个诗行的"ülji janghiya"出现在第 2 个诗行的前半部分，第 3 个诗行的"sampan gada"出现在第 4 个诗行的前半部分。

　　显然，如果从音节数目上理解《江格尔》、胡仁乌力格尔等诸多口头文学演唱中的诗行，试图将它们纳入固定的音节模式，最后都不会取得成功。因为诗行的音节数量在口头史诗的演唱中是不断变化的，而声音范型则是稳定的，是演唱中的诗行在誊录过程中保留下来的可辨识的语音结构和诗学结构。

　　在胡仁乌力格尔说唱中，胡尔奇在接续下一个诗行之前以短暂的停顿来制造清晰的诗行间歇。也就是说，呼吸间歇决定了一个诗行的结构尺度和内在完整性。① 那些字数和重音相同，并且形式上整齐的诗行的停顿都在同一个位置。胡尔奇说唱这种诗行时旋律和节奏朗朗上口，在同一个节拍下，形成循环往复的说唱效果。布仁巴雅尔的胡仁乌力格尔《吴越春秋》对忠孝王与铁老虎的打斗说唱道：

> čagatu tala du garulai
> 　退到旁边（9 个音节）
> čagarig tobyolju yirele
> 　环圈进入（9 个音节）
> jida üje ged
> 　"看枪"（5 个音节）
> zhong xiao wang jidalaju
> 　忠孝王刺过去（7 个音节）
> suur gesen jida
> 　唰地枪（5 个音节）
> sugu nu doogor yirele
> 　刺到腋下（8 个音节）

---

① 朝戈金：《史诗学论集》，中国社会科学出版社，2016，第 290 页。

hui hemen tere

嘿地一声那（5 个音节）

tie lao hu

铁老虎（3 个音节）

hüčülen tosogad abču

用力接过去（8 个音节）①

　　这组诗行的切分是依据呼吸间歇做出的。它们虽然音节数量不同，但是每个诗行的字数和重音基本相同，呼吸间歇和音乐节奏在其中起到了调整和均衡各个诗行的重音和长度的作用。② 呼吸间歇界定了一个诗行的边界，而"音乐节奏的强弱循环，使得在口语中不甚明显的韵律格式，以音乐节奏的形式呈现出来，从而给表演中的语词组织提供了一个明晰可辨的、能够坚定遵循的节奏框架"③。布仁巴雅尔描述英雄的打斗场景在他的胡仁乌力格尔说唱中业已形成了一个固定的节奏框架。在说唱英雄打斗中，他会在这个节奏框架内不断地向后填充由三个字组成的诗行，使描述英雄打斗场景的诗行达到短促紧凑的节奏效果。

　　胡尔奇在拉动四胡前，有时会有一个没有意义的声音符号"Ja"被说唱出来。胡尔奇在唱出这个词后，会稍微停顿，然后引出一个诗行。所以它是下一个诗行的标识，是切分演唱中诗行的重要依据，从属于音乐和节奏。整理者拉西敖斯尔将毛依罕的胡仁乌力格尔《鲁智深大闹桃花村》开篇的五个诗行整理如下：

Ja!

啊！

erten u ulus un temdeglel e

故国的笔记

---

① 布仁巴雅尔：胡仁乌力格尔《吴越春秋》，第 22 小时的 23 分 17 秒至 23 分 32 秒，内蒙古大学文学与新闻传播学院录音，2013。

② 朝戈金：《史诗学论集》，中国社会科学出版社，2016，第 290 页。

③ 博特乐图：《胡尔奇：科尔沁地方传统中的说唱艺人及其音乐》，上海音乐学院出版社，2007，第 207 页。

erdemten merged un johiyal e

先贤的文章

erelheg bagatorčuud un namdar e

勇武英雄的传记

edügečag tu ban üliger e

现时的故事①

他将"ja"单独列为了一个诗行，没有将它放入下一个诗行中。但是在整理芭杰的胡仁乌力格尔《武松打虎》开篇的五个诗行时，策·达木丁苏荣对"ja"采用了不同的处理方式：

Ja! ünggeregsen u üliger

啊！过去的故事

öledegsen tobčiya

留下的遗篇

erdemten u johiyal

先贤的文章

öledegeju hayagsan debter

遗落的书本

elgüjü abugad

重新拾起

egüsgeju helehü üliger

开说的故事②

策·达木丁苏荣将"ja"和由两个字组成的"ünggeregsen u üliger"放在一个诗行，目的在于营造出"3、2、2、3、2、3"回环往复的旋律。在大多数说唱情况下，"ja"在拉响20秒到30秒左右的四胡之后被说唱出来，单独构成一个诗行，不会参与下一个诗行的建构。布仁巴雅尔的胡

① 毛依罕：胡仁乌力格尔《鲁智深大闹桃花村》，收入《拉西敖斯尔文集·毛依罕说唱作品汇编》，拉西敖斯尔编著，内蒙古少年儿童出版社，2015，第1页。

② 策·达木丁苏荣编《蒙古古代文学一百篇》，内蒙古人民出版社，1979，第1591页。

仁乌力格尔《吴越春秋》在说唱到伍辛拜见焦炎时也使用了"ja"：

> Ja!
>
> 啊！
>
> zhong xiao wang wu xin
>
> 忠孝王伍辛
>
> baildugan talabai eče hariju yireged
>
> 从战场回来
>
> yuanshuai jiao yan dur učaraba
>
> 拜见了元帅焦炎①

他使用"ja"是为了吸引听众的注意力。当然，它也是一种修辞手段，暗示着说唱开始或强调说唱的重点。

在誊录塞尔维亚－克罗地亚口头史诗《穆斯塔伊贝之子别齐日贝的婚礼》（*The Wedding of Mustajbey's Son Bećirbe*）时，弗里（John Miles Foley）将"wOj!""hI""vEj"等音节增量与下一个诗行合并在一起：

> wOj! Rano rani Djerdelez Alija。
>
> 啊！杰尔杰勒茨·阿利亚起身早。（第一诗行）
>
> vEj! Alija, careva gazija。
>
> 啊！甚至是阿利亚，沙皇的英雄。（第二诗行）
>
> ＊hI＊ jednu, dvije, tućejifa nije。
>
> 一杯，两杯，他觉得还没恢复活力。（第十三诗行）②

"wOj!"和"hI"都是十音节之外的音节，都在十音节开始之前已经被歌手演唱出来了。口头诗人使用"Oj!"和"Ej!"，以吸引听众的注意力。它们是十音节诗行之外的词，就像一个诗行。第十三诗行的"hI"

---

① 布仁巴雅尔：胡仁乌力格尔《吴越春秋》，第 14 小时的 0 分 11 秒至 22 秒，内蒙古大学文学与新闻传播学院录音，2013。

② John Miles Foley：*From Oral Performance to Paper-Text to Cyber-Edition*，Oral Tradition，20/2（2005），p. 240.

是一个滑音，口头诗人演唱它之后才进入了十音节的第一个韵律要素
（jednu）。因此，将"Ja""wOj!""hI""vEj"等诸多没有词语意义的
叹词与下一个诗行合并在一起并非科学的誊录行为。

平行式①是切分演唱中诗行的依据。布仁巴雅尔的胡仁乌力格尔
《吴越春秋》对朝臣赶往朝堂的场景使用诗行：

> alos le alos un noyad uud e
> 远处的官员啊
> agta hülügčuančao ma ber šimdalčagad
> 骑着骏马传朝马行进
> agširaju baiga högšin said
> 年迈的老的臣子们
> araltu jiao ber yien jalaralčagad
> 坐着辇轿行进
> hola la hola in tüšimel nar
> 远方的朝臣啊
> hurdun unagačuančao ma ber šimdalčagad
> 骑着快马传朝马行进
> hügšireju baiga laočen nar
> 年迈的老臣们
> hoos araltai jiao ber yien jalaralčagad
> 坐着双轮轿行进②

笔者对这组诗行的切分一是依据韵式"AAAABBBB"，二是依据八个诗
行呈现的排比平行式的结构。前四个诗行与后四个诗行表达了相同的内
容。第1、2个诗行与第5、6个诗行表达了远方的朝臣骑传朝马上朝，
第3、4个诗行与第7、8个诗行则指年迈的老臣坐轿赶早朝。因为年龄

---

① 朝戈金：《口传史诗诗学：冉皮勒〈江格尔〉程式句法研究》，广西人民出版社，
2000，第193页。
② 布仁巴雅尔：胡仁乌力格尔《吴越春秋》，第1小时的6分34秒至7分05秒，内蒙古
大学文学与新闻传播学院录音，2013。

和离朝廷的距离不同，所以朝臣上朝的方式也有不同，年迈的朝臣要坐轿，家远的朝臣要骑马。当然，这组诗行是布仁巴雅尔在固定的朝臣赶往朝堂的音乐节奏模式下构筑出来的。

还需要提出的是音乐节奏在诗行切分中的作用，博特乐图对音乐在胡仁乌力格尔说唱中诗行的构筑及其切分上有着专业化的探讨，对完整地了解蒙古族叙事诗的格律有着重要的学术价值。[①] 以胡仁乌力格尔的说唱而言，它是在低音四胡伴奏下说唱的故事，如果没有音乐伴奏，胡尔奇很难说唱那些篇幅极长的胡仁乌力格尔。四胡伴奏不仅能够加强胡仁乌力格尔的艺术感染力，音乐节奏还能够使其说唱的诗行具有铿锵优美的韵律。在胡仁乌力格尔的说唱中，音乐节奏对诗行的说唱起着匀整的作用。换句话说，"蒙古语是一种由音节构成的语言，音节的组合方式有着比较大的伸缩性，因此胡尔奇可以通过调整音节的组合方式来重新组合诗行格律"[②]。这是在纸页上看来参差不齐的诗行在具体的说唱中是整齐匀称的原因所在。

对演唱中诗行的切分还有其他诸多维度，关键在于坚持以口头史诗自身具有的传统与演唱语境来理解演唱中的诗行，从各自诗学传统和演唱语境出发考虑诗行的声音范型、音节、步格、音乐节奏、呼吸间歇、平行式等。如果一首口头史诗的诗行愈远离其演唱语境，那么从其本身的诗学传统出发解析诗行的原则就变得愈发重要。

当口头史诗演唱中的诗行被誊录在一张纸页上，它便被拉进了一种与词关联的意义网络里，很难真实地反映演唱中的诗行。朝戈金曾指出"ejen ügei chagan büürüg tü（没有人烟的白色戈壁）"在书面印刷文本上是五个词，而在实际演唱中冉皮勒则会将"ejen ügei"合并为一个步格，以 ejegei 的形式演唱出来。[③] 这提醒我们应尽量避免使用书面文学理论观察演唱中的诗行以及誊录在书面印刷文本上的演唱中的诗行。布仁巴雅尔在描述张荣与杨荣战斗中的马匹时使用了 8 个诗行：

---

① 博特乐图：《胡尔奇：科尔沁地方传统中的说唱艺人及其音乐》，上海音乐学院出版社，2007。

② 博特乐图：《胡尔奇：科尔沁地方传统中的说唱艺人及其音乐》，上海音乐学院出版社，2007，第215页。

③ 朝戈金：《口传史诗诗学：冉皮勒〈江格尔〉程式句法研究》，广西人民出版社，2000，第181页。

unugsan unugsan morid

骑着的马匹们

urugu ban hoiši ban süljiged

前后穿行

uguča tašiya hoyar uud

健步如飞

neileged neileged jüriju baina

合纵交错而过

urgugsan ebesü ni bogoni

草势低矮

onghul ügei tegšihen

无坑洼平整

unugan dürben tugurai

马的四蹄

agujigu talabai du dobtolju

在宽广的广场上奔驰①

这组诗行的韵式是 AAABACAA。其中纸页上的第八个诗行 "agujigu（宽广）" 在说唱中发 "uujuu" 音，从而形成回环往复的音乐效果。

誊录在纸页上的胡仁乌力格尔中的诗行与其在说唱中的呈现有所差异，这是常见现象。那些在纸页上没有呈现出句首韵的诗行，放入其说唱的语境能够发现它的韵式形态。对胡仁乌力格尔《吴越春秋》中范蠡赞颂吴王，布仁巴雅尔唱道：

manan ügei tegri

没有雾的天

mergen gegen wangye

---

① 布仁巴雅尔：胡仁乌力格尔《吴越春秋》第 22 小时的 31 分 28 秒至 31 分 49 秒，内蒙古大学文学与新闻传播学院录音，2013。

聪慧的王爷

egüle ügei tegri

没有云的天

ürüšiyel yehetü wu wang

仁慈的吴王①

在纸页上，这四个诗行尤其是后两个诗行没有韵式可言。不过在实际的说唱中，这四个诗行的确呈现押首韵，构成"AABB"韵式，其中"egüle（云彩）"在说唱中被唱成"üüle"。

　　需要着重指出的是，整理者在纸页上誊录胡仁乌力格尔说唱中的诗行时，其口语性和方言特征几乎都被消弭了。誊录者为了使自己的誊录符合蒙古语正字法的原则，将有些表现口语性和方言特征的词语以及说唱中不符合语法规则的词语誊录成规范的标准化的蒙古语，如将说唱中的"mirgeljagad"誊录为"miraljagad（飘扬）"。另外，胡尔奇说唱的有些词语相对而言已经远离了民众的日常生活，加之誊录者知识水平的限制，誊录胡仁乌力格尔说唱中的诗行会出现听音盲写和听音拼写的情况，而且同一个诗行中的同一词语会出现不同的写法。布仁巴雅尔描述英雄武装场景时经常使用"sampan gada in üjügür eče sančog doorogši ban miraljagad（纽襻结下飘带飘）"②，其中"sampan（纽襻）"不常出现在日常生活的话语中，李青松和郭宏岩编写的《蒙古勒津胡仁乌力格尔》将它誊录为"sanpan"。③

　　口头史诗诗行中的一些声音在歌手演唱时能够聆听出来，却不能在纸页上誊录出来。这种现象也常见于世界各地不同的口头传统。《斯里史诗》（Siri Epic）的诗行里的长元音通常相当于两个元音，如 Lookanaadu，长元音在演唱中经常太长，它的韵律不能通过誊录本读出来，只能在演唱中辨识出来。在誊录《斯里史诗》时，劳里·杭柯将演唱中的 Looka-

① 布仁巴雅尔：胡仁乌力格尔《吴越春秋》，第 1 小时的 12 分 53 秒至 12 分 57 秒，内蒙古大学文学与新闻传播学院录音，2013。

② 布仁巴雅尔：胡仁乌力格尔《吴越春秋》，第 10 小时的 41 分 13 秒至 41 分 16 秒，内蒙古大学文学与新闻传播学院录音，2013。

③ 李青松、郭宏岩编著《蒙古勒津胡仁乌力格尔》（下），辽宁民族出版社，2012，第 56 页。

naadu 转换成了 Lōkanādu。① 长元音"oo"是《斯里史诗》诗行的结构性填充物，它是音节，没有语义，主要功能是韵律上的，目的在于构成完整的诗行。《斯里史诗》的诗行由那些"标准的"词构成，它们常不能与固有的韵律图示相一致。歌手演唱《斯里史诗》时常运用"oo"这一填充物来填充韵律以让诗行符合韵律图示。要是在"oo"这个填充物之前的词已经以元音结尾，那么这个词的最末的那个元音通常被拉长，但是在誊录过程中，劳里·杭柯没有将这个元音拉长的现象标示出来，如将 najjerɛɛ oo 誊录为 najjerɛ oo。② 那些没有语义的韵律填充物较为真实地呈现了演唱中诗行的一个重要方面，应该在誊录过程中将它与长元音呈现出来，它们虽然有时不方便读者的阅读，却的确是演唱中诗行的真实存在。

在誊录过程中，演唱中的诗行经常遭受到不同程度的改编、删减等，它具有的口头性与演唱要素被大量格式化了。③ 这种现象常见于 20 世纪 90 年代中期以前中国学人对口头史诗的搜集、记录、整理与翻译上，如冯元蔚对彝族《勒俄特依》的整理④、云南省民族民间文学丽江调查队对纳西族《创世纪》的整理⑤、云南省民族民间文学红河调查队对彝族《阿细的先基》的整理⑥等，将许多演唱中重复出现的诗行或宣扬封建迷信及其他表达不健康思想的诗行删掉了，他们还对一些演唱中的诗行进行改编。国际学人在田野作业中对口头史诗演唱诗行的誊录也出现了这种情况。一些誊录者在誊录演唱中诗行时经常把不发音的字母格式化了。来自阿尔泰语系口头传统的歌手阿里克塞·卡利肯（Aleksej Kalkin）在

---

① Lauri Honko, *Textualising the Siri Epic*, Helsinki：Academia Scientiarum Fennica, 1998, p. 583.

② Lauri Honko, *Textualising the Siri Epic*, Helsinki：Academia Scientiarum Fennica, 1998, p. 584.

③ 巴莫曲布嫫：《"民间叙事传统格式化"之批评——以彝族史诗〈勒俄特依〉的"文本逐录"为例》，《民族艺术》2004 年第 1 期。

④ 巴莫曲布嫫：《"民间叙事传统格式化"之批评——以彝族史诗〈勒俄特依〉的"文本逐录"为例》，《民族艺术》2004 年第 1 期。

⑤ 云南省民族民间文学丽江调查队搜集整理翻译《创世纪》，云南人民出版社，1978，第 96~97 页。

⑥ 云南省民族民间文学红河调查队搜集整理翻译《阿细的先基》，云南人民出版社，1978，第 228 页。

演唱史诗的过程中，"s""š""č"等许多字母是不发出声音的，因此许多田野工作者将阿里克塞·卡利肯演唱的诗行誊录到书面文本时，没有将"s""š""č"等许多字母呈现出来。更为常见的是，他们按照当时盛行的文学规范将阿里克塞·卡利肯演唱的语音字母"P""te"分别转换成"b""de"，如将"pala""te"相应誊录为"bala""de"。[1]

来自黑塞哥维那斯托拉茨的歌手尼古拉·武伊诺维奇（Nikola Vujnović）誊录歌手哈利利·巴日果利奇（Halil Bajgorić）演唱的史诗《穆斯塔伊贝之子别齐日贝的婚礼》（*The Wedding of Mustajbey's Son Bećirbe*）时，尼古拉·武伊诺维奇既是誊录者，也是歌手。他在誊录这首史诗的过程中，使用了个人熟练掌握的诗学表达，对哈利利·巴日果利奇的演唱做出了一定程度的调整。这个誊录过程基本上是尼古拉·武伊诺维奇在纸页上重新演唱这首史诗。因此，与其说他是在誊录演唱，还不如说他使用自己的诗学表达建构这首史诗的另一次演唱。例如哈利利·巴日果利奇演唱中的第 111 个诗行是"## vOndaka vrata zaključava（最后他把他们监禁起来了）"，尼古拉·武伊诺维奇将它誊录为"Pa ondaka vrata zaključava（那么最后他把他们监禁起来）"。[2]歌手哈利利·巴日果利奇在演唱这个诗行时出现了呼吸间歇的情况，在这个诗行的开头位置，他的声音停顿下来，进行了短暂的休息（John Miles Foley 使用了"##"的标识），然后演唱了一个九音节诗行。尼古拉·武伊诺维奇在誊录过程中适当地插入了连接词"Pa"，把这个诗行调整为一个十音节诗行，而歌手真实演唱中所具有的呼吸间歇的标识被格式化了。这种调整在尼古拉·武伊诺维奇的誊录过程中非常普遍，他把歌手在演唱中的诗行所具有的"vA（那、但是）"转换成"Pa（然后）"，而且依照十音节诗行的格律适时地插入"Pa"。他不仅仅是在誊录演唱中的诗行，也是在重新创编演唱中的诗行。

这些对演唱中诗行做出的格式化的学术行为以及不同程度的改编，使得整理和出版的口头史诗的研究价值和学术价值大打折扣。其誊录的

---

[1] Lauri Harvilahti and zoja S. Kazagačeva, *The Holy Mountain*: *Studies on Upper Altay Oral Poetry*, Helsinki: Academia Scientiarum Fennica, 2003, p. 19.

[2] John Miles Foley: *From Oral Performance to Paper-Text to Cyber-Edition*, Oral *Tradition*, 20/2 (2005), p. 248.

诗行不符合演唱中诗行的原貌。先进的音像与录像的设备能够精确地记录一首口头史诗的演唱，将它的诗行用书写的媒介誊录出来，应当尽可能地保持住演唱中诗行的原初性与口头性，保持歌手使用自己方言演唱诗行发出的特有声音。

总而言之，演唱中的诗行具有灵活性，对口头史诗的演唱进行诗行切分是学者的责任。学者应该认真聆听歌手演唱口头史诗的声音，跳出书面文学理论视野的囿限，将口头史诗诗行放在具体的演唱中，从声音范型、呼吸间歇、音节、平行式等诸多维度进行切分和阐述。将演唱中的口头史诗诗行真实而完整地誊录下来，是为口头史诗的研究提供一种分析模型。这既能方便那些懂得这种语言的学者检视和研究誊录的诗行，也给那些不懂得这种语言的学者提供了一种可辨识的语音结构，因为保留在誊录本里的头韵、谐音、重复、韵律图示、呼吸间歇、停顿、音乐、填充物等诸多诗学特征能够为那些通晓或不通晓这种语言的学者所辨识。更显明的是，将演唱中的诗行转换成誊录在纸页上的诗行，是将演唱中的诗行由流动的诗行转换成静止的诗行，而誊录下来的演唱中的诗行具有了时间与空间结合的特征。演唱中的诗行只具有时间的特征，受众聆听的时间是流动的、不可逆转的。当然，演唱中的诗行稍纵即逝，歌手演唱诗行时的语调、手势、面部表情和声音等具有现场生命力的要素很难在纸页上表达出来。

第四节　口头史诗的田野案例

18～19世纪之交，浪漫民族主义运动兴起，与19世纪中期新兴的民俗学结合推动了口头史诗的田野作业。但是，它们几乎没有提及田野作业的前期准备工作，很少提及史诗的演唱语境，也很少提及对歌手演唱的某一特定史诗的记录、整理、编辑等一系列文本化过程。即使一些史诗研究者对此做出过一些说明，那也只是只言片语。虽然活形态的口头史诗在当时还较为宏富，但是学人们对口头史诗的研究基本上是以已经文本化了的口头史诗为基点展开，沿袭着书面研究范式，对史诗这一宏大叙事的文本化过程也多依凭想象做出学术推断。

20世纪中后期，口头史诗的田野作业出现了新的转向，由原来纯粹地搜集口头史诗文本转向关注史诗演唱的诸多构成要素以及史诗演唱文本化过程。首先，20 世纪中后期录音、录像、摄影等诸多现代化技术与手段的出现使得田野作业范式的转换具备了技术上的可能。其次，口头诗学及其相关联的人类学理论与方法直接推动了新的田野作业范式的兴起。最后，与 20 世纪中后期一批学人对新的田野作业范式的追求直接相关，他们力图在活形态口头史诗的田野作业中，构建一个研究口头史诗的创作、演唱语境、演唱风格，以及口头史诗文本化等诸多要素的可分析的框架。

20 世纪末期至当下，史诗研究者的田野作业对口头史诗的演唱、语境、受众等要素都有着较为详细的记录，他们充分利用现代的音像与录像设备，尽可能地将歌手演唱的史诗及其整个演唱过程的诸多细节生动地保留下来。学人们对口头史诗的编辑与出版经常是对一首史诗的某一次具体演唱的呈现与文本化。也就是说，一首口头史诗的文本化便是这首史诗的一次特定的演唱，而且它是唯一的，独一无二的，歌手下一次对这首史诗的演唱不可能是对这次演唱的重复制作，而是另一次的再创作，是一首新的具体的诗歌。

史诗研究者在口头史诗田野作业中积累了许多丰富的经验，保存了许多值得注意的田野资料，而这些经验与资料足可给当下国际史诗田野作业提供借鉴与参考。这里选取伦洛特（Elias Lönnrot）、拉德洛夫（Vasilii V Radlov）、米尔曼·帕里和阿尔伯特·洛德、劳里·杭柯、朝戈金、巴莫曲布嫫、陈岗龙等学人的田野案例为考察与分析对象，阐述他们在田野作业时使用的记录技巧、遇到的困难及其处理方式，以及所表现的田野观念与理论思考等。

1828 年，伦洛特在芬兰东部展开了他的第一次田野作业，搜集的口头诗歌共计 6100 个诗行，数量远超过以往任何一位搜集者，记录了芬兰东部地区著名歌手朱哈那·开努莱宁（Juhana Kainulainen）演唱的史诗与打猎时使用的咒语。1833 年，伦洛特在俄罗斯北部的卡累利阿展开了田野作业，时长 20 天。他采访了歌手昂切·马利宁（Ontrei Malinen），聆听了他演唱的九首口头诗歌，共计 800 余个诗行，其中包括关于"三宝"（Sampo）的诗歌集群（Cycle）。"三宝"（Sampo）的诗歌集群对《卡勒瓦拉》的编纂非常重要，因为这部长篇史诗的情节大都围绕着争夺"三宝"的故事展开。同时，伦洛特专门与老年歌手瓦斯莱·凯勒万宁（Vaassila Kieleväinen）讨论了许多单独的故事情节之间具有的内在关联，意识到许多歌手都持有自己的大脑文本，他们演唱口头诗歌有着一种内在的法则。① 1834 年 4 月，伦洛特再次来到俄罗斯北部的卡累利阿展开为期 11 天的田野作业。在这次田野作业过程中，伦洛特发现了最优秀的歌手阿尔希巴·贝尔杜宁（Arhippa Perttunen），他向伦洛特演唱的口头诗歌共计 4000 余个诗行，其中史诗共计 2600 行。

通过这些田野作业及其他文献资料，伦洛特掌握的口头诗歌已经约有 40000 个诗行，他坚信自己知晓的口头诗歌胜于任何一位歌手，已经熟练地掌握了史诗诗歌的语域，具有像歌手将诸多口头诗歌按照一定的逻辑关联组合在一起的本事，能够轻松地使用史诗的语言建构诗行，将诸多相对独立的史诗故事联结在一起。但与史诗歌手不同，伦洛特使用书写演唱《卡勒瓦拉》，而非使用嘴巴演唱史诗。伦洛特不想让自己及其作品《卡勒瓦拉》像麦克菲森及其《莪相作品集》那样遭到学者们的批评和诟病。于是，他尽可能地在口头诗歌的传统诗学资源范畴内完成编纂工作。② 最终，他的《卡勒瓦拉》作为一个民族的象征流传下来，为芬兰人民所熟知，并且被作为学校教育的教材，伦洛特被推崇为芬兰的民族英雄和文化英雄。虽然伦洛特的田野作业有着许多不尽如人意的地方，但是他编纂"以传统为导向的"史诗的技术操作和学术理念已经成为国际史诗学界一个经典的范例。

在田野作业中，伦洛特有选择地记载了他与一些对他影响较深的歌手的交往与谈话。对他采访过的许多歌手，他都没有记下他们的名字，也没有描述他们演唱口头诗歌的语境。他更没有与任何歌手建立一种长期合作的关系，也没有对歌手进行长期跟踪调查的计划。一旦完成了对歌手的采访，完成了对歌手演唱的口头诗歌的记录之后，伦洛特便马上离开，寻找新的歌手，力图尽可能地涵盖更多的地域，采访到更多的歌

---

① Lauri Honko, *Textualising the Siri Epic*, Helsinki: Academia Scientiarum Fennica, 1998, p. 172.

② 《卡勒瓦拉》里 3% 的诗行是伦洛特创作的，其余的诗行都来自他与其他搜集者搜集而来的口头诗歌和史诗诗歌。伦洛特频繁使用平行式，而这种平行式并非芬兰史诗诗歌具有的风格特征。但是，使用的平行式是一部长篇史诗的必要条件。

手，搜集到更多的口头诗歌。而且，他经常"跳过"以前搜集者已经搜集过的地区与采访过的歌手，不再对他们进行搜集和采访。

19 世纪中期在阿尔泰语地区从事口头史诗传统田野作业的学者中，对口头诗学具有深远影响的学者是拉德洛夫（Vasilii V. Radlov）。1862 ~ 1869 年，拉德洛夫在新疆境内的特克斯县谷地布谷部落、伊塞克湖西岸地区萨热巴格什部落和托克马克城东南索勒托部落等诸多柯尔克孜族人聚居地展开多次田野作业，搜集《玛纳斯》与其他柯尔克孜族民间文学样式。当时，拉德洛夫没有先进的音响和录像设备，只能依靠手中的笔记录歌手演唱的史诗。虽然任何高明的记录技术都不可能完全将歌手演唱的全部信息誊写在书面文本当中，但与现代记录设备相比，拉德洛夫的记录技术和口述记录本显得相对落后。他使用语言学的方法将歌手演唱的史诗记录下来，没有将歌手演唱中的重复部分剔除，较为忠实于演唱的史诗。①

为了克服技术上的缺陷，以及更好地观察、记录和校正所有可能出现的遗漏和不准确的内容，拉德洛夫首先让歌手将一个完整的章节用他平时的演唱方式先唱一遍，他记下这一段的内容要点。然后，他要求歌手把同样的一章再从头口述一遍。② 拉德洛夫虽然意识到，歌手两次呈现同一首歌不会完全一样，但是，出于记录的目的，拉德洛夫还是要求歌手把同一首歌各口述和演唱一次，结果是他记录下来的文本很可能是两次呈现或者说两个口头文本的整合加工。而且，拉德洛夫在歌手演唱过程中时常提醒和打断歌手，这明显干扰了歌手的演唱，不利于歌手在自然语境里完成史诗的演唱，甚至会引起歌手的反感、不耐烦与愤怒。换句话说，拉德洛夫的做法很可能让歌手丧失演唱热情，使得歌手第二次演唱处于一种无精打采与厌倦的状态，失去了以前那种自然流露出来

①　Radlov Vasilii V, *Proben der Volkslitteratur der nördlichen türkischen stämme*, vol. 5：*Der Dialect der Kara-Kirgisen*. St. Petersburg：Commissionäre der Kaiserlichen Akademie der Wissenschaften. 1885. xiii；也可参见 Lauri Honko, *Textualising the Siri Epic*, Helsinki：Academia Scientiarum Fennica, 1998, p. 178。

②　Radlov Vasilii V, *Proben der Volkslitteratur der nördlichen türkischen stämme*, vol. 5：*Der Dialect der Kara-Kirgisen*. St. Petersburg：Commissionäre der Kaiserlichen Akademie der Wissenschaften. 1885. xv；也可参见 Lauri Honko, *Textualising the Siri Epic*, Helsinki：Academia Scientiarum Fennica, 1998, p. 178。

的演唱热情。

拉德洛夫观察到歌手在演唱史诗时非常注意受众的情绪和心理反应，通常会根据受众不同的身份和地位，以及相应的兴趣和反应来调整自身演唱内容。他发现歌手的每一次演唱都不同，每一次演唱都不是逐字逐句地重复一首歌。他还注意到，歌手的每次演唱并非都要求彻底创新，而是在演唱传统的惯例允许框架之内呈现一定限度的变异。① 根据诗学知识和田野观察，拉德洛夫提出了"复诵部件"（recitation-parts）的观念，指出歌手演唱史诗不是背诵，而是凭借在演唱中通过广泛实践而积累起来的"复诵部件"来完成一首史诗的演唱。②

拉德洛夫的田野案例开创了对口头史诗进行内部探究的先河，在更为普泛和更为广阔的可能性关联中运用人类学的验证方法，拓展了口头史诗的文本研究③，对帕里的学术思想的演进产生了直接的影响，是帕里创立的口头诗学的理论来源之一。

1933～1935 年，帕里和洛德先后两次到塞尔维亚－克罗地亚地区展开田野作业，以检验荷马史诗是口头传统的产物这一理论假设。帕里与洛德的记录手段之一是让歌手口述史诗，他们的助手尼古拉·武伊诺维奇将其记录下来。尼古拉·武伊诺维奇是当地的一位史诗歌手，在帕里与洛德的指导下，他将歌手们口述的史诗真实地记录下来，尽可能地保证在这个过程中不掺入自己的思想，不掺入自己创作的诗行，乃至自己的歌。记录手段之二是让能够识字书写的歌手将自己能够演唱的歌写出来。内维斯耶（Nevesinje）的歌手米罗万·沃依兹奇（Milovan Vojičić）在1934 年 2 月 19 日将自己演唱的歌《纳霍德·西蒙恩》（*Nahod Simeun*）写

---

① 〔美〕约翰·迈尔斯·弗里：《口头诗学：帕里—洛德理论》，朝戈金译，社会科学文献出版社，2000，第 23 页。也可详参 Radlov Vasilii V, Proben der Volkslitteratur der nördlichen türkischen stämme, vol. 5: Der Dialect der Kara-Kirgisen. St. Petersburg: Commissionäre der Kaiserlichen Akademie der Wissenschaften. 1885。

② 〔美〕约翰·迈尔斯·弗里：《口头诗学：帕里—洛德理论》，朝戈金译，社会科学文献出版社，2000，第 24 页。也可详参 Radlov Vasilii V, *Proben der Volkslitteratur der nördlichen türkischen stämme*, vol. 5: *Der Dialect der Kara-Kirgisen*. St. Petersburg: Commissionäre der Kaiserlichen Akademie der Wissenschaften. 1885。

③ 〔美〕约翰·迈尔斯·弗里：《口头诗学：帕里—洛德理论》，朝戈金译，社会科学文献出版社，2000，第 22～23 页。

出来邮寄给哈佛大学的帕里。① 记录手段之三是使用先进的电子录音装置，将歌手在不同语境下演唱的口头史诗录制在铝盘上，"帕里特藏"（The Parry Collection）里共有 12544 首歌，3500 余首是帕里和洛德使用这种手段记录下来的。

在记录歌手演唱的口头史诗的步骤上，帕里与洛德以最出色的歌手为重点，尽可能搜集他所能够演唱的全部口头诗歌。歌手阿夫多是帕里和洛德在田野作业中所见到的才华最为出众的歌手，声称自己能够演唱的口头诗歌有 58 首之多，其中《斯梅拉季奇·梅霍的婚礼》（the Wedding of Smailagić Meho）与《奥斯曼·德利贝格维奇与帕维切维奇·卢卡》（Osman Delibegović and Pavičević Luka）的长度与《奥德赛》的长度相当。以阿夫多为起点，帕里与洛德将搜集的对象拓展到与之同一地区和不同地区的歌手演唱的口头史诗，而且考察了阿夫多与他所属的歌手群体的关系。时常为学界所提起的这方面的案例是帕里和洛德让阿夫多与另一位歌手穆明现场比试技艺。穆明演唱了一首阿夫多从来没有聆听过的口头史诗，演唱一结束，阿夫多便将刚才听到的这首口头史诗重新演唱了一遍，演唱的诗行达到了 6313 诗行，长度近乎穆明演唱版本的三倍。②

帕里和洛德发现，歌手在咖啡屋里与婚礼上几乎不能将一首口头史诗完整地演唱出来，受众经常会打断歌手的演唱。为了能够获得一首篇幅较长的口头史诗，帕里和洛德给阿夫多设置了一个比较宽松的自然演唱语境，为他安排了为数不多的能够知晓与理解他演唱的受众。而且阿夫多可以自由安排演唱史诗的时间长度，能够自由决定何时休息，何时开始，帕里和洛德鼓励阿夫多尽其所能将其所口述的《斯梅拉季奇·梅霍的婚礼》完整地呈现出来。洛德对此描述道："我们上午录音两个小时，下午录音两个小时，每二十分钟做一个短暂的休息或者每隔半个小时喝一杯土耳其咖啡恢复体力。一个星期快结束时，这首史诗歌还没有演唱完，歌手的声音已经嘶哑了，所以给他要来了一些药物。经过一个星期的休息，阿夫多才恢复了。再花费一个星期，阿夫多才完整充分地

---

① Albert B. Lord：*Epic Singer and Oral Tradition*，Cornell University Press，1991，p. 173.

② 〔美〕阿尔伯特·贝茨·洛德：《故事的歌手》，尹虎彬译，中华书局，2004，第147～150 页。

完成了这首史诗的口述。"①

　　帕里和洛德的田野作业具有鲜明的问题意识，验证了荷马史诗既是口头创作的产物，也是口头传统的产物的假设，从而对"荷马问题"做出当代的回答。更为重要的是，它生发出了在国际史诗学术史上具有深远影响的口头诗学理论。他们对口头史诗的搜集、记录，以及研究对往后的史诗田野作业具有示范意义。

　　1990～1995 年间，劳里·杭柯带领着一批学者多次前往印度的土鲁地区对活形态的《斯里史诗》展开田野作业，将歌手古帕拉·奈卡演唱的《斯里史诗》制作成书面文本，结集为《斯里史诗的文本化》出版。②劳里·杭柯的这次学术活动是国际史诗学术史上一次里程碑式的事件，直接推动了口头史诗文本化的话题成为 20 世纪末至 21 世纪初期国际史诗研究的热点之一。

　　土鲁人主要居住在印度南部卡那塔克的西南地区，操持德拉维甸语，口头传唱着数量相当可观的口头诗歌，《斯里史诗》便是其中之一。劳里·杭柯在田野作业中找到了演唱《斯里史诗》的最优秀歌手古帕拉·奈卡。他生活在巴斯拉迪（Belthangady）地区犹杰尔（Ujire）镇附近的马奇（Machar）乡村里，是一个不会读书识字的农民，虽不以演唱《斯里史诗》谋生，却是一个职业歌手，能够演唱《斯里史诗》（约为 15683行）和《库梯切纳耶史诗》（Kooti Cennaya，约为 7000 行）。

　　为了保证古帕拉·奈卡能够在平和而富有激情的语境里演唱史诗，劳里·杭柯决定在他完成史诗演唱后对他进行访谈。至于演唱过程，劳里·杭柯给古帕拉·奈卡充分的自由，让他自己安排演唱时间表，由他决定何时休息，何时中止，还供给他治疗和保养喉咙的药品。古帕拉·奈卡唱累了，他们就等着他，有时需要等他两天时间，等他喉咙恢复了再唱。为了避免更换磁带影响歌手的演唱与工作者的记录，劳里·杭柯采用了双套的音响设备。古帕拉·奈卡对整个演唱和记录的过程非常满意，因为在此期间没有任何人为的干扰与限定。古帕拉·奈卡花费了六天的时间演唱完《斯里史诗》。在演唱《斯里史诗》之前，古帕拉·奈

---

①　Lauri Honko, *Textualising the Siri Epic*, Helsinki: Academia Scientiarum Fennica, 1998, p. 186.

②　Lauri Honko, *Textualising the Siri Epic*, Helsinki: Academia Scientiarum Fennica, 1998.

卡还花费了一天时间演唱这部史诗的导言与祈神部分，它们并非是《斯里史诗》情节的组成部分。歌手只是在神圣的仪式上才演唱它们，平时可以不演唱它们。如果将这一天也加上的话，古帕拉·奈卡共用了七天时间演唱完这首长篇史诗。

在《斯里史诗》的田野作业过程中，劳里·杭柯让古帕拉·奈卡的演唱和田野工作者的记录都在自然语境中展开，他给歌手提供了最能诱发歌手演唱史诗的语境。劳里·杭柯自信在这方面做得很成功，认为自己给歌手提供了一个令他满意的演唱语境，让歌手实现了完整地演唱《斯里史诗》的愿望。他的田野作业既对《斯里史诗》的演唱及其语境等诸多要素有着详细的记录，而且给一首长篇史诗的演唱、记录、整理、翻译和出版提供了一个极好的范例。

与在东欧、中亚和印度等地区展开的与口头诗学密切相关的田野作业相比，史诗研究者在非洲地区展开的口头史诗田野作业相对较少。尽管如此，一些具有代表性的口头史诗田野案例还是应该提及。1969年，戈登·英尼斯记录了冈比亚（Gambia）70多岁的歌手巴姆巴·苏索（Bamba Suso）演唱的史诗《松迪亚塔》。巴姆巴·苏索是当时最为杰出的演唱《松迪亚塔》的歌手，他演唱史诗比其他歌手演唱史诗慢得多，清晰得多。戈登·英尼斯安排巴姆巴·苏索在一个学校演唱《松迪亚塔》，聆听巴姆巴·苏索演唱的受众有学校的老师和学生，以及来自邻村的男子。巴姆巴·苏索带来一个拿着琴的伴奏者，他们并肩坐在铺在教室地上的席子上。戈登·英尼斯想要让巴姆巴·苏索尽可能地将《松迪亚塔》演唱得更充分，让伴奏者经常在巴姆巴·苏索演唱过程中提出问题。这让巴姆巴·苏索将故事中的细节较为完整地呈现出来，全诗共计1305个诗行。同时，戈登·英尼斯记录40多岁的歌手巴纳·卡努特（Banna Kanute）演唱的《松迪亚塔》。巴纳·卡努特是在家里的卧室向戈登·英尼斯演唱《松迪亚塔》的，当时在场的还有戈登·英尼斯的助手和巴纳·卡努特的朋友及家人。戈登·英尼斯对巴纳·卡努特的演唱描述道："一个麦克风放在巴纳的跟前，然后巴纳便开始演唱。在演唱期间，没有人打断他，只有当换新的录音磁带时才打断他，但是巴纳经常会停下来做短暂的休息，运动自己的背部放松自己，有时喝一杯水。我有一个深刻的印象，那便是演唱让他有一点紧张与压力。"① 在演唱过程中，巴纳·卡努特使用了八种不同的伴奏音乐，他没有伴奏者，这八种伴奏音乐都是他自己演奏的，演唱的史诗篇幅计有 2607 个诗行。戈登·英尼斯对巴姆巴·苏索和巴纳·卡努特演唱的《松迪亚塔》进行了比较，分析了两位歌手的演唱个性、演唱风格、演唱模式、伴奏的音乐等。

还需要提及的是露丝·芬尼根（Ruth. Finnegan）在非洲的林巴人居住地和太平洋地区从事的田野作业。她的田野作业拓宽了口头诗学理论，利用不同传统的口头文学材料对口头诗学理论做出了一些补充和完善。她肯定口头诗学是当代口头文学研究最具统治力的理论，赞同帕里和洛德在田野作业中观察到的口头诗歌的变异性和稳定性，总结出口头诗学中最具普适性的观点：

（1）口头诗歌的文本是变动的，它取决于演唱的语境，没有固定的书面文本。任何一首口头诗歌在每个歌手的嘴里唱出来都不一样。每次演唱不仅是一次演唱，也是重新创作。

（2）口头诗歌的创编和传播是通过演唱来完成的，而不是通过逐字逐句的记忆完成的。口头演唱是不可记忆的，重新创作不是重复制作。

（3）口头诗歌的创作是演唱中的创作，创作和演唱不分离。演唱和创作是同一行为的两个方面。

（4）口头诗歌没有权威本，没有固定的文本。口头文学和书面文学的基本区别在于，一旦口头诗人有了固定的文本的概念，那么他就不是一个真正的口头诗人。②

洛德在塞尔维亚－克罗地亚的田野作业中提出："当歌手把书面的歌看成为固定的东西，并试图一字一句地去学歌的话，那么，固定文本的力量，以及记忆技巧的力量，将会阻碍其口头创作的能力。"③ 露丝·芬尼根在对毛利人的口头文学调查中发现，毛利人（Maori）演唱口头诗歌是凭借记忆的，他们认为对某些口头诗歌的记忆的缺失将是一种死亡或

① Lauri Honko, *Textualising the Siri Epic*, Helsinki: Academia Scientiarum Fennica, 1998, p. 190.

② Ruth Finnegan: *Literacy and Orality: Studies in the Technology of communication*, Basil Blackwell, 1988。

③ 〔美〕阿尔伯特·贝茨·洛德：《故事的歌手》，尹虎彬译，中华书局，2004，第 187 页。

灾难的象征。在选拔领唱的竞选活动中，他们唱歌或朗诵的基本特征之一就是流畅。任何领唱者不仅知道事件的来龙去脉，而且必须知道并记住事件的每个阶段。一旦出现失误，那就会给他带来坏运，甚至死亡。[①]毛利人的口头传统要求歌手，甚至听众一字一句地记忆。歌手在演唱中关注的不是创作的自由，而是言词的一致性。在太平洋地区，口头诗歌强调记忆和精确的文本。对于演唱口头诗歌的群体而言，歌唱必须准确。这些地区的民众认为诗人的创作来自于神启或神的灵感，诗人必须一字一句地记住这些言词，而且诗人必须一字不改地保存或重述它们。

洛德强调创作和演唱是同一过程的不同侧面："歌手、表演者、创作者以及诗人，这些名称都反映了事物的不同方面，但在表演的同一时刻，行为主体只有一个。吟诵、表演和创作是同一行为的几个不同侧面。"[②]在基里巴斯（Kiribati）地区，露丝·芬尼根注意到，口头诗人的创作与演唱并非在同一过程中同时发生。她详细而生动地描绘了这个地区一首口头诗歌的创作过程："只有当诗人感到神召的闪光时，他才离开日常生活，把自己安置在某个孤独的地方，避免与任何男人或女人接触……这个地方就是歌屋。他和未创作出来的诗歌一起辛苦地坐着。整个晚上他盘坐在那，面朝东，歌很快就闯入他脑海中，第二天早上，他作为一个诗人表演就固定的仪式，然后在村庄找五个朋友，把这五个人带到歌屋，一起润色他的初创。他的朋友根据自己的想法对诗人的创作打断、批评、建议或喝彩鼓励。他们在无情的烈日下不吃不喝直到夜幕降临，雕词琢句，寻找诗句的平衡和音乐，把初创转变为一个完成的作品。当所有人的智慧都倾注出来传授给了诗人后，他们就离开，诗人仍然独自在那里，可能好几天，消化吸收这些建议，完成这首歌的责任完全在于他自己。"[③] 完成诗歌创作后，这位口头诗人将它口头传授给演唱群体，然后演唱群体依靠自己的记忆记住这首诗歌，以口头的方式将它传唱。

露丝·芬尼根发现，林巴人对自己特有的语言有着强烈的认同意识。

---

① Ruth Finnegan: *Literacy and Orality: Studies in the Technology of communication*, Basil Blackwell, 1988, p. 103.

② 〔美〕阿尔伯特·贝茨·洛德:《故事的歌手》，尹虎彬译，中华书局，2004，第18页。

③ Ruth Finnegan: *Literacy and Orality: Studies in the Technology of communication*, Basil Blackwell, 1988, p. 96.

她描绘道："他们非常明白自己语言的独特性，林巴人的语言事实上被分为多种方言，一些方言几乎很难为林巴人自己所掌握，但是这并没有阻止林巴人把林巴语看为一个整体。这个语言整体与它周围的语言有着明显的不同。林巴语是林巴人的身份标志，它把林巴人与这个地区的其他民族区分开来了。尽管林巴人各有不同的方言，但是它们仍然假定林巴语是他们共享的，是区别于其他部落的标志。"① 在林巴人的眼中，林巴语是一个整体，虽然林巴人持有多种不同的方言，但是林巴语却只有一个。芬尼根说道："假如一个人不理解也不会说林巴语，那么就会被林巴人认为不是林巴人，即使他的父母都是林巴人。……假如林巴人居住的城镇上还居住着一些说与之不同语言的人，那么林巴人认为他们的许多风俗可以与这些人共享，但是认为林巴语只能被林巴人拥有，因为林巴语是林巴人特有的。"② 在口头诗歌方面，林巴人演唱口头诗歌不是为了文学的目的而是为了社会实用功能，而且这些文学是用口头表达出来的而不是用书写表达出来的，许多有关哲学和智慧的知识都是老人通过口头诗歌的演唱传递下来的。在林巴人眼里，书写并不是必要的。林巴人的语言与书写联系不大，他们不想把语言用书写的形式固定下来，他们所关注的是语言在语境中的意义，关注口头演唱在社会关系和社会活动中的意义。

在田野作业的过程中，露丝·芬尼根始终坚持口头文学的多元模式，坚决反对只存在着单一的口头文学的观点，反对在口头文学和书面文学之间画出一条清晰的边界。约翰·弗里对露丝·芬尼根的学术观点有过如下评价："确实，如果我们试图推进这样一种口头理论，它在处理复杂多样的材料时很可以信赖，它超越了以往那种简单化的口头与书面的二元对立观，那我们一定要重视来自芬尼根和其他人的警告，也就是在诸多口头传统之间存在着'差异'的告诫。"③

20 世纪 80 年代至 90 年代中期，中国学人已对中国少数民族史诗展

---

① Ruth Finnegan：*Literacy and Orality*：*Studies in the Technology of communication*，Basil Blackwell，1988，p. 47.

② Ruth Finnegan：*Literacy and Orality*：*Studies in the Technology of communication*，Basil Blackwell，1988，p. 48.

③ 〔美〕约翰·迈尔斯·弗里：《口头诗学：帕里—洛德理论》，朝戈金译，社会科学文献出版社，2000，第 265 页。

开了较为充分的田野作业，积累了较为丰富的田野经验，如仁钦道尔吉、郎樱、杨恩洪等。但是他们尚未将他们的田野作业详尽地诉诸文字，因此，时下难以了解和梳理他们的田野行为、田野作业的方法等。21世纪初期，一些中国学人开始自觉地、有意识地在他们的田野报告或史诗专著里细致地阐述他们的口头史诗田野作业的学术理念、学术旨趣、操作方法与手段以及步骤等，如朝戈金的《千年绝唱英雄歌——卫拉特蒙古史诗传统田野散记》①、巴莫曲布嫫的《神图与鬼板——凉山彝族祝咒文学与宗教绘画考察》② 等。他们的田野作业既有对以往田野作业的反思，亦有对田野作业的理论建构。以口头诗学为理论参照，他们对本民族的史诗演唱传统展开了扎实系统的田野作业，其间不乏新见和深邃的理论思考。他们的田野案例对中国史诗学界而言，具有重要的参考价值和示范意义，对中国史诗研究起着推动和拓展作用。

1999年，朝戈金前往新疆，对博尔塔拉蒙古自治州的温泉县和巴音郭楞蒙古自治州的《江格尔》演唱传统进行田野作业。《江格尔》演唱活动在这两个地区当时已经不是那么活跃的民间活动了，许多当地牧民都没有亲身聆听过《江格尔》的演唱。朝戈金重点采访了江格尔奇钟高洛甫，使用磁带录音、摄影机录像等现代科技设备对他演唱的《江格尔》进行了录音。此时的钟高洛甫已经有20多年没有演唱过《江格尔》了。因此，第一天的演唱极为不顺畅，他仅演唱了10分钟。之后，朝戈金请他回去休息，让他第二天再演唱。第二天，钟高洛甫的演唱稍微好转，演唱了27分钟。虽然这两次采录的现场录音本不是用于科学研究的理想的《江格尔》文本，但是在一定程度上印证了朝戈金提出的江格尔奇演唱《江格尔》使用了相当数量的高度定型化的程式片语的学术预设。

通过这次较为系统的田野作业，朝戈金发现，江格尔奇并非依靠出色的记忆力完成《江格尔》的演唱，而是使用史诗演唱传统中较为固定的程式来在现场演唱的压力下顺畅地完成这个宏大的故事的演唱。这使得他坚信经由程式句法的研究深入理解蒙古史诗传统，以及归纳出蒙古

---

① 朝戈金：《千年绝唱英雄歌——卫拉特蒙古史诗传统田野散记》，广西人民出版社，2004。
② 巴莫曲布嫫：《神图与鬼板——凉山彝族祝咒文学与宗教绘画考察》，广西人民出版社，2004。

史诗诗学特质的可行性与可操作性。21 世纪初期以前，中国学人对史诗歌手的采访材料很少诉诸笔墨。为了填补这种缺失，朝戈金将他与歌手的对话整理成文①，这些对话涉及歌手对《江格尔》的框架、历史与现状的认识，歌手的演唱技艺与演唱的经历，以及演唱中的受众等若干重要问题。它体现了朝戈金对地方性的、来自民众中的知识和智慧的一种学术自觉，纠正了过度侧重研究者的学术立场阐述史诗传统的偏颇，从而使得他的史诗田野作业具有了民间视野的本土知识和学者视野的一般知识的双重视域。

自 1992 年起，巴莫曲布嫫一直对美姑县境内的毕摩文化进行田野调查，长期寻访和跟踪毕摩，参与了各种各样的毕摩仪式，较为全面地把握了毕摩的传承与毕摩的知识体系。她对毕摩经籍中自成一体的祝咒文学展开专题研究，将它与彝族的神图、鬼板等宗教造型艺术结合起来进行考察。21 世纪初，巴莫曲布嫫的田野作业的中心开始转向彝族史诗，关注彝族史诗传统及其文化的规定性。她长期跟踪调查史诗演述人巴莫伊诺，考察他每一次史诗演述活动及其竞唱对手的史诗演述，关注他与其他史诗演述人在演述史诗的内容与风格上呈现的异同。同时，她将对史诗演述人的发现与考察延伸到同一地区的其他史诗演述人和其他地区的史诗演述人。她的史诗田野访谈做了 23 次，一共访谈了 53 人次，时长 3700 多分钟②，传承人、毕摩、头人、地方学者、干部等诸多处于不同社会层次的彝族人群都被纳入她的田野作业的学术视野。她建构了多层次多向度的具有内在学术关联的田野关系，检讨了田野作业中史诗演唱文本"格式化"的问题，提出了"五个在场"的田野研究模型。

为了制作出能够揭示史诗歌手在特定演唱中的创造性和能动性的蟒古思故事文本，2003 年 1 月，陈岗龙与乌日古木勒对说唱艺人齐宝德演唱的蟒古思故事《铁木尔·森德尔·巴图尔》进行田野调查。③ 2003 年 1 月 20~28 日，他们使用录音机、摄影机等现代技术手段较为全面地记

① 朝戈金：《口传史诗诗学：冉皮勒〈江格尔〉程式句法研究·新疆〈江格尔〉田野访谈录》，广西人民出版社，2000。
② 巴莫曲布嫫：《田野研究的时空选择与民族志书写的主体性表述》，《民间文化论坛》2007 年第 1 期。
③ 陈岗龙：《蟒古思故事论》，北京师范大学出版社，2003。

录齐宝德演唱的《铁木尔·森德尔·巴图尔》，还准确记录了齐宝德情绪和声音的变化，以及在场受众的反应等。在演唱《铁木尔·森德尔·巴图尔》过程中，齐宝德不时地在讲完一段内容后喝茶润喉，也不时地用毛巾擦汗，整个故事的演唱耗时 13 个小时，其韵文部分长达 1 万余诗行。同时，陈岗龙对齐宝德进行田野访谈，了解齐宝德对蟒古思故事持有的基本观念和个人经验，结合齐宝德的生活史探讨了他的《铁木尔·森德尔·巴图尔》演唱文本的形成过程，揭示了齐宝德的创造性实践，以及口头传统与书面传统的互动在《铁木尔·森德尔·巴图尔》演唱实践中的重要意义。

简而言之，这些国内外的口头史诗田野案例体现了各自所处时代的史诗研究学术水平，一些案例与史诗研究新范式的建立和研究热点有着直接关联，已经成为田野作业的范例，特别是帕里与洛德在塞尔维亚-克罗地亚的史诗田野案例，以及劳里·杭柯的《斯里史诗》田野案例已然成为跨学科研究的典范，糅合了各种不同的学科理论和方法。在史诗学术史上，帕里与洛德的田野案例标志着国际史诗研究范式的转移，劳里·杭柯的田野案例为史诗文本化提供了一个范例，将史诗与特定的传统社区联系起来，预示着 21 世纪的史诗研究将是多元的。20 世纪末期，劳里·杭柯、朝戈金、巴莫曲布嫫、陈岗龙等学人对史诗田野作业中的"自然语境"和"实际语境"都有深入的思考。他们的田野作业都站在歌手的立场上展开，与歌手关系融洽，尽力避免影响歌手演唱史诗，最大限度地给歌手演唱的自由，让他演唱想要演唱的内容，说想要说的话。在歌手演唱史诗期间，他们没有对歌手提出问题，没有打断歌手的演唱，也没有对歌手的演唱做出任何评价，包括批评和表扬。在他们的田野作业中，他们都是在歌手演唱史诗结束后，才对歌手进行访谈，与歌手讨论史诗演唱及其传统的诸多问题。当然，这些案例或有着这样那样的不足，但不管如何，他们田野作业的框架、观念，以及经验都值得我们借鉴，将引导我们对国内史诗田野作业展开进一步的反思，有益于国内史诗田野作业的深入与视野的拓展。

小　结

活形态的史诗传统深深扎根在传统本身所依托的文化生态中，每一次的史诗演唱都直接指涉着其自身所属的整个史诗演唱传统，关联着其史诗传统内部的叙事法则及其演唱的特征和规律。每一次的史诗演唱在史诗传统中可以单独存在，但是它又不可能与传统中其他的诗割裂开来。它只是一次特定的演唱，是整个演唱传统中一首具体的诗。要充分理解史诗演唱的意义是传统、歌手、演唱事件、受众参与并共同构建的，要将史诗演唱放在相应的语域和实际演唱的时空中以传统的方式解读，还原其原貌。

在口头诗学理论与方法的观照下，中国少数民族史诗的搜集、记录、整理与出版中格式化的问题得到了学术反思，史诗演唱文本化过程成为中国史诗学界的前沿学术话题，史诗的创编、演唱、搜集、整理、归档、誊录、迻译和出版等一系列与史诗演唱文本化过程有关的内容得到了不同程度的关注。口头诗学革新了中国少数民族史诗田野作业的观念，纠正了以往田野作业中忽视史诗演唱语境和社会情境的偏颇，注重地方性的本土知识传统，使中国少数民族史诗的搜集与整理的技术逐步走向了科学化和规范化，为理解和研究与史诗文本化相关的口头创作与演唱，以及史诗的传统叙事法则创造了一个可分析的框架。口头诗学推动中国少数民族史诗的研究观念和研究范式逐渐由书面转向口头，由既往对特定的某部史诗的研究转向对特定的某部史诗所属的传统的研究，突破既往的历史研究模式和文学研究模式，史诗叙事的基本构造与法则、演唱风格、演唱策略、歌手演唱技艺的习得等诸多面向得到了较为充分的研究，对史诗的研究涉及史诗演唱情境中固有的内在特征、演唱事件及其性质和特点等。以口头诗学为理论参照的中国少数民族史诗研究还关注演唱事件的动态性，关注史诗演唱中受众的种族、性别、职业、阶层、财富、年龄、外貌、智力、认知和受教育的程度等，掌握其与歌手在史诗演唱中的地位、角色及其之间的动态关系，考察史诗演唱事件在不同的时空里呈现的语言与非语言特征，了解语言在史诗演唱中所起到的作用，包括演唱的主题或内容、语篇的象征性组织、语篇的地位，以及它在语境中的功能等。

当然，要分析歌手如何充分运用程式化片语、主题、故事范型等叙事结构单元完成对史诗的创作、演唱和传承，也要深入到史诗文本背后的传统，挖掘这些叙事结构单元在特定的语域中承载着的传统涵义。程式化片语、主题、故事范型是口头史诗的组成要素，也是语域的一种表征。它们是"演唱部件"，是一种特定的习语，起到设定演唱的作用。这些结构单元既属于个人，又是集体共有的，也是一种符码，应该将它们放在传统语域里阐述它们的"语词力"。这种"语词力"直接源自于演唱，演唱构成的语域能够让受众以传统的方式流畅顺利地解读和接受演唱。事实上，这些叙事结构单元能起到一种索引作用，直接联结与之相关的传统涵义，而且在语域中能够以部分指称整体，所指称的意义远远超出它的字面意义。它们一旦被呈现出来，那么演唱事件便会以一种俭省的方式得以完成，这种俭省的演唱方式成为一种传达意义的方式，它只存在于演唱传统中，不能为演唱传统之外的语域所建构。因此，许多问题都应该追问，在文本化了的誊写本里能观察到哪些叙事结构单元？叙事结构单元的特征是什么？平行式是否为语域的特征之一？换喻使用的叙事结构单元承载何种传统涵义？哪些叙事结构单元能够以部分指称整体？程式化片语中的某个符码指涉的对象是否远比这个叙事结构单元指称的对象要广阔？一个程式化片语、一个人物、一个行为的出现是否能够预示将要发生的事件或行为？这些问题的回答都要回到对史诗的传统叙事法则的把握上，应该以文本、文类和传统为本对史诗展开系统而精细的研究。

余论　史诗研究"中国学派"的建构

构建史诗研究中国学派，是 21 世纪初中国史诗学界呼吁和努力的方向之一。由钟敬文最初提倡的建立"具有中国特色的史诗学理论"[①]，到朝戈金使用"中国学派"[②]的措辞来表述这种研究方向，中国学派已然成为中国史诗研究中较为常见的表述，体现了中国学人对中国史诗研究的学术自觉和学术自信。21 世纪以来，中国史诗研究发展迅速，取得了多方面的进展与突破，中国史诗研究者有了自己的学科和学派的自觉，史诗研究中国学派不仅成为一种观念存在，而且事关中国史诗学科发展方向，是中国史诗研究与国际学界展开学术对话与交流无法规避和必须认真考虑的学术话题。

史诗研究中国学派的生成并非一朝一夕的事情，而是一个长期磨砺和持续探索的过程。由此，在讨论史诗研究中国学派的构建时，应该历史性地考察、总结和反思中国史诗研究的演进脉络及其不同时期的研究路径。

19 世纪后期，艾约瑟、林乐知、丁韪良、高葆真、谢卫楼、蔡尔康、李思伦等在华传教士将欧洲史诗引入中国，荷马史诗逐渐为中国学人所知晓。20 世纪初期，对欧洲史诗引介和讨论的主体由在华传教士转换成中国学人，高歌、徐迟、傅东华、谢六逸等译述过荷马史诗，周作人、郑振铎、茅盾等以史和评的形式介绍过荷马史诗和其他欧洲史诗。《罗摩衍那》和《摩诃婆罗多》至少在公元 3 世纪便传入中国，见于汉译的佛教典籍。[③] 20 世纪初期，中国学人对《罗摩衍那》和《摩诃婆罗多》的学术热情逐渐升温，苏曼殊和鲁迅对它们在世界文学史上的地位

---

① 钟敬文：《口传史诗诗学：冉皮勒〈江格尔〉程式句法研究》"序"，广西人民出版社，2000，第 16 页。

② 参见朝戈金《创立口头传统研究的"中国学派"》，《人民政协报》2011 年 1 月 24 日；朝戈金、明江《史诗与口头传统的当代困境与机遇——访中国社科院民族文学研究所所长朝戈金》，《文艺报》2012 年 3 月 2 日。

③ 季羡林：《比较文学与民间文学》，北京大学出版社，1991。

给予了高度的评价①，滕若渠、郑振铎、许地山、梁之盘、王焕章专门介绍和评述了《罗摩衍那》和《摩诃婆罗多》。② 不过，国内较早使用"史诗"一词的学人是章太炎，他推论中国文学体裁的起源是口耳相传的史诗，韵文形式的史诗是远古文学的唯一形式。③ 但是在学术实践中，章太炎的"史诗"概念在内涵与外延上要比西方古典诗学中的"史诗"概念宽泛得多，囊括了描述重大事件的长篇韵文体叙事诗与描述日常生活的短篇散文体叙事诗。④ 随着中国学人对作为一种文类的史诗认识的深化，"史诗"一词在国内民间文学和民俗学学界逐渐演进为专指那些韵文体创作的、描绘英雄业绩的长篇叙事诗，这已与西方古典诗学中的史诗概念相一致，而它与中国古典诗学传统中"诗史"概念的异同也得到了正本清源式的辨析。⑤

20世纪50年代以前，中国学人在自觉地对欧洲史诗和印度史诗的介绍和评述过程中，站在本土传统文化的立场或以史诗重新估价中国传统文化，或借史诗讨论中国文学的演进及其与西方文学演进的差异，或从启蒙工具论角度阐述史诗等。其间，"史诗问题"是中国学界一桩贯穿20世纪，乃至延及当下的学术公案。"史诗问题"一词最早见于闻一多使用这个语词标举中国文学有无史诗的学术问题⑥，而它的发端则起源于王国维在1906年的《文学小言》第十四则中提出的中国叙事文学不发达，处在幼稚阶段的论断。⑦ 这直接引发了胡适、鲁迅、茅盾、郑振铎、钱锺书、陆侃如、冯沅君等许多中国学人加入"史诗问题"讨论的行列，他们在各自的学术实践与学术著作中对它做出过各自的解答，洋溢着鲜明的批判精神，呈现出诸种解答竞相争鸣的格局。

20世纪50年代以前对《罗摩衍那》和《摩诃婆罗多》的研究最有学术影响的要算鲁迅、胡适、陈寅恪等中国学人围绕孙悟空的"本土

① 苏曼殊：《曼殊大师全集》，上海教育书店，1946，第106~262页；鲁迅：《鲁迅全集》第一卷，人民文学出版社，1973，第56页。
② 赵国华：《〈罗摩衍那〉和中国之关系的研究综述》，《思想战线》1982年第6期。
③ 章太炎：《章太炎全集》第三册，上海人民出版社，1984，第226页。
④ 章太炎：《章太炎全集》第三册，上海人民出版社，1984，第226页。
⑤ 冯文开：《中国史诗学史论（1840–2010）》，中国社会科学出版社，2016。
⑥ 闻一多：《闻一多全集》第十卷，湖北人民出版社，1993，第22~36页。
⑦ 王国维：《王国维论学集》，中国社会科学出版社，1997，第313~314页。

说"和"外来说"对《罗摩衍那》与中国文学关系展开的学术讨论。鲁迅认为《西游记》的孙悟空形象来自无支祁[1]，而胡适在《〈西游记〉考证》中指出孙悟空的源头来自哈奴曼。[2] 陈寅恪《〈西游记〉玄奘弟子故事之演变》认为，孙悟空大闹天宫源自顶生王率兵攻打天庭的故事和《罗摩衍那》中巧猴那罗造桥渡海故事的组合。[3] 由于陈氏的加入，"外来说"近似成为定论，20世纪50年代前再没有什么很激烈的争论。

显然，20世纪50年代以前，中国学人对引入中国的史诗观念显示出不同的反应和不同的思考层面，其归根到底是"如何接受西方史诗""如何对待中国传统文学"和"如何建构中国文学史"的问题。他们没有停留在对荷马史诗和其他欧洲史诗的介绍，以及以只言片语的形式发表一些观点和见解上，而是以它们反观中国文学，回到对本土学术问题的解答上来，对史诗的认识具有鲜明的本土化意识。

如果再往前追溯，中国较早记录《格斯尔》的版本是康熙五十五年（1716）北京木刻版《格斯尔可汗传》，对《格萨尔》的谈论要始于1779年青海高僧松巴堪布·益喜班觉（1704～1788）在通信过程中与六世班禅白丹依喜（1737～1780）讨论格萨尔的有关问题。20世纪30～40年代，韩儒林、任乃强等中国学人对《格萨尔》进行了初步的介绍和分析，对《格萨尔》的产生年代、人物原型、史诗文本结构、内容和艺术价值、民间影响和纠正文化交流中的误解等方面做了开拓性的探讨。但是直到20世纪50～70年代，随着新中国的成立与民族识别工作的开展，国内学界才开始对中国史诗展开了有组织、有规模、有目的的搜集与研究，《格萨（斯）尔》《玛纳斯》《江格尔》《阿细的先基》《苗族古歌》《创世纪》等许多史诗陆续被发掘出来，以大量的事实无可辩驳地拨正了黑格尔主观臆测的中国没有民族史诗的论断，将中国文学的"史诗问题"转换为汉文学的"史诗问题"。站在整个中国史诗学术史上来看，20世纪50～70年代的史诗研究主要属于资料学建设时期，大多从事中国史诗搜集整理，以及与之相关的工作性问题，而且具有鲜明的政治倾向，学术性的论文还是很少，多是搜集工作者的一些序言或工作感想。遗憾

---

① 鲁迅：《鲁迅全集》第九卷，人民文学出版社，1973，第228页。
② 胡适：《胡适文集》第三卷，北京大学出版社，1998，第514页。
③ 陈寅恪：《金明馆丛稿二编》，三联书店，2001，第219页。

的是，其间的政治运动混淆了学术与政治的界限，将它们一律化，严重挫伤了史诗研究者的积极性与主动性。

20世纪80~90年代，中国史诗的搜集、整理、出版以及研究迎来蓬勃的生机和难得的机遇，巴·布林贝赫、仁钦道尔吉、郎樱、扎格尔、乌力吉、杨恩洪、刘亚虎等中国学人悉数登场，挑起了20世纪80~90年代中国史诗研究的大梁，对20世纪中国史诗研究产生了较为深远的影响。他们或对中国史诗的人物形象、思想内容、艺术特色和美学特征进行较为系统的研究，或对中国史诗的母题、情节类型的结构特征及其历史文化意蕴等展开深入的阐述，取得了不少可喜的成绩，开创了中国史诗研究的新局面。他们对中国史诗的学术探索奠定了以中国少数民族史诗为研究主体的中国史诗研究格局，使得中国史诗研究具有了它特有的研究对象、基本问题、理论结构、不断演进的方法体系，以及其他学科难以取代的功能，打破了20世纪50年代以前中国学人谈史诗时言必称荷马史诗和印度史诗的尴尬局面，以欧洲史诗比附中国文学的学术行为也不多见了。

自20世纪90年代中期起，朝戈金、尹虎彬、巴莫曲布嫫等许多中国学人开始对以往中国史诗研究的书面范式及其具体结论的偏颇展开理论反思，有心纠正将中国史诗作为书面文学作品展开的文学和社会历史阐述的学术理路，共谋将米尔曼·帕里（Milman Parry）和阿尔伯特·洛德（Albert B. Lord）创立的口头诗学引入中国学界。他们将米尔曼·帕里、阿尔伯特·洛德、劳里·杭柯（Lauri Honko）、约翰·弗里（John Miles Foley）、格雷戈里·纳吉（Gregory Nagy）、卡尔·赖希尔（Karl Reichl）等国际学人及其代表性成果系统地引介入国内，使中国史诗研究走出原有的书面范式存在的囿限，在立足本土史诗传统的基础上寻找新的自我定位，寻求新的问题意识和学术新高度的突破，进而建立了中国史诗研究的口头范式，消解了中国史诗研究的学科危机。朝戈金的《口传史诗诗学：冉皮勒〈江格尔〉程式句法研究》，标志着中国史诗研究的书面范式向口头范式转换的成功，为中国史诗研究构建一个全新的学术关注中心，使得口头范式成为当下中国史诗研究共同关注的话题，尹虎彬、巴莫曲布嫫、陈岗龙、斯钦巴图、阿地里·居玛吐尔地、塔亚等许多学者都参与进来，以民俗学田野个案研究为技术路线，以口头诗学为理论支撑,从演述、创编和流布等诸多方面对中国史诗展开较为系统的研究,"活形态"的史诗观逐渐在中国学界树立起来。史诗研究者开始自觉地把中国史诗纳入口头传统的范畴,"以传统为本""以式样为本""以文本为本"探讨史诗的内部结构和叙事机制,观照其背后的史诗演述传统,从而形成了某种相对一致性的"学术共同体"。此后,21世纪中国史诗研究呈现新变化,逐渐"从文本走向田野""从传统走向传承""从集体性走向个人才艺""从传承人走向受众","从他观走向自观","从目治之学走向耳治之学"①,而且在问题、方法、视角、理念诸方面逐渐展现了中国史诗研究的原创性和主体性,在学术创新中逐渐显现中国史诗研究的特色和优势。

通过对中国史诗研究历史及其不同时期研究路径的梳理,我们可以发现中国史诗研究作为一门学科已经形成了自己的特色,学术格局的内在理路已经日益清晰起来,正朝着中国特色的史诗研究前行,史诗研究的中国学派正在逐步形成。陈寅恪曾说:

> 其真能于思想上自成系统,有所创获者,必须一方面吸收输入外来之学说,一方面不忘本来民族之地位。此二种相反而适相成之态度,乃道教之真精神,新儒家之旧途径,而二千年吾民族与他民族思想接触史之所昭示者也。②

自20世纪初以来,从事中国史诗研究的中国学人都能够立足中国的本土传统,"不忘本来民族之地位",具有本土学术发展的自觉意识,特别是朝戈金、巴莫曲布嫫等中国学人对口头诗学的吸纳、转化和本土化,创造性地解决本民族的问题,乃至"中国问题"。这些研究历史和研究路径揭示了中国史诗研究应该立足于本土活形态史诗传统和学术话语传统资源,确立理论自觉意识,借鉴国际诗学理论要结合中国史诗传统的实际语境和学术实践,将它们与中国史诗研究原有的理论与方法创新性地融合运用,以更好地认识中国史诗,更好地解决中国史诗研究中遭遇

① 朝戈金:《朝向21世纪的中国史诗学》,《国际博物馆(中文版)》2010年第1期。
② 陈寅恪:《金明馆丛稿二编》,三联书店,2001,第284~285页。

的学术问题，创造出具有原创性的史诗研究成果，进而总结史诗研究的"中国经验"，建立中国史诗研究话语体系，扩大中国史诗研究在国内外学界的影响力，推动了史诗研究中国学派的形成。

除了考察中国史诗研究的历史脉络，还需要检视构建史诗研究中国学派的诸多条件，考量它们对史诗研究中国学派生成产生的内在影响。中国有着蕴藏丰富的史诗资源，现有的以活形态形式存在的口头史诗以及已经搜集、记录、整理与出版的史诗数量宏富，这使构建史诗研究中国学派成为可能。除了享誉全球的"中国三大英雄史诗"——藏蒙《格萨（斯）尔》、蒙古族《江格尔》和柯尔克孜族《玛纳斯》外，还有数以千计的史诗或史诗叙事片段存活于辽阔的中国疆土上，蒙古、藏、柯尔克孜、哈萨克、维吾尔、赫哲、满等北方民族，以及彝、纳西、哈尼、苗、瑶、壮、傣、畲等南方民族，都有着源远流长的史诗演述传统和篇目繁多的史诗，而且大多至今仍以活形态的演述方式在本土社会的文化空间中传承和传播。① 放眼世界，中国史诗这种丰富宏赡的蕴藏量在世界上实属罕见，而且它们类型多样。它们既是中国传统文化宝库里的精神财富，也是世界文化长廊里的宝贵财富。

中国学人围绕《格萨（斯）尔》《江格尔》《玛纳斯》等诸多北方英雄史诗和《苗族古歌》《布洛陀》《梅葛》等许多南方史诗展开较为全面的史诗资料学建设。以《格萨尔》而言，迄今为止，记录且内容互不重叠的藏族《格萨尔》部数约有120部，如果不将散体叙说部分计算在内，每部以5000行计，那么现在已经记录的《格萨尔》韵文文本的诗行数量已经达到了60万行。② 如果不将异文变体计算在内，国内对《江格尔》的记录累计有60～70个诗章，已经出版了托忒蒙古文本、汉文本《江格尔》等，计有数十种。③ 可喜的是，中国学人在国内口头史诗的搜集、记录、整理，以及出版等方面取得的成绩也为国内外学界所认可。《格萨尔精选本》由《英雄诞生》《赛马称王》《魔岭大战》《霍岭大战》

---

① 朝戈金、尹虎彬、巴莫曲布嫫：《中国史诗传统：文化多样性与民族精神的"博物馆"（代序）》，《国际博物馆（中文版）》2010年第1期。

② 朝戈金、尹虎彬、巴莫曲布嫫：《中国史诗传统：文化多样性与民族精神的"博物馆"（代序）》，《国际博物馆（中文版）》2010年第1期。

③ 朝戈金、尹虎彬、巴莫曲布嫫：《中国史诗传统：文化多样性与民族精神的"博物馆"（代序）》，《国际博物馆（中文版）》2010年第1期。

等 40 卷组成①，对《格萨尔》的传承、保护有着重要的实践意义，对《格萨尔》的研究也有推进作用。仁钦道尔吉、朝戈金、丹布尔加甫、斯钦巴图等主编的《蒙古英雄史诗大系》（四卷）由民族出版社在2007～2009 年间陆续出版，是蒙古英雄史诗研究的宝贵文献，对中国史诗学资料的建设具有重要的学术贡献。还有《格斯尔全书》《苗族古歌》《壮族麽经布洛陀影印译注》等许多学术分量较重的中国史诗整理本相继见于学界。更为可喜的是，中国史诗研究资料的数字化建设在中国社会科学院民族文学研究所得到持续性的推进，并已经取得了颇为显著的成果，对推动史诗演述传统的学理性研究具有重要的学术价值。②约翰·弗里对中国史诗资源的丰富赞叹不已，而且有感于此，对中国史诗研究，乃至口头传统研究的未来提出很高的期许：

> 在东方的这一国度中，活形态的口头传统是极为丰富宏赡的宝藏，世代传承在其众多的少数民族中，在此基础上进行的口传研究当能取得领先地位。中国同行们正是处于这样一个有利的位置，他们可以做到在世界上其他地方的人们所无法做到的事情：去体验口头传统，去记录口头传统，去研究口头传统。这些传统在范围上具有难以比量的多样性，因而更值得引起学界的关注。如果在未来的岁月中，口头理论能够在多民族的中国，在她已为世人所知的众多传统中得到广泛检验，那么国际学界也将获益匪浅。③

这见出约翰·弗里期望中国能够成为未来史诗研究，乃至口头传统研究的重要学术阵地，能够承担起拓展和推进口头诗学理论的历史使命。

与此相应，中国史诗研究取得了长足的进步，出现了一批具有较高学术水平的史诗研究者，他们推出了一批原创性的论著，这也是构建史诗研究中国学派的重要条件。20 世纪 20～40 年代出生的中国史诗研究者成为中国史诗研究的主要力量，巴·布林贝赫、仁钦道尔吉、郎樱、杨

---

① 《格萨尔精选本》，民族出版社，2002～2013。

② 参见中国民族文学网，http://iel.cass.cn/#story9。

③ 约翰·迈尔斯·弗里：《口头诗学：帕里—洛德理论》"作者中译本前言"，社会科学文献出版社，2000，第 11 页。

恩洪、扎格尔、乌力吉等诸多学人成为 20 世纪 80~90 年代中国史诗研究的领军人物，他们既是史诗的搜集者，又是史诗的研究者。他们对中国史诗的总体面貌、艺术性、思想性、形成与发展规律，以及结构母题等展开了探讨，为中国史诗的理论建设和学科发展奠定了坚实的基础。

巴·布林贝赫的《蒙古英雄史诗的诗学》① 从蒙古英雄史诗的自身特质出发，对蒙古英雄史诗的宇宙模式、黑白形象体系、骏马形象、人与自然的深层关系、文化变迁与史诗变异、意象诗律风格等方面展开了系统的研究，完成了蒙古英雄史诗诗学体系的构建。在对蒙古民族不同氏族部落、不同地域的英雄史诗整体把握的基础上，他科学地归纳出蒙古英雄史诗的神圣性、原始性、规范性三个基本特征，并从不同的方面对它们渐次展开论述，它们成为史诗区别于其他文学样式的重要维度。他对蒙古英雄史诗中较为常见的关于"三界""时空""方位"和"数目"的描述进行比较和分析，总结了蒙古英雄史诗关于"三界""时空""方位"和"数目"的观念及其重要特征，进而系统地阐述了蒙古英雄史诗的"宇宙结构"，"开辟了《史诗诗学》所自有的宇宙诗学模式论的诗性领地和方法论通道"②。他从意象、诗律、风格等方面分析了蒙古英雄史诗的基本形态与艺术风格，从美学和宗教的角度阐述了蒙古英雄史诗反映的人与自然的深层关系。他不但研究史诗英雄的具体表现，而且把他们提高到哲学的高度，在美、丑、崇高等审美范畴里分析史诗对英雄人物的创造、发展及其规律。他从诸多的英雄人物形象中绅绎出恒久不变的本质，构建出一个能够容纳和阐释所有英雄人物的黑白形象体系。这种分析方法既吸取了原来从思想性和艺术性的角度评价英雄人物的做法，又创造性地从蒙古民族的文化心理、审美情趣、生活习俗和生活理想等各个方面综合考察英雄人物的美学本质，从而使得巴·布林贝赫对史诗英雄的论述更是对他们的一种再创造，不但论析得精妙而深刻，而且具有了理论化和系统化的高度。在分析骏马形象时，巴·布林贝赫从文化人类学的视角将它与蒙古族人民的生活、命运、思维、心理、审美等多个方面紧密联系起

① 巴·布林贝赫：《蒙古英雄史诗的诗学》，内蒙古教育出版社，1997。
② 阿拉德尔吐：《巴·布林贝赫蒙古史诗诗学的宇宙模式论》，《民族文学研究》2013 年第 4 期。

来勾勒出骏马形象的美学历程和归宿。① 他将蒙古英雄史诗放在整个蒙古文学流变的过程中进行了动态观照,兼及农业文化和佛教文化对蒙古英雄史诗的影响,得出蒙古英雄史诗的发展经历了"原始史诗""发达史诗"和"变异史诗"三个阶段的结论。在对这三个阶段的科学阐述中,他以对"变异史诗"的美学特征和异文化对其影响的阐述尤为独到。② 这不仅体现巴·布林贝赫对蒙古英雄史诗起源、形成和发展规律的探讨具有的独特视野、理论思考和原创性,而且对今后蒙古英雄史诗晚期形态与变异状态中的蟒古思故事的研究起到推动作用。

对《江格尔》的形成年代和演进过程,仁钦道尔吉有着独特的见解。他的《〈江格尔〉论》从文化渊源、《江格尔》的社会原型、《江格尔》里用的词汇和地名、加·巴图那生等人在新疆搜集到的传说、卫拉特人的迁徙史和《江格尔》的流传情况、《江格尔》里的宗教形态等方面论证了《江格尔》形成长篇英雄史诗的时间上限是 15 世纪 30 年代早期四卫拉特联盟建立以后,下限是 17 世纪 20 年代土尔扈特部首领和鄂尔勒克率部众西迁以前。③ 他避免简单比附历史的做法,从《江格尔》所反映的社会形态、战争的性质和目的、宝木巴的性质、社会军事政治体制、社会结构和社会意识等方面入手,找出《江格尔》形成时代的基本内容,探究了《江格尔》反映的社会原型。这样的分析使得仁钦道尔吉的论点具有了较为坚实的理论支撑,把这一基本性的重大课题向前推进了一大步,奠定了他在《江格尔》研究领域中的重要学术地位。最具有理论创见的是,仁钦道尔吉根据蒙古英雄史诗情节类型的特征创用了"英雄史诗母题系列"的概念。他综合海西希(W. Heissig)和尼·波佩(N. Poppe)的见解,以海西希的母题分类法为指导,以英雄史诗母题系列为单元剖析各种类型的蒙古英雄史诗情节结构的组成和发展,探讨了每个母题系列内部的发展变化。他观察到所有蒙古英雄史诗,都是使用不同数量的母题在婚姻型母题系列和征战型母题系列这两种母题系列的

---

① 巴·布林贝赫:《蒙古英雄史诗中马文化及马形象的整一性》,乔津译,《民族文学研究》1992 年第 4 期。

② 苏尤格:《著名诗人巴·布林贝赫及他的诗学理论》,《内蒙古民族大学学报(社会科学版)》2008 年第 6 期。

③ 仁钦道尔吉:《〈江格尔〉论》,内蒙古大学出版社,1999,第 203~214 页。

统驭下，以不同的组合方式构成的，并根据母题系列的内容、数量和组合方式的不同，把蒙古英雄史诗分为单篇型史诗、串连复合型史诗和并列复合型史诗三大类型，由此使蒙古英雄史诗情节结构的发展规律在空间性和时间性上得到了一种整体性的解释。

郎樱的《〈玛纳斯〉论》运用多学科的理论和方法对《玛纳斯》展开较为系统而全面的研究，不仅从传统研究的视角对《玛纳斯》的产生年代、主题内容、人物形象、艺术特色、宗教信仰、母题和叙事结构等进行研究，而且将《玛纳斯》作为一种活形态的口头史诗从歌手和听众的角度分析它的传承发展规律，其中提出的某些学术观点给往后研究《玛纳斯》提供了重要的参考和启迪。此外，还有《〈格萨尔〉论》《民间诗神——格萨尔艺人研究》《〈江格尔〉研究》《蒙藏〈格萨（斯）尔〉的关系研究》等一批研究成果对中国史诗的重要文本及其形态、优秀的史诗歌手，以及史诗研究中的一些主要问题进行了较为系统的论述，具有着重要的学术价值。

自 20 世纪 90 年代中期起，20 世纪 50～60 年代出生的中国史诗研究者开始突破将中国史诗当作书面文本进行文学和历史研究的囿限，对 20 世纪 20～40 年代出生的中国史诗研究者的史诗研究展开反思与检讨，运用口头诗学的理论与方法阐述中国史诗传统，解决中国的"学术问题"，提升中国史诗研究经验。朝戈金、尹虎彬、巴莫曲布嫫、阿地里·居玛吐尔地、斯钦巴图等是其中的翘楚，他们功底较为深厚、视野较为开阔，兼具跨语际的研究实力[①]，不断对中国史诗研究进行反思与自我建构，将口头诗学本土化，进而创造性和开放性地解决"中国问题"，而与之相关联的、经得住时间检验的一批研究成果也相继问世。

朝戈金的《口传史诗诗学：冉皮勒〈江格尔〉程式句法研究》选择了冉皮勒演唱的《江格尔》作为具体个案，通过对其中一个给定史诗文本的程式句法的分析与阐释，发掘与总结蒙古族口传史诗的诗学特质。这部著作是运用口头诗学研究本民族文学的一个成功范例，直接奠定了朝戈金在中国学界的学术地位。钟敬文、杨义、郎樱、扎拉嘎等都曾高

---

① 朝戈金：《从荷马到冉皮勒：反思国际史诗学术的范式转换》，载《中国社会科学院文学研究所学刊》，中国社会科学出版社，2008，第 30 页。

度评价该著作在中国史诗学上的学术价值，肯定了其史诗句法分析模型的创新性，以及对既有文本的田野"再认证"工作模型的建立。① 在对《江格尔》史诗文本形态的多样性展开分析的同时，《口传史诗诗学：冉皮勒〈江格尔〉程式句法研究》指出以往学界没有充分重视作为口头文学的史诗具有的特殊属性，认为这直接导致许多学人忽视《江格尔》史诗不同类型文本的差异，以及对它们产生了一些模糊的认识，而学人只有在田野作业的实践操作中按照科学的原则才能较为客观和全面地认识史诗文本类型。朝戈金反对使用书面文学理论来界定口头史诗的文本属性，反对简单套用书面文学理论来研究口头史诗的创编、演唱和流布，主张以口头史诗自身内在的基本特征来重新界定口头史诗的文本属性，以口头史诗自身的术语来重新阐述口头史诗的特质。朝戈金对口头史诗文本属性的阐述革新了国内民俗学界以往的文本观念，对国内学界口头文学的文本讨论具有革命性的意义，进而推动了学界对口头文学本身内在规律认识的深化。他强调要在创编、演唱和流布中对口头史诗展开文本阐释，揭示其创作法则和美学特征。口头史诗的演唱文本不仅是演唱传统中的文本，也是在特定的演唱语境中呈现的文本，朝戈金主张要将口头史诗的文本与语境关联起来进行整体的把握，观察与分析口头史诗文本的诗学特质。以冉皮勒演唱的《铁臂萨布尔》的现场录音整理本为样例，朝戈金剖析了史诗文本与演唱之间的动态关系，对其诗行进行了程式分析，阐述了其程式的类型、系统及功能，对程式的频密度进行了数据统计，对诗行的韵式、步格、平行式进行了细致的解析，按照蒙古史诗押句首韵的基本特点创立了"句首音序排列"的分析模型。这些对蒙古英雄史诗的口头特征和诗学法则的探讨，无疑具有开拓性，对中国史诗研究具有理论启示的意义。进而言之，朝戈金的口传史诗诗学研究对中国史诗研究、民间文学研究乃至民俗学研究在学术方法上带来一种范式性的变革，直接起到了引领和示范作用。

巴莫曲布嫫提出"民间叙事传统格式化"的概念，以之描述中国学人在口头史诗的搜集、记录、整理、翻译、出版等过程中对口头史诗的

---

① 参见《口传史诗诗学：冉皮勒〈江格尔〉程式句法研究》"序"和"审读意见"，广西人民出版社，2000。

增添、删减、移植、拼接等不科学的行为，检讨其给学术研究带来的诸多弊端。这种"格式化"的现象普遍存在于 20 世纪 90 年代以前的民间文学搜集与整理过程中，因此，巴莫曲布嫫对"民间叙事传统格式化"的探讨和反思超越了个案的意义，是一种具有普遍意义的学理性思考，引起了国内民间文学和民俗学界的关注。在认识和发现以往学术实践中的种种弊端的基础上，巴莫曲布嫫提出"五个在场"的田野理念，在研究对象与研究者之间搭建起了一种可资操作的田野工作模型，确立了观察与分析研究者、受众、演述人、传统以及文本等要素之间互动关联的框架。"民间叙事传统格式化""五个在场"对中国史诗学、民间文学的理论建设具有启发意义，推进和深化了中国史诗学、民间文学、民俗学等多学科的学术反思，引起了许多中国学人对史诗田野研究和史诗演唱的文本化等相关问题的关注和讨论。

朝戈金的《口传史诗诗学：冉皮勒〈江格尔〉程式句法研究》、尹虎彬的《古代经典与口头传统》、巴莫曲布嫫的《史诗传统的田野研究：以诺苏彝族史诗"勒俄"为个案》、陈岗龙的《蟒古思故事论》、阿地里·居玛吐尔地的《〈玛纳斯〉史诗歌手研究》、斯钦巴图的《蒙古史诗：从程式到隐喻》等一批以传统为本，以民俗学个案为技术路线，以口头诗学为解析框架的研究成果表明中国史诗研究学术转型的实现，呈现了中国学人在口头诗学本土化方面做出的努力与实践，引领了中国史诗研究的学术实践和方法论创新。[①] 它们确立了创建史诗研究中国学派的学术根基，为中国史诗研究学科化的制度建设和理论创新奠定了基础，为中国史诗学学科整体的可持续发展提供了重要的学术支撑[②]，而且它们已经得到国内外学人的普遍认同和肯定，已经超越了史诗研究的领域，对民间文学、民俗学、古典文学、音乐学等诸多相邻学科的理论和方法产生了显著的影响。[③]

---

① 巴莫曲布嫫：《口头传统专业元数据标准定制：边界作业与数字共同体》，《民间文化论坛》2018 年第 6 期。

② 巴莫曲布嫫：《中国史诗研究的学科化及其实践路径》，《西北民族研究》2017 年第 4 期。

③ 冯文开：《中国史诗学史论（1840－2010）》，中国社会科学出版社，2016，第 208 页；郭翠潇：《口头程式理论在中国的译介与应用——基于中国知网（CNKI）期刊数据库文献的实证研究》，《民族文学研究》2016 年第 6 期。

　　需要指出的是，中国史诗的总数约有上千种，囊括了数十个民族的文化传统，而且其大都为活形态的史诗，它们为国际史诗学界当前及以后史诗研究提供了诸多活形态的史诗样例。根据中国史诗存在的现实状况，中国学人突破了西方古典诗学中"英雄史诗"的范畴和以荷马史诗为范例的囿见，提出了"创世史诗"和"迁徙史诗"两种新的史诗类型①，拓宽了国际史诗学界对史诗概念内涵的认识，为国际史诗研究提供了新的范例，充实了国际史诗文库。朝戈金更是指出"《亚鲁王》具有在中国境内流布的创世史诗、迁徙史诗和英雄史诗三个亚类型的特征"，呈现混融性叙事特征，是一种"复合型史诗（跨亚文类）"。② 中国少数民族史诗不仅类型和形态多样，而且歌手的类型丰富，就《格萨尔》说唱艺人便有神授艺人、圆光艺人等多种类型，而且不同民族史诗传统中的歌手在史诗的传承、演述等诸多方面呈现出差异，独具中国特色。随着对史诗歌手的发现及其个人才艺的发掘与强调，20 世纪 80 年代以来的史诗歌手研究已经取得了许多学术价值较高的成果，如杨恩洪的《民间诗神——格萨尔艺人研究》、郎樱的《柯尔克孜史诗传承调查》、巴莫曲布嫫的《在口头传统与书写文化之间的史诗演述人——基于个案研究的民族志写作》、朝克图与陈岗龙的《琶杰研究》、阿地里·居玛吐尔地和托汗·依莎克的《当代荷马〈玛纳斯〉演唱大师居素普·玛玛依评传》等，它们对国内史诗研究产生了深刻的学术影响，推动中国学人对史诗歌手的研究由关注集体性转向对个人才艺的关注，对目标化的史诗歌手展开了有计划、有组织的跟踪调查和研究。③

　　20 世纪以来的这些原创性的搜集和研究成果为构建史诗研究中国学派奠定了坚实的学术基础，丰富了国际史诗研究的图景，表明史诗研究中国学派在中国地域内形成的内部条件较为充分，已有了较为深厚的学术积累。当然，任何学派的形成既需要自身内在的、长期的学术积累，也需要各种外在因素的推动。构建史诗研究中国学派亦是如此，需要天

---

① 朝戈金、尹虎彬、巴莫曲布嫫：《中国史诗传统：文化多样性与民族精神的"博物馆"（代序）》，《国际博物馆（中文版）》2010 年第 1 期。

② 朝戈金：《〈亚鲁王〉："复合型史诗"的鲜活案例》，《中国社会科学报》2012 年 3 月 23 日。

③ 朝戈金：《从荷马到冉皮勒：反思国际史诗学术的范式转换》，载《中国社会科学院文学研究所学刊》，中国社会科学出版社，2008，第 29 页。

时、地利、人和的多方因素配合，才能最终实现。

　　构建史诗研究中国学派是构建新时代中国特色哲学社会科学的迫切要求。当下，中国的综合国力正在稳步提升，在国际舞台上的影响力日益增强，和平崛起已成趋势，中国史诗研究处在中国正需要变革创新和实现中华民族伟大复兴的历史进程中，面临着前所未有的机遇和挑战，中国学人应该有着前人所未有的理论自觉和自信，充分利用在朝向21世纪发展的道路上获得的愈来愈多的理论资源与实现动力，让中国史诗研究在国际学界拥有自己的话语权与自主性，在国际史诗研究的未来发展过程中发挥引领和示范作用。事实上，今日从事史诗研究的中国学人已经在国际学界的不同场合上发出了自己的声音，与国际学界展开了较为频繁的学术交流，在学术对话和交往中扮演着重要的研究角色。这无疑是构建史诗研究中国学派的重要外部条件。20世纪80年代，仅有仁钦道尔吉、斯钦孟和等为数不多的中国学人前往德国、蒙古国等国家进行史诗学术交流和学习。至21世纪，中国史诗研究与国际史诗研究的学术对话由20世纪80年代的被动加入转向了主动参与，乃至对国际史诗研究起到重要的引领和主导作用，朝戈金、尹虎彬、巴莫曲布嫫、陈岗龙、塔亚、阿地里·居玛吐尔地等代表性学者与国际史诗学界进行了广泛的、具有深度的学术交流。除了《格萨（斯）尔》《江格尔》《玛纳斯》等研究学会在国内举办的各种国际性年会和学术讨论会外，许多项重要的国际性史诗学术活动以中方举办为主，并对国内外史诗研究发展产生了具有深远意义的影响，以中国社会科学院民族文学研究所尤为突出。自2000年以来，中国社会科学院民族文学研究所与哈佛大学希腊研究中心、美国密苏里大学口头传统研究中心、俄罗斯科学院卡尔梅克历史文化研究所、芬兰文学学会民俗档案库、蒙古国科学院语言文学研究所等多个国家的高校和科研院所在史诗研究领域展开多边合作和学术交流，并就定期开展学术交流、资料共享、合作研究等诸多相关事宜正式签署合作协议。① 需要着重提及的是，2009～2017年，中国社会科学院民族文学研究所及其口头传统研究中心举办了七期"IEL国际史诗学与口头

---

① 巴莫曲布嫫：《中国史诗研究的学科化及其实践路径》，《西北民族研究》2017年第4期。

传统研究讲习班"，旨在推进史诗学学科建设，为口头传统研究培养专门
人才，涉及古希腊史诗、印度史诗、塞尔维亚－克罗地亚口头传统、欧
洲中世纪英雄史诗、蒙古英雄史诗、柯尔克孜族史诗等，培训课程涵盖
口头诗学的理论与方法、史诗学术史、史诗的演述和传播、口头传统的
多样性、口头传统与互联网、口头文类与跨文类、图像叙事及演述、不
同史诗演述传统的个案研究等诸多史诗研究领域，讲席教员和学员来自
世界各地，有 600 余人，在国内外学界引起了较大的学术反响，在学术
交流与人才培养方面取得了预期的效果。中国社会科学院民族文学研究
所分别于 2011、2012、2014、2015 年举办了主题为"世界濒危语言与口
头传统跨学科研究""史诗研究国际峰会：朝向多样性、创造性及可持
续性""现代社会中的史诗传统""口头传统数字化"的"中国社会科学
论坛（文学）"，来自三十多个国家和地区的上百名学人对史诗的搜集、
建档、整理和数字化，史诗在当下语境中的生存状况与抢救，史诗传统
的多样性与跨学科研究等展开学术讨论和交流，增进了不同史诗传统之
间的对话和相互理解，为中国史诗研究拓展了国际合作的有效路径。

　　这些与国际学术的交流与互动促进中国史诗研究整体素质的有效提
高，凝聚了一批有志于史诗研究的学人，推动国内史诗研究的深入与发
展，扩大了中国史诗研究的辐射范围，有力地推动了中国史诗研究的全
球化，有效地提升了中国史诗研究在国际学界的地位与影响力，奠定了
中国史诗研究在国内外学界中的学术地位，瓦·海西希（Walther Heis-
sig）、约翰·弗里、格雷戈里·纳吉、卡尔·赖希尔、马克·本德尔
（Mark Bender）等国际知名的史诗研究者在不同场合的演讲和各自的论
著中充分肯定中国史诗研究取得的学术成果，并对它们一再引用，专业
性和权威性较高的工具书《美国民俗学百科全书》（*Folklore：an encyclo-
pedia of beliefs，customs，tales，music，and art*）对它们也给予了较高的学
术评价。[①]

　　中国史诗研究者在国际学界的影响逐渐增强。2011 年 10 月 10 日，
朝戈金应邀在美国密苏里大学口头传统研究中心讲学，作了题为《Oral

---

① Charlie T. McCormick and Kim Kennedy White, editors, *Folklore：an encyclopedia of beliefs，
customs，tales，music，and art*, California, Santa Barbara, 2011, p. 287.

Epic Traditions in China: Diversity, Dynamics, and Decline of Living Heritage
（中国口头史诗传统：活态遗产的多样性、动力及衰微）》的英文演讲，
较为系统地介绍了中国口头史诗研究的概貌，涉及中国少数民族史诗搜
集调查及研究成果、中国少数民族史诗的多样性、史诗流传区域和传承
情况等。2012 年 11 月 17～18 日，"2012 年史诗研究国际峰会：朝向多
样性、创造性及可持续性"在京召开，来自 30 多个国家和地区的 70 余
位史诗研究者围绕史诗传统的多样性、创造性及可持续性，口头史诗建
档的方法论反思，史诗研究者、本土社区和研究机构多方互动与协力合
作中所面临的挑战等话题展开讨论，涉及亚太、西欧、东欧、中亚、非
洲和拉丁美洲的史诗传统，以及中国多民族的史诗传统。他们共同倡议
成立"国际史诗研究学会"，并推选朝戈金为"国际史诗研究学会"会
长。这是国际史诗学术交流的盛事，也是中国乃至国际史诗学术史上的
标志性事件，表明中国已成为国际史诗研究的重镇，中国史诗研究已经
得到了国际同行的高度认可和普遍的赞誉，在国际学术交流的平台上已
经占有一席之地。同时，它寄托了国际史诗研究同行对中国史诗研究未
来的期许。

　　如果说史诗研究中国学派的构建需要一个学术领导人物，那么他应
该是朝戈金，他的学术水平和在国内外学界的学术地位已经非常有说服
力地表明他是中国史诗研究的学术带头人①，而且他的史诗观念和研究
范式深深影响着一批国内学人，马克·本德尔认为他"堪称典范的 21 世
纪早期的学者和领导"②，是史诗研究中国学派的学术旗帜。早在 2010
年，他便倡导史诗研究中国学派的创立。2010 年 12 月 3～5 日，哈佛大
学"帕里口头文学特藏馆"主办的"21 世纪的歌手和故事：帕里—洛德
遗产"国际学术研讨会在该校博伊尔斯顿楼成功举办，朝戈金应邀参加
会议，作了题为《创立口头传统研究"中国学派"》的演讲。这一命题
的提出不仅反映了朝戈金希冀中国口头传统研究走向国际的学术诉求，

---

① 马克·本德尔：《中国学派的国际影响：朝戈金对口头传统研究的贡献》，陈婷婷译，
　载高荷红、罗丹阳主编《哲勒之思：口头诗学的本土化实践》，中央民族大学出版社，
　2017。

② 马克·本德尔：《中国学派的国际影响：朝戈金对口头传统研究的贡献》，陈婷婷译，
　载高荷红、罗丹阳主编《哲勒之思：口头诗学的本土化实践》，中央民族大学出版社，
　2017，第 14 页。

也体现了其冀图中国口头传统研究能够得到国际学界认可的主观心态与学术自觉。2012 年，朝戈金提出进一步丰富和发展国际史诗理论，倡导运用中国诗学固有的理论概念和范畴构建史诗学的中国学派。① 他的这些倡导与呼吁体现了中国学人的学术自觉和学术自信，是史诗研究中国学派的学术纲领，对史诗研究中国学派的构建有着前瞻性、世界性的愿景及意义。这里提出史诗研究中国学派的构建是对朝戈金这种学术诉求的回应。

如果说 20 世纪 50～60 年代出生的史诗研究者以朝戈金为核心形成了第三代史诗研究者，那么 20 世纪 20～40 年代出生的巴·布林贝赫、仁钦道尔吉、郎樱、杨恩洪等可以称得上第二代史诗研究者，而 20 世纪 50 年代以前讨论史诗的中国学人可以称得上第一代史诗研究者。三代中国学人的史诗研究路径和侧重点各有异同，但相互之间有着密切的学术传承谱系关系。第一代学者对中国文学"史诗问题"以及孙悟空与哈奴曼关系的讨论在第二、三代史诗研究者中得到继承，并一直延续到当下，而且第二、三代史诗研究者大多直接或间接地受到第一代史诗研究者的影响，第三代史诗研究者中的许多人更是得到了第二代史诗研究者的亲身传授。与第二代史诗研究者相比较，第三代史诗研究者在学术取向、研究路径、问题意识、研究范式上都焕然一新，在对第二代史诗研究者的学术传统继承中有所发展和超越，在研究观念、理论和方法上实现了研究范式的转换，由原来的书面研究范式转向了口头研究范式，走向了"音声的口头诗学"，这种学术传承谱系在中国社会科学院民族文学研究所的史诗研究学术传统和代际传承上体现得尤为明显。② 这并非意味着第二代史诗研究者的书面研究范式已经被抛弃，文学、历史、母题、结构和功能等诸多书面研究范式仍然在当下史诗研究中发挥着口头范式不能替代的作用，有着其特有的学术价值，走着与口头研究范式不同的学术路径和内在理路，它们与口头研究范式构成了中国史诗研究的学术传统，为中国史诗研究进一步发展提供了各种学术可能。中国史诗研究呈

---

① 朝戈金、明江：《史诗与口头传统的当代困境与机遇——访中国社科院民族文学研究所所长朝戈金》，《文艺报》2012 年 3 月 2 日。

② 巴莫曲布嫫：《中国史诗研究的学科化及其实践路径》，《西北民族研究》2017 年第 4 期。

现的这种学术传统及其代际传承是中国史诗研究稳步推进和保持活力的保障，是构建史诗研究中国学派的重要条件。

构建史诗研究中国学派有着自身的组织基础。在国内高校和科研机构中，专门从事史诗研究的机构和中心数量非常多，但是最具有历史传统的史诗研究机构当推中国社会科学院民族文学研究所，它是中国史诗研究的重镇。自1980年成立以来，中国社会科学院民族文学研究所一直致力于中国史诗的搜集整理与研究，探索并建立了自身的学术传统及其代际传承学术机制，开拓性地创建了较为系统的中国史诗研究的学术格局，以中国史诗研究的理论创新和方法论创新为使命，率先完成中国史诗研究范式的转换，引领着中国史诗研究的整体发展和未来走向，推进了中国史诗研究学科化和制度化。① 这便决定了史诗研究中国学派在中国社会科学院民族文学研究所的孕育和生成。还值得述及的是，中国史诗研究有着支撑定期刊发自身相关学术论文的学术刊物，如《民族文学研究》《西北民族研究》《民族艺术》《民俗研究》《民间文化论坛》等，它们在国内学术界具有重要的影响力。2016年，中国社会科学院民族文学研究所重点学科"中国史诗学"负责人朝戈金与《西北民族研究》编辑部达成共识，在《西北民族研究》开辟"中国史诗学"研究专栏，希冀对北方少数民族史诗、南方少数民族史诗、史诗学理论和方法、史诗传统与非物质文化遗产保护等话题开展持续性学术讨论，意在推进中国史诗研究和构建学术对话的话语体系。自2016年第4期起，《西北民族研究》的"中国史诗学"专栏组稿4次，刊发论文21篇。因此，从学术期刊看，中国史诗研究已经在走向构建中国学派的道路上奋进，步伐正在加快。

随着构建中国特色哲学社会科学的学科体系、学术体系、话语体系的提出及其学术讨论的热烈开展，中国史诗研究话语的提炼与本土诗学体系建构的探索成为21世纪史诗研究的重要理论话题，巴·布林贝赫的《蒙古英雄史诗的诗学》对此具有示范意义。② 他运用文艺学、社会学、文化人类学、宗教学、民俗学、美学和诗性地理学等多学科的理论和方

---

① 巴莫曲布嫫：《中国史诗研究的学科化及其实践路径》，《西北民族研究》2017年第4期。

② 巴·布林贝赫：《蒙古英雄史诗的诗学》，内蒙古教育出版社，1997。

法对蒙古英雄史诗展开了较为系统的诗学构建，创立了一种与众不同的、立足于本土诗学的研究范式。他把诗性、历史性、哲学性和综合性四个特色融于一体，他对蒙古英雄史诗诗学的建构不仅仅在于它具有填补了蒙古诗学研究一大空白的意义，更在于他以积极严肃的开创精神把蒙古诗歌研究推上了一个新的历史哲学的高度，"对推进诗歌研究和诗学建设，有多方面的参考价值"，"已经产生了多方面的影响"。①

另外，"学术的最高境界在于对自身文化的准确把握，而不是对国外理论的刻意模仿"②。当下，史诗研究的学术生态呈现多种理论共存的多元格局，面对中国史诗研究呈现的多样性，史诗研究中国学派的理论旗帜和研究范式应该从中国史诗研究的实际出发，坚持以马克思历史唯物主义为指导思想，以口头诗学为理论建构的突破点，从创编、演述、接受、流布等诸多维度对中国史诗展开研究，将"音声的口头诗学"进一步向"全观的口头诗学"拓展③，从认识论和实践论层面将听觉、视觉、触觉、味觉、嗅觉等感知纳入口头史诗的演述和叙事的可分析框架里进行考察，进一步深化中国史诗研究，促进中国史诗研究整体、全面、科学地发展，将中国史诗学学科建设推向一个新的高度，开创中国史诗研究的新的学术空间，构建面向新世纪卓然而立的中国史诗学。

综上所述，史诗研究中国学派的构建既有学术实践资源，也有学术理论资源，在学术传承谱系、学术传统、学术领军人物、原创性学术著作、理论旗帜等诸多方面为史诗研究中国学派的构建提供了可能与必然。当然，史诗研究中国学派的构建是一个长期积累的过程，需要中国学人具有构建史诗研究中国学派的自觉意识和自主意识，具有突破国际史诗研究范式的理论勇气和实践精神，要有意识地让国际学界关注、认知、理解、认可，乃至推重中国史诗研究。需要对中国史诗搜集成果与研究成果展开基于学术史视角的系统、全面、深入的整理与研究，多向度的

---

① 朝戈金：《巴·布林贝赫蒙古史诗诗学思想之论演（代序）》，载巴·布林贝赫《蒙古英雄史诗诗学》，陈岗龙等译，中国社会科学出版社，2018，第 2～13 页。

② 钟敬文：《二十世纪中国民俗学经典》，社会科学文献出版社，2002，"写在前面"第 6 页。

③ 朝戈金：《朝向全观的口头诗学："文本对象化"解读和多面相类比》，此文是朝戈金在"第七届 IEL 国际史诗学与口头传统讲习班：图像、叙事及演述"上于 2017 年 11 月 18 宣讲的论文。

反思与检讨其得失，总结其规律，清晰地展现其整体面貌，考察中国史诗搜集与研究在不同历史时期总体上呈现的发展状况和水平，构建中国史诗研究的传承谱系和学术传统。需要将中国史诗研究者打造成一支在学术上已经成熟、具有可持续发展潜力的学术队伍，将相对分散的学术资源和学术力量适当地集中在一起，通过一定的方式使得有限的学术资源得到合理的优化配置，系统地解决中国史诗研究中的重大问题，增强中国史诗研究的国际影响力，进而从整体上推动中国史诗研究的发展与进步。还需要加强中国史诗研究的话语体系建设，通过对中国史诗研究中的概念、术语、研究方法、研究范畴的提炼和提升，形成语言学、民俗学、民间文学、口头诗学、民族学、音乐学等多学科视野中的中国史诗理论建设与批评实践的学术方向，构建中国特色的史诗研究的学科体系和理论体系。需要中国学人立足中国语境，契合中国实践，将对国际诗学理论与方法的借鉴、吸收、本土化与发现和重估中国本土史诗资源结合起来，在解决中国现实问题中自觉地构建以中国史诗研究作为学科重要标志的原创性核心理论，推出具有本土原创性的史诗研究成果，进而增强中国史诗研究在国际学界的话语权。无论如何，史诗研究中国学派的构建是一个庞大的系统工程，需要中国史诗研究者的共同努力和奋斗，毕竟它是中国史诗研究者的共同事业，是中国史诗研究在国内外学术界的声誉形象和旗帜。可以相信，在迈向中华民族伟大复兴和构建中国特色哲学社会科学的道路上，中国史诗研究必将建构起中国特色的学科体系和学术话语体系，彰显中国史诗研究者应有的中国特色的学术风貌、学术风格和学术影响，逐渐走向国际学术舞台的中心，更多地发出"中国声音"。

参考文献

外文著作

The New Princeton Encyclopedia of Poetry and Poetics, ed. Alex Preminger and T. V. F. Brogan, Princeton University Press, 1993.

Brenda E. F. Beck, *Three Twins: The Telling of a south Indian Folk Epic*, Bloomington: Indiana University Press, 1982.

Lauri Honko, *Textualising the Siri Epic*, Helsinki, Academia Scientiarum Fennica, 1998.

Walther Heissig: *The Present State of the Mongolian Epic and Some Topics for Future Research*, Oral Tradition 11/1, 1996.

Albert B. Lord, *Epic Singer and Oral Tradition*, Cornell University Press, 1991.

Foley. John Mile, *How to Read an Oral Poem*, University of Illinois Press, 2002.

译著与译文

〔美〕M. H. 艾布拉姆斯:《欧美文学术语词典》,朱金鹏、朱荔译,北京大学出版社,1990。

〔美〕理查德·鲍曼(Richard Bauman):《作为表演的口头艺术》,杨利慧、安德明译,广西师范大学出版社,2008。

〔美〕约翰·迈尔斯·弗里(John Miles Foley):《口头诗学:帕里—洛德理论》,朝戈金译,社会科学文献出版社,2000。

〔古希腊〕荷马:《奥德赛》,王焕生译,人民文学出版社,2000。

〔古希腊〕荷马:《伊利亚特》,罗念生、王焕生译,人民文学出版社,2004。

〔古希腊〕荷马:《伊利亚特》,陈中梅译,译林出版社,2004。

〔德〕黑格尔：《美学》（下册），朱光潜译，商务印书馆，1997。

〔古希腊〕赫西俄德：《工作与时日》，张竹明、蒋平译，商务印书馆，1991。

〔美〕阿尔伯特·风茨·洛德：《故事的歌手》，尹虎彬译，中华书局，2004。

〔德〕莱辛：《拉奥孔》，朱光潜译，人民文学出版社，2009。

〔美〕梅维恒：《绘画与表演——中国的看图讲故事和它的印度起源》，王邦维、荣新江、钱文忠译，北京燕山出版社，2000。

〔匈〕格雷戈里·纳吉：《荷马诸问题》，巴莫曲布嫫译，广西师范大学出版社，2008。

〔苏〕涅克留多夫：《蒙古人民的英雄史诗》，徐昌汉、高文风、张积智译，内蒙古大学出版社，1991。

〔苏〕B. Я. 普罗普：《英雄叙事诗研究中的一些方法论问题》，王智量译，《民间文学》1956 年第 1 期。

〔苏〕符·M. 瑞尔蒙斯基：《斯拉夫各民族的史诗创作和史诗的比较研究问题》，草天译，《民间文学参考资料》（第九辑），1964。

〔法〕石泰安：《藏族史诗和说唱艺人》，耿昇译，中国藏学出版社，2005。

〔俄〕维谢洛夫斯基：《历史诗学》，刘宁译，百花文艺出版社，2003。

〔美〕勒内·韦勒克、奥斯汀·沃伦：《文学理论》，刘象愚等译，江苏教育出版社，2005。

〔美〕王靖献：《钟与鼓——〈诗经〉的套语及其创作方式》，谢谦译，四川人民出版社，1990。

〔苏〕乌格里诺维奇：《艺术与宗教》，王先睿、李鹏增译，三联书店，1987。

〔瑞士〕沃尔夫冈·凯塞尔：《语言的艺术作品——文艺学引论》，陈铨译，上海译文出版社，1984。

〔古希腊〕修昔底德：《伯罗奔尼撒战争史》，谢德风译，商务印书馆，1960。

〔荷〕米尼克·希珀、尹虎彬主编《中国少数民族文化中的史诗与英雄》，广西师范大学出版社，2004。

〔德〕瓦尔特·海西希：《蒙古史诗中的起死回生和痊愈母题》，王步涛译，《民族文学译丛》（第二集）中国社会科学院少数民族研究所编，1984。

〔苏〕Ю. Н. 西道洛娃：《俄罗斯民间文艺学中资产阶级诸学派和对这些学派的斗争》，余荪译，《民间文学》1955 年第 6 期。

〔古希腊〕亚里士多德：《诗学》，陈中梅译，商务印书馆，2005。

中国社会科学院少数民族文学研究所编《民族文学译丛》（第一集），1983。

中国社会科学院少数民族文学研究所编《民族文学译丛》（第二集），1984。

干永昌、廖鸿钧、倪蕊琴选编《比较文学研究译文集》，上海译文出版社，1985。

《贝奥武甫》，陈才宇译，译林出版社，1999。

《松迪亚塔》，李永彩译，译林出版社，2003。

《吉尔加美什》，赵乐甡译，译林出版社，1999。

《罗兰之歌》，杨宪益译，上海译文出版社，1981。

《熙德之歌》，赵金平译，上海译文出版社，1982。

中文著作

阿地里·居玛吐尔地：《〈玛纳斯〉史诗歌手研究》，民族出版社，2006。

阿地里·居玛吐尔地、托汗·依莎克：《当代荷马〈玛纳斯〉演唱大师居素普·玛玛依评传》，内蒙古大学出版社，2002。

巴莫曲布嫫：《神图与鬼板——凉山彝族祝咒文学与宗教绘画考察》，广西人民出版社，2004。

朝戈金：《口传史诗诗学：冉皮勒〈江格尔〉程式句法研究》，广西人民出版社，2000。

朝戈金主编《中国西部的文化多样性与族群认同——沿丝绸之路的少数民族口头传统现状报告》，社会科学文献出版社，2008。

朝戈金：《千年绝唱英雄歌——卫拉特蒙古英雄史诗传统田野散记》，广西人民出版社，2004。

陈寅恪：《金明馆丛稿二编》，三联书店，2001。

陈岗龙：《蟒古思故事论》，北京师范大学出版社，2003。

陈岗龙：《琶杰研究》，内蒙古文化出版社，2002。

陈岗龙：《蒙古民间文学比较研究》，北京大学出版社，2001。

董晓萍：《田野民俗志》，北京师范大学出版社，2003。

冯文开：《中国史诗学史论（1840–2010）》，中国社会科学出版社，2016。

胡适：《胡适文集》（第三卷），欧阳哲生编，北京大学出版社，1998。

韩儒林：《韩儒林文集》，江苏古籍出版社，1985。

黄中祥：《哈萨克英雄史诗与草原文化》，中央编译出版社，2007。

季羡林：《比较文学与民间文学》，北京大学出版社，1991。

江帆：《民俗学田野作业研究》，山东大学出版社，1995。

降边嘉措：《〈格萨尔〉论》，内蒙古大学出版社，1999。

吕微、安德明编《民间叙事的多样性》，学苑出版社，2006。

刘魁立：《刘魁立民俗学论集》，上海文艺出版社，1998。

刘亚虎：《南方史诗论》，内蒙古大学出版社，1999。

郎樱：《〈玛纳斯〉论》，内蒙古大学出版社，1999。

郎樱：《中国北方民族文学比较研究》，民族出版社，2011。

毛巧晖：《20世纪下半叶中国民间文艺学思想史论》，上海文化出版社，2010。

毛星主编《中国少数民族文学》，湖南人民出版社，1983。

曼拜特·吐尔地：《〈玛纳斯〉的多种异文及其说唱艺术》，新疆人民出版社，1997。

潜明兹：《史诗探幽》，中国民间文艺出版社，1986。

仁钦道尔吉：《蒙古英雄史诗源流》，内蒙古大学出版社，2001。

仁钦道尔吉：《〈江格尔〉论》，内蒙古大学出版社，1999。

仁钦道尔吉：《蒙古口头文学论集》，社会科学文献出版社，2011。

任乃强：《任乃强民族研究文集》，民族出版社，1990。

施耐庵：《水浒传会评本》，陈曦钟、侯忠义、鲁玉川辑校，北京大学出版社，1981。

斯钦巴图：《〈江格尔〉与蒙古族宗教文化》，内蒙古大学出版社，1999。

斯钦巴图：《蒙古史诗：从程式到隐喻》，民族出版社，2006。

佟锦华：《藏族文学研究》，中国藏学出版社，1992。

萨仁格日勒：《蒙古史诗生成论》，中央民族大学出版社，2001。

陶阳、钟秀：《中国创世神话》，上海人民出版社，1989。

塔亚：《卫拉特蒙古族文化研究》，内蒙古人民出版社，2006。

王国维：《王国维集》（第三册），周锡山编校，中国社会科学出版社，2008。

乌日古木勒：《蒙古-突厥史诗人生仪礼原型》，民族出版社，2007。

徐国琼：《格萨尔考察纪实》，云南人民出版社，1993。

郁龙余编《中印文学关系源流》，湖南文艺出版社，1987。

杨恩洪：《民间诗神——格萨尔艺人研究》，中国藏学出版社，1995。

尹虎彬：《古代经典与口头传统》，中国社会科学出版社，2002。

袁家骅：《阿细民歌及其语言》，科学出版社，1953。

（清）鸳湖渔叟校订《说唐全传》，上海古籍出版社，2010。

钟敬文主编《民间文学概论》，上海文艺出版社，1980。

钟敬文：《钟敬文民间文学论集》，上海文艺出版社，1982。

论文

阿尔丁夫：《〈江格尔〉产生和基本形成的时代初探——兼谈〈江格尔〉创作权归属问题》，《内蒙古师范大学学报（汉文哲学社会科学版）》1986年第1期。

巴莫曲布嫫：《在口头传统与书写文化之间的史诗演述人——基于个案研究的民族志写作》，《北京师范大学学报（社会科学版）》2008年第1期。

巴莫曲布嫫：《克智与勒俄：口头论辩中的史诗演述》（上、中、下），《民间文化论坛》2005年第1、2、3期。

巴莫曲布嫫：《叙事语境与演述场域——以诺苏彝族的口头论辩和史诗传统为例》，《文学评论》2004年第1期。

巴莫曲布嫫、朝戈金：《民族志诗学》，《民间文化论坛》2004年第6期。

巴莫曲布嫫：《田野研究的时空选择与民族志书写的主体性表述》，

《民间文化论坛》2007年第1期。

朝戈金、尹虎彬、巴莫曲布嫫：《中国史诗传统：文化的多样性与民族精神的"博物馆"（代序）》，《国际博物馆》全球中文版，（译文出版社）2010年第1期。

朝戈金：《〈亚鲁王〉："复合型史诗"的鲜活案例》，《中国社会科学报》2012年3月23日。

朝戈金：《从荷马到冉皮勒：反思国际史诗学术的范式转换》，《中国社会科学院文学研究所学刊》，中国社会科学出版社，2008。

朝戈金：《口传史诗文本的类型——以蒙古史诗为例》，《民族文学研究》2000年第4期。

朝戈金：《约翰·弗里与晚近国际口头传统研究的走势》，《西北民族研究》2013年第2期。

约翰·弗里、朝戈金：《口头诗学五题：四大传统的比较研究》，《东方文学：从浪漫主义到神秘主义》，湖南文艺出版社，2016。

朝戈金：《创立口头传统研究"中国学派"》，《人民政协报》2011年1月24日。

朝戈金：《朝向21世纪的中国史诗学》，《国际博物馆》2010年第1期。

朝戈金、冯文开：《史诗认同功能论析》，《民俗研究》2012年第5期。

冯文开：《明清小说的蒙古演绎——论胡仁乌力格尔的创编》，《民族文学研究》2016年第5期。

冯文开：《口传文学文本化观念的演进：转向以演述为中心的学术实践》，《内蒙古大学学报（哲学社会科学版）》2016年第6期。

冯文开：《传统性指涉：口头传统结构的美学功能》，《民间文化论坛》2009年第1期。

冯文开：《挽歌：文类、结构和重构问题之探析》，《民间文化论坛》2011年第2期。

《格萨尔研究集刊》（第一辑），中国民间文艺出版社，1985。

《格萨尔研究》（第二辑），中国民间文艺出版社，1986。

《格萨尔研究集刊》（第六辑），民族出版社，2003。

高登智、尚仲豪:《〈兰嘎西贺〉与.〈罗摩衍那〉之异同》,《思想战线》1983 年第 5 期。

郎樱:《史诗〈玛纳斯〉的家族传承》,《国际博物馆》2010 年第 1 期。

郎樱:《英雄的再生——突厥语族叙事文学中英雄入地母题研究》,《民间文学论坛》1994 年第 3 期。

郎樱:《玛纳斯形象的古老文化内涵——英雄嗜血、好色、酣睡、死而复生母题研究》,《民族文学研究》1993 年第 2 期。

郎樱:《田野工作与非物质文化遗产保护——三十年史诗田野工作回顾与思索》,《江西社会科学》2008 年第 9 期。

郎樱:《〈江格尔〉与〈玛纳斯〉中的神女、仙女形象》,《民族艺术》1997 年第 1 期。

李连荣:《〈格萨尔〉拉达克本与贵德分章本情节结构之比较》,《中国藏学》2010 年第 1 期。

李连荣:《中国〈格萨尔〉史诗学的形成与发展（1959 - 1996）》,中国社会科学院研究生院博士学位论文,2000。

李郊:《从〈格萨尔王传〉与〈罗摩衍那〉的比较看东方史诗的发展》,《四川师范大学学报（社会科学版）》1994 年第 2 期。

潜明兹:《试论傣族英雄史诗〈兰戛西贺〉》,《中南民族学院学报》1982 年第 1 期。

仁钦道尔吉:《略论〈玛纳斯〉与〈江格尔〉的共性》,《民族文学研究》1995 年第 1 期。

苏尤格:《著名诗人巴·布林贝赫及他的诗学理论》,《内蒙古民族大学学报（社会科学版）》2008 年第 6 期。

吴均:《岭·格萨尔论》,《民族文学研究》1984 年第 1 期。

王国明:《著名土族〈格萨尔〉说唱艺人王永福》,《中国土族》2005 年第 2 期。

王沂暖:《〈格萨尔王传〉中的格萨尔》,《西北民族学院学报》1979 年第 1 期。

王沂暖:《藏族史诗〈格萨尔王传〉》,《中央民族学院学报》1981 年第 3 期。

徐国琼：《论〈格萨尔〉与〈格斯尔〉"同源分流"的关系》，《青海社会科学》1986年第3期。

徐国琼：《藏族史诗〈格萨尔王传〉》，《文学评论》1959年第6期。

杨恩洪：《史诗〈格萨尔〉说唱艺人的抢救与保护》，《西北民族研究》2005年第2期。

央吉卓玛：《〈格萨尔王传〉史诗歌手展演的仪式及信仰》，《青海社会科学》2011年第2期。

杨利慧：《民族志诗学的理论和实践》，《北京师范大学学报（社会科学版）》2004年第6期。

杨利慧：《表演理论与民间叙事研究》，《民俗研究》2004年第1期。

尹虎彬：《史诗观念与研究范式转移》，《中央民族大学学报（哲学社会科学版）》2008年第1期。

尹虎彬：《口头传统史诗的内涵和特征》，《河南教育学院学报（哲学社会科学版）》2009年第3期。

张宏超：《〈玛纳斯〉产生的时代和玛纳斯形象》，《民族文学研究》1986年第3期。

张永海：《居素甫·玛玛依〈玛纳斯〉变体中的北京、中北京之谜及〈玛纳斯〉产生年代全破译》，《中央民族大学学报（哲学社会科学版）》2006年第2期。

钟敬文、巴莫曲布嫫：《南方史诗传统与中国史诗学建设——钟敬文先生访谈录（节选）》，《民族艺术》2002年第4期。

张彦平：《变异·统一——史诗〈玛纳斯〉著名演唱变体间的对比研究》，《民族文学研究》1995年第4期。

中国民间文艺研究会编《民间文艺集刊》，新华书店，1950。

赵秉理主编《格萨尔学集成》（第一卷），甘肃民族出版社，1990。

赵秉理主编《格萨尔学集成》（第三卷），甘肃民族出版社，1990。

中国少数民族史诗文本

《梅葛》，云南省民族民间文学楚雄调查队搜集整理翻译，云南人民出版社，1959。

《阿细的先基》，云南省民族民间文学红河调查队搜集整理翻译，云南人民出版社，1978。

《查姆》，郭思九、陶学良整理，云南人民出版社，1981。

《勒俄特依》，冯元蔚译，四川民族出版社，1986。

《铜鼓王》，黄汉国、黄正祥演唱，李贵恩、刘德荣搜集，刘德荣、李世忠等整理，云南人民出版社，1991。

《苗族史诗》，马学良、今旦译注，中国民间文艺出版社，1983。

《厘俸》，刀永明、薛贤、周凤祥翻译整理，云南民族出版社，1987。

《兰嘎西贺》，刀兴平、岩温扁等翻译整理，云南人民出版社，1984。

云南省民族民间文学丽江调查队搜集整理翻译《创世纪》，云南人民出版社，1978。

《遮帕麻和遮米麻》，赵安贤唱，杨叶生译，兰克、杨智辉整理，云南人民出版社，1983。

《布伯》，莎红、蓝鸿恩等翻译整理，广西人民出版社，1959。

《密洛陀》，桑布郎等唱，蓝怀昌、蓝书京等搜集翻译整理，中国民间文艺出版社，1988。

《布洛陀经诗译注》，张声震主编，广西人民出版社，1991。

《壮族麽经布洛陀影印译注》，张声震主编，广西民族出版社，2004。

《玛纳斯——柯尔克孜族英雄史诗》，居素普·玛玛依演唱，刘发俊等翻译整理，新疆人民出版社，1991~1992。

《玛纳斯》，居素普·玛玛依演唱，新疆人民出版社，1984~1995。

《江格尔》，色道尔吉译，人民文学出版社，1983。

《江格尔》，黑勒、丁师浩译，新疆人民出版社，1993。

《格萨尔王传》，王沂暖、华甲译，甘肃人民出版社，1981。

旦布尔加甫：《卡尔梅克〈江格尔〉校注本》，民族出版社，2002。

旦布尔加甫：《汗哈冉贵——卫拉特英雄史诗文本及校注》，民族出版社，2006。

《格萨尔精选本》，民族出版社，2002~2013。

陈岗龙：《蒙古英雄史诗锡林嘎拉珠巴图尔——比较研究与文本汇编》，内蒙古人民出版社，2001。

《肃北蒙古族英雄史诗》，斯·窦布青搜集整理，民族出版社，1998。

《卫拉特蒙古史诗选》，格日勒玛等整理，民族出版社，1987。

《英雄希林嘎拉珠》，仁钦道尔吉搜集整理，黑龙江人民出版社，1978。

《蒙古族英雄史诗选》，巴·布林贝赫、宝音和希格编，内蒙古人民出版社，1988。

《那仁汗克布恩》，托·巴德玛、道尔巴整理，新疆人民出版社，1981。

《蒙古英雄史诗大系》（四卷），仁钦道尔吉、朝戈金、旦布尔加甫、斯钦巴图等主编，民族出版社，2007～2009。

《英雄诞生》，德格木刻本，四川民族出版社，1980。

《赛马称王》，德格木刻本，四川民族出版社，1980。

《魔岭大战》，王沂暖译，甘肃人民出版社，1980。

《姜岭大战》，徐国琼、王小松译，中国藏学出版社，1991。

后　记

2007 年，我考入中国社会科学院研究生院少数民族文学系，在我的博士生导师朝戈金先生门下攻读民俗学博士学位。在完成博士学位论文《中国史诗学史论（1840—2010）》后，我一直从事中国史诗研究学术史的研究，对中国少数民族史诗研究展开了某些归纳、总结与反思。在此基础上，我完成了这部书稿，即 2015 年底获批国家社科基金后期资助项目的《中国少数民族史诗研究的反思与建构》。

项目已经完成了，书稿也成形了，但是史诗学学科体系、学术体系、话语体系等方面还有待日后专门研究。由于自身的学术修养和理论水平等各方面都有限，书稿中的错误和不足在所难免，恳请专家学者和读者给予批评指正！

在书稿即将出版时，感谢朝戈金老师对我的悉心指导和谆谆教诲，对我的鼓励、信任和宽容，对我的学习和生活的帮助和支持！

感谢全国哲学社会科学工作办匿名评审专家对书稿提出的中肯公允的修改意见！

感谢国家社科基金后期资助的出版资助！

感谢社会科学文献出版社的宋月华老师、杨春花老师和周志宽老师！

感谢所有支持和帮助过我的老师、同事、朋友及亲人！

冯文开

2019 年 10 月 11 日

图书在版编目（CIP）数据

中国少数民族史诗研究的反思与建构／冯文开著
. -- 北京：社会科学文献出版社，2019.12
国家社科基金后期资助项目
ISBN 978 - 7 - 5201 - 5535 - 9

Ⅰ. ①中… Ⅱ. ①冯… Ⅲ. ①少数民族文学 - 史诗 -
诗歌研究 - 中国 Ⅳ. ①I207.22

中国版本图书馆 CIP 数据核字（2019）第 205370 号

国家社科基金后期资助项目
中国少数民族史诗研究的反思与建构

著　　者／冯文开

出 版 人／谢寿光
组稿编辑／宋月华　杨春花
责任编辑／周志宽

出　　版／社会科学文献出版社·人文分社（010）5967215
　　　　　　地址：北京市北三环中路甲 29 号院华龙大厦　邮编：100029
　　　　　　网址：www.ssap.com.cn
发　　行／市场营销中心（010）59367081　59367083
印　　装／三河市龙林印务有限公司

规　　格／开　本：787mm × 1092mm　1/16
　　　　　　印　张：20　字　数：316 千字
版　　次／2019 年 12 月第 1 版　2019 年 12 月第 1 次印刷
书　　号／ISBN 978 - 7 - 5201 - 5535 - 9
定　　价／148.00 元